国家出版基金项目
“十二五”国家重点图书出版规划项目

中國京劇流派劇目集成

啟功題簽

《中国京剧流派剧目集成》编委会　编

第　贰拾壹　集

學苑出版社

图书在版编目（CIP）数据

中国京剧流派剧目集成．第21集／《中国京剧流派剧目集成》编委会编．—北京：学苑出版社，2014.2
ISBN 978-7-5077-4459-0

Ⅰ．①中… Ⅱ．①中… Ⅲ．①京剧－剧本－作品集－中国 Ⅳ．①I232

中国版本图书馆CIP数据核字（2013）第304579号

出 版 人：孟　白
责任编辑：潘占伟
装帧设计：徐道会
出版发行：学苑出版社
社　　址：北京市丰台区南方庄2号院1号楼
邮政编码：100079
网　　址：www.book001.com
电子信箱：xueyuan@public.bta.net.cn
销售电话：010-67675512　67678944　67601101（邮购）
经　　销：新华书店
印 刷 厂：北京信彩瑞禾印刷厂
开本尺寸：889×1194　1/16
印　　张：14
字　　数：340千字
版　　次：2014年5月第1版
印　　次：2014年5月第1次印刷
定　　价：200.00元（精装）

序言

◎黄克

京剧向称国粹艺术，内容博大精深，剧目十分丰富，人们常以“汉唐三千宋明八百”形容其浩瀚。其中流派剧目又以演员表演的鲜明个性使剧目显得更为多彩多姿，充满魅力，既被专业人员钻研承继，也为广大戏迷喜闻乐见，遂成为京剧舞台上一大亮点。

流派

举凡表演艺术，原本就无不带有表演者的个人色彩。京剧表演艺术因其唱念做打诸多方面功夫的综合性和繁难性，表演的个性化尤为突出；加以行当的粗分、剧目的雷同，于大致相同的条件下尽显各自的千姿百态、千变万化；一招一式、一腔一韵之中可以体现不同的特色，同样一出戏，甚至同样一个戏中人物也完全可以演出不同的风采，这种充满个性化的表演，遂成为京剧竞技场上最是为人乐道而又情趣无穷的审美内涵。倘若这种富于个性化的表演为受众所认可，且代有传人，形为规范，即可自成一家，成为迥异于他人的艺术流派。以“四大名旦”（梅兰芳、程砚秋、荀慧生、尚小云）为例，虽皆工旦行，却又各有千秋。京剧大师王瑶卿就曾这样分析这四位后起之秀的独到之处：“梅兰芳的样儿，程砚秋的唱儿，尚小云的棒儿，荀慧生的浪儿。”所谓“样儿”，指梅的艺术造诣全面，要什么有什么；所谓“唱儿”，指程以行腔之新颖动听为能；所谓“棒儿”，指尚的刀马功底深厚；所谓“浪儿”，指荀的柔媚多姿、风情万种。寸长尺短，一语道破各有专擅的各家流派特点。如此成就固然来自自己的勤学苦练、苦心孤诣，更少不了观众的知音捧场、鼓励有加。因此，一个艺术流派的形成，对于创始人来说，无疑是开拓了审美追求的新境界；对于受众戏迷来讲，则更是得到了多样化审美需求的新满足。梨园行有云：唱戏的是疯子——指其追求的执着，听戏的是傻子——指其享受的痴迷。二者相得益彰、相映成趣，或许正道出京剧流派形成之三昧。

流派剧目

在京剧传承的一二百年间，随着历史的变迁、社会的发展，以及新人辈出、师承转换，荡涤旧物、崇尚新声，传统剧目中的绝大部分早已绝迹于舞台，然而，其精华部分（包括剧目中表现出来的唱念做打等程式体系）还是被完好地保存了下来，并得到长足的发展。其间，流派创始人于剧目的推陈出新做出了不可磨灭的贡献。基于对剧目乃至剧中人物的理解和认识，以及更便于发挥自己技艺特长的需要，流派创始人对浩如烟海的传统剧目进行了严格的筛选，经过了整理加工再创作，使之又焕发出崭新的韵味和光彩；随着这样剧目的增多，最终形成了自己流派所特有的剧目系列。而另外的流派又在另外的剧目系列中发挥着自己的优势，即或剧目相同，不同流派依然可以于演出中表现出自己的独特风格。总之，在其演出的剧目中，无不打上自己表演风格的鲜明烙印。京剧舞台上一度出现的这种百花齐放、争芳斗艳的盛况，实由自丰富多彩的流派剧目，这在京剧发展史上已是不争的事实。

但也应看到，如今京剧流派剧目相对于京剧的鼎盛时期，已是光景不再。个中原因很复杂，就客观因素而言，新兴的艺术形式的多种多样，人们的欣赏习惯和娱乐方式已经有了更广泛的选择余地，因而完全可以去旁骛；此外，就京剧本身而言，演出剧目之贫乏不能不说是观众锐减的重要原因之一。本来演出场所和演出场次就不多，翻来覆去又只是那几出骨子老戏，怎么能吸引观众，特别是年轻观众呢？——连那些老戏迷们也都听腻歪了。

回过头来看，今日演出剧目的贫乏和流派创始人晚年艺术景况也不无关系。他们在艺术的巅峰期——集中在上个世纪二三十年代，创作或改编了一出出新戏，直令观众赏心悦目，目不暇接。当其时，除了富连成科班或游动的散班演出些大路戏外，北京的京剧舞台几乎就是流派剧目的天下。据1932年商务印书馆出版的《五十年来北平戏剧史材》的记载，自民国十二年（1923）至十八年（1929）这六七年间，以梅派剧目为例，只“初演”的剧目——也就是自家独创的新戏或整理改编的传统戏，就有前后本《西施》、《洛神》、《廉锦风》、头二三四本《太真外传》、《俊袭人》、全本《宇宙锋》、《凤还巢》、《春灯谜》等12出戏（其中前后四本《太真外传》这四出戏是在一年多时间里陆续完成的）；同一时间段，马派“初演”的剧目也有《化外奇缘》、全本《玉镯记》、《秋灯泪》、《战宛城》、全本《火牛阵》、《鸿门宴》、全部《临江馆（“馆”应作“关”）》、全部《浣纱溪》、《范仲禹》、全本《清风亭》、头二三四本《大红袍》、全本《天启传》、《许田射鹿》、全本《十道本》等15出戏（其中《大红袍》分头二和三四本两次演出），当然，其中还不包括“初演”以外的经常性的大量的传统戏演出。试问，这些曾经轰动一时的流派创始人编创的新剧目于今又有多少出传承下来了呢？个中主要原因就在于流派创始人到了晚年一些唱做吃重的剧目已难胜任，只有将其已臻于炉火纯青的技艺凝炼到少数剧目之中，或演出或教习也只拘囿于这少数几个剧目了。而其传人也就将这几出戏奉为圭臬，全不知其鼎盛时期的所谓“文武双全”、所谓“昆乱不挡”为何事，致使一些当年的热门戏几近失传，这不能不说是梨园一件憾事。记得梅兰芳先生曾撰文论述学艺过程中的“少、多、少”，大意是初学时会的戏（包括技艺）自然是少的。随着所学剧目的增多，技艺的增长，激发起拓宽其艺术驰骋领域的热情，兼收并蓄，从而极大地丰富了自己。进而又随着审美取向的定型，艺术见识的提高，势必要对自己所学所用下一番去芜存精的工夫，扬长避短，使自己的独特技艺集中在少数几个代表剧目之中。表面看来演出的剧目是少了，但炉火纯青，在艺术创新上却达到了新境界。从少到多，从多而少，贯穿着的是继承与发展的艺术成熟的过程，也闯出了一条攀升艺术高峰的必由之路。后学者以为，学会了几出流派代表剧目便可以薪尽火传，得到了真经，孰不料缺少广博的根基，既影响个人的发展，也造成了剧目越传越少的现实。这难道不是应该汲取的教训吗？

有道是“礼失求诸野”。由于流派剧目的独特韵味及其所富有的艺术魅力，由于京剧作为自娱自乐的审美取向已深入人心，更由于迷恋传统演唱艺术者的大有人在，京剧传统剧目——包括一些已经消失于舞台的流派剧目，至今仍在京剧爱好者中间传唱不息。我们不妨到公园里看一看那一圈圈围着的戏迷，他们来自四面八方，或许彼此并不相识，只凭一把胡琴就将大家凝聚在一起，有滋有味地互相欣赏着一段段流派唱腔。更不用说那遍布全国各地乃至国外华人聚居区的票房，他们还时不时地粉墨登场，过一把戏瘾呢！这种自拉自唱、自娱自乐的红火场面，充分显示了京剧流派剧目的深厚群众基础和顽强的生命力，对于相对落寞的京剧舞台不啻一种发人深省的挑战。然而，这又何尝不是对京剧振兴的潜在的呼唤和有力的支持呢！

流派剧目集成

正鉴于其强大的生命力和深厚的群众基础，“振兴京剧”作为文化建设的国策的提出可谓正得其时。而振兴之务，首要的是挖掘和继承优秀传统剧目，以之作为发展和创新的基础和借鉴。我们编纂《中国京剧流派剧目集成》的初衷正在于此：将流派剧目演出的精彩瞬间记录于永恒，将构成流派剧目的诸多元素一一记录在案。诸如每剧的剧情本事、创始人表演特点的提要，剧中人物行当归属、服装扮相，剧本曲文、唱腔谱、伴奏谱、锣鼓经，以及身段谱等得以再现流派表演风格的内容，都力图完整地记录整理出来，为流派艺术的教学和研究提供文字的基础资料。持此，内行自可作为表演的参考，京剧爱好者也可以作为演习的蓝本。

这一工作，对于京剧剧目的基本建设虽然可谓之善举，但具体做起来却困难多多。首当其冲的就是剧目的选定。京剧剧目虽称汗牛充栋，但保存下来的资料却十分有限。京剧形成初期，以"老生三杰"又称"前三鼎甲"的程长庚、余三胜、张二奎为代表的一代固然没有留下什么音像文字资料；即或以"老生新三杰"又称"后三鼎甲"的谭鑫培、孙菊仙、汪桂芬为代表的一代除了少量的唱片外也没有完整的剧目传下来，所以我们的剧目整理工作只能从民国初年以降的"四大须生"、"四大名旦"开始。他们受熏陶于前辈艺术家，可谓传统的集大成而又能创新的一代，整理剧目以他们为重点自然最合适不过。遗憾的是这些艺术大师大都已经作古，得到他们指点和首肯已不可能，为此，我们只能通过其亲传或再传弟子来进行流派剧目的整理工作。从中我们更深地体会到抢救要及时，当初未能抢救下来现在也不要嫌晚而不为，抢救一点是一点，否则能够保存下来的精华越来越少，越加难向历史向后人交代了。

更难的则是遴选整理者。剧目的全面整理需要全面的人才。我们在组织稿件的过程中却发现这样的人手颇不易得。如果流派创始人或其传人曾在戏校任教，且有较为完整的教案保存下来，今日稍加整理即可选用，自然不是难事。不过这样的情况并不多，大量的剧目尚需要对当年的演出本进行追忆记录，加工整理。曾经受业于流派创始人或其传人的京剧工作者虽然是整理演出本的合适人选，但是他们大都是单位的骨干，忙于演出，忙于剧务，或居于领导职位，很难分出身来。即或肯于应承下一两出戏，也常有如下的情况：能演不能说，能说不能写，能写又不能打谱。因此，完成一个剧目经常需由记录者、整理者和打谱人联袂而行，倘再加上剧目的传授者和提要的撰写人，则非四五人鼎力不可。《中国京剧流派剧目集成》收入二百多出戏，每出戏即使平均两三人参加，也要组织四五百人次。其繁难可以想见，其壮观亦可以想见。当然，这还仅就整理者的数量而言，更为难能可贵的还在于参与者的无私奉献。试想，跟演一出戏或教一出戏相比，以文字整理出一出戏，不仅费时而且费力，无疑是一桩一般人不肯为也不屑为的苦差事，而我们的整理者却能甘之如饴，乐此不疲，没有为京剧事业的传承而不计个人得失的宝贵情操，是难有这种积极性的。不仅如此，随着岁月流逝，整理流派剧日益困难，更需要求助一些老专家，他们或是资深艺员、教师，或是资深票友、戏迷，而今已是硕果仅存的京剧艺术的专家、流派历史的见证人。在他们身上洋溢着一种传承京剧流派的使命感，和对振兴京剧的期待。他们热情地参加到这项工作中来，或亲自动手，为我们整理剧目；或答惑解疑，给我们工作以指导。使我们在受教于他们的同时，油然而生一种深深的敬意。

克服了上述困难，《中国京剧流派剧目集成》终于呈现在读者面前。书中，除了囊括主要流派的主要代表剧目，试图反映京剧鼎盛时期的大致面貌而外，尚有可说道者。

首先是挖掘整理出一批流派剧目，其中不乏已近失传的流派艺术精品。其中共收流派五十余家、剧目二百多出，不仅是从装扮到曲谱俱全，而且半数以上不曾整理出版过，可算是京剧剧目建设的一个不小的工程。下列剧目可为佐证。如王（瑶卿）派名剧《南天门》（今能见到的只剩下王和老谭合拍的剧照）、余（叔岩）派名剧《太平桥》（据说是老谭给余说的开蒙戏）、马派名剧《白蟒台》（写王莽被俘后向旧臣一一乞命事，老生扮演反面人物堪称奇特）、麒派名剧《斩经堂》（其中吴汉的悲剧性格曾引起过热烈争论）、荀派名剧《鱼藻宫》（写吕后残害戚姬事，乃荀派悲剧剧目之一），以及汪（笑侬）派名剧《哭祖庙》、龚（云甫）派名剧《徐母骂曹》、徐（碧云）派名剧《绿珠坠楼》、裘（盛戎）派名剧《打銮驾》等，都是难得一见的流派剧目之珍品。而以“关外唐”名世的唐（韵笙）派名剧经其家人和传人的努力竟整理出其代表作《驱车战将》、《闹朝击犬》、《好鹤失政》、《绝龙岭》、《未央宫斩韩信》、《刀劈三关》等七出之多，堪称流派剧目建设的新收获。除此之外，《中国京剧流派剧目集成》还特别着力于武戏的挖掘整理。较之文戏，武戏更难整理，需要将演员在台上的动作招式一一准确地反映出来，没有深入的钻研领会、亲身体验，很难下笔。众所周知，杨小楼作为一代武生宗师，其“武戏文唱”乃武生的不二法门，也是令人神往的一种表演境界，在武戏剧目整理中理应得到体现。资深票友朱家溍先生得其真传，整理了杨派名剧《麒麟阁》，并详细记述了前后六次观剧的心得，惜乎不及将其用工尺谱记下的昆曲吹腔翻为简谱便溘然而逝了。另一出杨派名剧《镇潭州》则是根据京剧耆儒刘曾复先生的讲授整理出来的，其中杨再兴上场的“蝴蝶霸”、和岳飞对打的“枪架子”，皆独得杨派之秘，给人以再闻《广陵散》般的惊喜。此外，高盛麟的《长坂坡》、《走麦城》，王金璐的《落马湖》、《蚆蜡庙》也都走的杨派的路子，有的就是直接跟杨宗师学的。南派大武生盖叫天武功盖世，他的剧目身后却乏人整理，多亏移居上海的原中国戏校武功教师赵雅枫先生以耄耋之年勉力整出《一箭仇》，也算保存了盖派一脉。还值得一提的是收获了一批武丑戏。叶盛章当年是以武丑戏挂头牌演大轴的第一人，勇于创新，能戏甚伙，现将其创作的名剧《酒丐》、《祥梅寺》、《打瓜园》、《徐良出世》、《三盗九龙杯》、《铜网阵》等七出代表作一并推出，既再现了叶氏当年神勇，也为乏人承继的武丑行当提供一些演习之本。尤为可喜的是我们也挖掘整理出富连成科班总教习、文丑“萧派”创始人萧长华老先生的《选元戎》、《荡湖船》、《变羊记》等已近绝迹舞台的拿手剧目。凡此，整理者挖掘流派剧目的辛勤劳作成果，均为我们编纂“集成”增添了光彩。

为了方便读者翻检使用，本书采取四五出戏合编一册的形式，这样全书约有五十册之多，并拟分三批推出。第一批为老生行的余派，以及号称“南麒、北马、关外唐”的三派，和武丑行的叶（盛章）派，计五家八册。第二批则以旦行“梅、尚、程、荀”为代表，包括老旦、刀马旦等流派。第三批是老生、小生、武生、净、丑等其他流派。

预期一两年内出齐。倘若其中有重要疏漏，又得人整理，亦可考虑编辑出版“集外集”，以满足读者的需求，也使这部“集成”更为名副其实。

当然，《中国京剧流派剧目集成》的编纂，其目的只在提供流派剧目作为研究家和后学者的参考借鉴。而流派、流派，意重在“流”。所谓流，指流行和流变。流派艺术正是在流行、流变中最终形成的，即或在最终形成之后，也还是靠流行、流变而发展的，倘若泥古不化，抱残守缺，就会失掉其鲜活的生命力，艺苑奇葩也会枯萎，这已为京剧发展史所证明。不过，流派艺术发展也需要有个前提，那就是首先要掌握渗透在表演程式唱念做打、手眼身发步中的艺术个性，而流派剧目就是其艺术个性展现的载体。继承流派艺术，不能只满足于模拟外在的“体”，更要在剧目演练中去体味其艺术个性的“魂”，这样才能促使京剧流派艺术从剧目建设到表演个性都得到发扬光大。此乃传承流派剧目的题内之义，自毋庸赘言。

目录

言菊朋

刘勉宗　**整理**　　贾钟生　**记谱**
张少楼　言兴朋　　**校订**

上天台

言菊朋演出本

《上天台》故事发生在东汉初年。开国元勋姚期的儿子姚刚与太师郭荣发生冲突，姚刚打死郭荣。郭荣的女儿在汉光武刘秀面前告状，欲处死姚刚。刘秀念姚期功劳，赦免姚刚，并慰勉、挽留要求退休的姚期，要其继续在朝服务。戏重点演绎刘秀、姚期的君臣情分，剧名《上天台》，却令人费解。

原来，《上天台》只是全本《打金砖》中的一折。剧情发展到后来，刘秀酒醉，听信郭妃进谗，不但斩了姚期，而且连一干开国老臣俱都杀掉，将云台二十八将一并处死。这些屈死的冤魂前来索命，刘秀身死太庙。按迷信说法，二十八宿一齐“归位”，“上了天台”。

全本《打金砖》中，刘秀不但要唱，而且有繁重的跌扑。旧时，不是太流行的剧目。只是李桂春、李少春父子，及李少春的弟子谭元寿擅演此剧。“文革”后，正值壮年的谭元寿以此剧享了大名，《打金砖》遂风靡一时，南北老生演出此剧的，不一而足。

与《打金砖》不同，《上天台》一折是广为流行的折子戏。原因在于它剧幅虽小，却集中了京剧老生〔二黄〕唱腔的精华，而且有铜锤姚期、架子姚刚、旦角郭妃、丑角太监相辅，在不到四刻的演出中，形成了生旦净丑蔚然大观的娱乐场面。

言菊朋擅演《上天台》。他的成就基本上在于唱腔方面。在三段著名唱段中，言菊朋淋漓尽致地显示了言派味儿足、腔儿花、字儿正、垫字俏的几个突出特点。第一段的〔二黄慢板〕，言派讲究在四平八稳中凸现曲折委婉：“王登龙廷”的“廷”字，一波三折；“寡人”的“人”字，因字行腔，低回起伏。第二段的〔二黄快三眼〕是京剧老生行当中很有特色的一段唱，其中“叫寡人怎舍得开国的元勋”中，“怎”字异峰突起，尽显跳跃跌宕之能，给人以极强的音乐冲击。第三段是全剧的核心唱段，这一段是刘秀向姚期诉说心曲，表达赤诚，所以演唱如泣如诉，流畅自如。唱段的节奏时紧时徐，音量则时放时收，然而在频频的变换中，总体演唱把握得如同拾级登山，迭次渐进；又如顺水行舟，自在天成。尤其是“孤念你幼年间东挡西除南征北战血染沙场马不停蹄到如今二目昏花两鬓苍苍卿还是那忠心耿耿”一句，长达四十余字，言菊朋的演唱，不但字字真切，而且气力充沛，句读清晰，乐感优美，显示着他在唱功上的突出造诣。

顺便说一下，《打金砖》对刘秀来说实在是一起冤假错案。刘秀是一个颇有作为的开国君主，他对老臣也不吝惜知遇之恩。刘秀一生勤奋治国，不肯稍有懈怠。到了晚年，依然夜以继日，操劳国事，儿子劝他注意休息，他的回答是“我自乐此不为疲也”。为我们留下了至今沿用的“乐此不疲”一句成语。

赵晓东

人物行当

刘 秀	老生	二大太监	丑
姚 期	净	四小太监	杂
姚 刚	净	四宫女	旦
郭 妃	旦		

服装扮相

刘 秀 俊扮。王帽、黑三，黄蟒，红彩裤，厚底。

姚 期 勾白十字门三块瓦老脸。文阳、白满，白蟒，红彩裤，厚底。

姚 刚 勾白十字门花三块瓦脸。珠子头，黑箭衣、大带，红彩裤，厚底。

郭 妃 俊扮。凤冠，宫装，彩鞋。

二大太监 丑扮。太监帽，褶子、绦子，红彩裤，朝方靴。

四小太监 俊扮。小太监帽，太监服，红彩裤，薄底。

四宫女 俊扮。过桥，褶子，腰包，彩鞋。

道具

桌子	一张	云帚	两个
椅子	一把	白绸条	一条
黄色桌围椅披	一份	牙笏	一个
香炉	一个		

〔【撤锣】金殿，蝴蝶幕，金龙图案大屏风，正场桌、“大座”。
〔刘秀内白：“摆驾！”

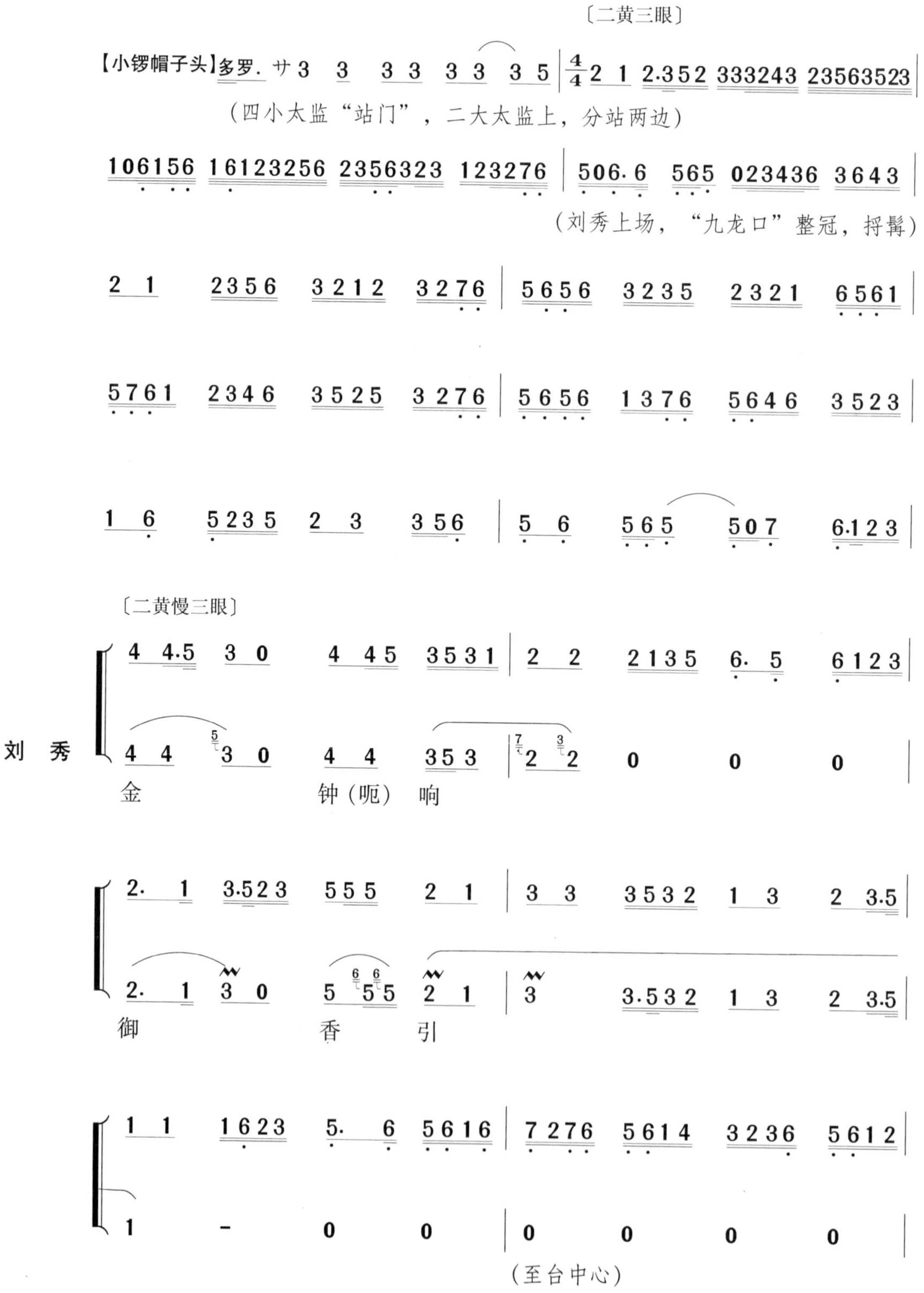

上 天 台

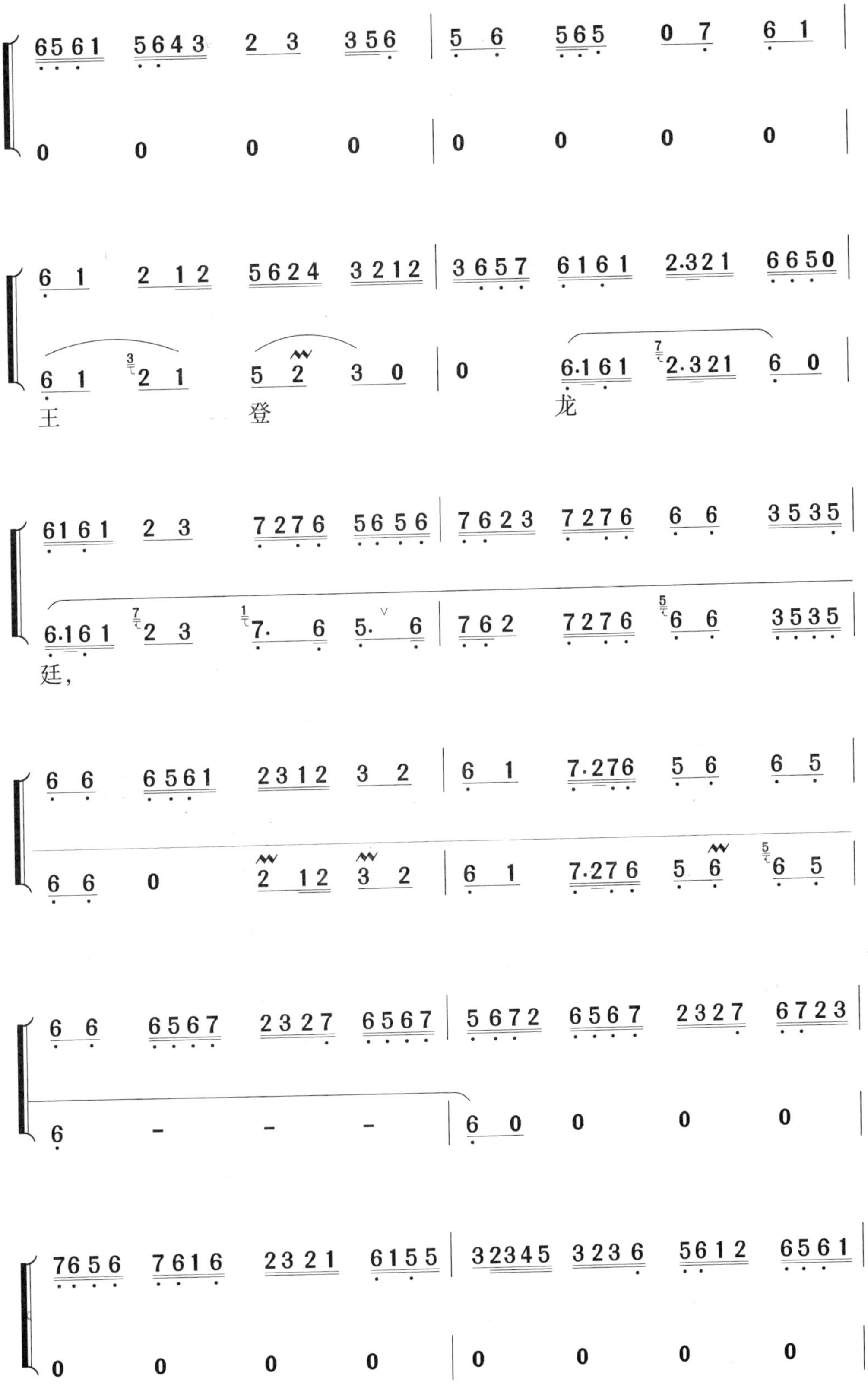

（至台口正中）

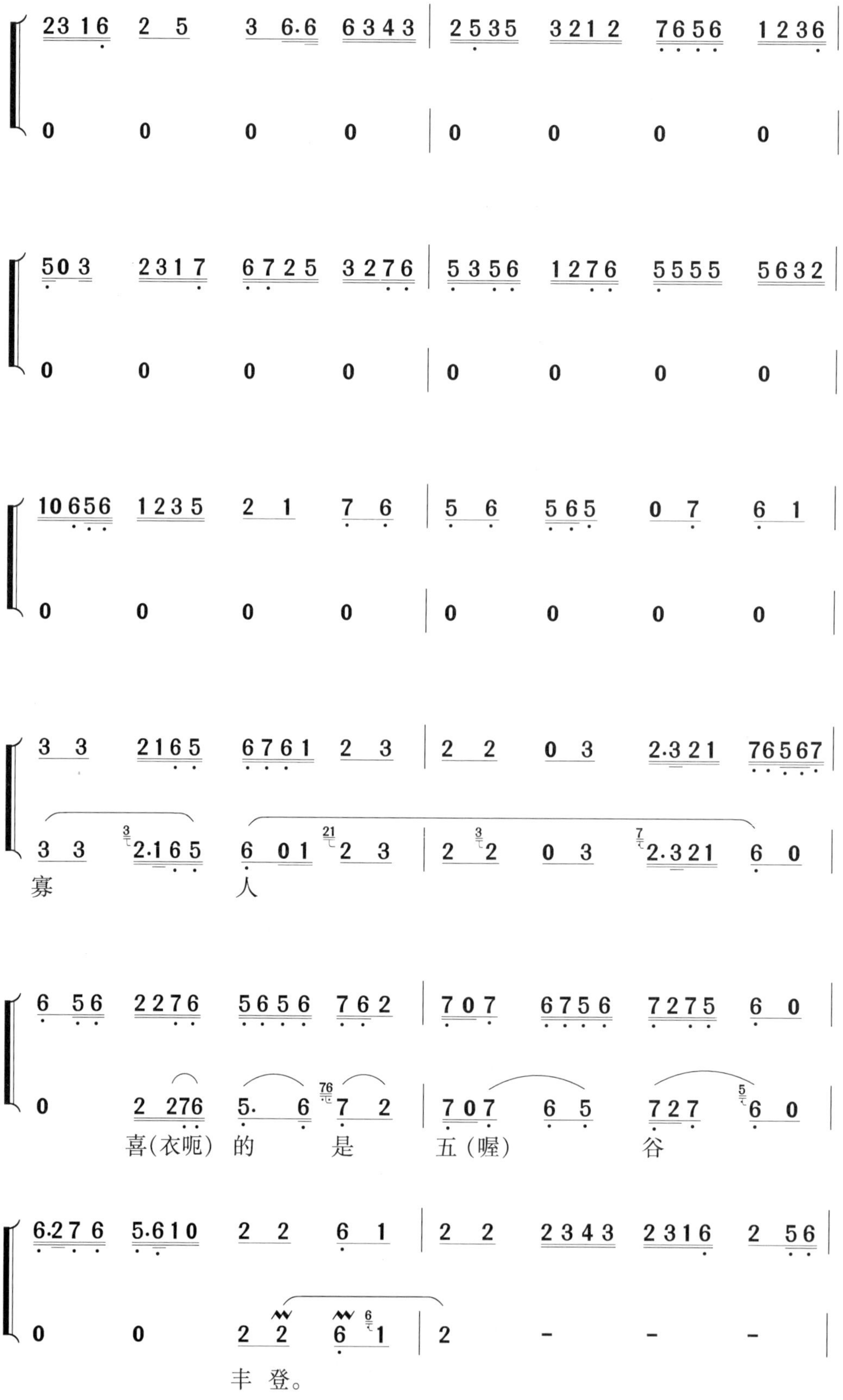
寡 人
喜(衣呃) 的 是 五(喔) 谷
丰 登。

上天台

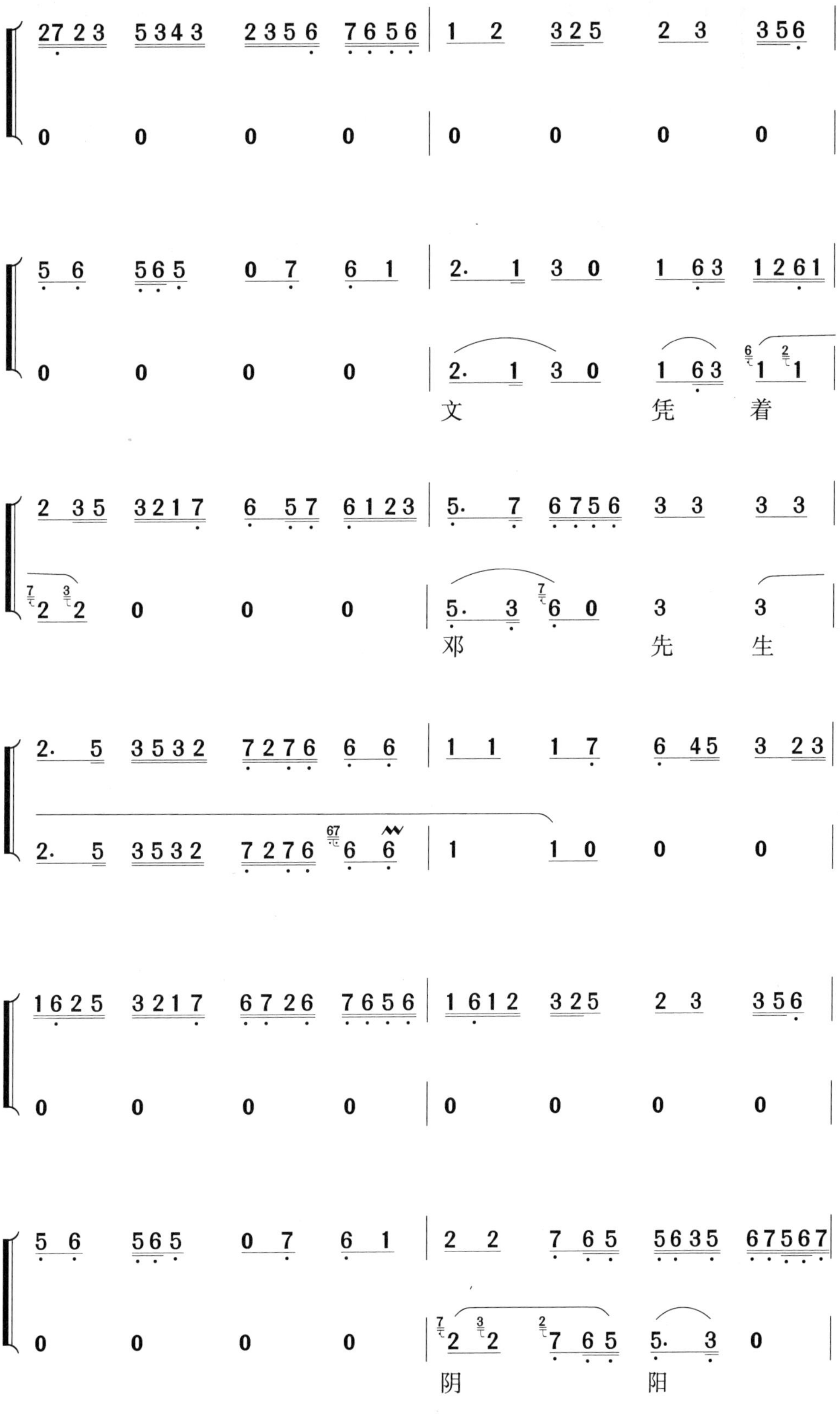

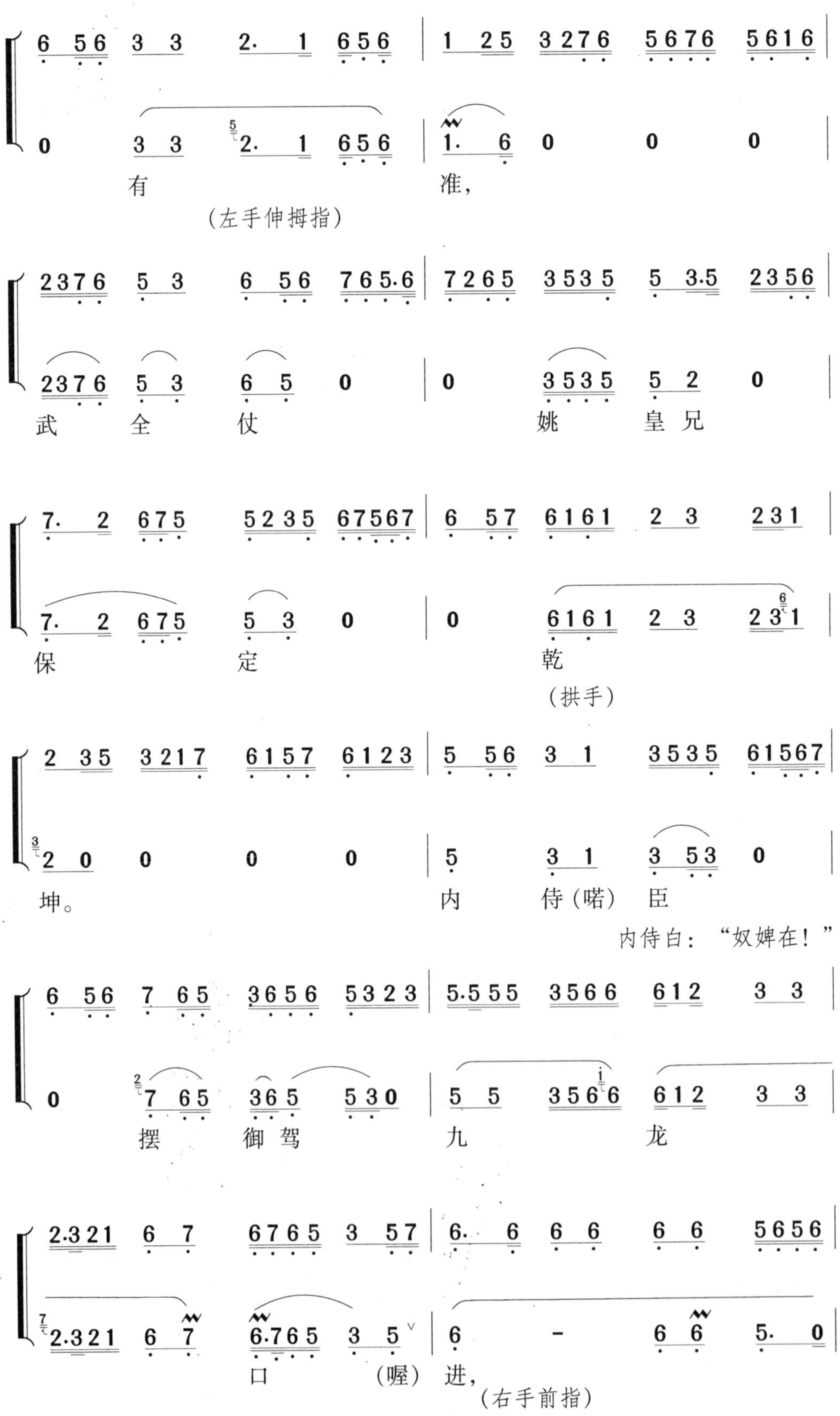
有 准，
（左手伸拇指）
武 全 仗 姚 皇 兄
保 定 乾
（拱手）
坤。 内 侍（喏） 臣
内侍白：“奴婢在！”
摆 御 驾 九 龙
口 （喔） 进，
（右手前指）

上天台

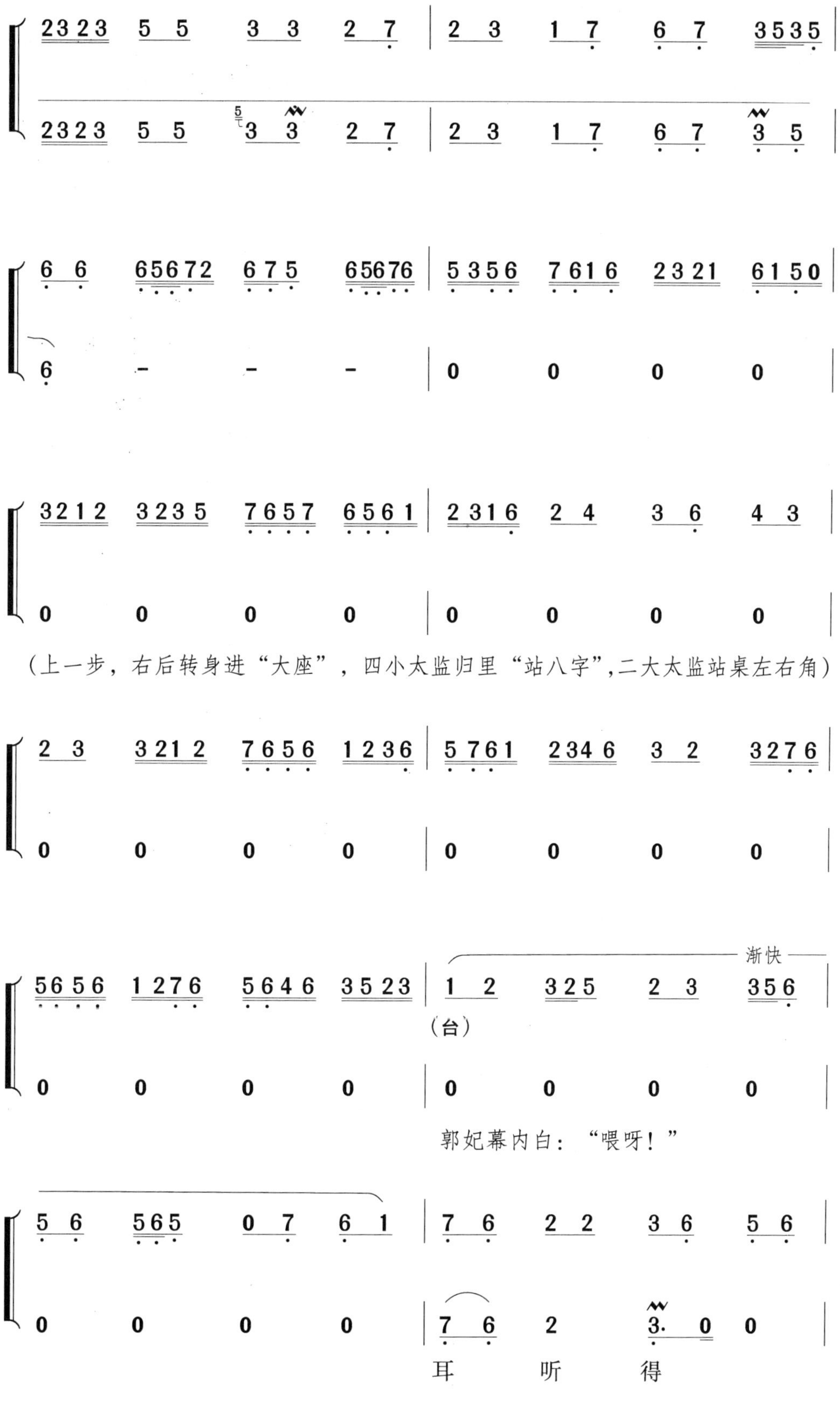

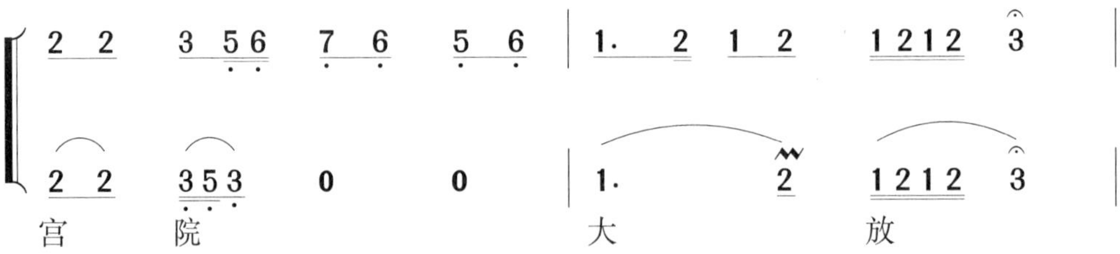

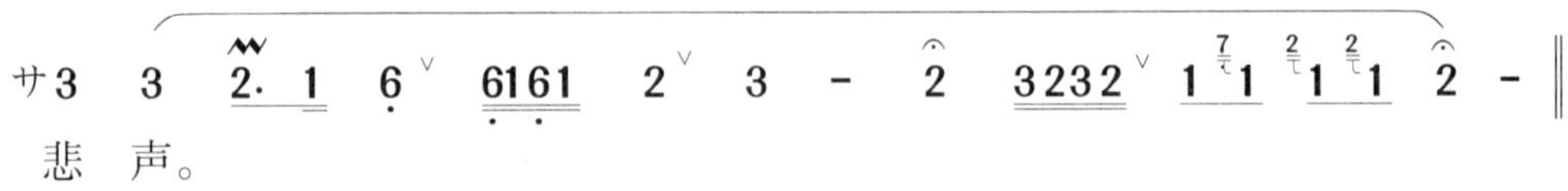

〔【小锣抽头】四宫女“上场门”上，站“一条鞭”，郭妃上。

郭 妃 （“小边”台口）哎呀！

〔二黄摇板〕

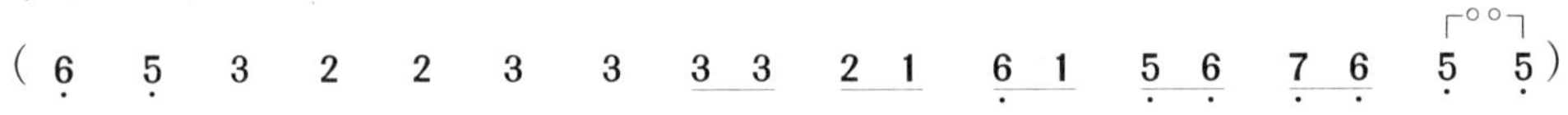

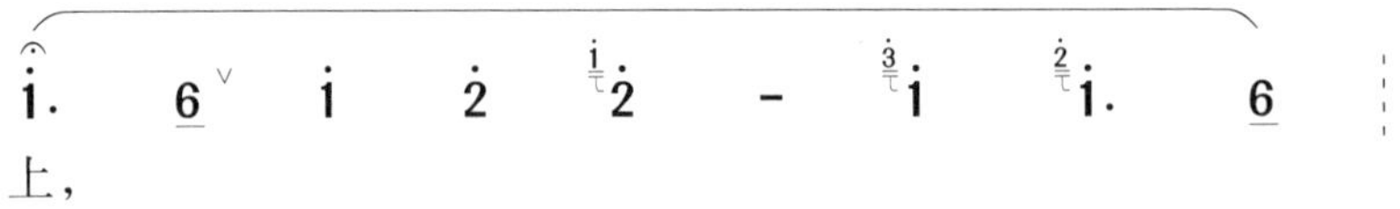

〔【小锣抽头】四宫女“挖门”分站两边，郭妃挖至“大边”。

〔摇板〕

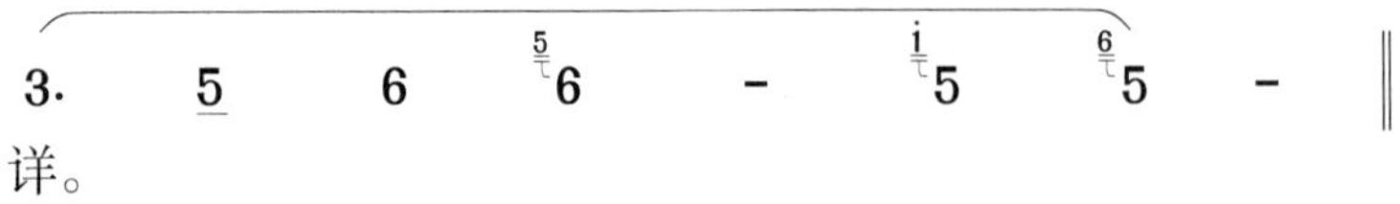

【小锣原场】（叩拜）

郭 妃 哎呀万岁呀！

上天台

刘　秀　梓童，为何这等模样？

郭　妃　啊万岁，今有姚刚，跨马游街，将我父剑劈府门，万岁与妾妃做主啊。（台）

刘　秀　有这等事？梓童暂且回宫，寡人自有道理。

郭　妃　谢万岁！（起身）

〔二黄摇板〕

【小锣凤点头】（过门同前）3　5　6　6　6 5　6

万　岁　准　了　我　的

1 － 6. 1　2　2　1 － 1 －

本，

〔**【小锣抽头】**四宫女“插门”下，郭妃至“下场门”回身抖袖。

〔二黄摇板〕（过门同前）

7 － 6　7　2 －　6 2　7 6　5. 6　7（7 － 7

杀　姚　刚　雪　父　恨

2 3　7 6　5 6　7 －）6 －　6　6 5　3 －　5

方　称　我

サ 7.　6　5 －　6 －　6 －　5 － ‖（台0台0大台）

心。

（郭妃“下场门”下）

刘　秀　内侍！

二大太监　奴婢在。

刘　秀　宣伴驾王带子上（呃）殿！

二大太监　遵旨。（至台口中，同时念）万岁有旨，伴驾王带子上殿呐！（回原位）

〔姚期内白：“领旨！”

〔二黄小导板〕（姚期内唱）

【大锣导板头】サ（5. 3　2 －　3 －　2. 1　3　2. 1　6　5 －）

3　3 1　2　2（5　6　1　2 －）2.　1　1 2

安　定　府　绑　姚

3 －　2　3　1.　2 1（1.　2　3　3　2.　1

刚

6 5 -)2 2 3 - 2 2 1 6.(1
怒 气 皆

5 7 6 -) 2 1 1. 2 1 2 1 2 -
发，

〔【回头】接【原场】姚刚背绑着“上场门”上，站“小边”，姚期持牙笏上。转身面斥姚刚。

姚 期 奴才!

〔二黄散板〕

【大锣纽丝凤点头】サ(5. 3 2 - 3 - 2. 1 6 5 -)

3 3 2 3 3 1. 2. 2. 3(3. 6 1 2 3 -)
只 气 得 年 迈 人

2 1 1 1 2 - 2.(5 6 1 2 -)3 3
两 眼 昏 花。 (仓) 郭 荣

2 1 6 1 2 3(3 -) 6 3 2 1 2 1.(6
贼 在 朝(呃) 中 势 (喏) 力 皆 大，

7 6 1 -)3 3 2 3 3 1. 2 2 3(3.
(仓) 满 朝 中 文 武 臣

6 1 2 3 -) 3 2 1 1 1 2.(5 6 5
谁 不 怕 他。

4 3 2 -)7 6 7 2 2 7 6 5 6 1 - 1.(6
(仓) 他 女 儿 在 西 宫

7 6 1 -) 3 2 2 1 2 1.(6 7 6 1 -)
陪 王 伴 (呐) 驾， (仓)

2 5 3　3 1　2　3.（ 6 1 2 3 – ）6 3　2 1
就 是 为 父（喔）也 要

6 1　2.（ 5 6 1 2 – ）2　1　3　2
让 他。（仓）似 这 样

1 3　2 1　1 6（ 6 5 7 6 – ）1　6 3　2　2 1
犯(呐) 王 法 儿 全 然 不

1 – 1　2　1 –【散长锤凤点头】6 2　1.　2
怕，准 备 着

3 2　3（ 3 – ）3　3. 2　1. 7　6　1　2 – ‖（仓）
钢 刀 把 儿 的 头 杀。

姚　刚　爹爹！

〔二黄散板〕

【快纽丝】（过门同前）サ 3 3　3 3　3 1 2　3（ 6 1 2 3 – ）2 2　3 3
爹 爹 不 必 怒 气 发，（仓） 孩 儿 言 来

1 2　2（ 5 6 1 2 – ）1 1　1 3　2　2　1 2　1（ 6 7 6
听 根 芽。（仓） 父 子 在(呀) 朝 功 劳(哇) 大，（仓）

1 ）3 2　3　3 1 2　2 3　3 1　2.　2　2 ‖（八大仓）
打 死 了 郭 荣 贼 不 犯 王（呃）法。

〔亮弦〕

（ 5 6 1 2 – ）

姚　期　（在〔亮弦〕中）奴（哇）才！

〔二黄散板〕

【大锣凤点头】（过门同前）2 3　3　2（ 2 – ）3　1　3　2　1　6 2　1　2　1
小 奴 才 说 此(呀) 话 你 胆 比 天 大，

(6 7 6 1 -) 3 4 3 - 3 2 1 2 3 6. 2 1 1 2 2 - (仓大.)
(仓) 说什么 杀 死了人不 犯 王法。

〔行弦〕

2/4 (2161 2 3 | 2161 2 0 | 2161 2 3 | 2161 2 0 |
姚期白：“儿是好汉？”姚刚白：“是好汉呐！”姚期白：“好哦！”

2161 2 3 | 2161 2 0 | 2161 2 3 | サ2161 2 0) |

〔二黄散板〕

姚　期　【纽丝凤点头】(过门同前) 113 2 1. 3 2 1 6 (6. 6 5 7 6 -)
是好 汉 随(呀)为 父

3 2.(6 1 2 -) 2 1 1 - 1 2 1 - 【纽丝】(切住)
参 王 见 驾，

姚　刚　走着。

〔【纽丝凤点头】姚刚挖至“小边”，姚期挖至“大边”。

姚　期　跪下。

〔姚刚在“小边”台口单腿跪下。

〔二黄散板〕

姚　期　(过门同前) 3 4 3 - 5 3 1 2 2 3 (3. 6 1 2
一 桩 桩 一 件 件

3 -) 3 2 2 1 6 1 - 2 - ‖【住头】
启 奏 皇 家。

臣，姚期见驾，吾皇万岁！(拜见后站立于侧)

刘　秀　姚皇兄，你可知罪？

姚　期　臣知罪，郭老太师也有一行大罪。

刘　秀　太师何罪之有？

姚　期　他府门前，私立三尺禁地，万岁可曾降旨？

刘　秀　这个……寡人未曾降旨。

姚　期　既未曾降旨，似这等臣子，斩者无亏！

刘　秀　好个斩者无亏！

姚　刚　(挣扎着喊)绑坏了！(嘟……仓)

上 天 台

刘　秀　殿角绑的何人？

姚　期　臣子姚刚。

刘　秀　哎呀呀，不要绑坏了孤的小爱卿。内侍，

二大太监　奴婢在。

刘　秀　快快松绑！

大太监　遵旨。

〔【冲头】“小边”大太监将姚刚绑绳绸条取下。姚刚站起，回身向刘秀。

姚　刚　多谢万岁不斩之恩。

刘　秀　非是寡人不斩于你，寡人有言在先，姚不反汉，汉不斩姚。今将你发往湖北宛子城中戴罪立功，你父子殿角分别了吧！

姚　期　谢万岁！

〔二黄摇板〕

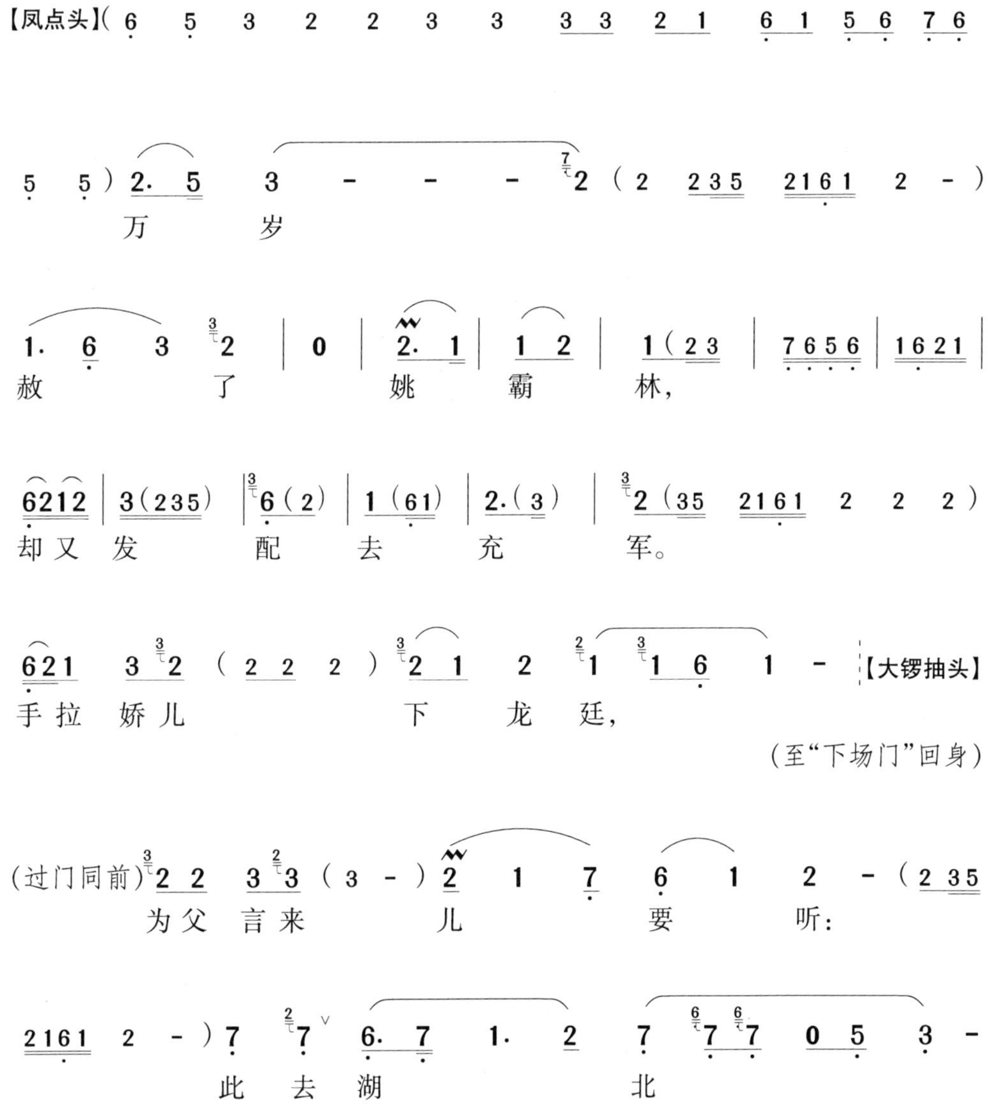

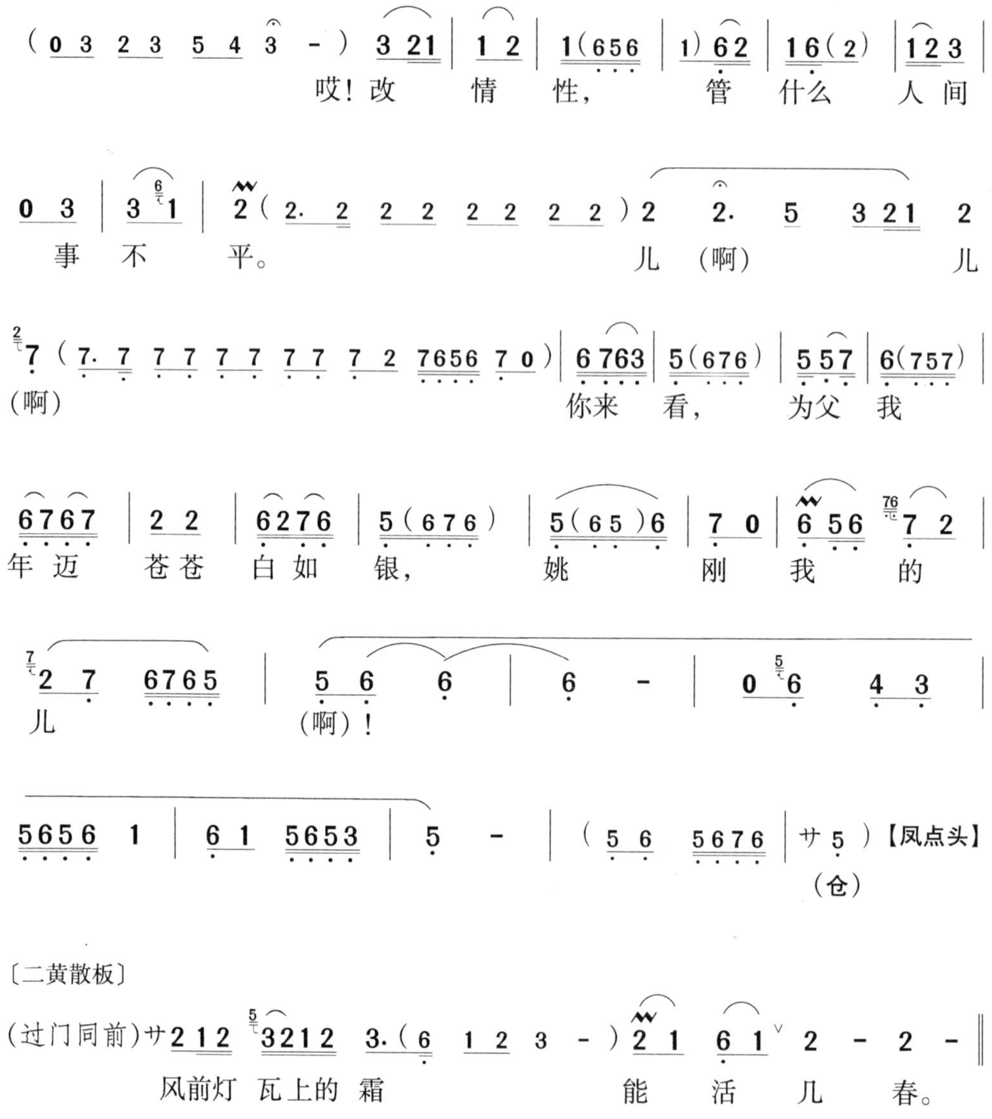
哎！改 情 性， 管 什么 人 间
事 不 平。 儿 （啊） 儿
（啊） 你来 看， 为父 我
年 迈 苍苍 白 如 银， 姚 刚 我 的
儿 （啊）！
【凤点头】
（仓）
〔二黄散板〕
（过门同前）
风前灯 瓦上的 霜 能 活 几 春。

姚 刚 爹爹！

【凤点头】（过门）
爹 爹 流 泪 儿 悲 伤， （仓）
点 点 珠 泪 满胸 膛。 （仓） 在 朝 为 官
有 什么 好， 不 如 还 乡 务 农 商。 （仓）

上天台

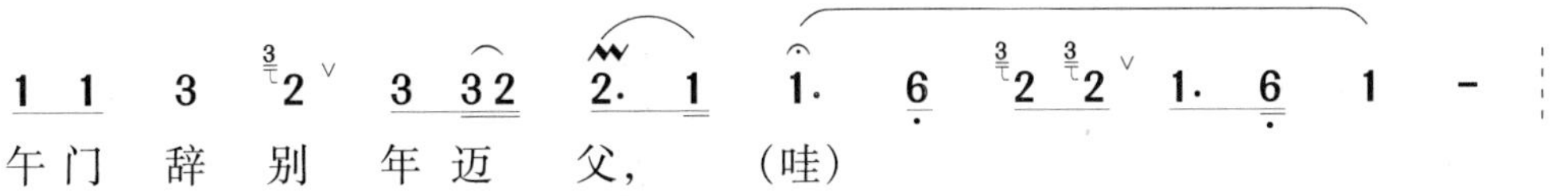

〔【纽丝】二人出门，姚刚面向左方。

〔二黄散板〕

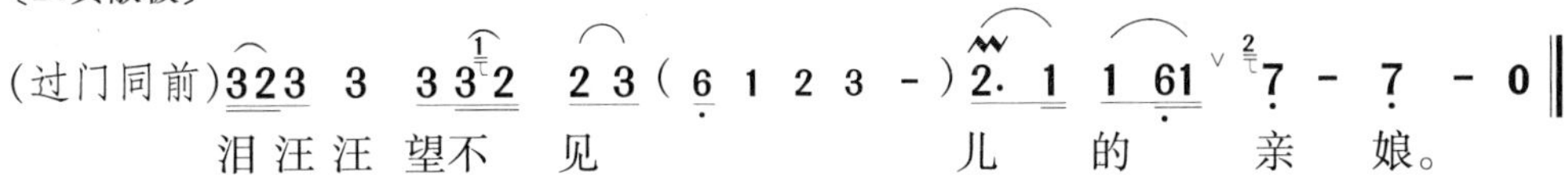

〔【冲头】姚刚起“云手”，面向姚期。

姚　刚　【叫头】爹爹！

姚　期　姚刚。

姚　刚　我父。

姚　期　霸林。

姚　刚　哎，爹爹……

姚　期　哎，儿……【冲头】

姚　刚　爹爹！（仓）你、你、你……要保重了！（八大仓）（“云手”转身面向里亮相）【冲头】（“下场门”下）

姚　期

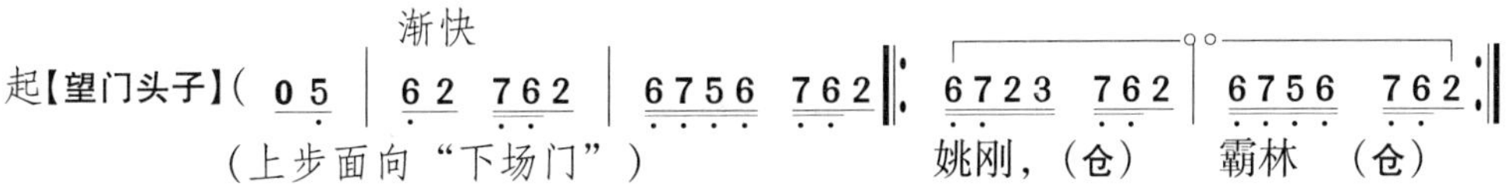

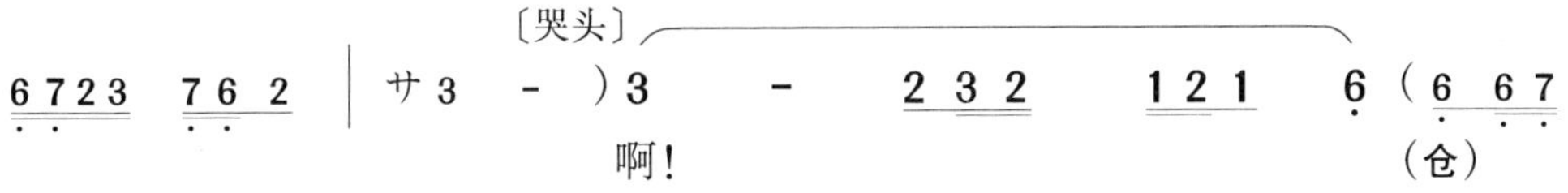

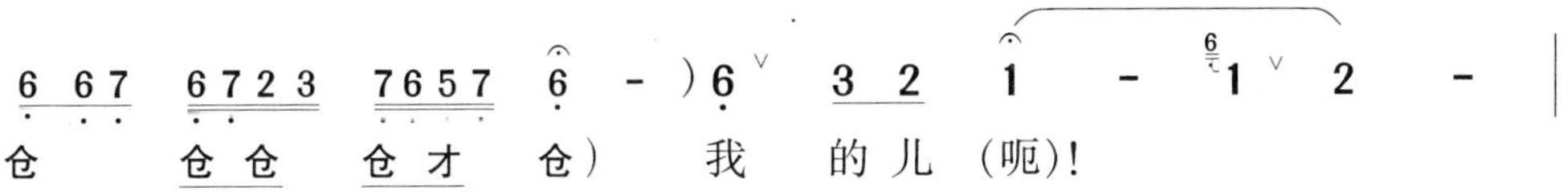

〔二黄散板〕

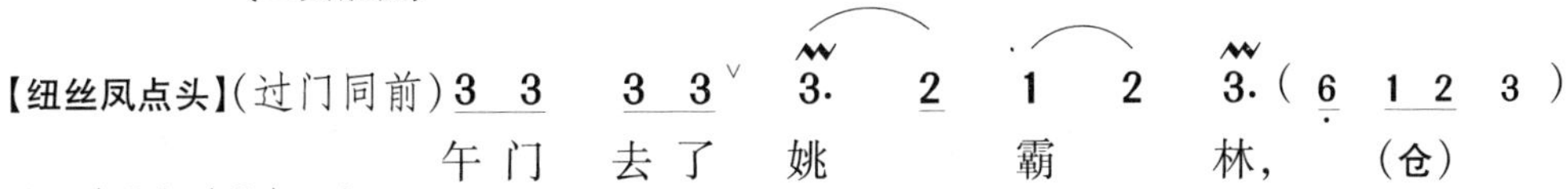

（回身“大边”台口）

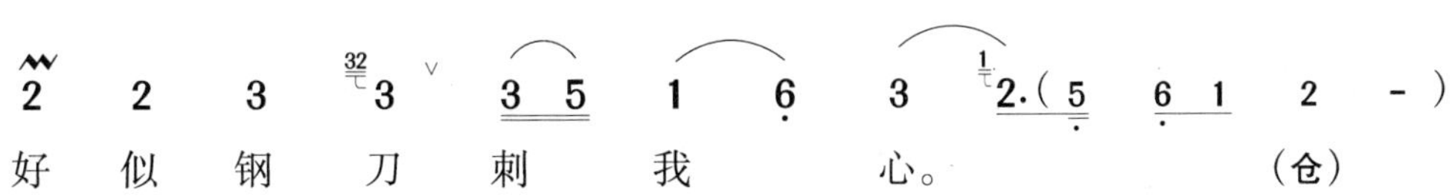

6 2 1 6 3 2 2 1 2 1（1 －）
二 次 撩 袍 龙 廷 进，

〔二黄散板〕

【纽丝凤点头】（过门同前）253 3 2 3（3 －）2 21 1 － 2 － ‖【住头】
（挖进“小边”，面向刘秀）告 职 还 乡 为 庶 民。

臣，姚期二次见驾，吾皇万（呃）岁！（单腿跪下）【撕边一锣】

刘 秀 皇兄为何去而复转？

姚 期 非是老臣去而复转，老臣年迈，不能在朝奉君，臣要告老还乡。

刘 秀 皇兄要告职还乡，刘寡人怎忍一旦抛别而去呀！

姚 期 万岁舍不得老臣，老臣焉能舍得万岁，若要老臣在朝奉君，万岁必须依臣一件。

刘 秀 哪一件？

姚 期 万岁必须戒酒百日。

刘 秀 只要皇兄在朝奉君，慢说是戒酒百日，就是周年半载，又待何妨。内侍！

大太监 奴婢在。

刘 秀 搀扶起姚皇兄，啊、哈……（“小边”大太监搀起姚期）

〔二黄三眼〕稍快

扎 多 衣 5 3523 | 4/4 1. 6 5 3 2 3 3 6 |

5 6 565 0 5 3235 | 203 2352 3525 3276 |

5046 3235 2321 6561 | 5061 2346 3525 3276 |

5656 1 6 5 46 3523 | 1. 6 5 3 2 3 3 6 | 5 6 565 507 6 1 |

2. 1 3 0 5 61 3235 | 2 35 3217 6157 612 |

刘 秀 2. 1 3 0 5 61 3 3 | 2 30 0 0 0 |
姚 皇 兄

上天台

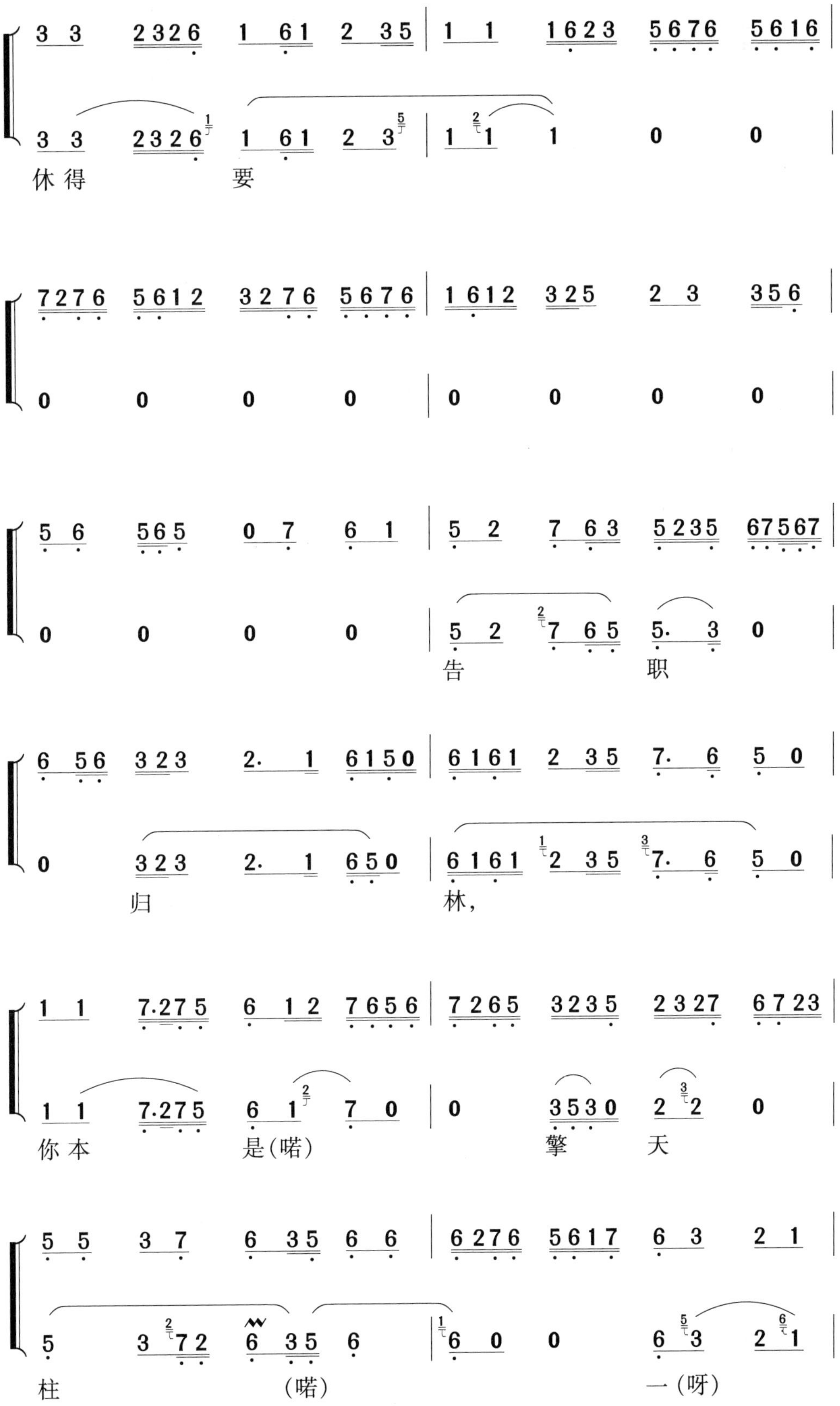

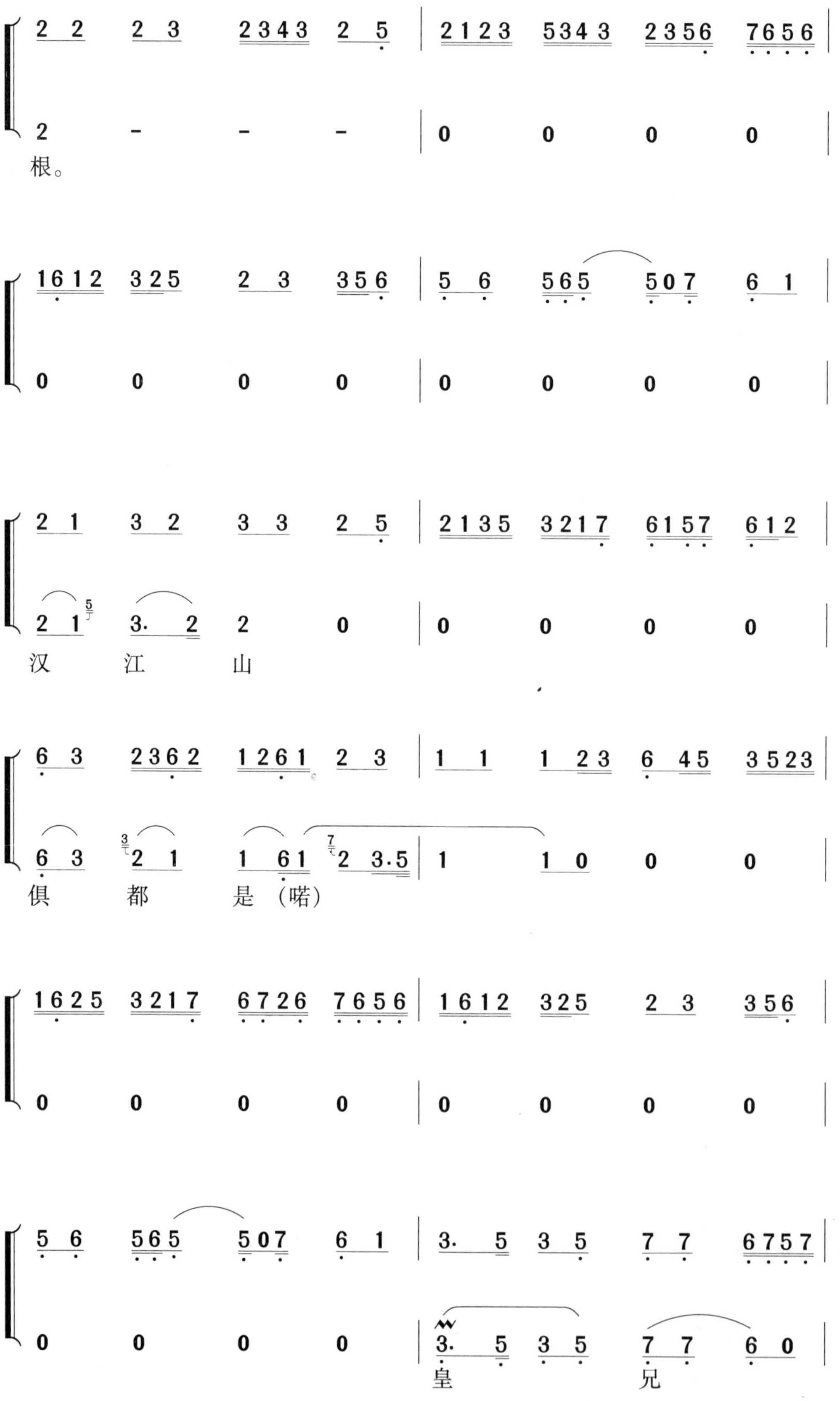
根。
汉 江 山
俱 都 是（喏）
皇 兄

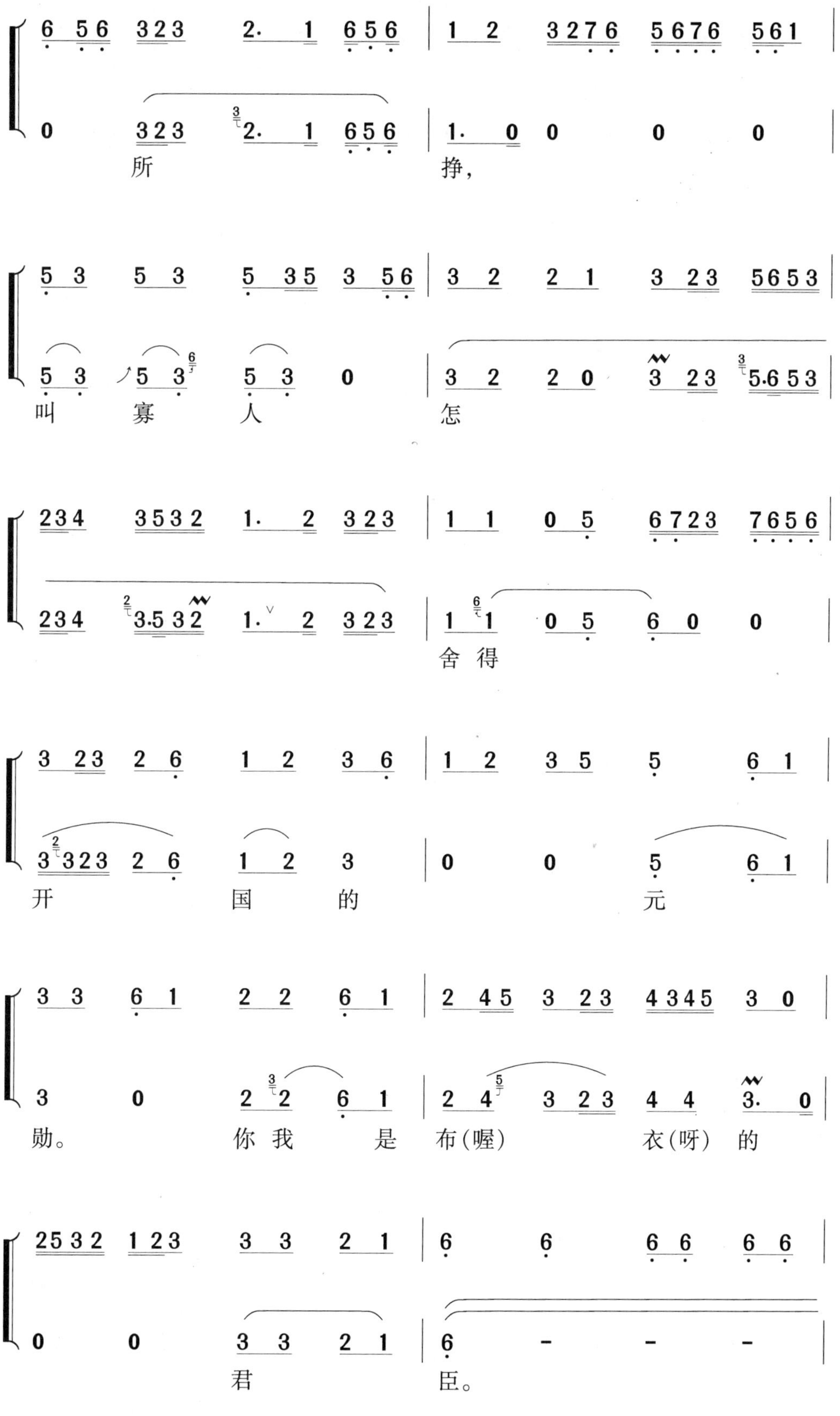
所 挣，
叫 寡 人 怎
舍 得
开 国 的 元
勋。 你 我 是 布(喔) 衣(呀) 的
君 臣。

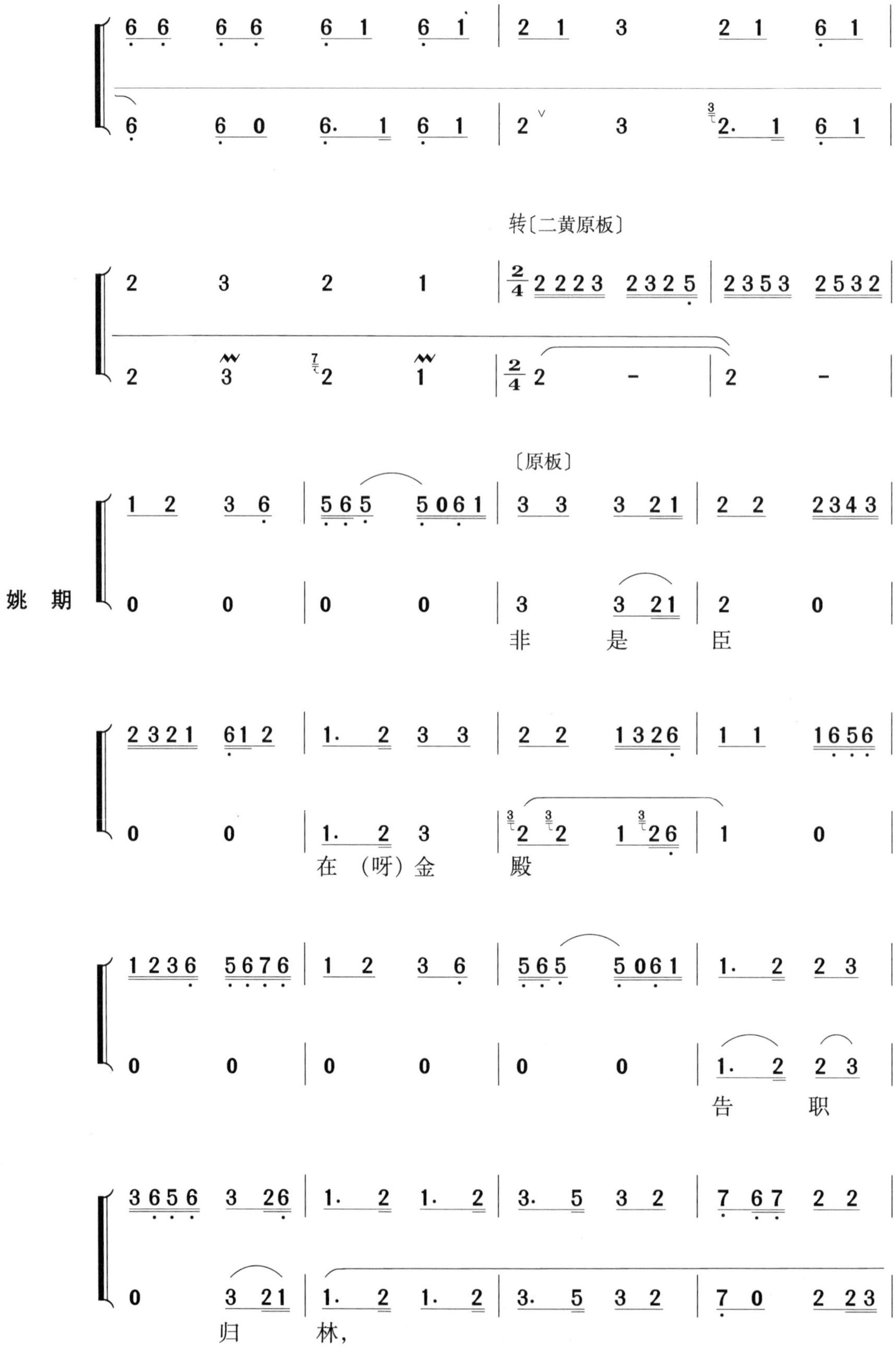
转〔二黄原板〕
〔原板〕
姚期
非是臣
在（呀）金殿
告职
归林，

上天台

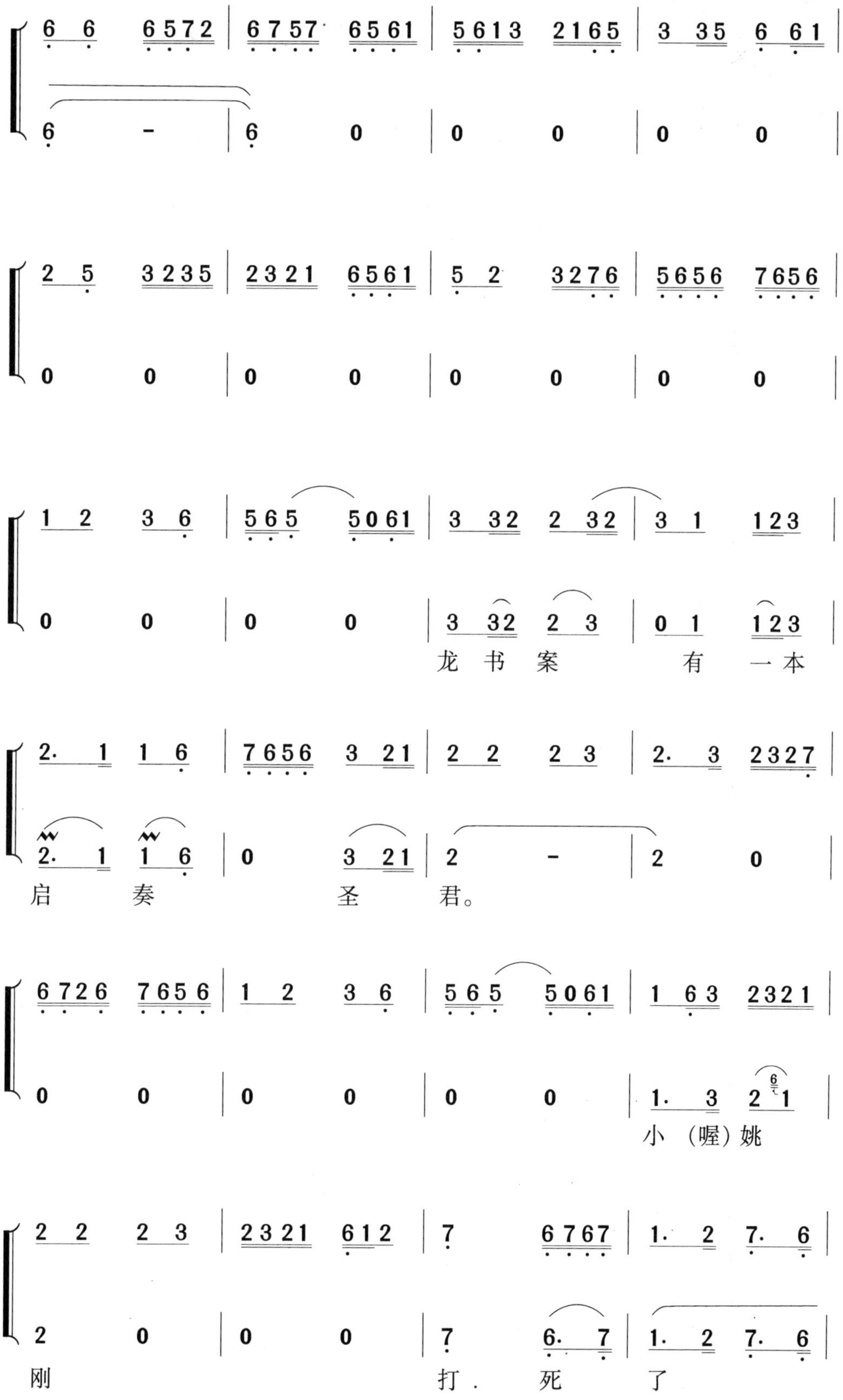

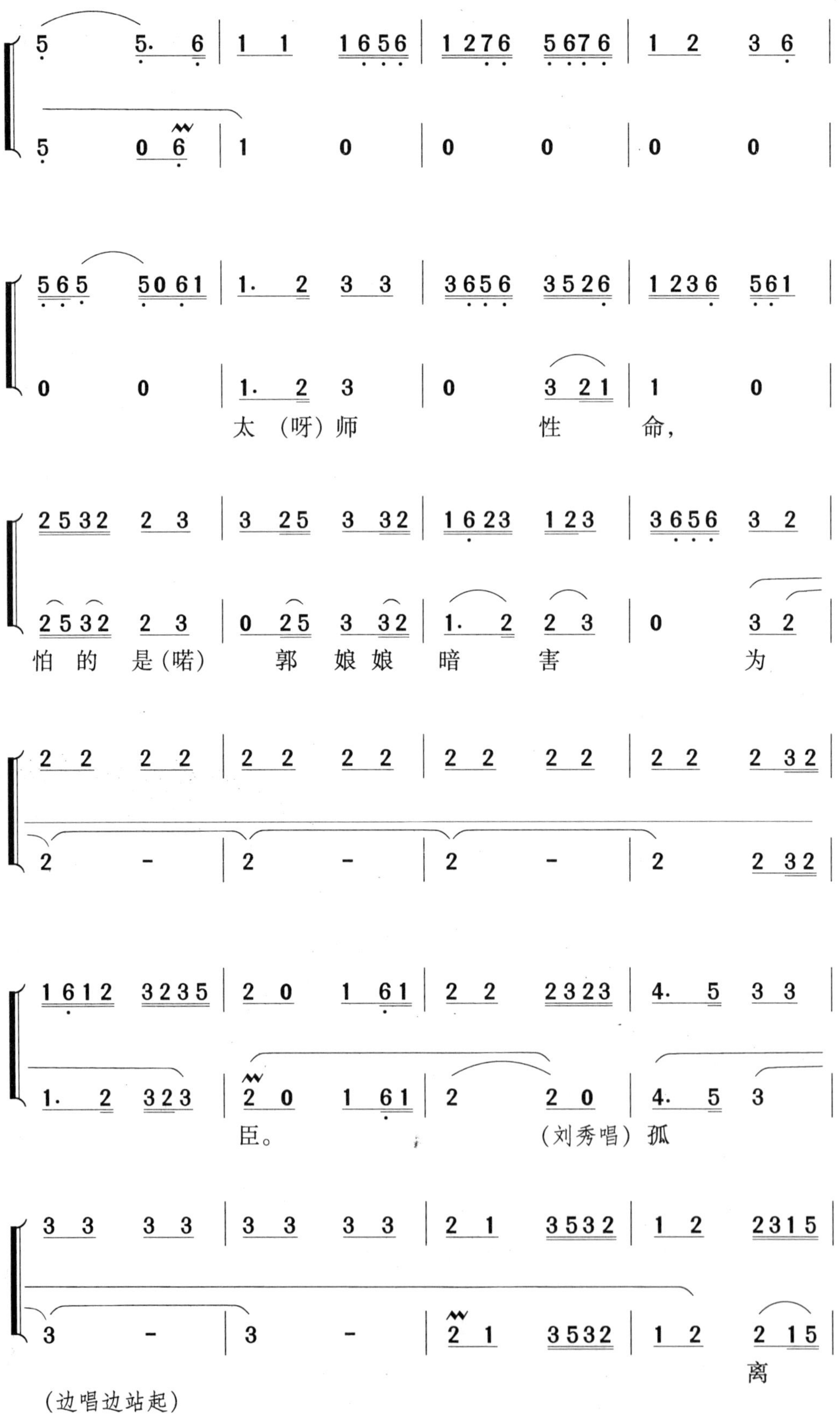
太（呀）师 性 命，
怕 的 是（喏） 郭 娘 娘 暗 害 为
臣。（刘秀唱）孤
离
（边唱边站起）

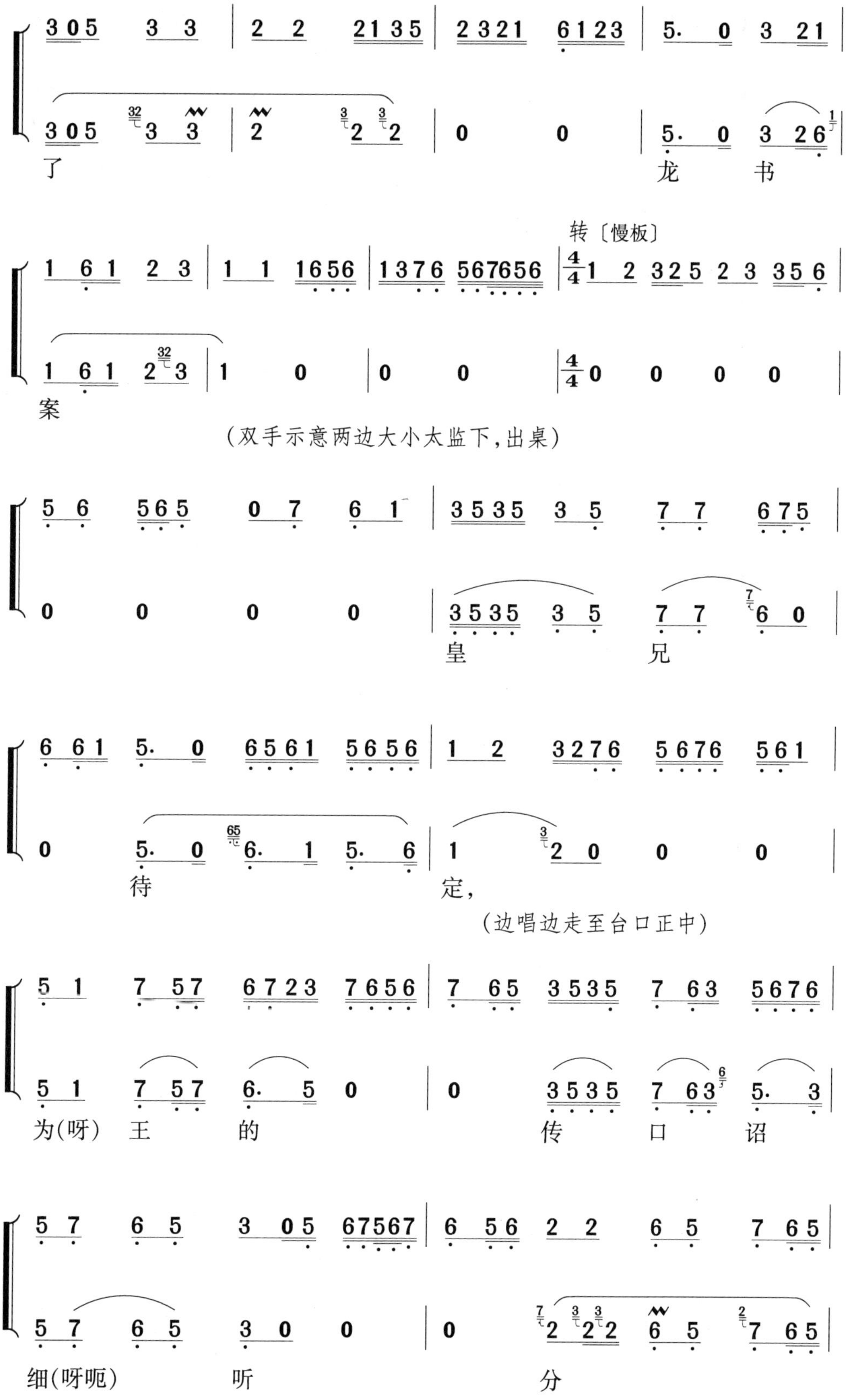
了
龙 书
转〔慢板〕
案
（双手示意两边大小太监下，出桌）
皇 兄
待 定，
（边唱边走至台口正中）
为(呀) 王 的 传 口 诏
细(呀呃) 听 分

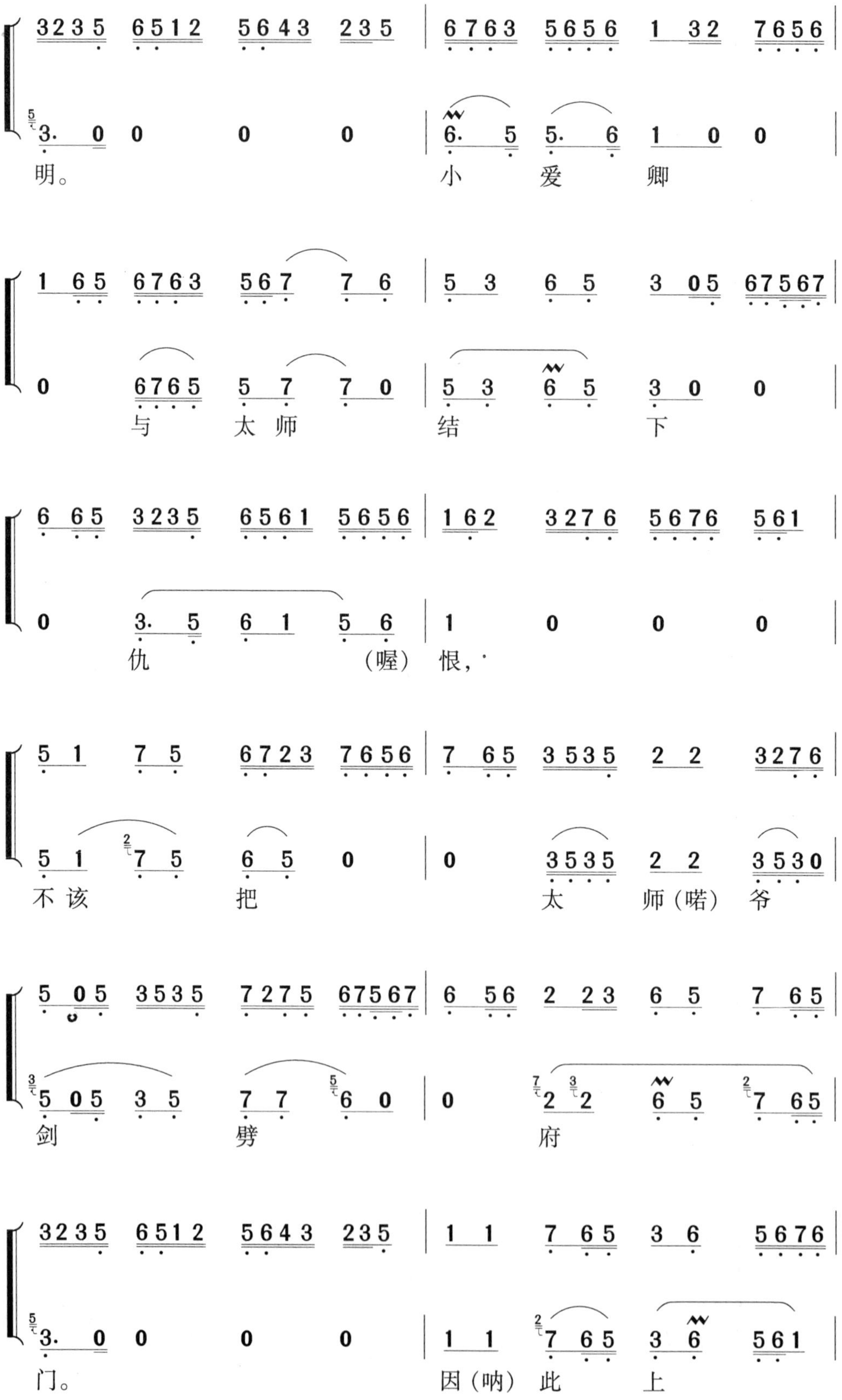
明。小爱卿
与太师结下
仇（喔）恨，
不该把太师（喏）爷
剑劈府
门。因（呐）此上

上 天 台

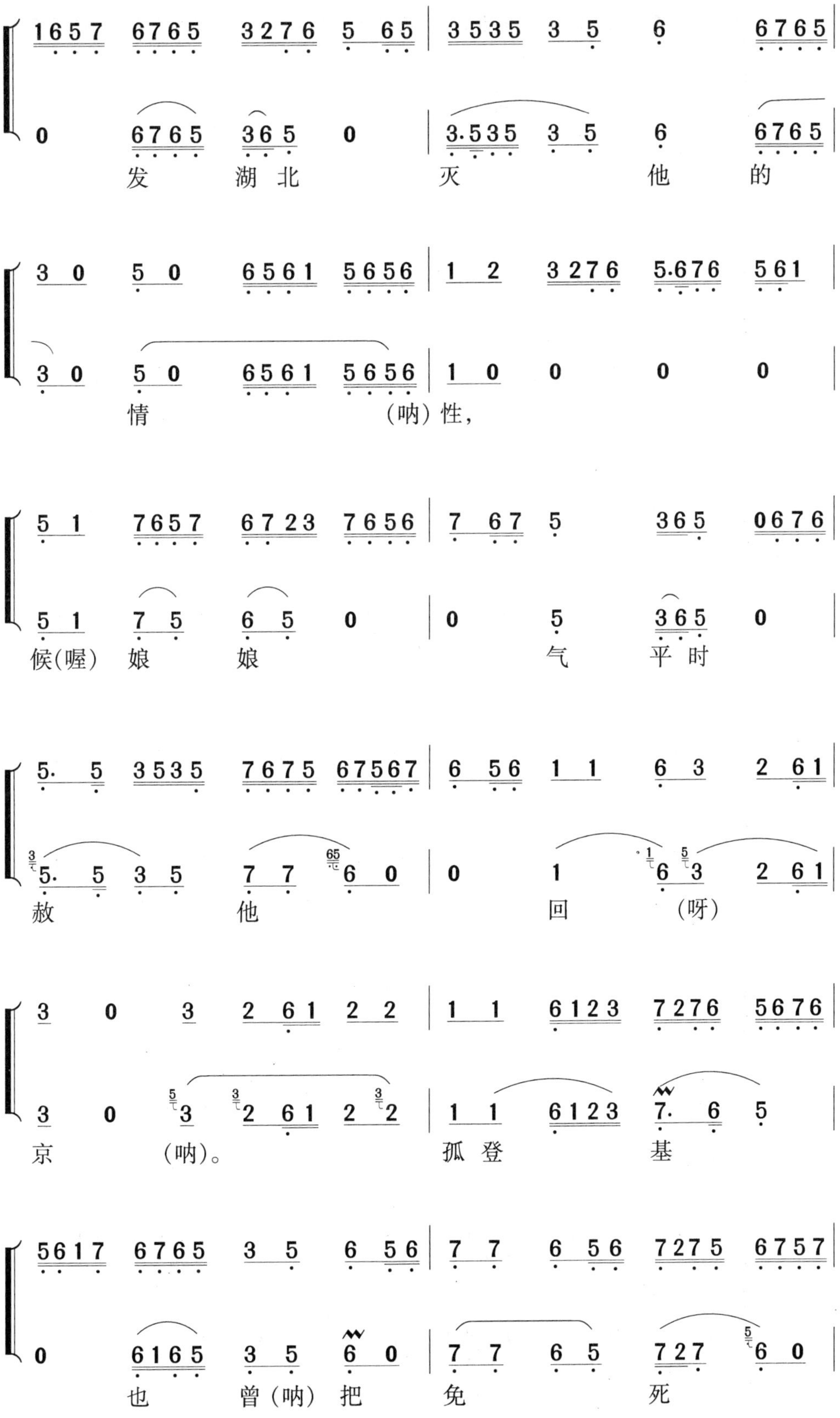

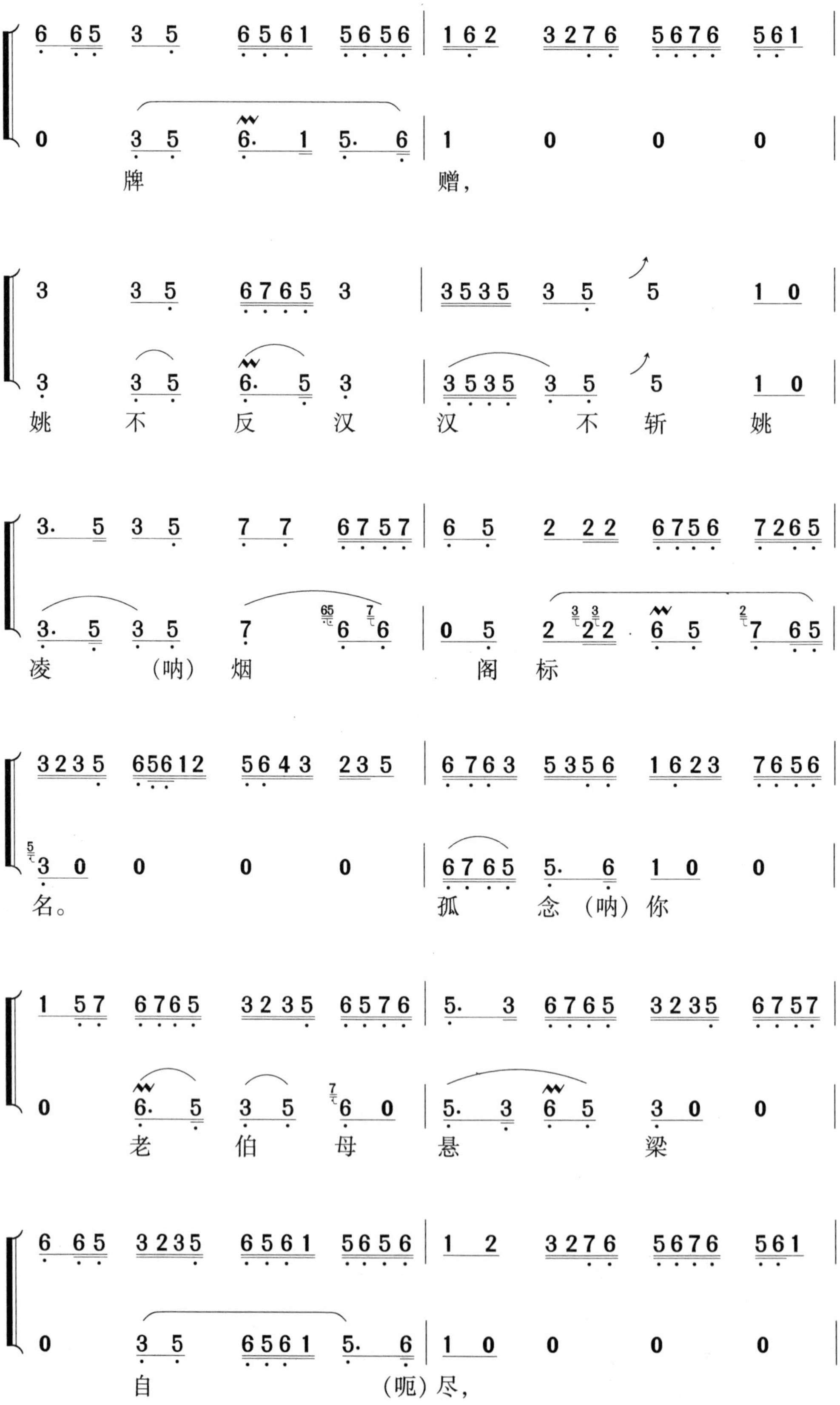
牌 赠，
姚 不 反 汉 汉 不 斩 姚
凌 （呐） 烟 阁 标
名。 孤 念 （呐） 你
老 伯 母 悬 梁
自 （呃） 尽，

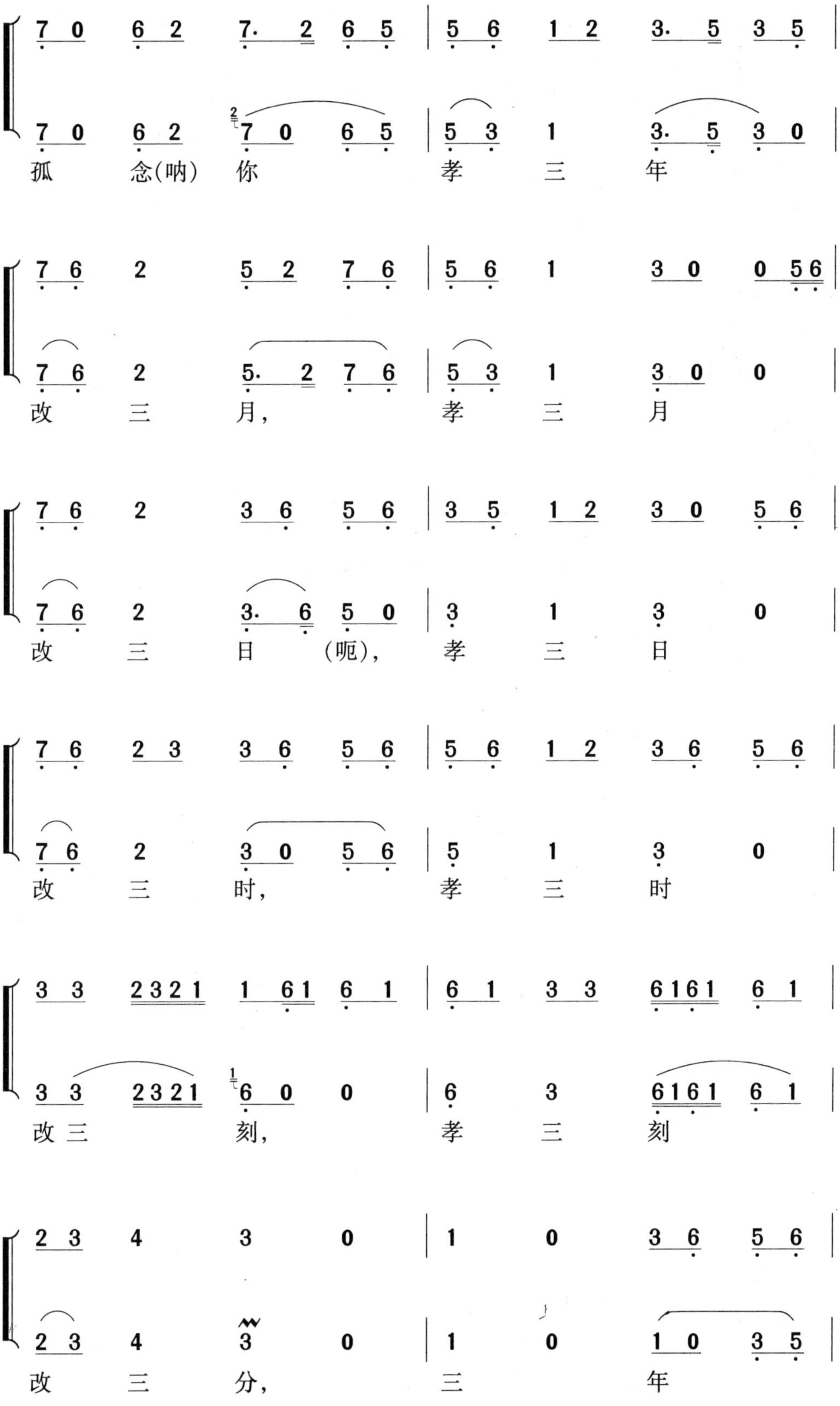
孤 念(呐) 你 孝 三 年
改 三 月, 孝 三 月
改 三 日 (呃), 孝 三 日
改 三 时, 孝 三 时
改三 刻, 孝 三 刻
改 三 分, 三 年

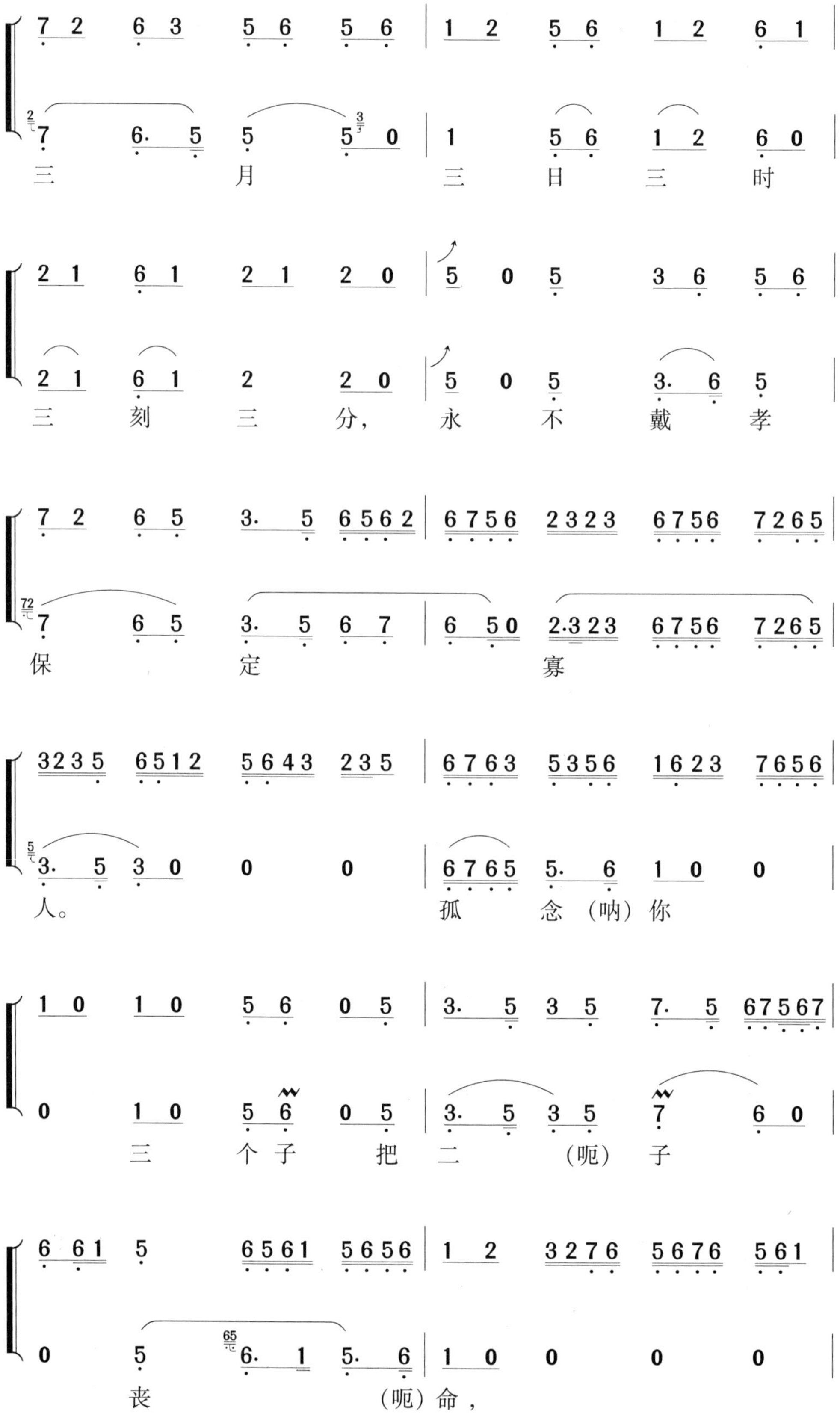
三月三日三时
三刻三分，永不戴孝
保定寡
人。孤念（呐）你
三个子把二（呃）子
丧（呃）命，

上天台

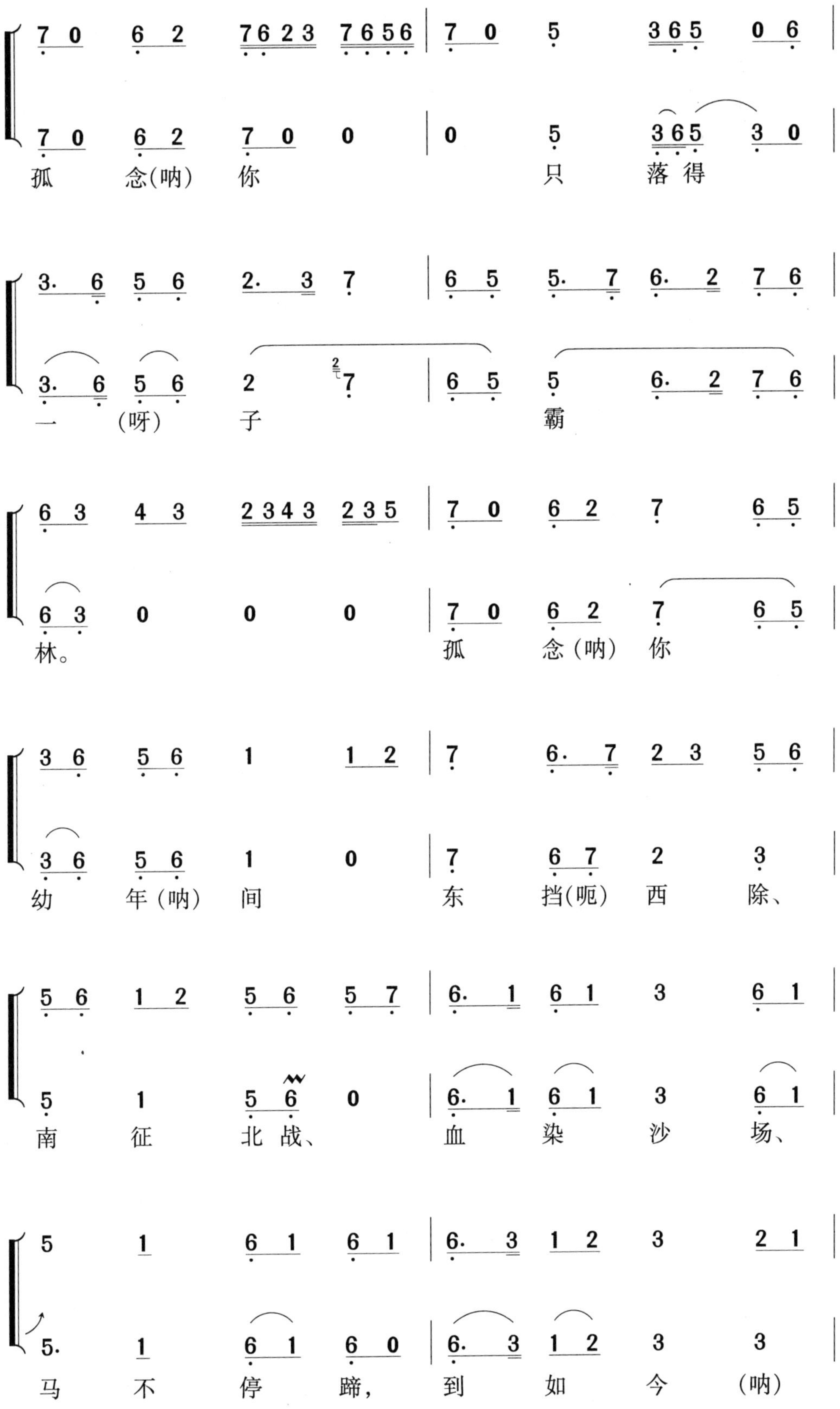

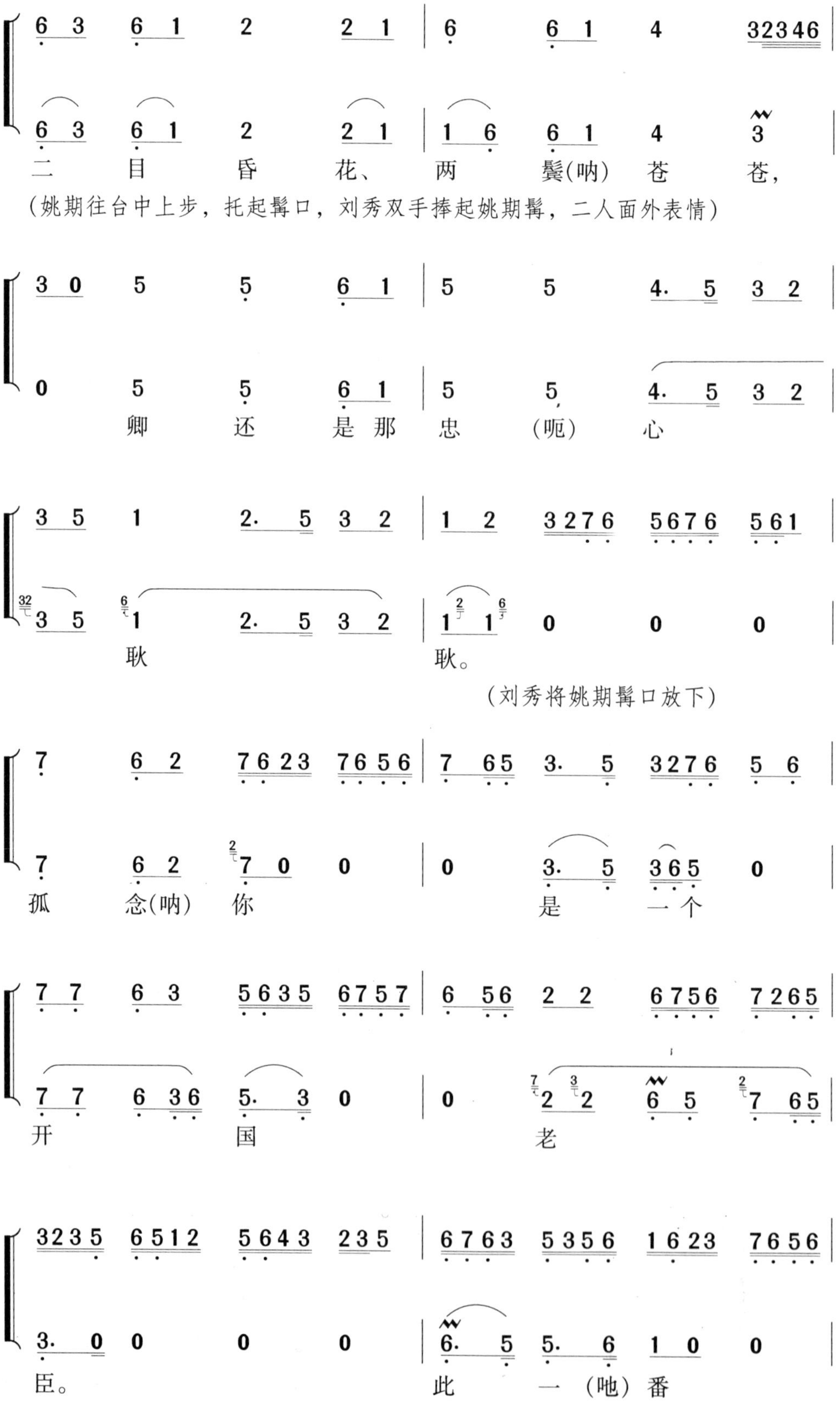
二 目 昏 花、两 鬓(呐) 苍 苍，
（姚期往台中上步，托起髯口，刘秀双手捧起姚期髯，二人面外表情）
卿 还 是那 忠 (呃) 心
耿 耿。
（刘秀将姚期髯口放下）
孤 念(呐) 你 是 一个
开 国 老
臣。 此 一 (吔) 番

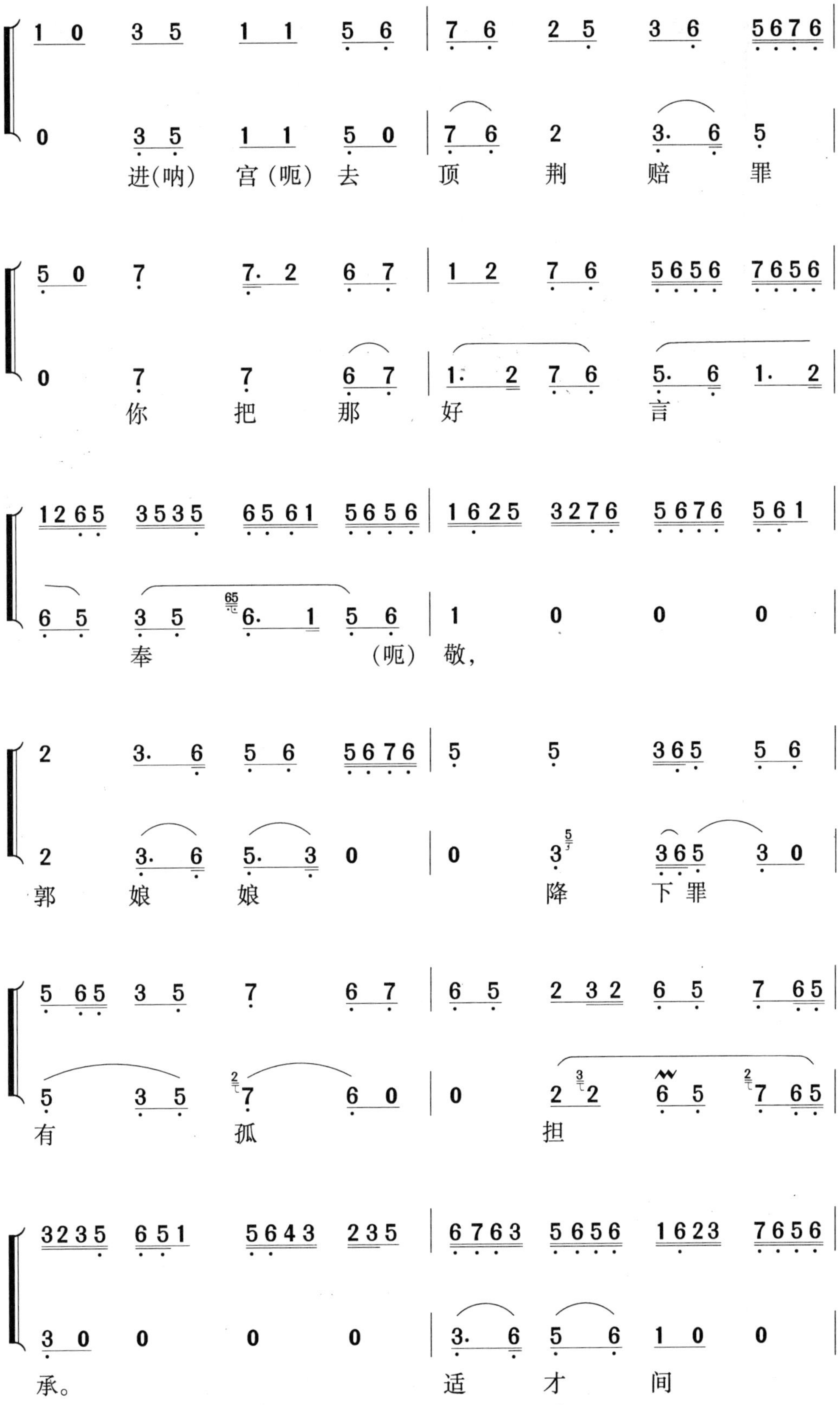
进(呐) 宫（呃） 去 顶 荆 赔 罪
你 把 那 好 言
奉 （呃） 敬，
郭 娘 娘 降 下 罪
有 孤 担
承。 适 才 间

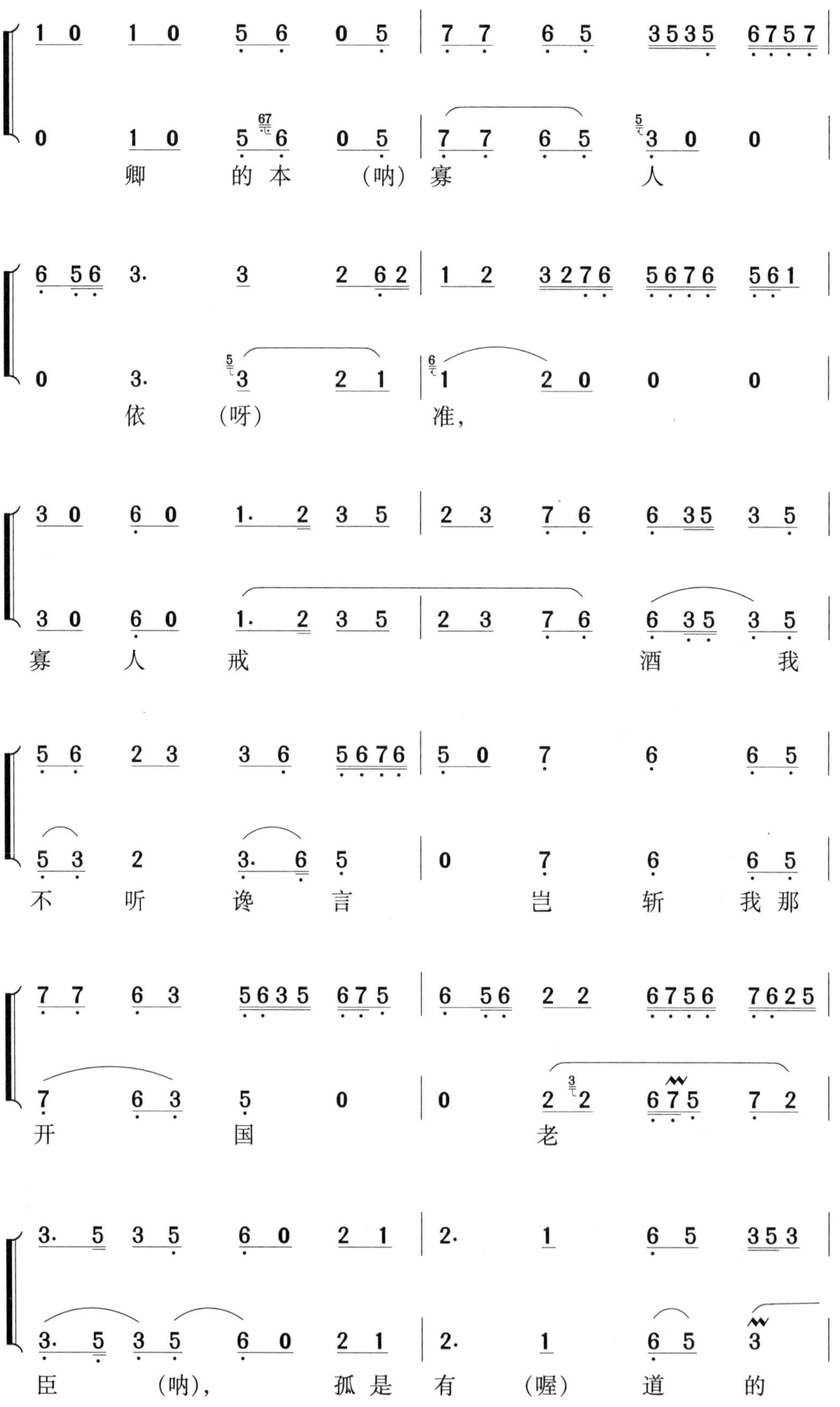
卿 的本 （呐）寡 人
依 （呀） 准，
寡 人 戒 酒 我
不 听 谗 言 岂 斩 我那
开 国 老
臣 （呐）， 孤是 有 （喔） 道 的

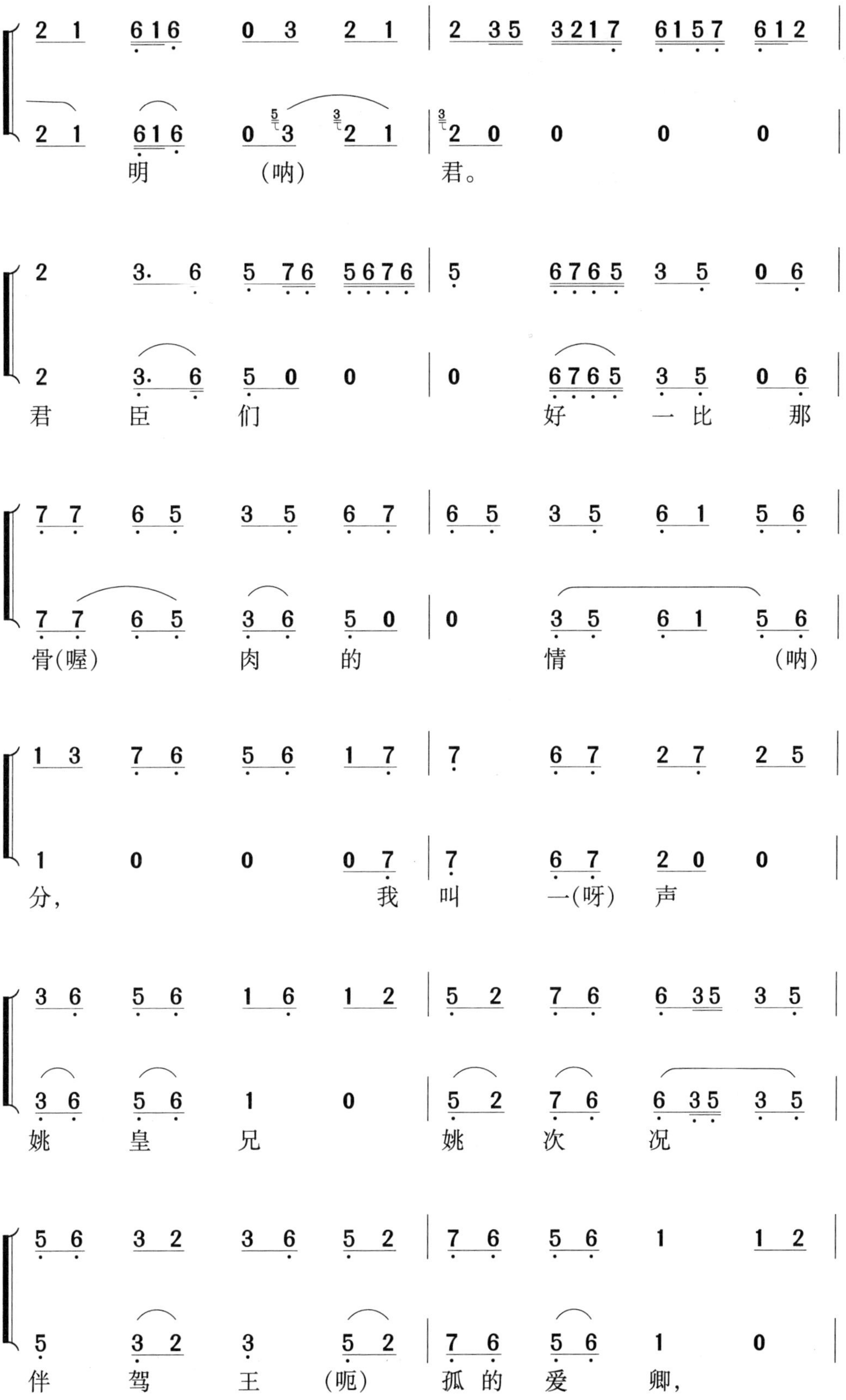
明 (呐) 君。
君 臣 们 好 一 比 那
骨(喔) 肉 的 情 (呐)
分, 我 叫 一(呀) 声
姚 皇 兄 姚 次 况
伴 驾 王 (呃) 孤 的 爱 卿,

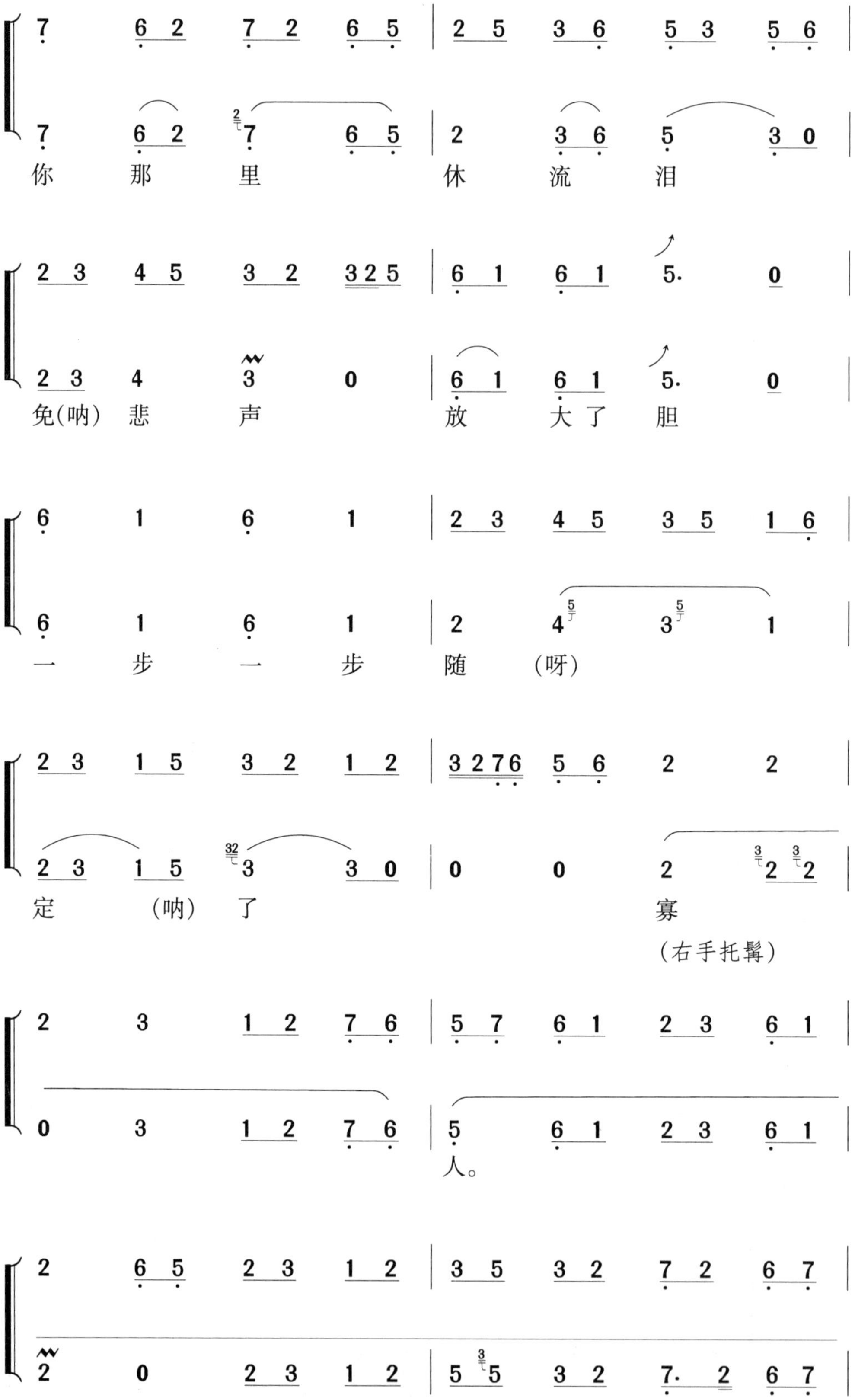
你 那 里 休 流 泪
免(呐) 悲 声 放 大 了 胆
一 步 一 步 随 (呀)
定 (呐) 了 寡
(右手托髯)
人。

【上天台】

（右水袖下来再翻上，一亮）

〔【一锤锣】刘秀左手向姚期微微一招，左转身“下场门”下，姚期随下。

——剧终

刘勉宗　**整理**　　贾钟生　**记谱**
张少楼　言兴朋　**校订**

让徐州

言菊朋演出本

20世纪80年代，在一次京剧名家的联欢会上，京剧界的老朋友、原中共中央顾问委员会秘书长荣高棠被邀请上台。却不过来宾的盛情，荣高棠叫板起唱："未开言不由人珠泪滚滚，千斤重任我要你担承……"流畅的言派《让徐州》，博得了全场的热烈喝彩。

荣老说："我喜欢言派，特别喜欢这段《让徐州》，它好听、好学、好唱！"一语道破《让徐州》"未开言"一段成了今天流行戏曲唱段的玄机！

《让徐州》演三国时徐州牧陶谦因体弱多病，无力行政，三次请刘备出掌徐州的一段故事，是典型的言派作品。

早年，言菊朋以"旧谭派之首领"为号召，因此，演谭派的戏言菊朋出色当行。但很快地，言菊朋以谭为本，又自辟蹊径，创演了一大批谭派以及其他流派所没有的剧目，其中，以《让徐州》和《卧龙吊孝》流传最广。

苛刻一点地说，《让徐州》、《卧龙吊孝》是言派的"小品"，不足以展现言派艺术的大成。但这些小品是那样精致、华美，以至人们可以见微知著，了解、认知、洞悉言派艺术的真谛。

《让徐州》在唱腔上有很高的成就，它集中体现了言派以字行腔、字正腔圆、虚字耍腔、曲折回环的演唱特色。言派的唱腔好听，很重要的一个原因在于他注重因字行腔，绝不以腔害字。比如家传户诵的"未开言不由人珠泪滚滚"的这一句，"未"、"言"、"不"、"由"、"人"等几个阳平声字和去声字，他都遵循京剧声韵的规律，归于上声唱法，即用第三声来演唱。像〔四平调〕中"待等到秋风起"的"秋"字，他不但依循"阴平高唱"的法则，而且在"秋"字的高峰值上，汪洋恣肆，几次上行，有如鹤鸣九皋，极具美感，真把"因字行腔"的章法发挥到了极致。

京剧的老生，在谭鑫培之前是忌用垫字的。"垫字"也就是虚字、衬字，或曰语气助词。自老谭在《卖马》中的"店主东带过了黄骠马呃哦"唱红剧坛之后，虚字大行其道。可以说，京剧老生一行，把虚字唱出味道来，始自老谭，而成功于言菊朋、马连良。言菊朋、马连良对虚字的美化、润饰、雕琢、运用达到了前所未有至今也罕见来者的高峰。如马连良在《借东风》中"耳听得风声起从东而降"后面的"呃哦"，《清官册》中"叫人役忙打站堂的鼓"后面的"哇呃哦"；像言菊朋在《让徐州》中的"不由人呐"，"二犬子呀哦"，"为国家呀呃"，"四方扰攘呃啊"等等，都具有出奇制胜的艺术效果。在选用虚字时，言菊朋（包括马连良）是十分严格的，虚字一定要与实字口型相关联，发音自然。否则，虚字就是赘字、废字了。

令人费解的是，在号称"紧跟时代"的"样板戏"中，虚字成了洪水猛兽，除《沙家浜》中的个别特例之外，"样板戏"摒绝虚字。少了虚字，少了虚字耍腔，京剧的唱法就少了一条路径。"样板戏"的创作者们或曰决策者们，该不是留恋于老谭之前的"老三鼎甲"时代吧！

赵晓东

人物行当

陶　谦	老生	张　飞	净
刘　备	老生	二　子	娃娃生
糜　竺	老生	四旗牌	杂
关　羽	武生	四马童	杂

服装扮相

陶　谦　俊扮。相纱、白三，浅豆沙色蟒，香色彩裤，厚底。（病房一场：员外巾、绸条，香色或古铜色褶子，银灰小腰包）

刘　备　俊扮。将巾、黑三，箭衣、开氅，红彩裤，厚底。

糜　竺　俊扮。忠纱帽、黑三，蓝官衣，红彩裤，厚底。

关　羽　揉红脸。扎巾盔、发黑三，箭衣、褶子，红彩裤，厚底。

张　飞　勾黑十字门脸。扎巾盔、黑扎，箭衣、褶子，红彩裤，厚底。

二　子　俊扮。珠子头，箭衣，粉彩裤，厚底或虎头靴。

四旗牌　俊扮。大板巾，素箭衣、素马褂，红彩裤，薄底。

四马童　俊扮。包头，抱衣抱裤，薄底。

道　具

桌子	两张（红色桌围）	酒壶	两把
椅子	五把（红色椅披）	酒斗	五个
红大帐	一份	茶盘	两个
宝剑	三口	印盒	一方
请帖	一份	马鞭	三根

第一场

〔幕启。摆正场桌“小座”，“大边”跨椅。

〔【快长锤】四旗牌上“站门”。【撕边】陶谦“上场门”上，“九龙口”亮住，接【凤点头】至台中，抖袖，端带。

〔西皮摇板〕

陶 谦

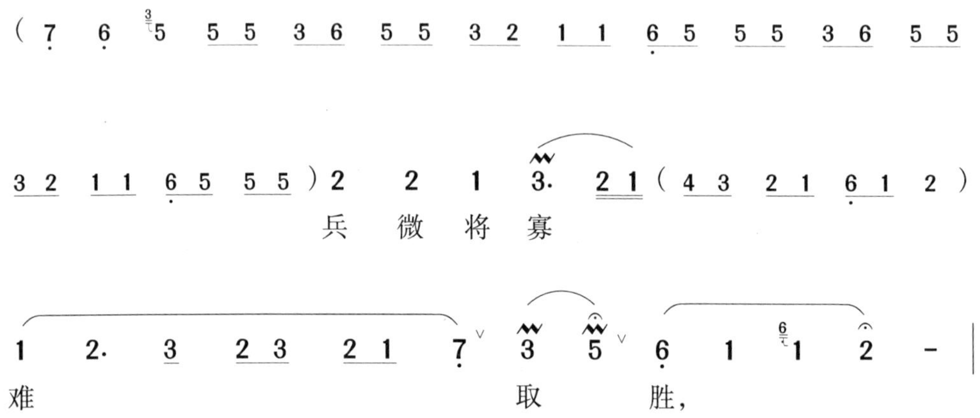

〔【闪锤】至台口中。

〔西皮流水〕

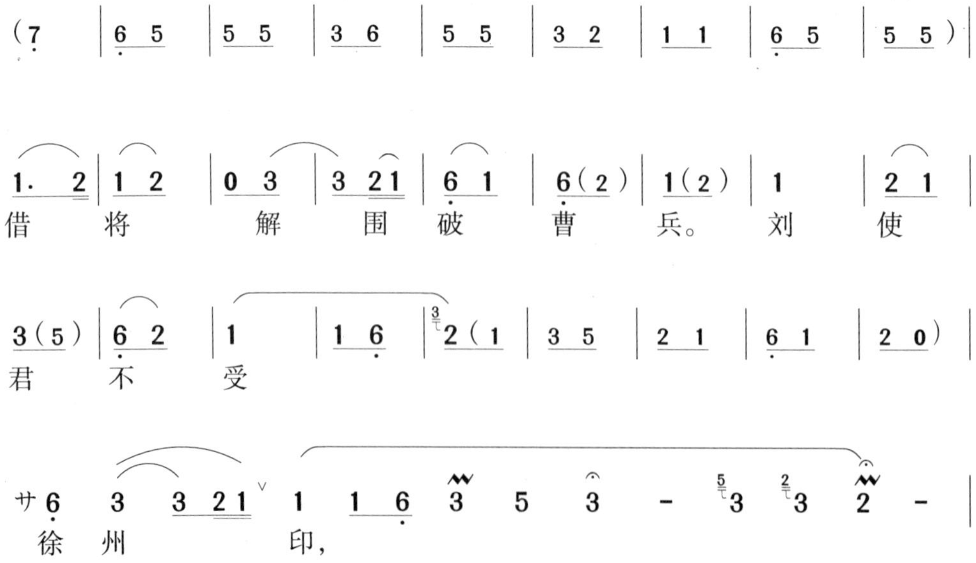

〔【闪锤】左后转身，坐“小座”，四旗牌归里，分两边站。

让　徐　州

〔西皮摇板〕

（过门同前）1　3　3 21　1　2　2 15　3　2. 3　216（3

这　桩　　　事　好　叫　　我（哇）

21　61　2）61　2　21　3. 2　10　1　15　1　–　【住头】

常　挂　　　　在（呀）心。

老夫，【撕边一锣】陶谦字恭祖。【住头】可恨曹操，妄动甲兵，屡次夺取徐州，幸得桃园弟兄，前来解围，徐州才得保全。我意欲将这徐州牌印，让与那刘备。他执意地不允，叫老夫好生忧虑。来！

旗　牌　有。

陶　谦　有请糜先生。

旗　牌　有请糜先生。

〖【小锣打上】糜竺上，至“小边”台口。

糜　竺　刘备作书退曹兵，徐州才得保安宁！（进门）（台·大　台）参见主公！

陶　谦　先生少礼，请坐。

糜　竺　谢座。（大大台）

〖“大边”旗牌将跨椅搬至“大边”台中，糜竺坐下。

糜　竺　唤某进见，有何国事议论？

陶　谦　前者我也曾将这徐州牌印让与那刘备，他执意地不允，先生有何良策？

糜　竺　那刘备也曾言过：他今至此，本是助战而来，若要领取徐州，恐怕被旁人笑他有意夺取。主公虽有此意，料他未必肯允呐！

陶　谦　先生！

〔西皮原板〕

2/4 扎多　3561 | 5 5　5532 | 165　6535 | 2165　3212 |

2/4 0　0 | 0　0 | 0　0 | 0　0 |

6125　3612 | 1 6　6312 | 2135　3 6 | 3235　1235 |

0　0 | 0　6 12 | 2 35　3 0 | 323　1 2 |

那 刘　备　他 生　来

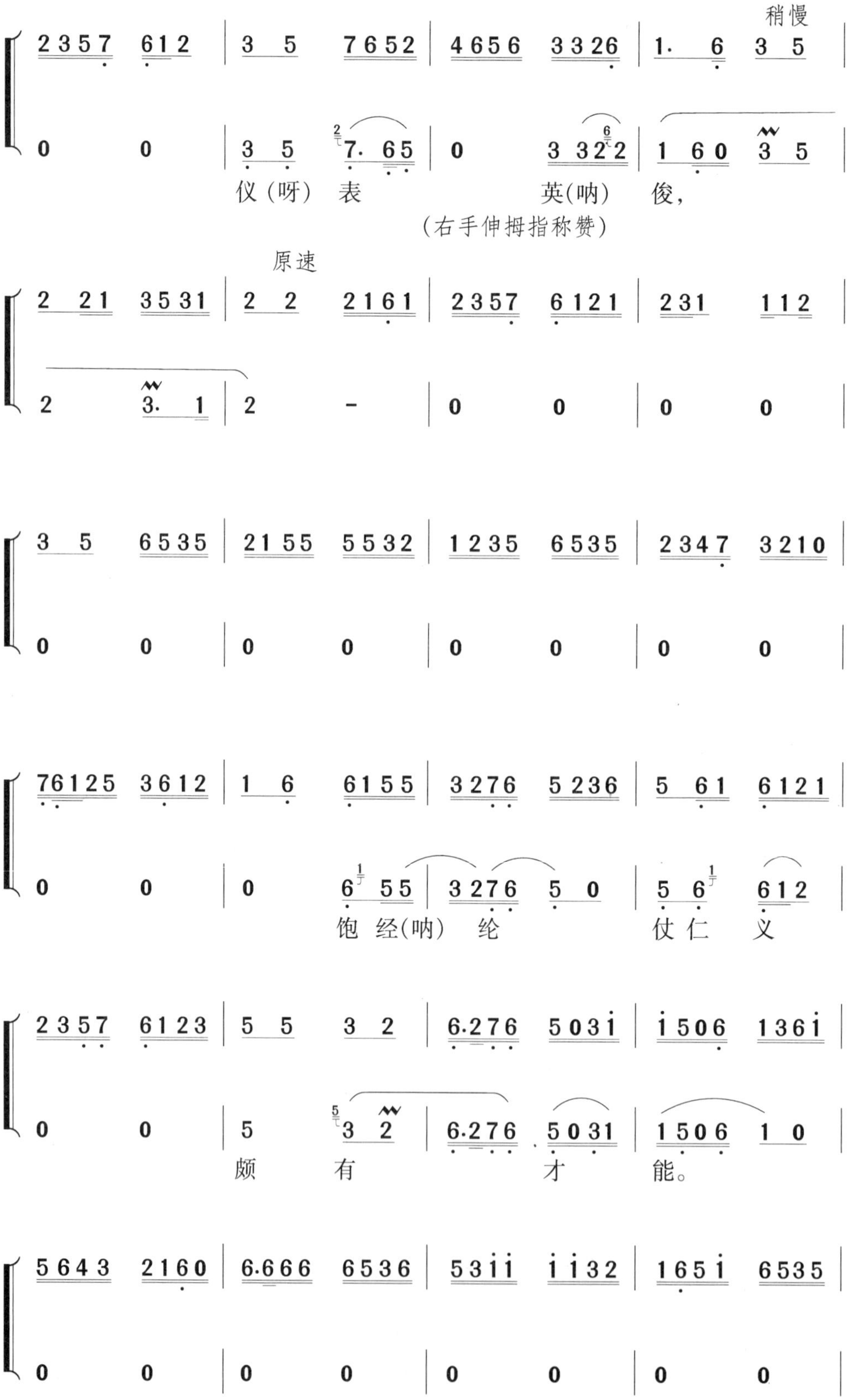
稍慢
仪(呀) 表 英(呐) 俊,
(右手伸拇指称赞)
原速
饱 经(呐) 纶 仗 仁 义
颇 有 才 能。

让 徐 州

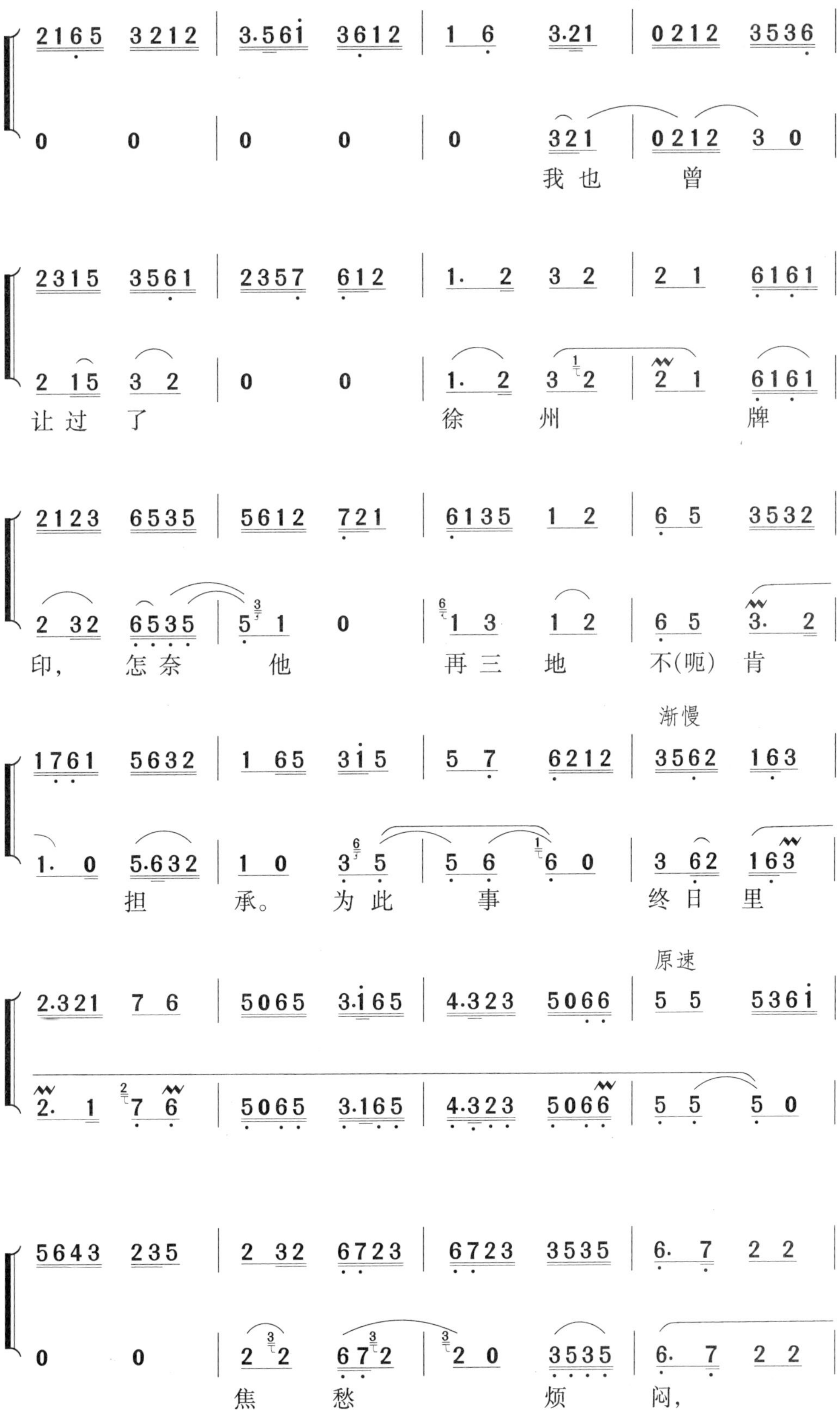

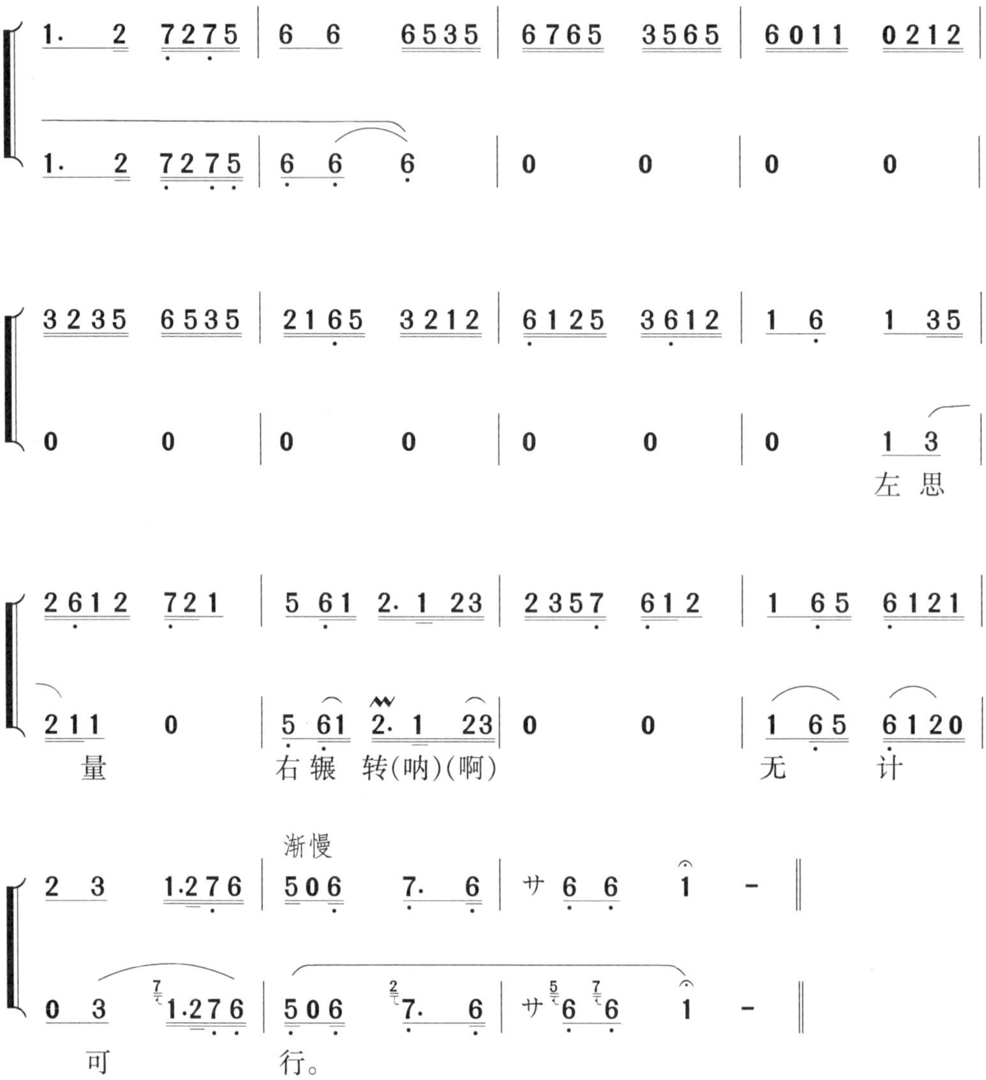

（面向麋竺摊右手）

麋 竺 主公啊！

〔西皮摇板〕

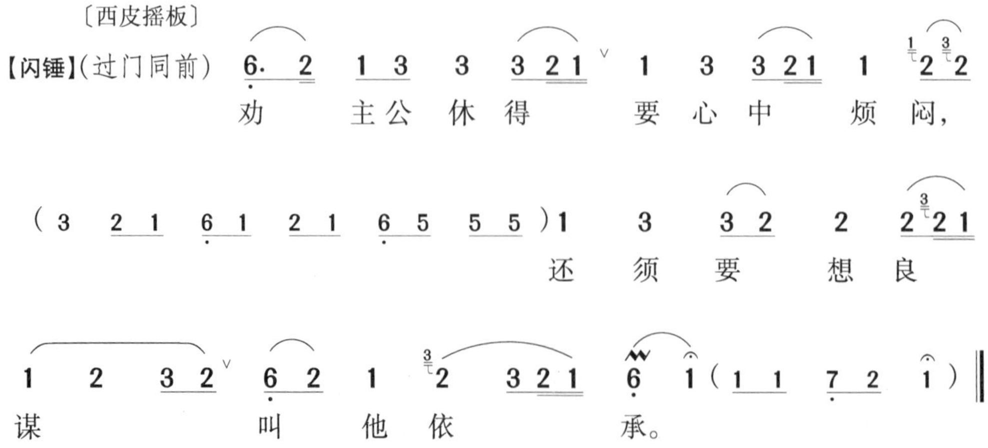

主公定要让却徐州，可于明日安排酒宴，与桃园弟兄贺功，在酒席宴前商议此事。有我等在一旁相助，倘若应允，也未可知。

陶 谦 如此就请先生安排去罢。

糜 竺 遵命！（扎）（出门）领了主公命，再让徐州城！（“下场门”下）

〔【闪锤】四旗牌两边下。陶谦站起走至台口，闭二幕。陶谦站二幕外台口中间。

〔西皮摇板〕

陶 谦 （过门同前） 1 2 1 2 3. 2 1 2 1（4 3 2 1 6 2 1）

为 国 家 选 贤 能

2 3 1 2. 1 3 3 0 2 1 2 - |

理 当 尽 命，

〔【闪锤】转向“下场门”，迈两步再回身。

1 3 2 1 5. 5 6 2 1 2 0（4 3 2 1 6 1 2）3

息 干 戈 保 百 姓 方

2 3 2 1 サ 1 - 5 - 6 1 6 1 - ‖

称 我 心。

〔【一锤锣】陶谦“下场门”下。

第 二 场

〔奏唢呐曲牌<小傍妆台>，二幕拉开。两张桌摆成八字，“小边”桌里一椅，桌外一跨椅；“大边”桌内摆三把椅。四旗牌两边各端酒壶、酒斗上，双进门，“小边”桌上摆一酒壶两酒斗，“大边”桌摆一酒壶三酒斗。旗牌桌里站“正一字”。糜竺上，进门两望。“上场门”内喊：“刘使君到。”糜向外拱手：“有请！”再面向“下场门”请上陶谦。“上场门”关羽、张飞站“一条鞭”，刘备与陶谦同时分上，碰面。

陶 谦 刘使君！

刘 备 陶府君！

陶 谦
刘 备 啊、哈哈哈……

〔刘、关、张先进门挖至“大边”，陶谦、糜竺后进门挖至“小边”，曲牌止。

刘　备　陶府君设宴相召，我等何以可当？

陶　谦　多蒙刘使君相助，徐州才得保全，特备水酒，与刘使君贺功。（左手拉开右水袖，刘备拱身）

刘　备　哎呀呀，此乃徐州百姓之福，备何功之有？

糜　竺　宴齐。

陶　谦　待老夫把盏。

刘　备　这就不敢。

陶　谦　如此先生代敬。

糜　竺　遵命。

〔奏唢呐曲牌<小傍妆台>糜竺斟酒，陶谦、刘备、关羽、张飞同时整冠，拱手入座。陶谦“小边”“大座”，糜竺跨椅，刘备“大边”“大座”，关羽里首，张飞外首，五人同时举杯：“请！”“干！”曲牌止。

陶　谦　啊刘使君，今日老夫还有一事相求，不知使君可能应允否？

刘　备　陶府君有何金言，当面请讲。

陶　谦　只因老朽年迈，二子才薄，镇守徐州，实难当此重任。我看刘使君才高德重，又是汉室胄裔，我意欲将这徐州牌印，让与使君执掌，望使君再无推却的了哇！

刘　备　备蒙陶府君相召，来救徐州，乃为义也。今无端据徐州为己物，天下之人必道我刘备无义，此事断断不敢从命。

糜　竺　（先与陶谦对眼神）使君说哪里话来。方今汉室陵夷，群雄四起，成功立业就在此时。况且，徐州殷富，使君坐守此地，事事相宜，望使君再无推却了。

刘　备　那袁公略四世三公，门多故吏，统领人马，近在寿春，府君何必将徐州让与我刘备呀？

陶　谦　使君若不应允，老朽纵死九泉，也是不得瞑目的了哇！（哭，搌泪）

〔二黄原板〕

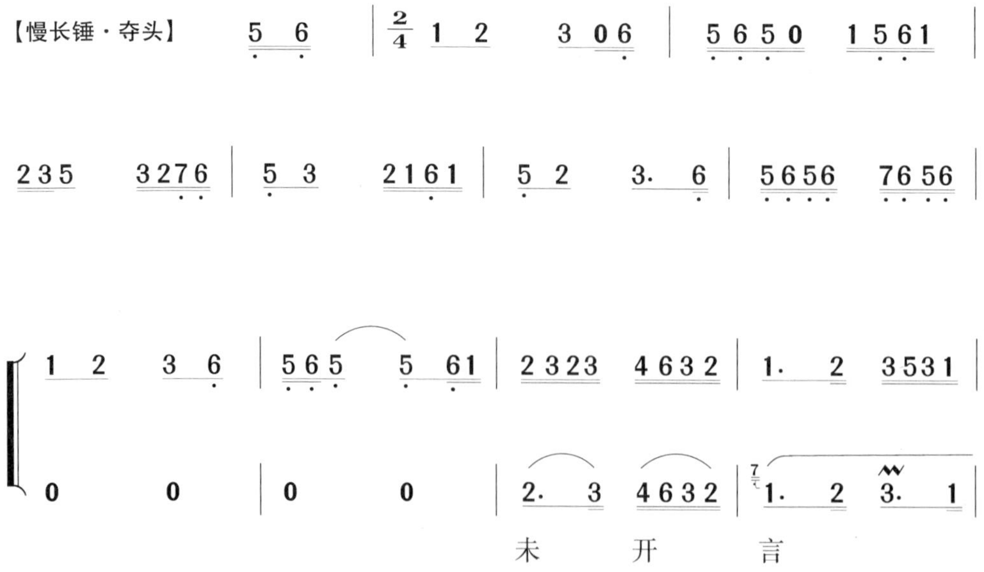

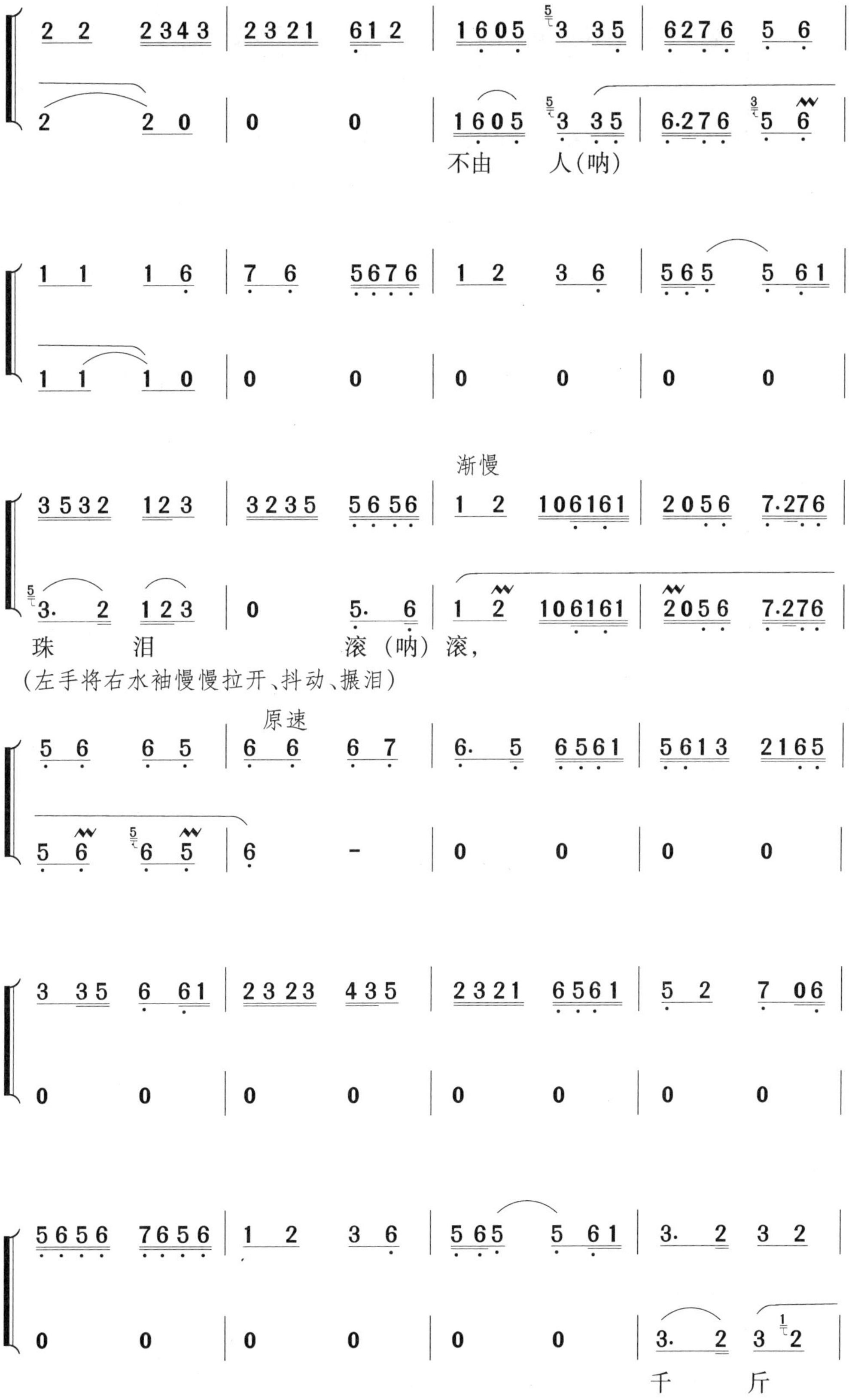
不由 人（呐）
渐慢
珠 泪 滚（呐）滚，
（左手将右水袖慢慢拉开、抖动、振泪）
原速
千 斤

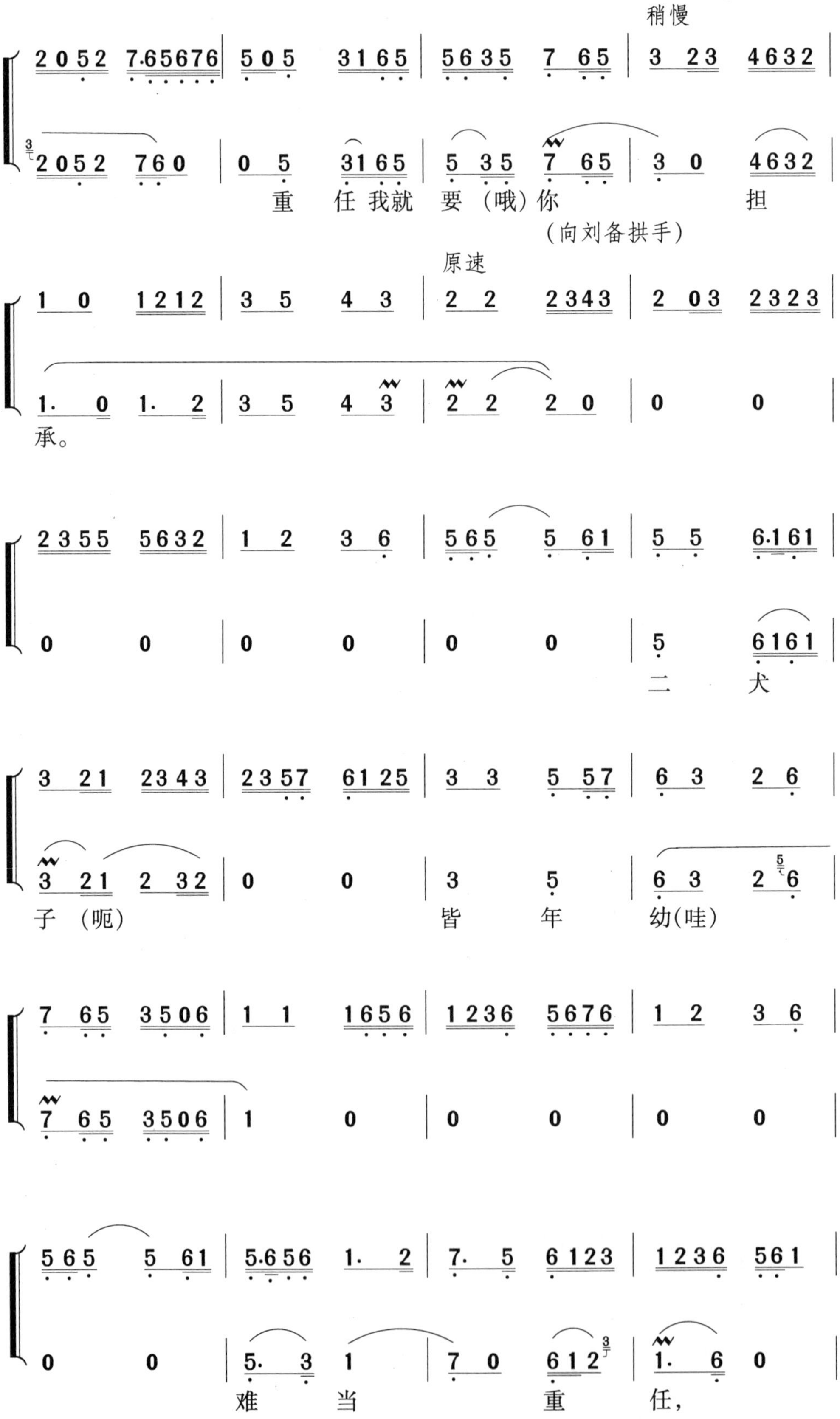
稍慢
重 任 我就 要（哦）你 担
（向刘备拱手）
原速
承。
二 犬
子（呃） 皆 年 幼(哇)
难 当 重 任，

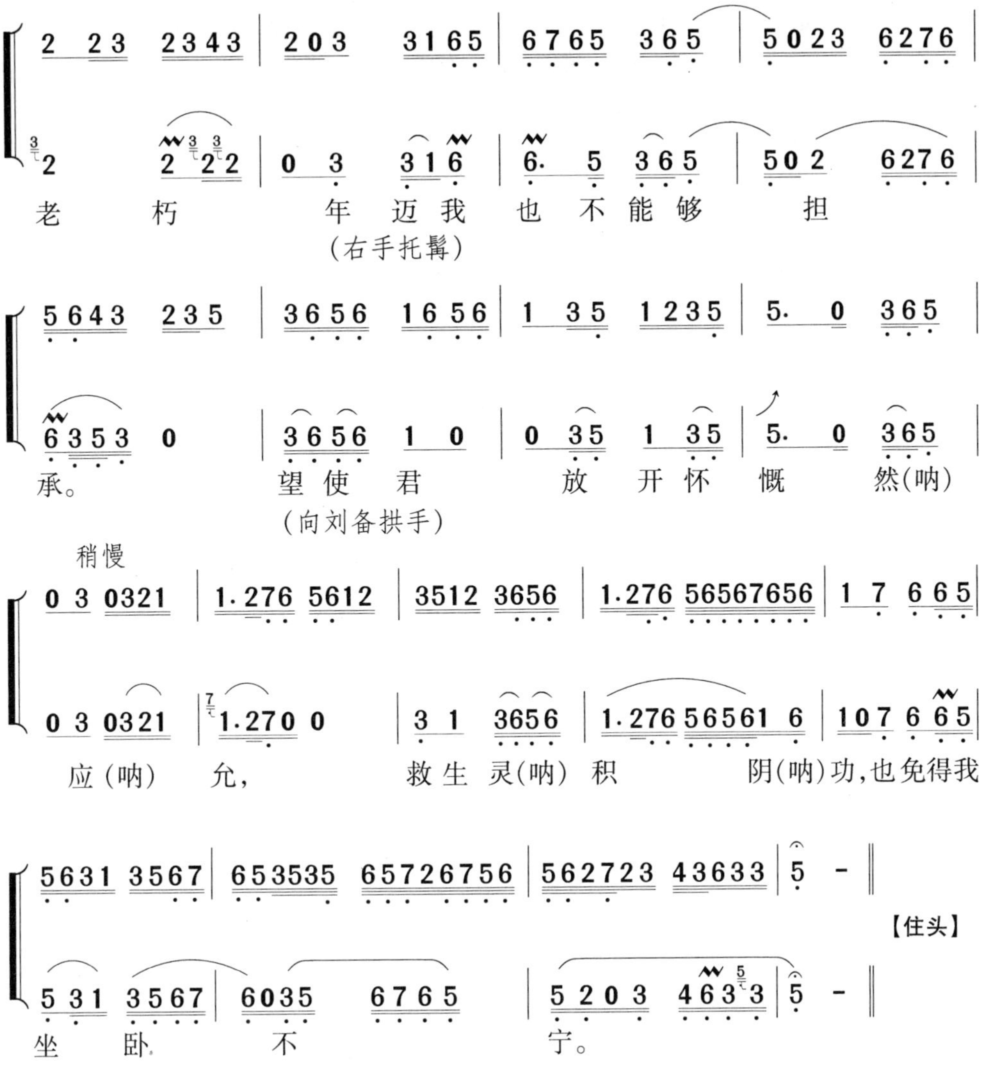

关 羽 啊，大哥，既蒙陶公再三相让，兄长暂且应允，也无不可。

张 飞 （京白）是啊，既是陶老头儿再三相让，大哥，依我看呐，您应了他不就结了吗。

刘 备 此事断断不可！【撕边一击】（刘备向张飞拂左水袖，陶谦捋髯思考）

陶 谦 使君既不应允，离此地不远，有一小沛，尚可屯军养马，就请使君暂住此驿，徐州百姓，赖以保全。望使君再无推辞的了！

刘 备 这个……

糜 竺 此事甚好，使君再无推却了。

刘 备 备遵命就是。酒已够了，我等告辞。

〔众同时站起，出桌，四旗牌分两边下。

陶 谦 奉送！

〔奏唢呐曲牌<小傍妆台>出门，相互拱手，刘关张“下场门”下。闭二幕。陶谦、糜竺站二幕外，陶站台口中间，曲牌止。

陶 谦 正是！【住头】

且喜留得英雄在，哪怕曹操动刀兵！

〔陶谦随着念“动刀兵”的节奏，下右水袖再翻上去，配合眼神左右略晃动一下，再把水袖拂出去【一锤锣】，左转身下，糜竺跟下。

第三场

〔二幕开，净场。

〔刘备内唱。

〔西皮导板〕

【大锣导板头】

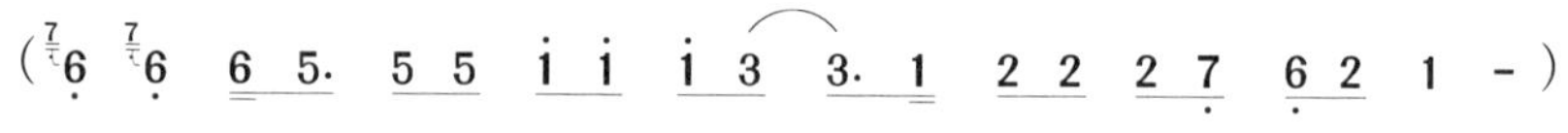

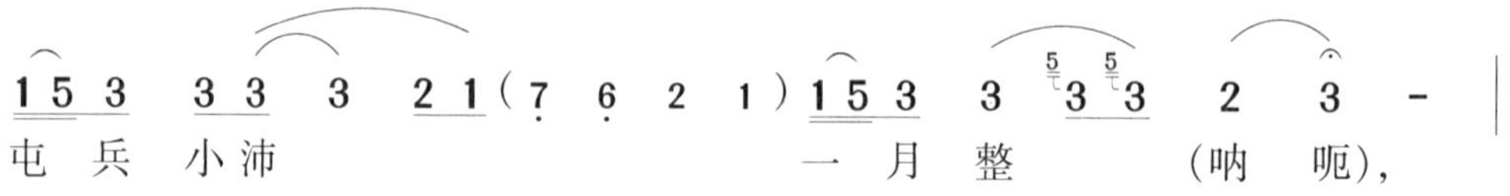

〔张飞挎宝剑执马鞭，【撕边】中出场（顷仓）台口亮相，单人“趟马”。关羽挎宝剑、执马鞭上。双人“趟马”毕，【四击头】中四马童“斜一字”上场，同时引刘备挎剑、执鞭上场。关羽、张飞在刘备左右“九龙口”处造型亮相，刘备亮高相，关、张亮矮相。

〔西皮原板〕

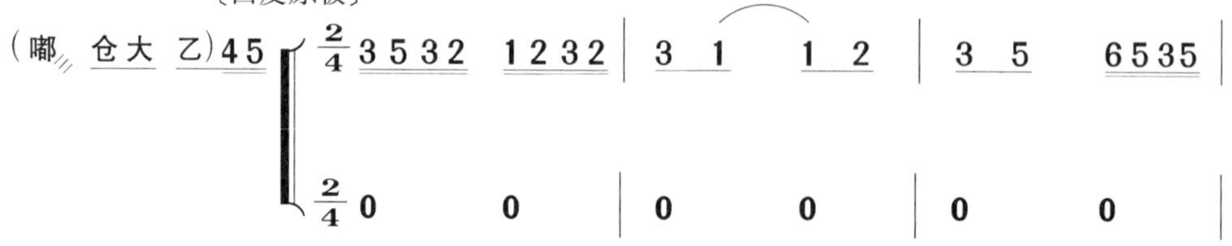

刘备

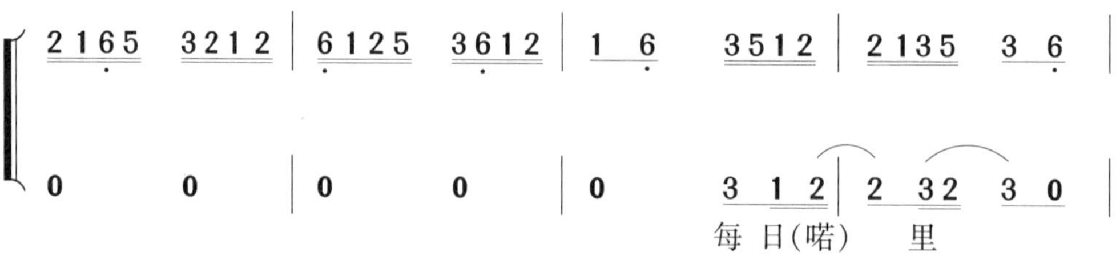

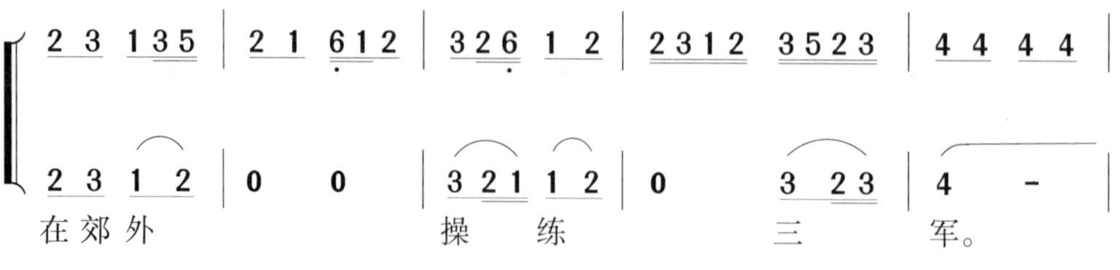

让徐州

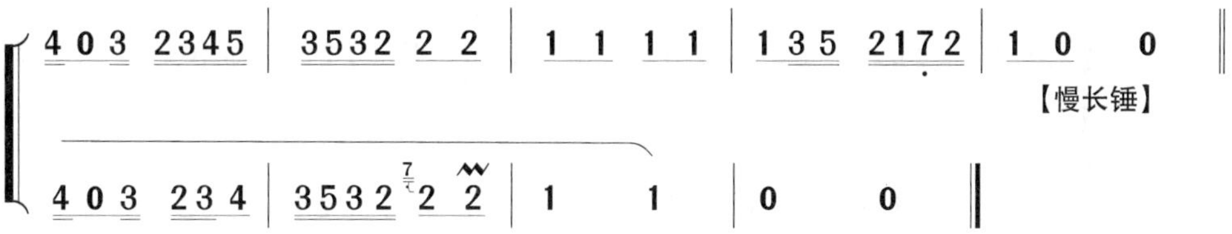

〔【慢长锤】四马童领起圆场，分两边站好，刘备、关羽、张飞至台口，刘备中，关羽“大边”，张飞“小边”，勒马亮住。

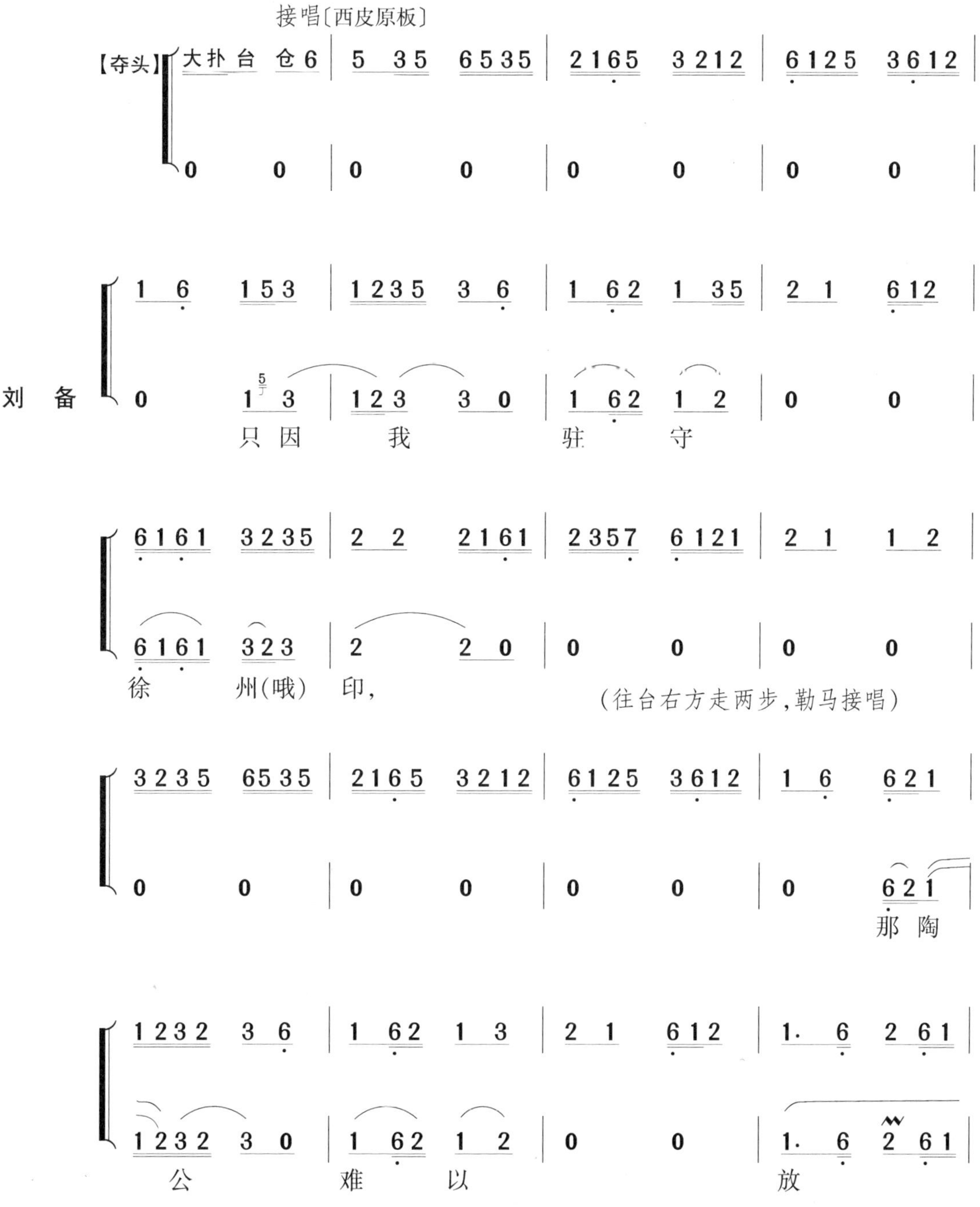

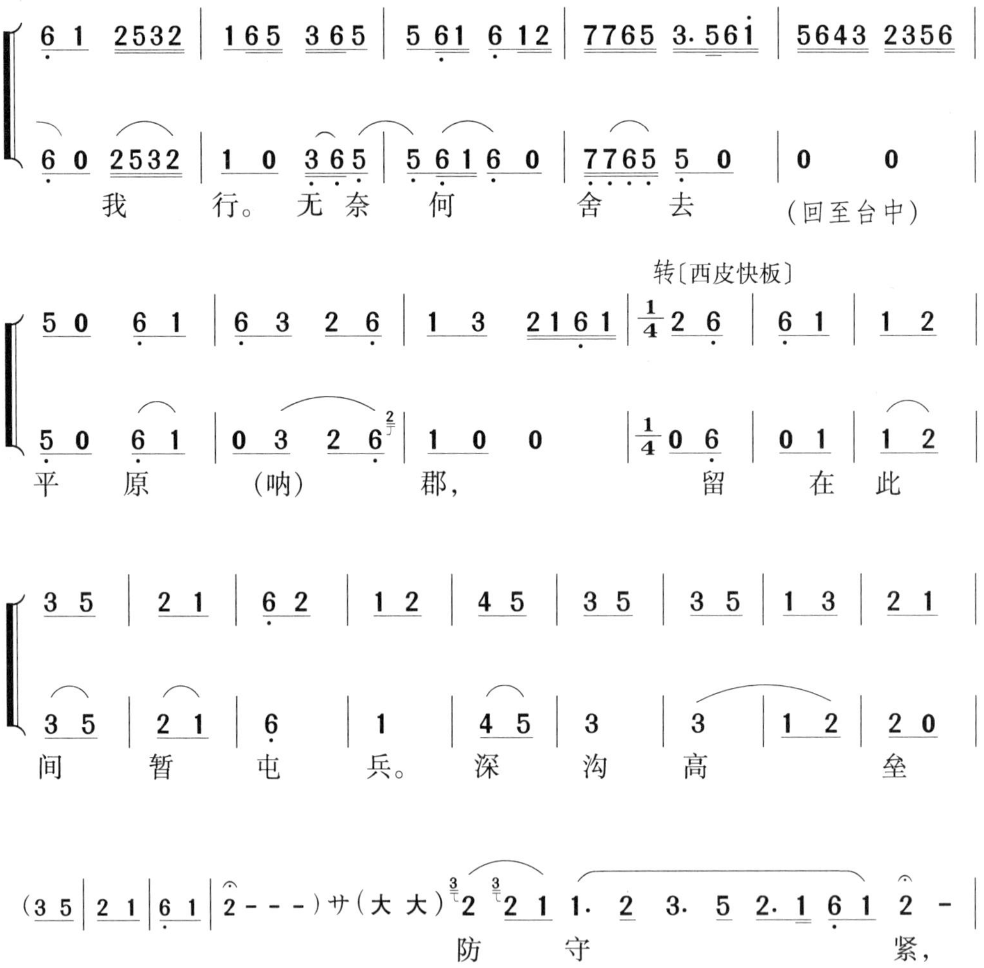

〔刘备抬手示意前行。【快长锤】四马童“插门”领起圆场，马童至“小边”站“一条鞭”，刘备、关羽、张飞至里首下马，马鞭交马童。马童将马鞭扔后台，再领起“挖门”站两边，刘备、关羽、张飞进门。“大边”的马童给刘备搬一椅置台中。

〔【五锤】旗牌“上场门”上。

旗 牌 奉了主公命，前来下书文。门上哪位在？

马 童 做什么的？

旗 牌 下书人求见。

马 童 候着。启爷，下书人求见。

让徐州

刘　备　传！

马　童　随我进来。

旗　牌　是。【住头】（进门站“小边”）参见刘使君。陶府君书信呈上。

刘　备　呈上来。待我扯书一观。

〔奏唢呐曲牌<急三枪>，刘备看信。

回复你家主公，修书不及，照书行事。（将信递与张飞）

旗　牌　是。（出门“上场门”下）

刘　备　啊，二位贤弟！

关　羽
张　飞　大哥。

刘　备　陶恭祖邀我去往徐州，有要事相商；二位贤弟在此镇守，待愚兄即刻前往。带马！（站起，抖袖）

〔西皮摇板〕

刘　备　（过门同前）1 2 1 2 1· 2 0 2 1 3 － 2 － |

陶公命人来相请，

〔【快长锤】“小边”马童带马，刘备、关羽、张飞同出门，关、张“小边”，刘备上马，往“下场门”走几步，回身。

（过门）1 3 3 2 1 1 2 3 2 3 3 2 3 2 1 1 － ‖

不知哪路有军情？

〔【闪锤】刘备与关羽、张飞互拱手，刘备下，马童分两边下，拉二幕。关、张至台口，关“大边”，张“小边”。

关　羽　（过门同前）1· 5 3 － 3 － 3 3 － 3 － 1 －

镇守小沛要谨

2 － 2 － 3 －（4 5 3 2 1 2 3 1 6 5 5 5 3 6）

慎，

张　飞　5· 3 3 2 1 2 2· 5 3 2 1 1· 2 2· 6 1 － ‖

等候大哥转回程。

〔【一锤锣】关羽、张飞拱手，同下。

第四场

〔缓锣。二幕启，台中大帐、桌、“大座”，帐两边各摆一把椅，帐帘左右掀起搭在两边。

〔陶谦内白：“搀扶！”

〔**【铙钹夺头】**陶谦由二子左右搀扶出场，“九龙口”亮住。

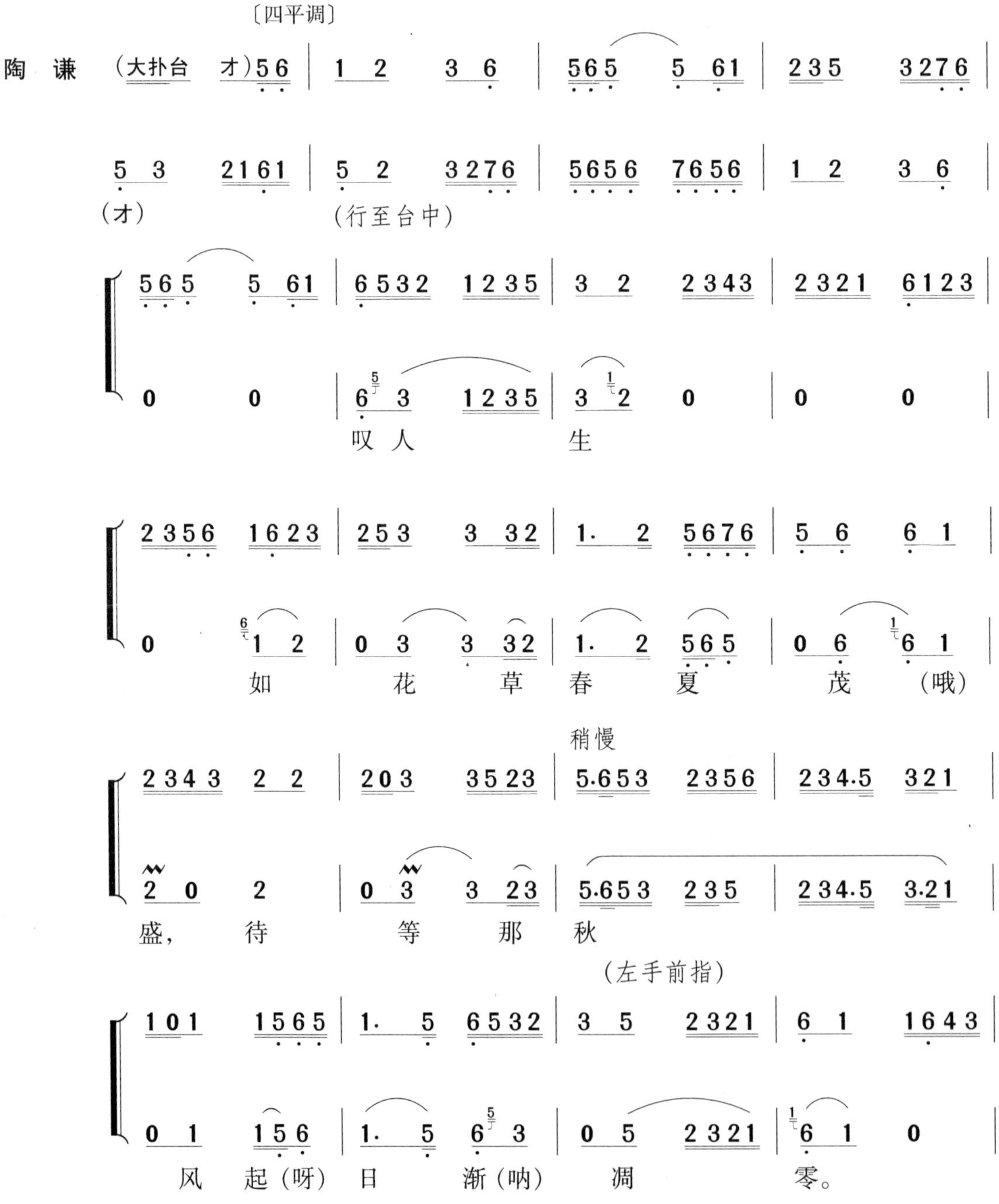

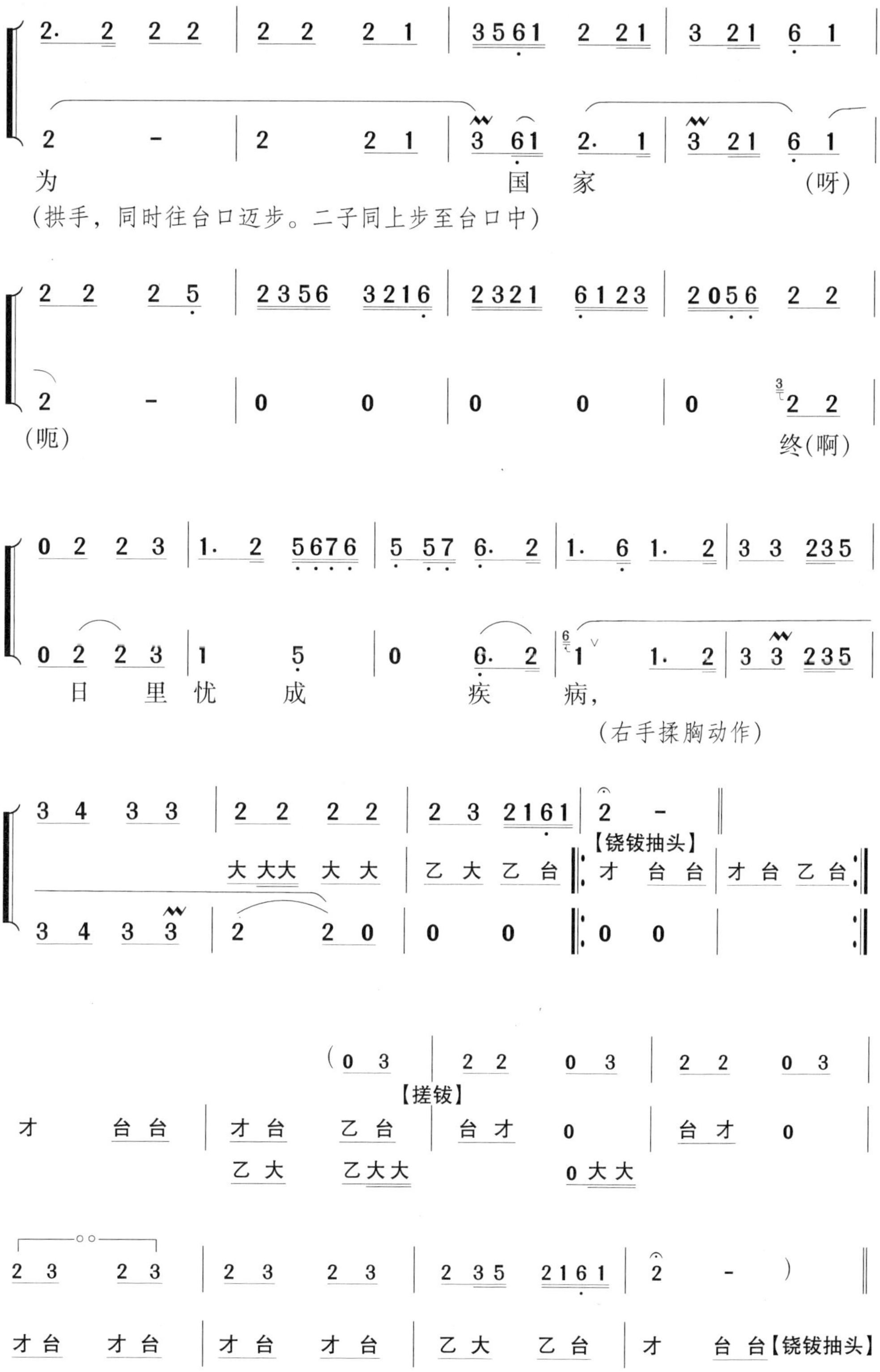

〔在【抽头】中，陶谦放下右水袖，再翻上去，顺势向左右转身，二子同时转身。陶右臂搭在右边儿子背上，往里归，至桌前，脚下一个踉跄、右手扶桌，左转

身，面朝外，在【搓钹】中陶谦顺势甩髯，搭在左臂上，头和左手同时擅抖，重心放在右脚上；左脚往左碎步挪动，擅抖的左手招呼“大边”的儿子来搀扶。动作的节奏要和打击乐协调一致。再下右水袖，翻上去搭扶在“大边”儿子的背上，“大边”儿子将陶扶进桌后，二子在桌前分左右站定。【抽头】

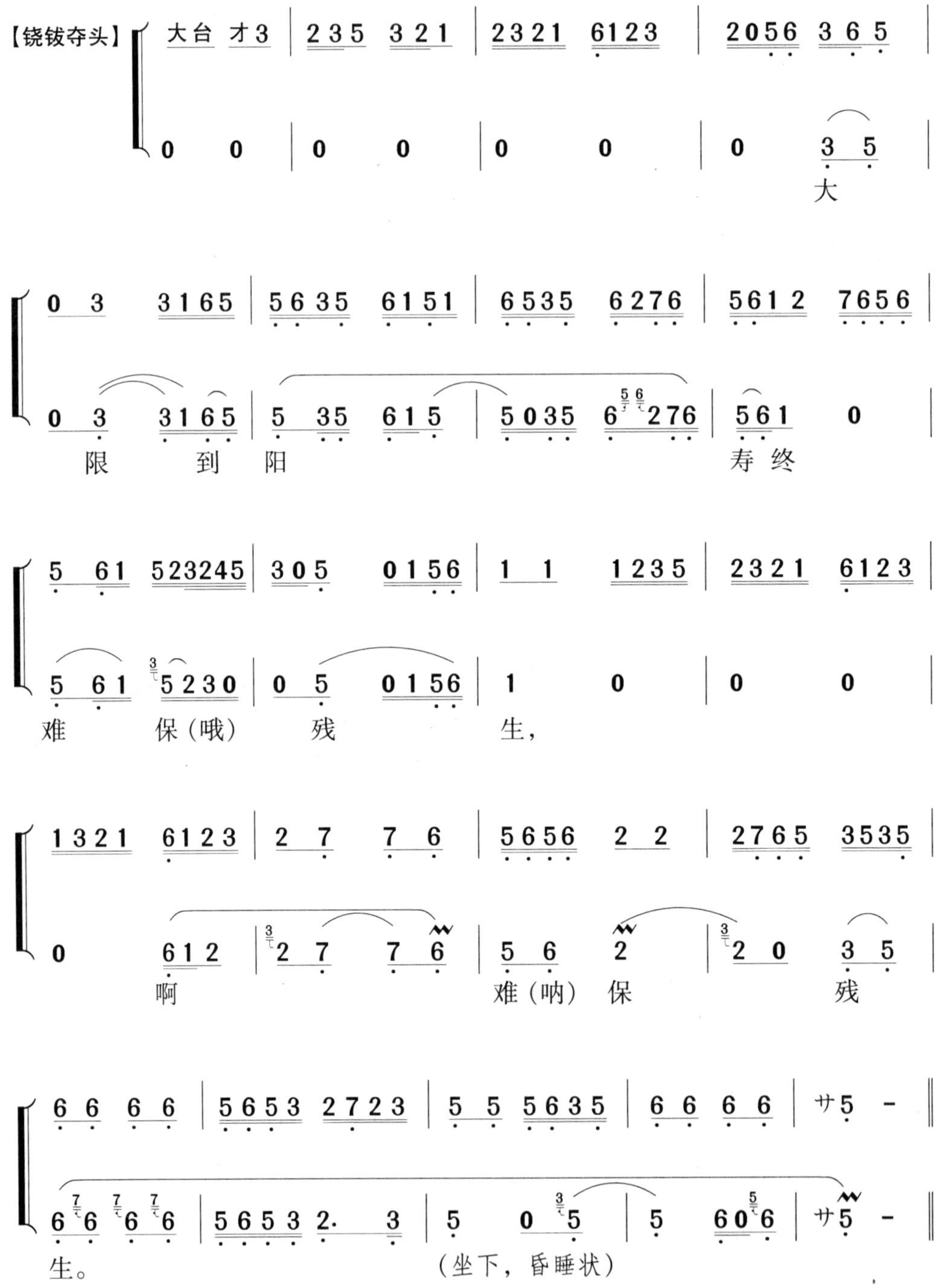

〔接【快长锤】刘备执马鞭“上场门”上，至台口，勒马。

让 徐 州

〔西皮摇板〕

刘　备　（过门同前）2　2　1 2　1　2 0　2　1　3　2　－（仓）

来　在　府　门　下　金　镫，

〔刘备下马，将马鞭扔进台后。糜竺“下场门”上，出门。

糜　竺　**【单楗凤点头】**（过门同前）2 2　1　3　2 0　1　－　2　－　1　－　**【住头】**

急忙　向　前　礼　相　迎。

啊，使君！

刘　备　陶府君召见，不知为了何事？

糜　竺　我家主公，身染重病，危在旦夕，特请使君前来，有大事相托。

刘　备　如此就烦先生带路病房！

〔西皮摇板〕

刘　备　**【单楗凤点头】**（过门同前）2　2　1 2　1　2 0　2.　1　1　3　2　－

先　生　与　我　把　路（哦）引，

〔**【闪锤】**糜竺进门“挖入小边”，刘备进门“挖在大边”。

〔西皮摇板〕

刘　备　（过门同前）1 1　1　3　2　1　2.　1　6　1　－

只见　陶　公　睡　沉　沉。

主公醒来！

〔西皮小导板〕

陶　谦　**【大锣导板头】**　（6　－　6　－　6　5　5　i　i　3.　2

7　6　2　－　1　－　）5 3　3 2　3　3 2　2

适　才　朦　胧　将　睡

3.　2　3　3 3　5.　5（仓）（2.　3　4　6　5　－）**【大锣凤点头】**

稳　（哪），

（边唱边揉眼，醒）

〔西皮散板〕

（6 65 5 3. 1 2. 1 7 2 1 – ）6 1 6 1 1 2
抬 头 只

1 2. 3 2 0 1 1 3 2 1. 1 1 – ‖【住头】
见 刘 （哦） 使 君。

〔双手示意二子搬椅置台中，“大、小边”各一把，刘备、糜竺坐下。

刘　备　啊，府君病体如何？

陶　谦　越发沉重。

刘　备　还望保重要紧！

陶　谦　哎呀刘使君呐！【五锤】老朽身染重病，看看不久于人世；今请使君到此，重申前情，再让徐州，望使君以百姓为念应允了罢！

刘　备　自古道，子袭父职，方为正理；况且徐州牌印乃朝廷特荐之任，备焉能领受？

陶　谦　使君若能应允，老夫自当表奏朝廷。

刘　备　备实难从命！还望使君另让贤能。

〔【撕边一击】陶谦站起又坐下。

陶　谦　怎么讲？

刘　备　另让贤能！

〔起【叫头】陶谦站起，下右水袖翻上去，拱手。

陶　谦　刘使君，汉皇叔，哎呀玄德公啊！（哭，搌泪）（【大锣原场】接【导板头】）

〔西皮导板〕

【大锣原场·导板头】（3. 5 6 0 2 7 6 5. 6 5 6 4

3. 1 2. 1 7 2 1 – ）3 2 4 3 3 3 2
汉 高 祖 开 基
（拱双手）

1. 2 3 2 3535 3 2 2 2 2 1 –
业

（7 6 2 1 – ）2 2 10 6 0 1. 6 3
江 山 独 创，

2. 1 0 3 4. 6 3 – 3 3 2 –
（嘟. 0）

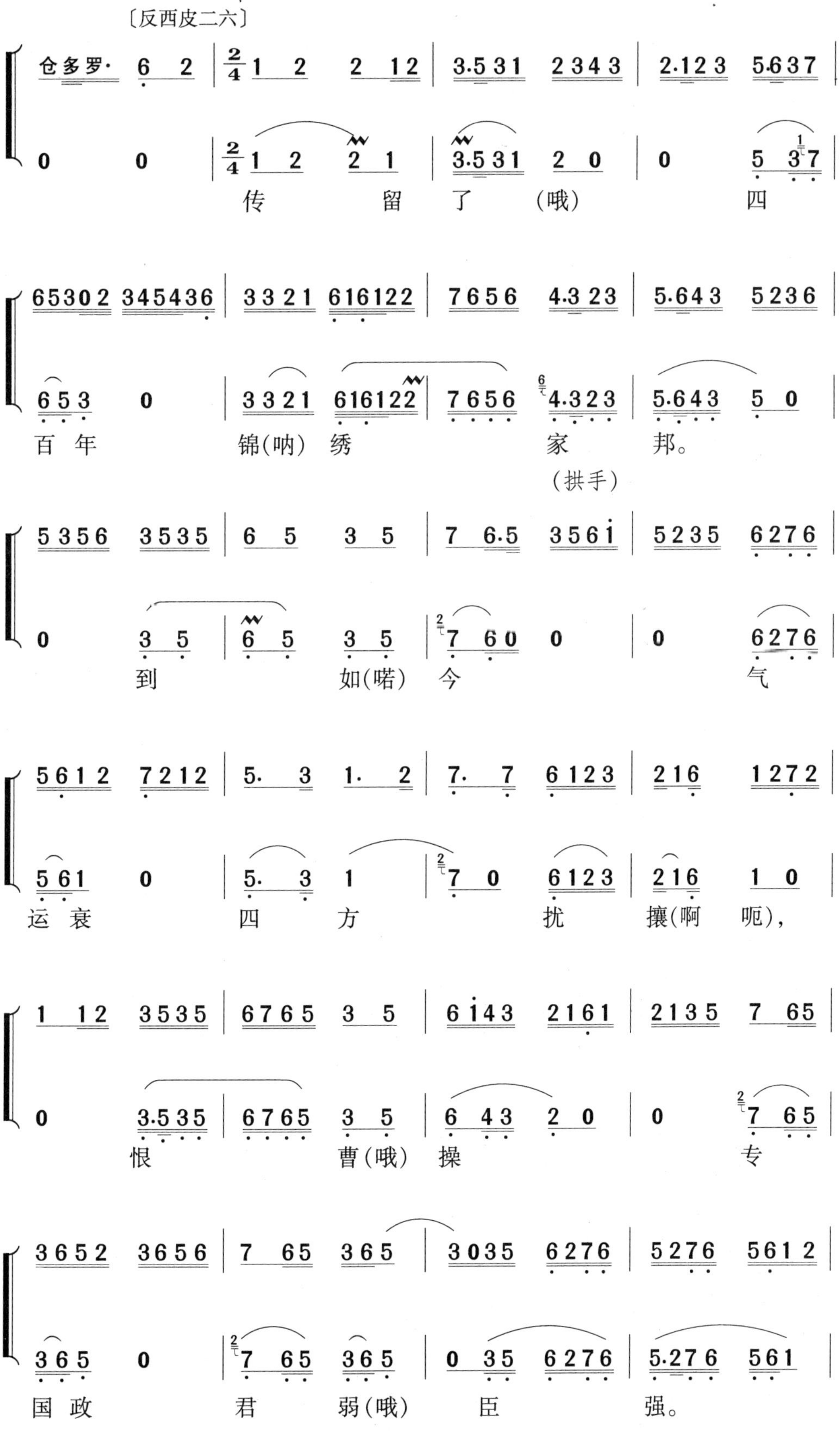
〔反西皮二六〕
仓多罗·
传 留 了 (哦) 四
百 年 锦(呐) 绣 家 邦。
(拱手)
到 如(啱) 今 气
运 衰 四 方 扰 攘(啊 呃),
恨 曹(哦) 操 专
国 政 君 弱(哦) 臣 强。

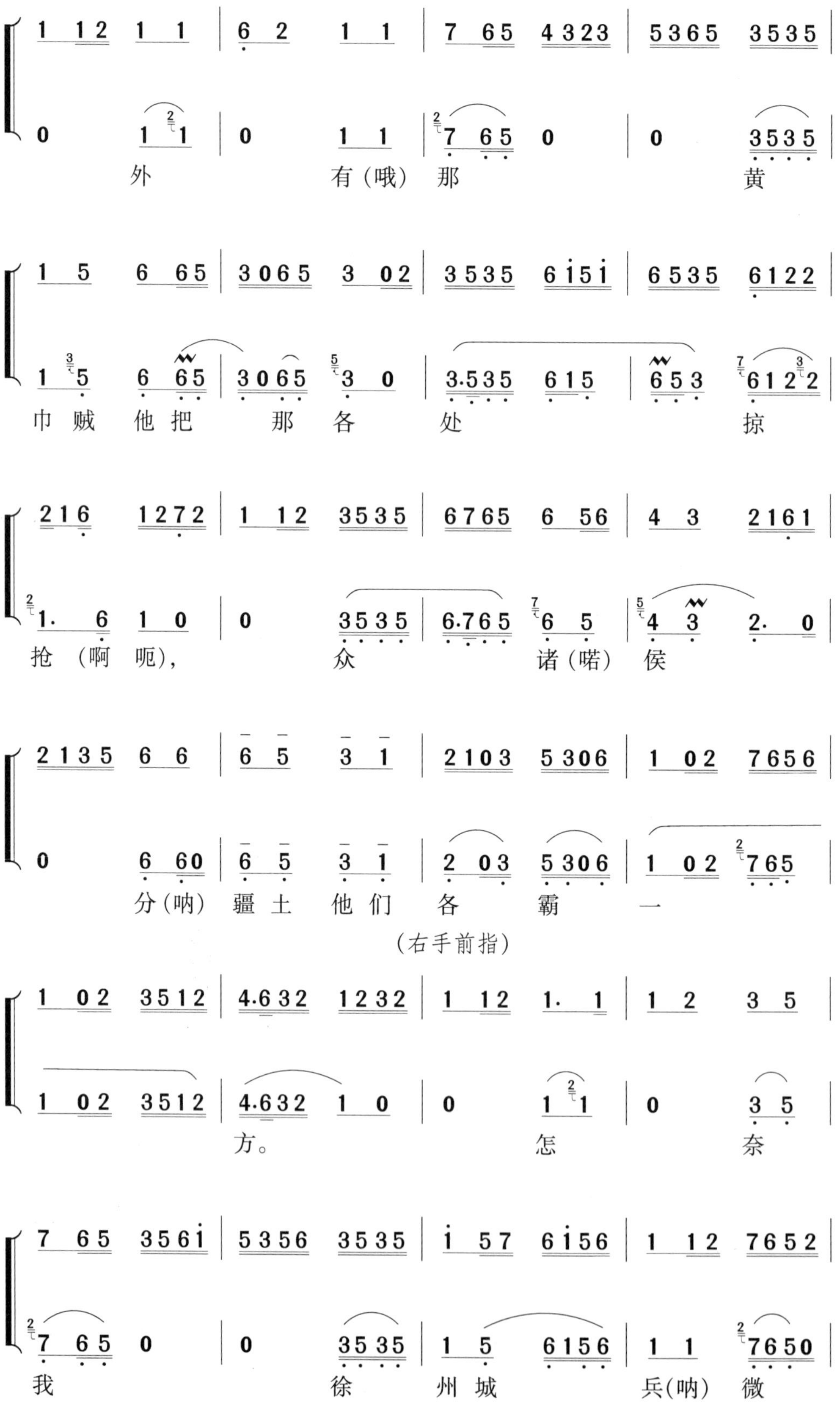
外 有(哦) 那 黄
巾 贼 他 把 那 各 处 掠
抢 (啊 呃), 众 诸(喏) 侯
分(呐) 疆 土 他 们 各 霸 一
(右手前指)
方。 怎 奈
我 徐 州 城 兵(呐) 微

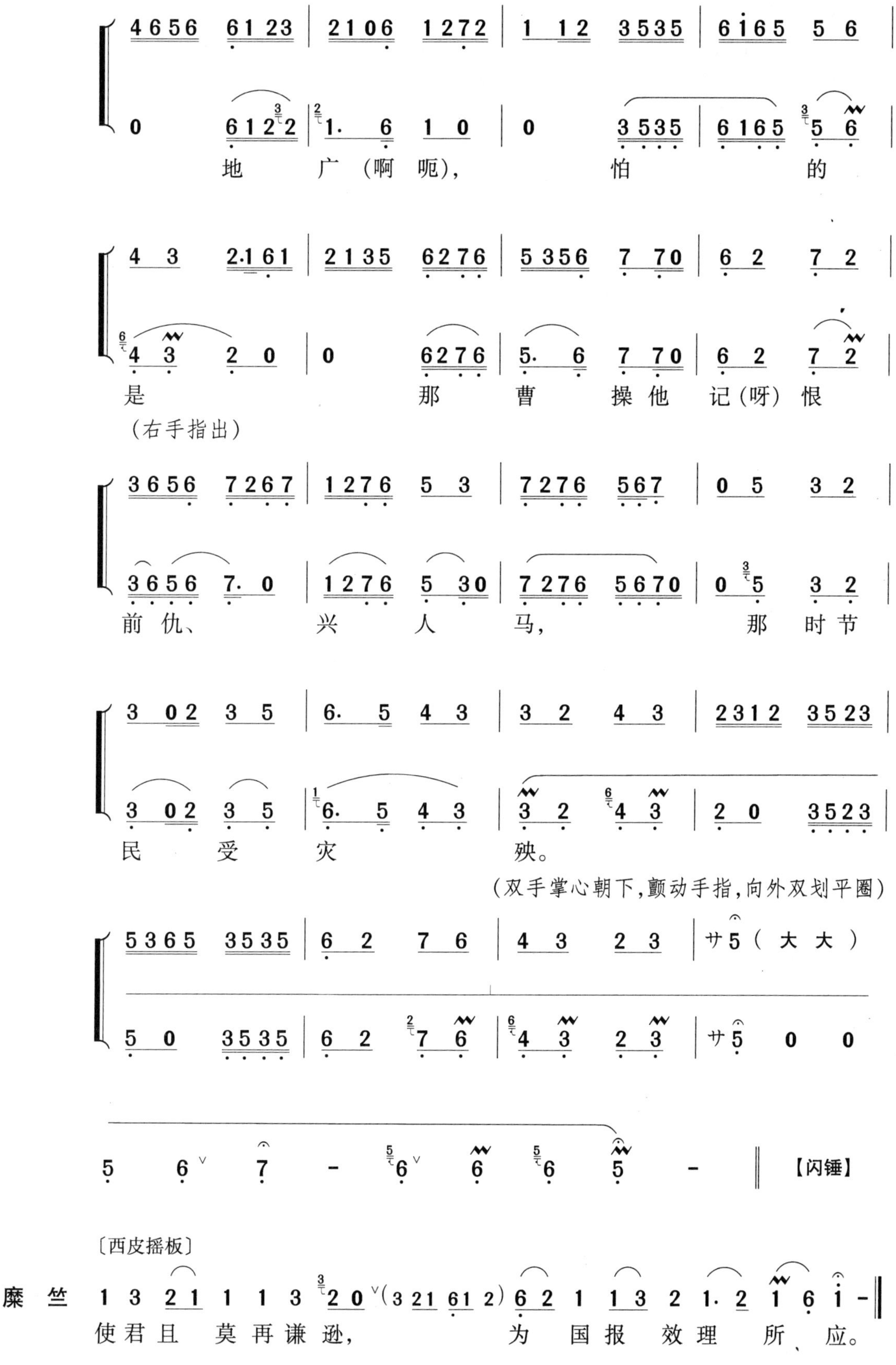

地 广（啊 呃），怕 的
是 那 曹 操 他 记（呀）恨
（右手指出）
前 仇、兴 人 马，那 时 节
民 受 灾 殃。
（双手掌心朝下，颤动手指，向外双划平圈）
（大 大）
【闪锤】
〔西皮摇板〕
糜 竺
使君且 莫再谦逊，为 国 报 效 理 所 应。

陶　谦　看印！

〖【闪锤】"大边"儿子"下场门"下，取上印盒，至桌角站定。陶谦身颤微站起，父子共同手托印盒，刘备亦站起面向陶谦。

〔西皮快板〕

陶　谦

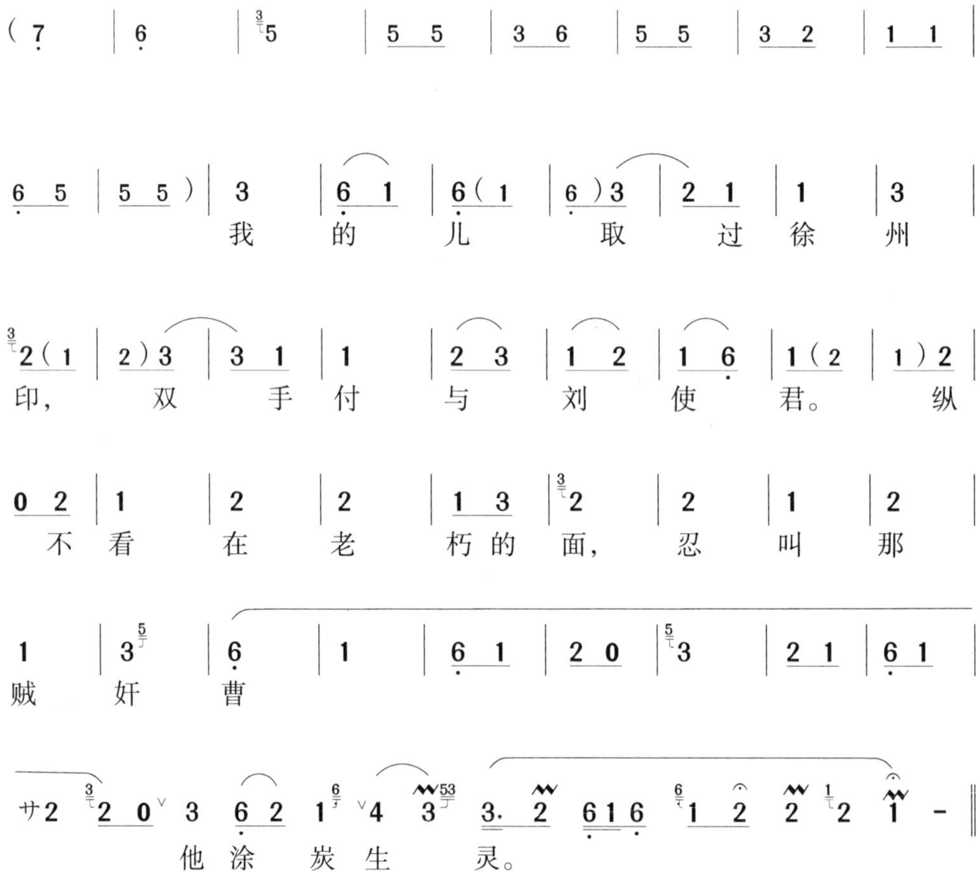

〖【闪锤】儿子将印放在"大边"桌角上。陶谦坐下，面转向外。

〔西皮摇板〕

刘　备

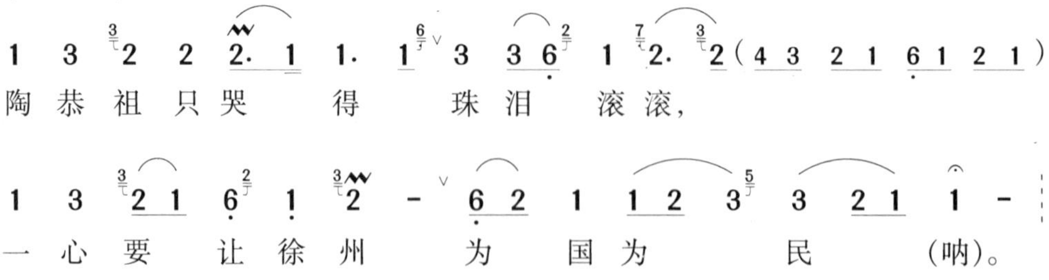

(白) 罢！
(仓)

〔西皮摇板〕

【单楗凤点头】(过门同前)

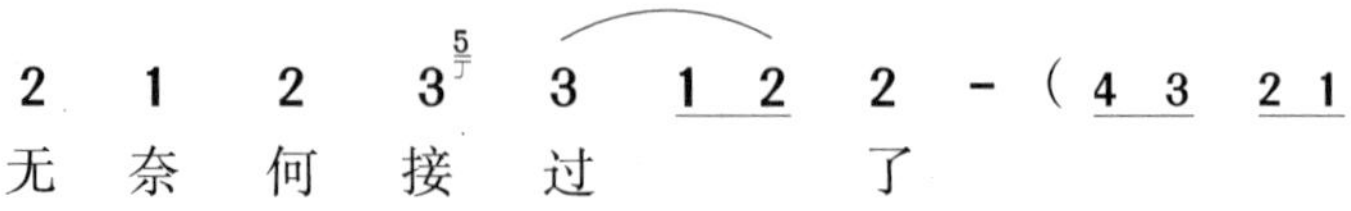

让徐州

〖【闪锤】刘备将桌上印拿起至“大边”台口。

〔西皮散板〕

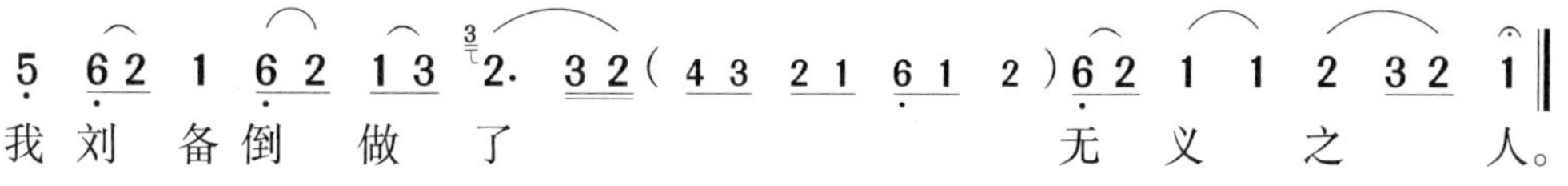

〖【闪锤】刘备将印放回桌上，拱手面向陶谦。

〔反西皮摇板〕

陶谦

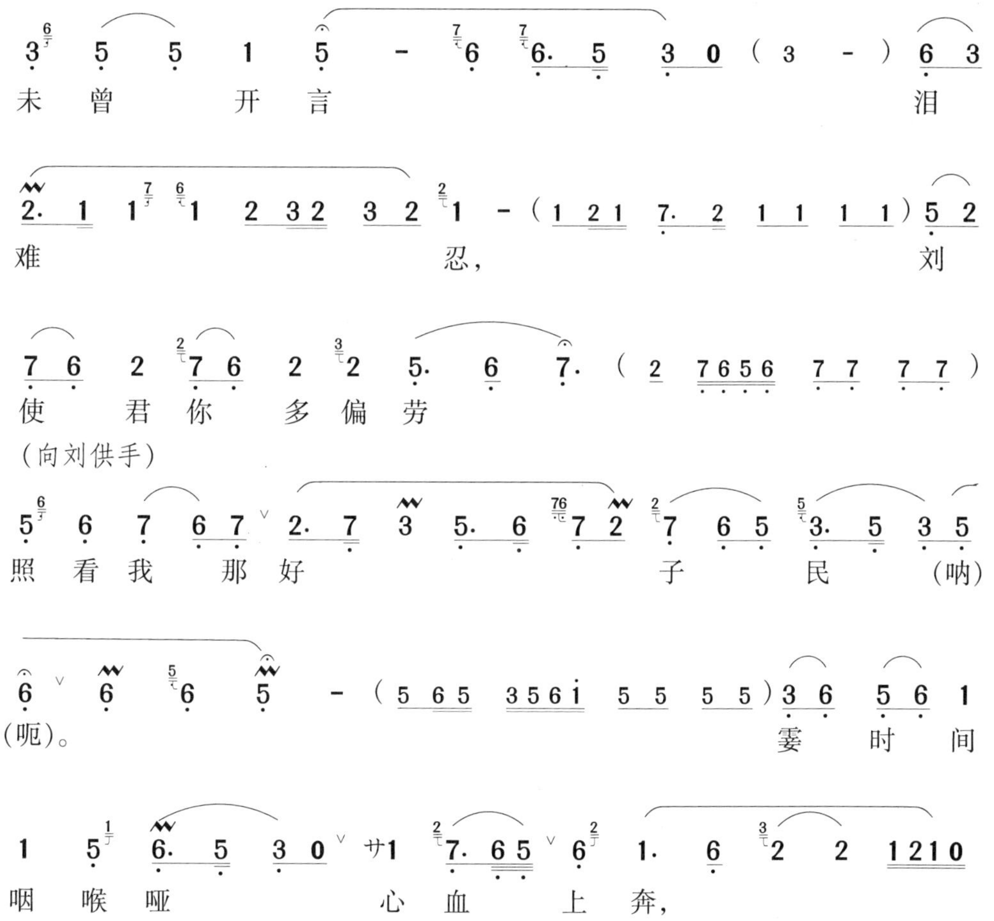

〖【乱锤】站起三吐血。“小边”儿子将“大座”搬进大帐内。

〔亮弦〕

刘　备
糜　竺　保重了！

陶　谦

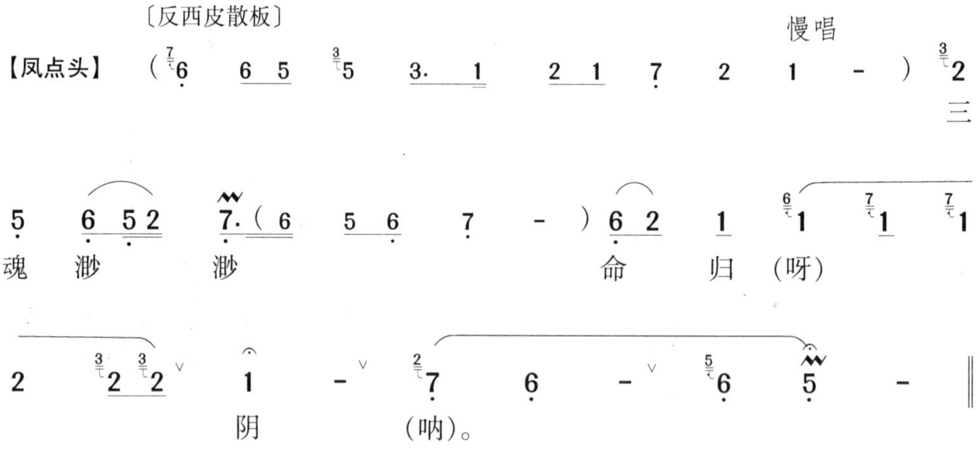

〖(八大仓)双水袖垂下，退至帐内坐下，闭眼。两个儿子将两边帐帘放下，后跪在帐前做哭状，奏唢呐曲牌<批>。

刘　备　陶府君升天，你我表奏朝廷，准备灵堂，一同祭奠者！

〖奏唢呐曲牌<尾声 · 合头>，闭幕。

——剧　终

言派艺术研究会 供稿
刘勉宗 整理 贾钟生 记谱
张少楼 言兴朋 校订

卧龙吊孝

言少朋授课本

故事取材于《三国演义》第五十七回。周瑜不顾吴蜀联盟之大体，暗袭荆州，被诸葛亮识破，招致柴桑口大败，气恨而亡。周瑜死后，东吴将士怨恨诸葛亮，周瑜之妻小乔也欲替夫报仇。诸葛亮为了顾全吴蜀联盟、共同破曹之大局，不顾个人安危，亲自过江到杀机四伏的柴桑口吊祭周瑜。灵堂上诸葛亮由衷哀痛，颂读祭文，悼念周瑜卓越的才能，哭诉不能合力拒曹之遗憾，声泪俱下。周妻小乔与东吴将士为之感动，未忍加害。

此剧另名《柴桑口》、《孔明吊孝》、《诸葛亮吊孝》。除京剧外，川剧、汉剧、晋剧、秦腔、河南越调等均有此剧。

京剧老生名家孙菊仙、汪笑侬、时慧宝、刘景然、刘春喜等均工此剧。

言（菊朋）派《卧龙吊孝》的剧本原出于杨小楼先生家藏。1930年后言菊朋与杨小楼合作时期，杨小楼先生把这个剧本赠送给言菊朋，希望他加工整理这出戏。言菊朋匠心独具，亲自修补了剧词，编创了唱腔，特别是把这出戏中哭吊周瑜的一段“反二黄”唱段作了大胆的突破和革新，比起他自己所演的其他“反二黄”唱腔来也是别具一格：布局严谨，旋律丰富，行腔委婉动人，抑扬顿挫，吞吐收放自如。其中“料不想大英雄不幸命短，空余那美名儿在万古流传”两句，将京韵大鼓的旋律巧妙地融化进来，既动听又含情。“料不想”一句在低音区回旋，最低的音是低音“$\underset{\cdot}{3}$”，体现了诸葛亮的心情犹如落进低谷，无限伤情。下面“空余那”一句唱腔扶摇直上，“古”字在高音“$\dot{2}$”、装饰音“$\dot{3}$”这两个高音上盘旋，犹如异峰突起，把对周瑜的赞颂和哀叹全都凝聚其中，也把唱段推向高潮。这两句唱腔的升降幅度很大，从低音“$\underset{\cdot}{3}$”经过中音“3”最后达到高音“$\dot{3}$”，在十五度音程里起伏升降，变化万千，着力渲染了诸葛亮悼念周瑜的哀恸之情，从而感动了周妻小乔及东吴将士，缓和了孙、刘（吴、蜀）之间的紧张关系。

此剧中的祭文念白占有较重的分量，经过言菊朋的处理，语言精练紧凑，感情深沉酣畅，言派念白的风格又使整段祭文朗诵起来乐感强烈，悦耳动听，每演必有精彩的艺术效果。

言派的这出戏对诸葛亮的人物特性表达得比较透彻，思想格调提得较高，一扫诸葛亮吊祭周瑜是“猫哭耗子”的世俗之见，成功地塑造了诸葛亮不计个人恩怨，识大体、顾大局的古代政治家风范。

在言菊朋先生之前及同代人中，虽有许多名家流派也演过此剧，但均未流传下来。唯言派这出戏影响较大并有后人继承，流传至今，成为脍炙人口的精品。擅演此剧的传人有言菊朋之子少朋、其孙兴朋及张少楼、李家载、毕英琦、任德川、刘勉宗等。

言派艺术研究会

人物行当

诸葛亮	老生	丁　奉	生
鲁　肃	老生	徐　盛	生
小　乔	旦	二旗牌	杂
赵　云	武生	二丫环	旦
蒋　钦	净	四兵士	武行
周　泰	净	四文官	生、净

服装扮相

诸葛亮　俊扮。八卦巾、白孝条（正中绣团寿字）、黑三，银灰团鹤氅，黑彩裤，厚底。

鲁　肃　俊扮。忠纱帽、白孝条、黑三，黑官衣，玉带，黑彩裤，厚底。

小　乔　俊扮。大头包白绸，白褶子，白裙，白彩鞋。

赵　云　俊扮。夫子盔，白靠，黑彩裤，厚底。

蒋　钦　净扮。扎巾盔，大靠，黑彩裤，厚底。

周　泰　净扮。扎巾盔，大靠，黑彩裤，厚底。

丁　奉　净扮。扎巾盔，大靠，黑彩裤，厚底。

徐　盛　净扮。扎巾盔，大靠，黑彩裤，厚底。

二旗牌　素大板巾，素箭衣，素马褂，大带，厚底。

丫　环　梳丫环头，素袄裤、素坎肩，白腰巾，彩鞋。

四文官　忠纱帽，黑三、黪三、白三、白满，白绸条，素官衣，黑彩裤，厚底。

四兵士　兵士帽，素抱衣裤，薄底。

道具

灵桌	一张（白桌围）	**椅子**	两把（白椅披）
祭文	一道（白绸）	**宝剑**	五口（赵云、四靠将佩带）
马鞭	九根（鲁肃、靠将、文官用）	**云帚**	两把（旗牌掸扫用）
白蜡烛台	一对	**香炉**	一个
灵牌	一个（上写“大汉东吴郡大都督周氏公瑾之灵位”）	**酒斗**	一个
		羽毛扇	一把
供香	一炷		
幕帷装置	一堂（天幕中悬大“奠”字素幛，两边垂白纱蝴蝶幕，素幕穗）		

第一场

〔二道幕外，【大锣原场】接奏唢呐曲牌<批>。

〔四兵士“搭轿式”上，引蒋钦、周泰、丁奉、徐盛四将上。四将乘马持鞭至“九龙口”成“一字”亮相，再至台口成横一字勒马站住。四兵分站两边。【大锣归位】

四　将　（同念）都督丧了命，将士恨难平。【大锣住头】（四将列成小八字）

蒋　钦　众位将军请了。

众　将　请了。

蒋　钦　可恨诸葛亮将周都督气死，今当大祭之日，我等前去吊祭。

四　将　（同念）军士们！

四兵士　有！【大锣一击】

四　将　（同念）都督府去者！

四兵士　啊！

〔曲牌<批>四兵士“插门”领下。【大锣抽头】四将“插门”领起加鞭下。

第二场

〔接转【快长锤】四文官持鞭上，“九龙口”站“八字斜胡同”。引鲁肃持鞭上。三步勒马。

〔西皮摇板〕

鲁　肃　（7 6 5 55 36 55 32 11 65 55） 1. 2 1
闻 噩

2 3 32 2 1 3 2. 2.1 1 - 1 2 - 【闪锤】
耗 周 公 瑾 柴 桑 命 殒，

〔四文官“扯正”，鲁肃至台口中勒马。

〔西皮流水〕

鲁　肃　1/4（7 | 6 | 5 | 55 | 36 | 55 | 32 | 11 | 65 | 55）

1 | 3 | 2（61 | 2）1 | 02 | 2 | 3 | 1（62 | 1）3 | 02 |
我 东 吴 不 幸 降 灾 星！ 天 不

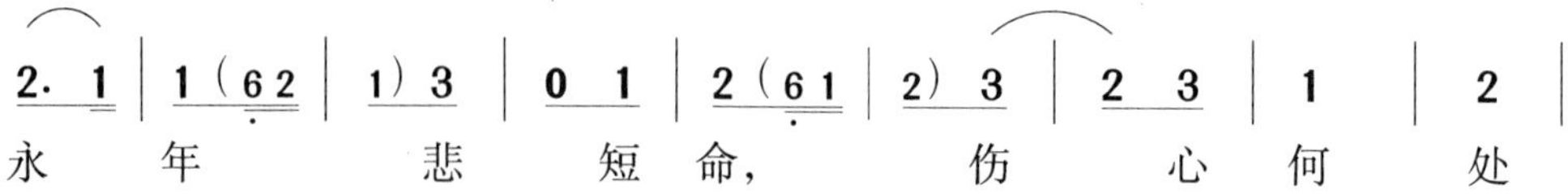

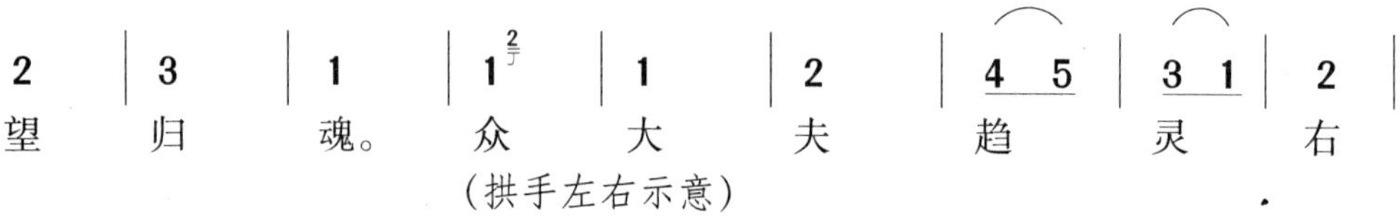

〔【快长锤】四文官"插门"加鞭下。鲁肃至"下场门"前回身。

〔西皮摇板〕

鲁　肃　（过门同前）

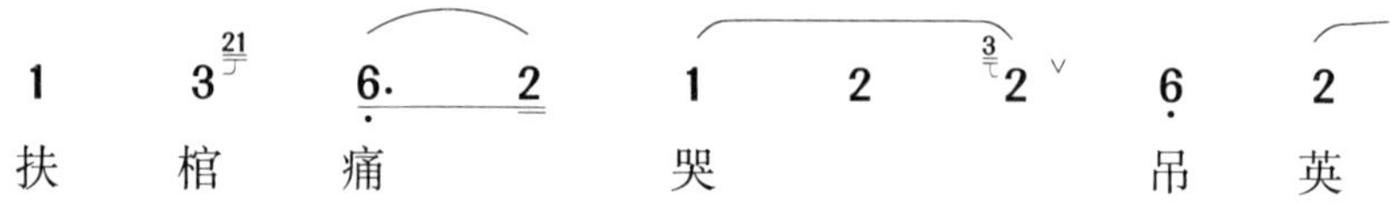

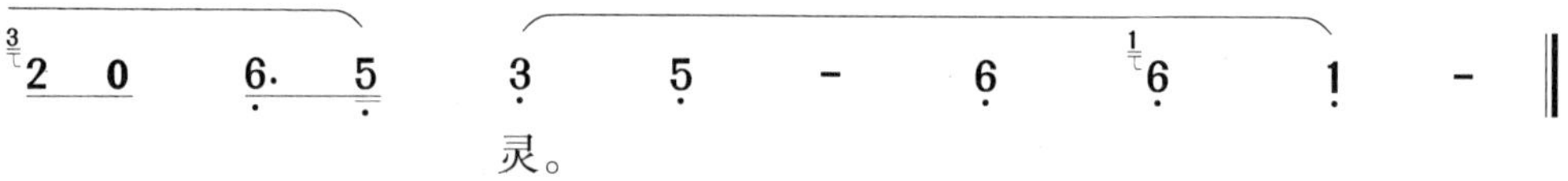

〔【大锣回头】鲁肃下。【撤锣】

第三场

〔二道幕启：台中场用素白桌围椅披摆灵桌，桌上置灵牌、香炉、酒斗、左右一对烛台，"小边"桌角另放一炷供香，桌两边各一把椅，椅背向外，二旗牌两边站好。

〔奏胡琴曲牌<哭皇天>，二丫环扶小乔上。至台口，小乔翻右水袖，搌泪。【小锣一击】进灵堂，小乔跪拜，二丫环陪同跪拜。站起，二丫环分"大、小边"站立于旗牌里手。小乔归"大边"，双翻水袖面向灵桌，曲牌止。

小　乔　【大锣双叫头】都督、夫君！（哭）喂呀夫哇！【双楗大锣凤点头】

〔西皮散板〕

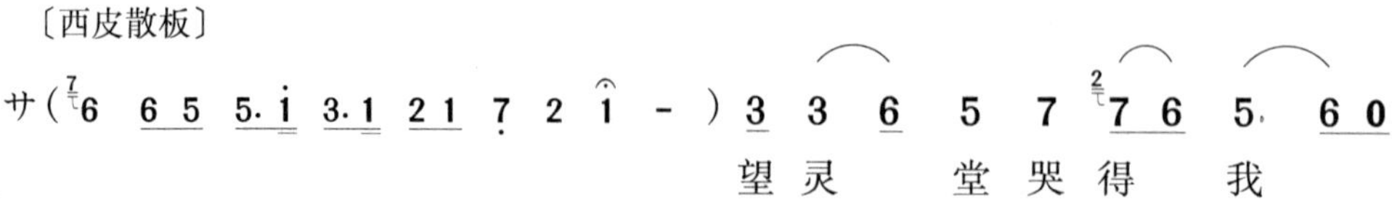

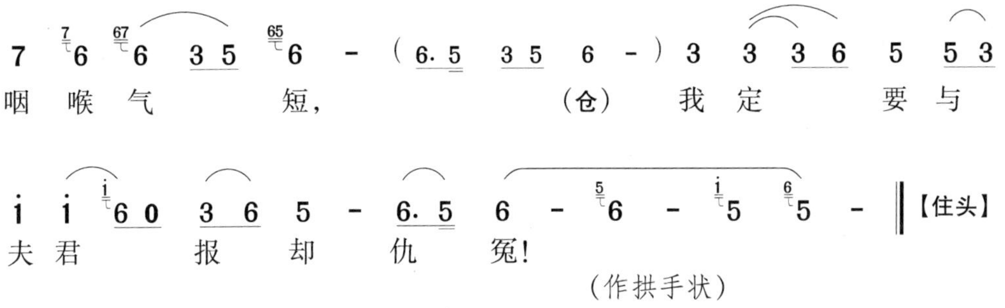

〔内呼：“文官武将前来吊祭。”

二旗牌 启禀夫人，文官武将前来吊祭！

小　乔 有请。

二旗牌 （向外拱手）有请！

〔奏唢呐<哭皇天>，四文官、四武将分两边上，至台口，依次互拱手双进门，面向灵桌。文官在前站一排，武将在后站一排，同拜祭，然后分两边，文官在里、武将在外站“大八字”，二旗牌站至最外。

小　乔 请众位大人、将军前厅待茶。

二旗牌 众位大人、将军请！

〔旗牌领文官、武将“抽芯”出灵堂，两边分下。

〔内呼：“鲁大夫到。”

二丫环 鲁大夫到。

小　乔 有请。（拱手）

二丫环 有请！（二丫环分两边暗下）

〔鲁肃上，至台口，搌泪，进灵堂，跪拜。小乔陪拜。鲁肃拜毕站“小边”。<哭皇天>收住。

小　乔 啊大夫①。

鲁　肃 夫人。

小　乔 都督之死，乃诸葛亮定计所害，就该发动人马，与都督报仇才是！

鲁　肃 这个……【撕边一击】夫人言得极是，若要兴动人马，必须奏知吴侯，方可发兵。

〔内呼：“报！”【冲头】一旗牌上，进灵堂归“大边”，面向小乔。

旗　牌 启禀夫人，诸葛亮过江前来吊祭！（向外一指）

小　乔 怎么？【撕边一击】（上步）那诸葛亮他、他他过江吊祭来了？【撕边一击】

旗　牌 正是。

小　乔 我正要寻他，他倒来了！（退一步面向鲁肃）啊大夫，将诸葛亮带至灵堂见我！

---

① 大夫：这是一个多义项的词。此处选用其古代职官义项。周代，国君以下有卿、大夫、士三等；各等又分上、中、下三级。后因以“大夫”为任官职者的通称。此外，“大夫”也是爵位名。需要指出的是，“大夫”的“大”是多音字。常见的即有“dà”、“dài”两种。而在汉语语汇中，构成官职、爵位的“大夫”应读如“dà 夫”，即“大小”之“大”；用来指医生或手工艺人时的“大夫”则读如“dài 夫”。传统京剧中，均将官职中的“大夫”以及“大王”读为“dài 夫”、“dài 王”，实在是一种误读。

（八仓）（甩右水袖。鲁肃同时双摊手，无奈状）

鲁　肃　遵命。【大锣长尖】（向小乔拱手，出灵堂，台口再双摊手，摇头，手扶脑门“上场门”下）

小　乔　（向旗牌吩咐）有请众位将军！

旗　牌　（至台口中，拱手）有请众位将军！（“下场门”下）

〔内应：“来也！”【大锣长尖】蒋钦、周泰、丁奉、徐盛挎宝剑分两边上。双进门，分两边站“八字”。

四　将　参见夫人！（拱手）

小　乔　众位将军！【大锣五击】（至台口中）那诸葛亮过江吊祭来了！（右手指出）

四　将　【撕边】（互对眼神，抓、扔靠绸，拱手）【大锣叫头】夫人！就该拿下诸葛亮，与我家都督报仇！【撕边一击】

小　乔　你等埋伏两厢，等那诸葛亮到此，【撕边一击】看我眼色行事。

四　将　遵命。【一锤锣】接【大锣原场】（“抽芯”双出门，两边下）

〔【原场】小乔归里，面向里坐右椅。（锣鼓加速加强后切住）

〔鲁肃内白：“先生请！”

〔诸葛亮内白：“大夫请！”

〔奏胡琴曲牌<西皮哭皇天>，鲁肃上至台中，回身拱手引诸葛亮上。诸葛亮带着身历险境、泰然自若的神情上场，“九龙口”处亮相。赵云随后同上，同时亮相。诸葛亮与鲁肃互拱手相让，至台口，进灵堂。诸葛亮挖至“大边”，赵云跟至“大边”外手，鲁肃挖至“小边”。诸葛亮面向灵桌。曲牌止起【大锣双叫头】

诸葛亮　（翻左水袖，向灵位拱手）都督，公瑾！哎，都督哇！（哭）（左袖揾泪）

〔反西皮散板〕

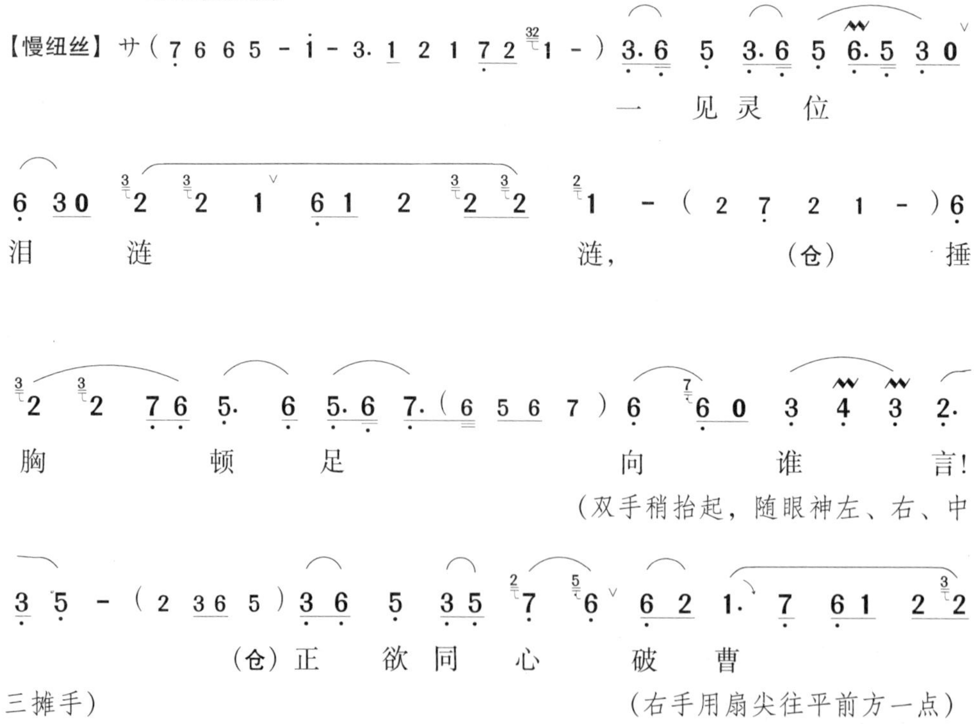

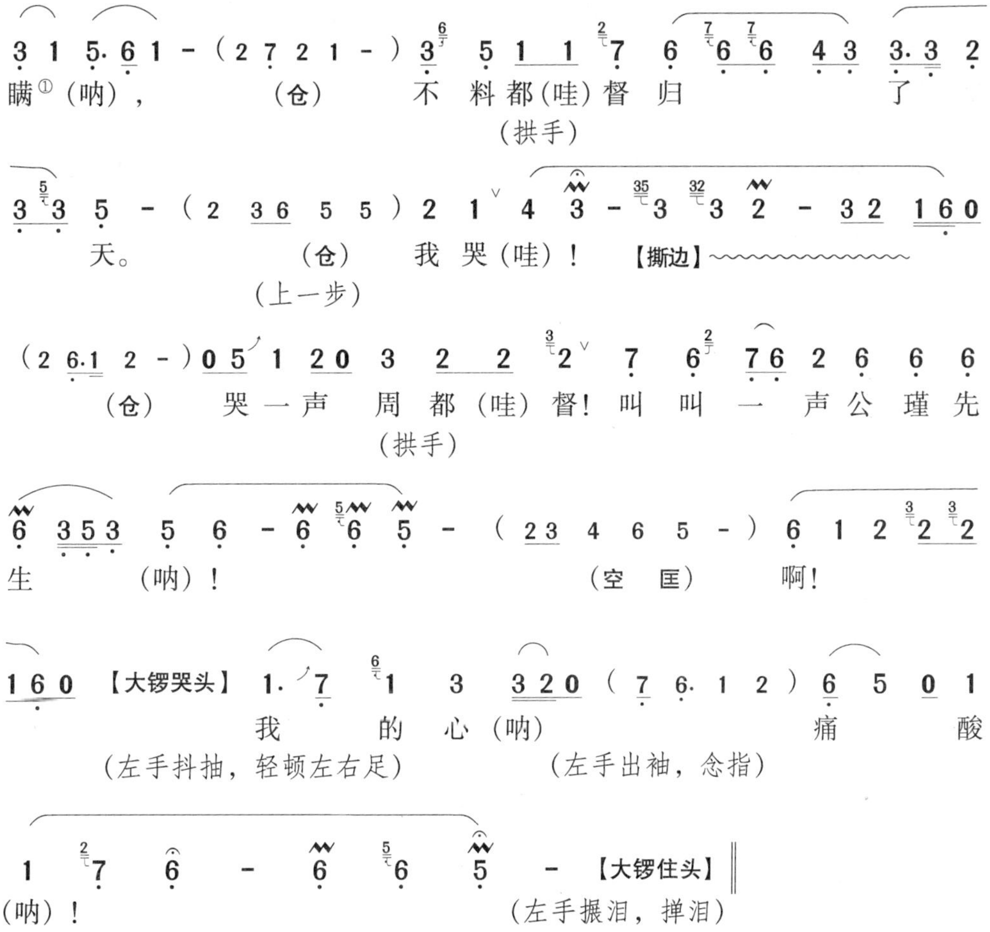

诸葛亮 啊，鲁大夫。

鲁　肃 先生。

诸葛亮 亮过得江来，谨备祭文②一道，相烦大夫赞礼③，亮就此与都督，哎！上香了！（上步至中场台口，左手整冠，捋髯）（胡琴奏曲牌<哭皇天>）

鲁　肃 请先生上香！（将桌上的香拿起点燃，交与诸葛亮。诸葛亮接过香，插进香炉，回身至中场，面向灵桌，双腿跪拜。站起，将羽扇挂右手上，左转身面向台外。曲牌止）请先生读祭文。

诸葛亮 （对赵云）看祭文伺候！

---

① 曹瞒：即曹操。《三国志·魏志》注："曹操字孟德，一名吉利，小字阿瞒。"三国戏中，吴蜀方常称曹操小名，以示轻蔑。

② 祭文：古时的一种文体，专用于祭祀、祭奠时表示哀悼或祷祝。刘勰《文心雕龙·祝盟》："若乃礼之祭祀，事止告飨；而中代祭文，兼赞言行。祭而兼赞，盖引神而作也。"这就大致说出了祭文的主旨。发展到后来的悼词，也是历数逝者一生，揄扬功绩、品德……应当说是承袭了祭文的体例。祭文中多有"呜呼哀哉"句，"呜呼"为感叹词，"哀哉"示悲痛。祭文又多用"伏惟尚飨"结束，表示祭祀人恭恭敬敬地希望逝者享用祭品。

③ 赞礼：古时举行典礼时，司仪宣唱仪节，导人依序行礼。

［赵云将祭文从靠内取出，双手递过。【大锣归位】诸葛亮接过祭文，台口正中，展开祭文。

诸葛亮 （祭文要从右至左、竖式从上往下念）

节奏	X X X X 0	X X X 0	X· X X X 0	X X X 0
朗读	大 汉 建 安	十 五 年	冬 十 二 月	廿 三 日，

X X X X X 0 X X X X X X	0 X X X 0 X X X
南阳诸葛亮 谨 备 祭 文 一道，	致 祭 于 大 都 督

0 X X X X· X X X 0	サ X X – X X – X –
周 氏 公 瑾 之 灵 位，	哀 而 告（倭） 曰：

［幕内四将：“嘿！”【急急风】诸葛亮、鲁肃、赵云归里，面向里。四将“两边上”，“抄过”，至台口，拔剑亮相。【撕边】四将观小乔眼色，小乔站起向四将示意：暂退下。四将宝剑入鞘，（八大仓）【急急风】分两边下。小乔回座坐下。

［赵云出门，先“下场门望门”再至“上场门望门”，回身进灵堂，跨右腿、踢左腿，至“大边”，【四击头】接【撕边】诸葛亮至台口正中，鲁肃至台口“小边”，三人同时亮相。赵云拔剑逼视鲁肃；鲁肃右手脑后反举水袖，抖髯，做惊惧状；同时诸葛亮观察灵堂外面时，余光发现鲁肃发抖，再顺着鲁肃的眼光发现了赵云在拔剑示怒。

诸葛亮 （向赵云示意收剑）嗯！【大锣一击】（赵云会意，收剑。鲁肃捋汗）【小锣一击】（诸葛亮打开祭文，继续朗读）

节奏	X X X X 0	X X X X 0	X X X X 0	X X 0 X X· 0
朗读	呜 呼 公 瑾，	不 幸 夭 亡！	修 短 故 夭，	人 岂 不 伤？

X X X X· 0	X X X X 0	X X X X 0	X· 0 X· 0 X X 0
君 其 有 灵，	享 我 蒸 尝[①]！	呜 呼 公 瑾，	生 死 永 别！

---

① 享我蒸尝：蒸与尝，秋冬二祭名，后泛指祭祀。汉董仲舒《春秋繁露·四祭》：“春曰祠，夏曰礿，秋曰尝，冬曰蒸。”享我蒸尝，意为享受我的祭祀。

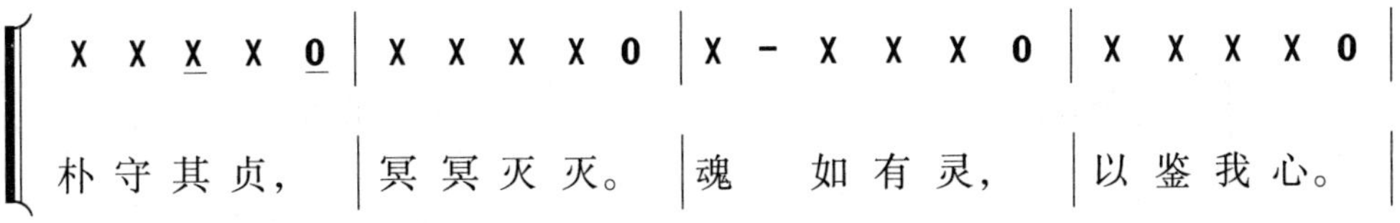

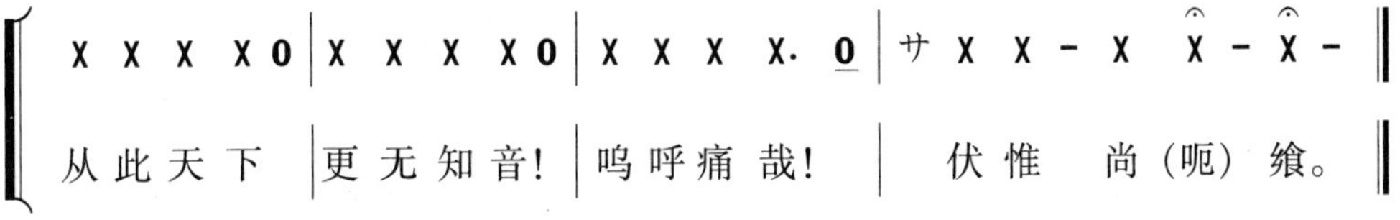

〔诸葛亮将祭文交与鲁肃，置于灵桌。再将羽扇摘下拿好，至“小边”台口，面向灵桌拱手。

诸葛亮 【冲头，双叫头】都督，贤弟！哎，都督哇！（扑向灵桌）【大锣原场】

〔二黄导板〕

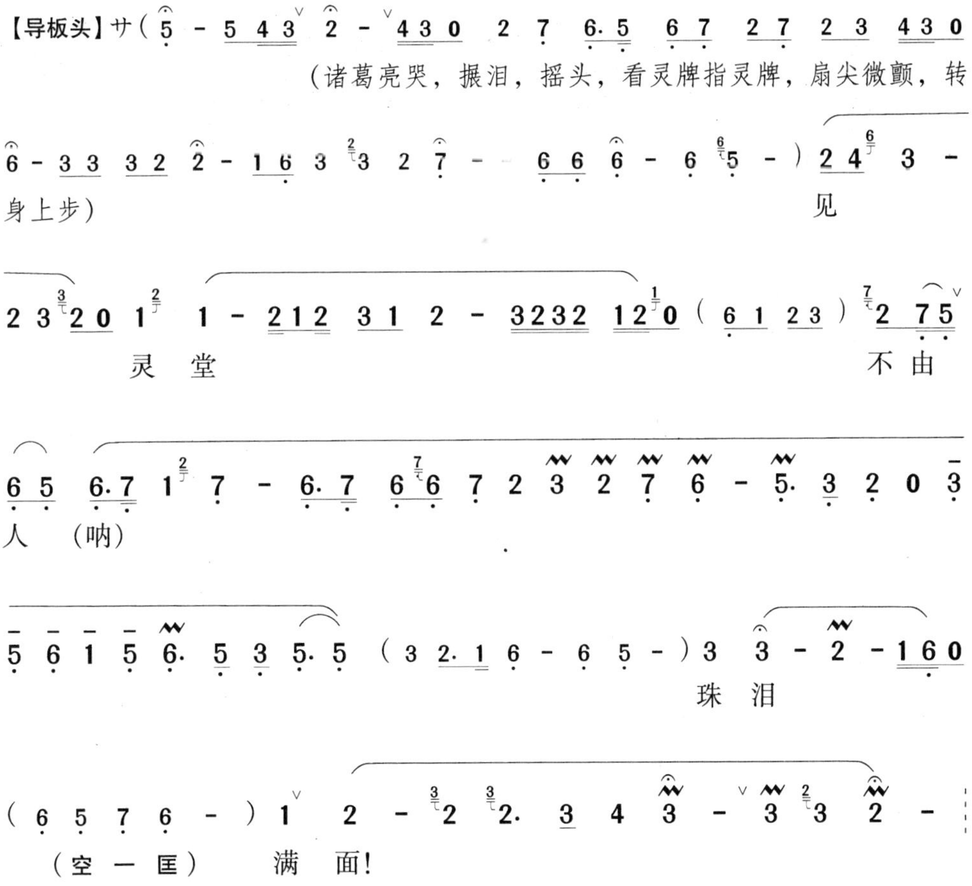

〔至“小边”台口翻左水袖亮相，扇平点推出。【大锣回头】诸葛亮左手水袖振泪，下水袖再反翻上去，垫右步看灵位，悲痛状，下水袖，抖上来，挖至“大边”台口转身向灵位。

诸葛亮 【双叫头】都督、公瑾！【大锣原场】（回身振泪，掸泪，上一步）

〔回龙〕

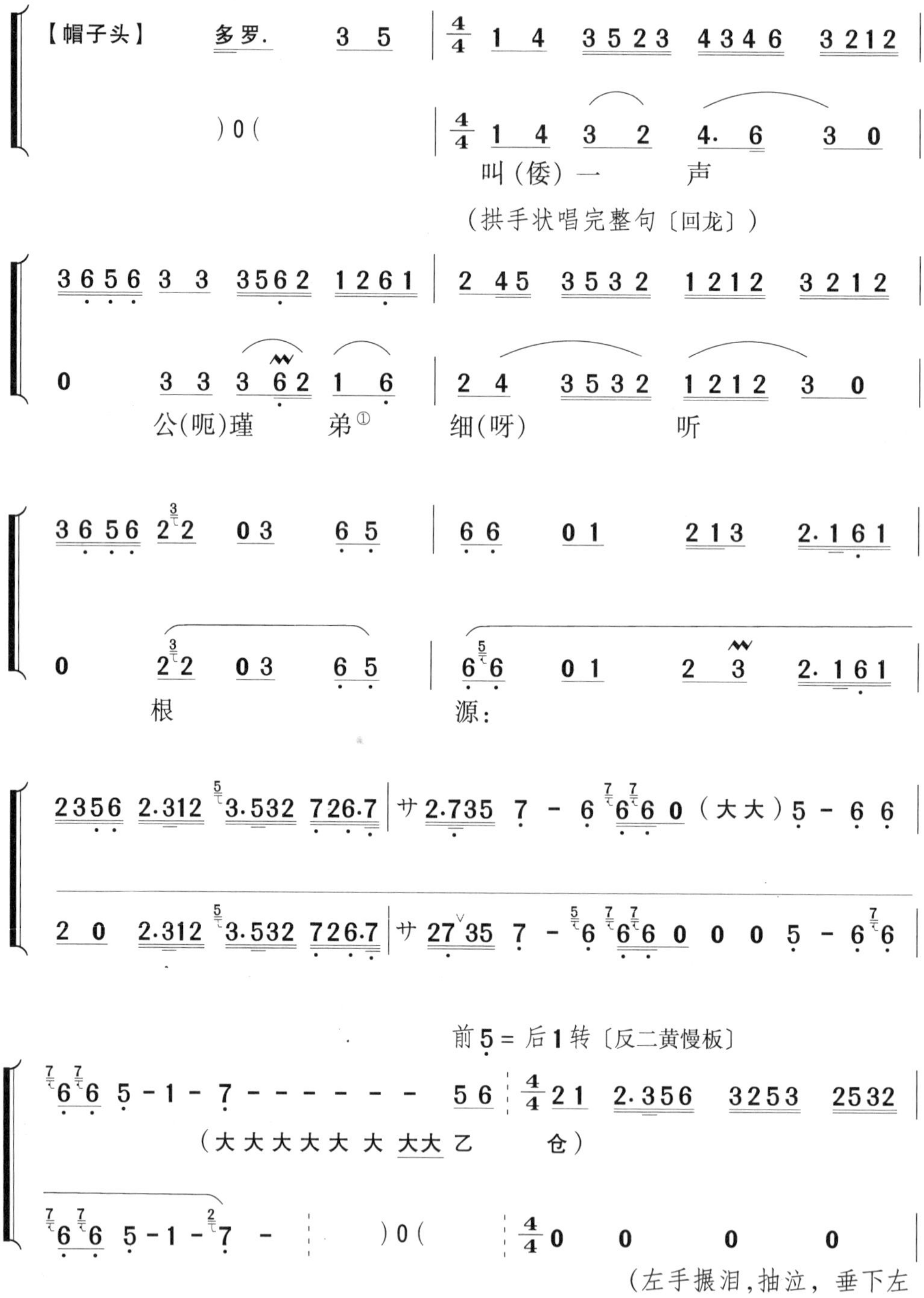

---

① 公瑾弟：据史，诸葛亮（181—234年）年纪比周瑜（175—210年）小六岁。但戏曲中的诸葛亮老谋深算，以老生扮；周瑜年少气盛，以小生扮，戏中年龄与实际年龄不同。戏中的诸葛亮以长兄自居，故称周瑜（字公瑾）为弟。

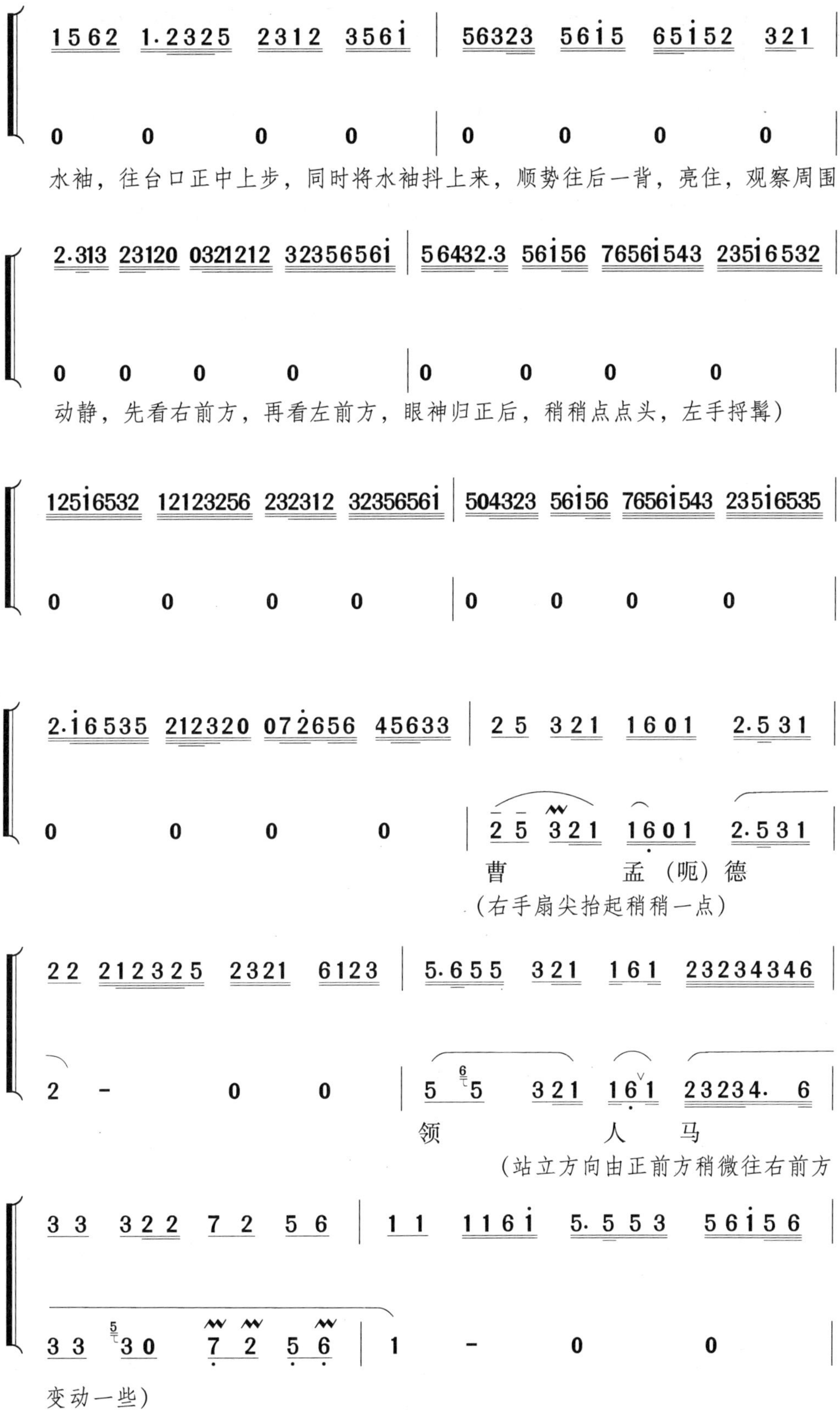
水袖，往台口正中上步，同时将水袖抖上来，顺势往后一背，亮住，观察周围
动静，先看右前方，再看左前方，眼神归正后，稍稍点点头，左手捋髯）
曹 孟（呃）德
（右手扇尖抬起稍稍一点）
领 人 马
（站立方向由正前方稍微往右前方
变动一些）

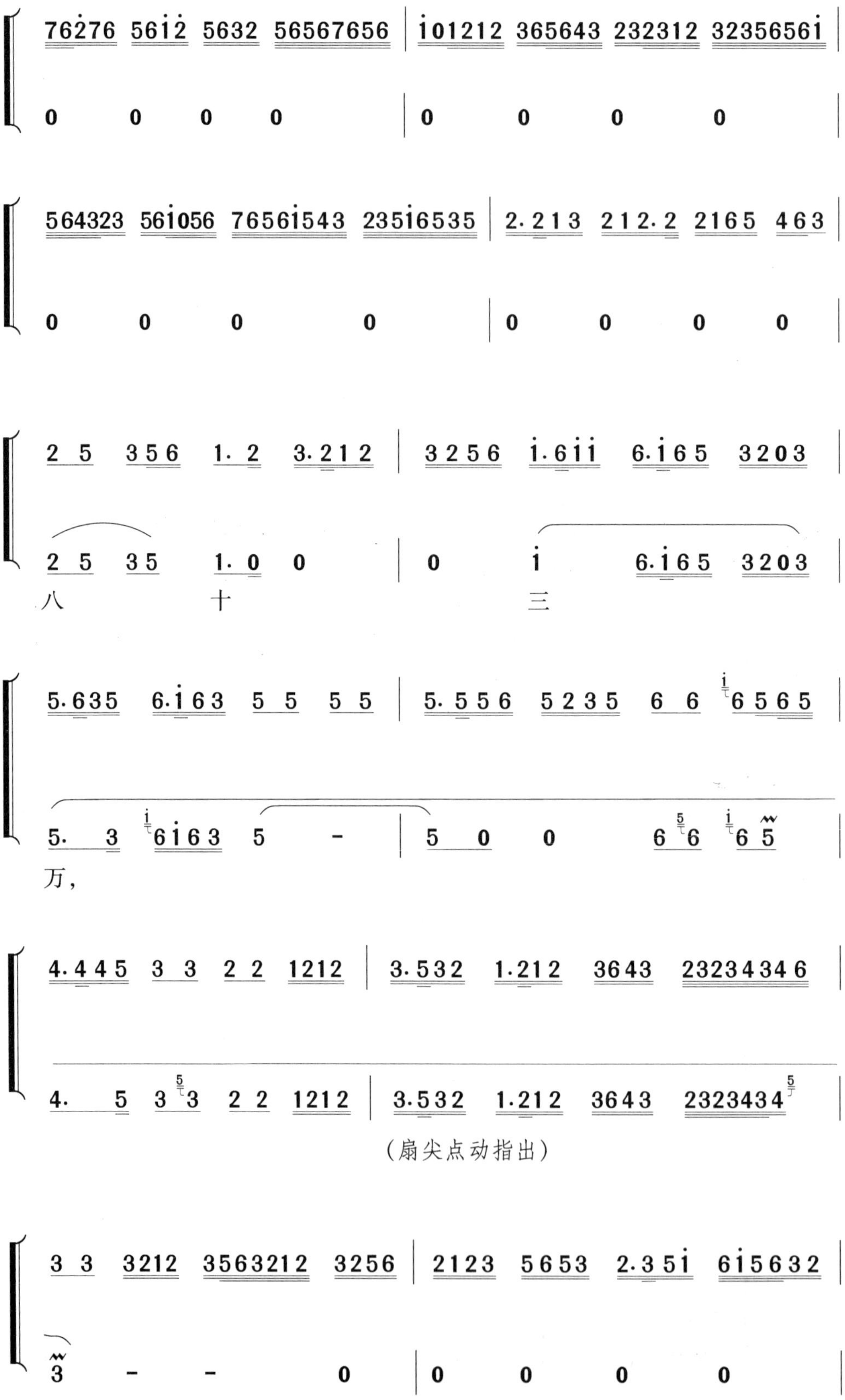
八
十
三
万，
（扇尖点动指出）

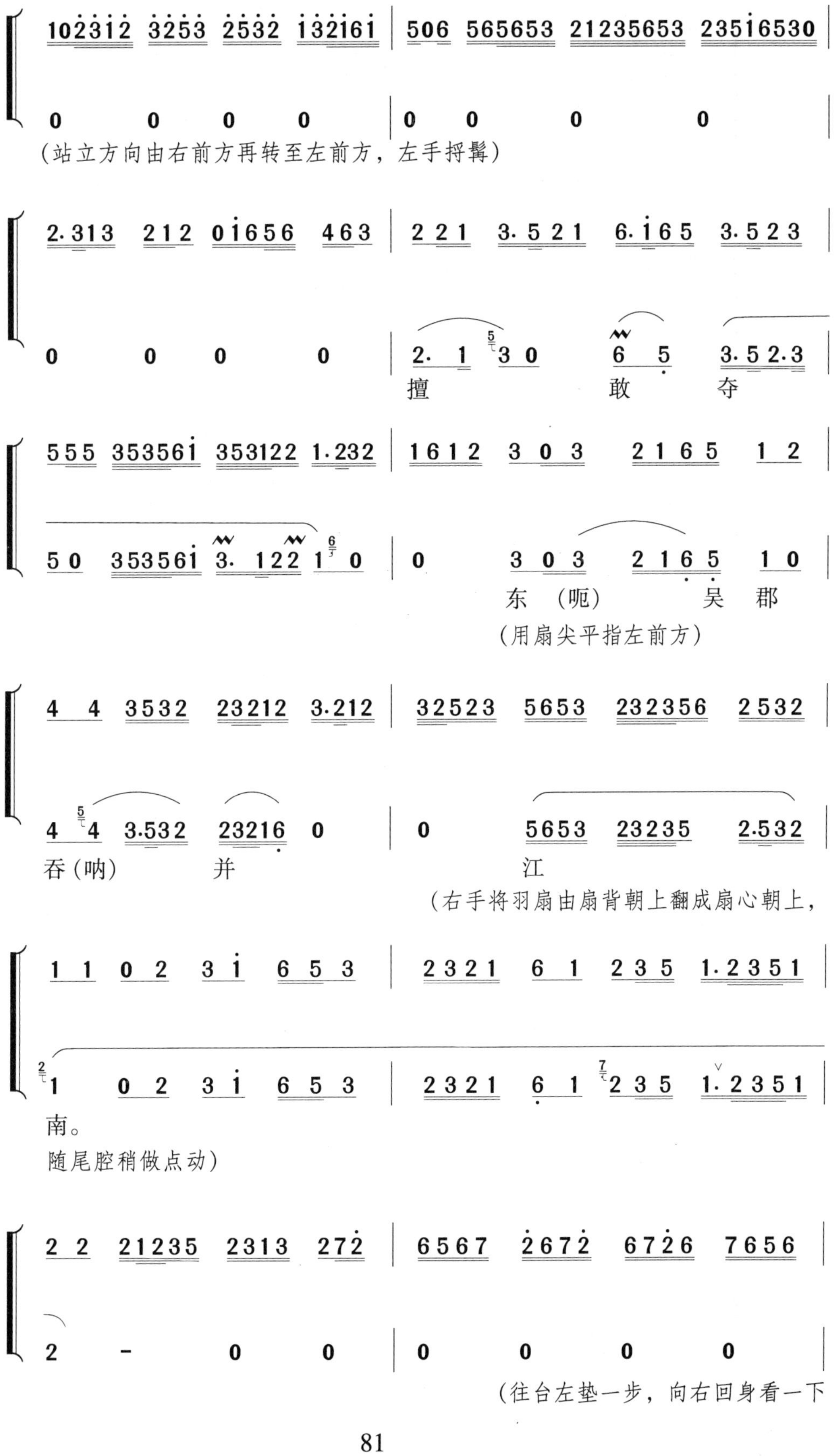
(站立方向由右前方再转至左前方，左手捋髯)
擅
敢
夺
东 (呃)
吴
郡
(用扇尖平指左前方)
吞(呐)
并
江
(右手将羽扇由扇背朝上翻成扇心朝上，
南。
随尾腔稍做点动)
(往台左垫一步，向右回身看一下

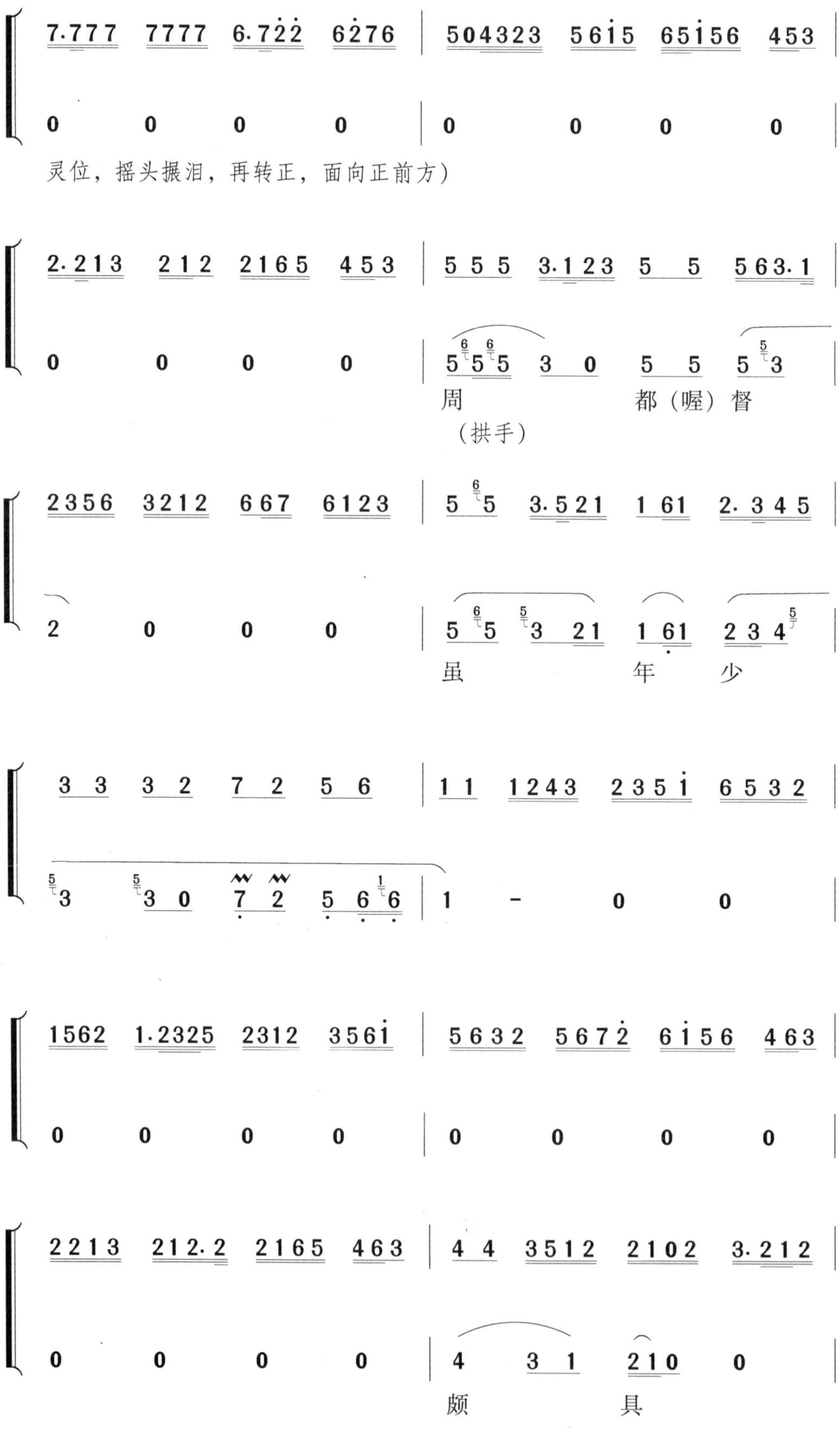
灵位，摇头揾泪，再转正，面向正前方）
周 都（喔）督
（拱手）
虽 年 少
颇 具

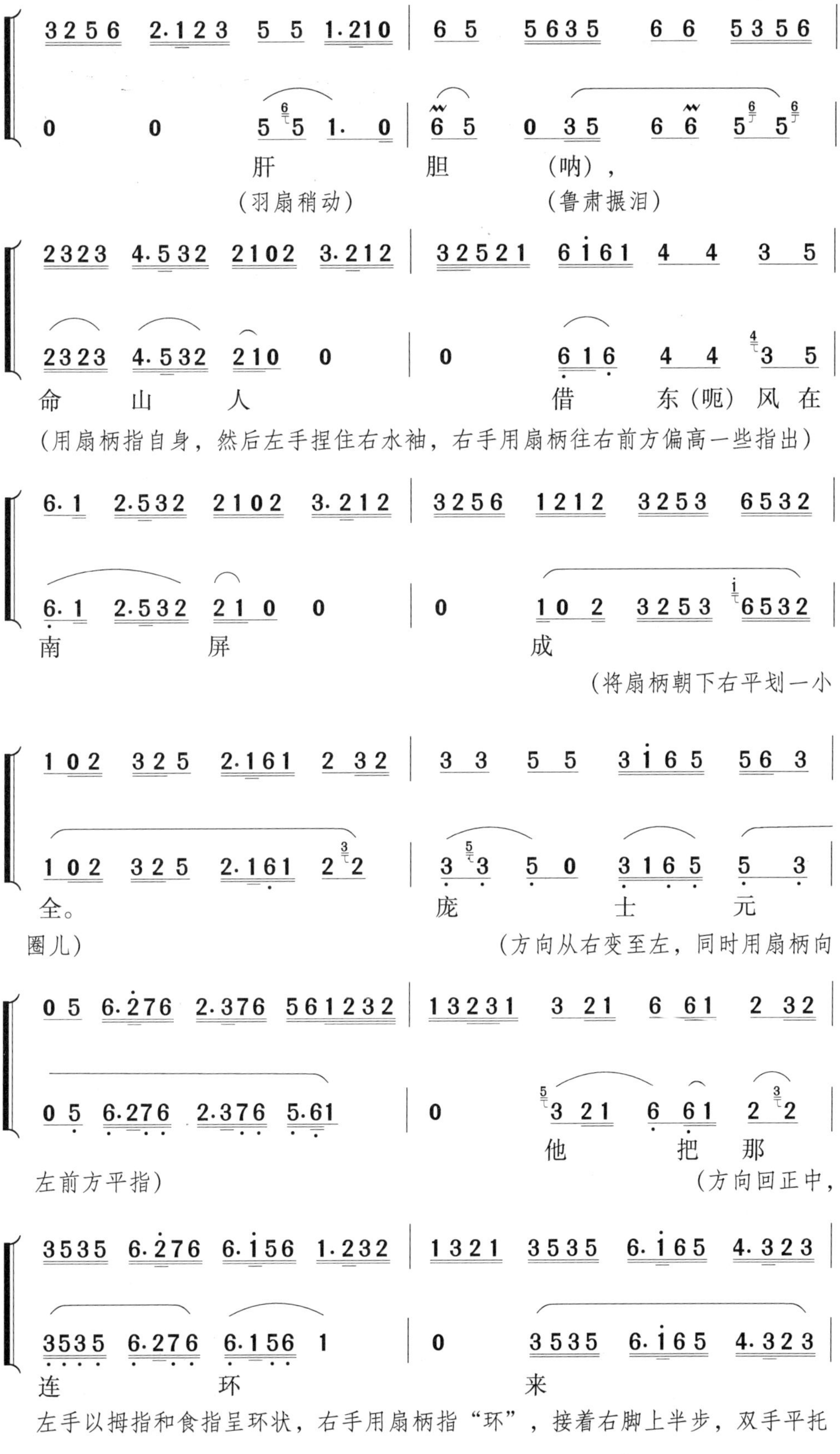
肝 胆 （呐），
（羽扇稍动） （鲁肃揾泪）
命 山 人 借 东（呃）风 在
（用扇柄指自身，然后左手捏住右水袖，右手用扇柄往右前方偏高一些指出）
南 屏 成
（将扇柄朝下右平划一小
全。 庞 士 元
圈儿） （方向从右变至左，同时用扇柄向
他 把 那
左前方平指） （方向回正中，
连 环 来
左手以拇指和食指呈环状，右手用扇柄指“环”，接着右脚上半步，双手平托

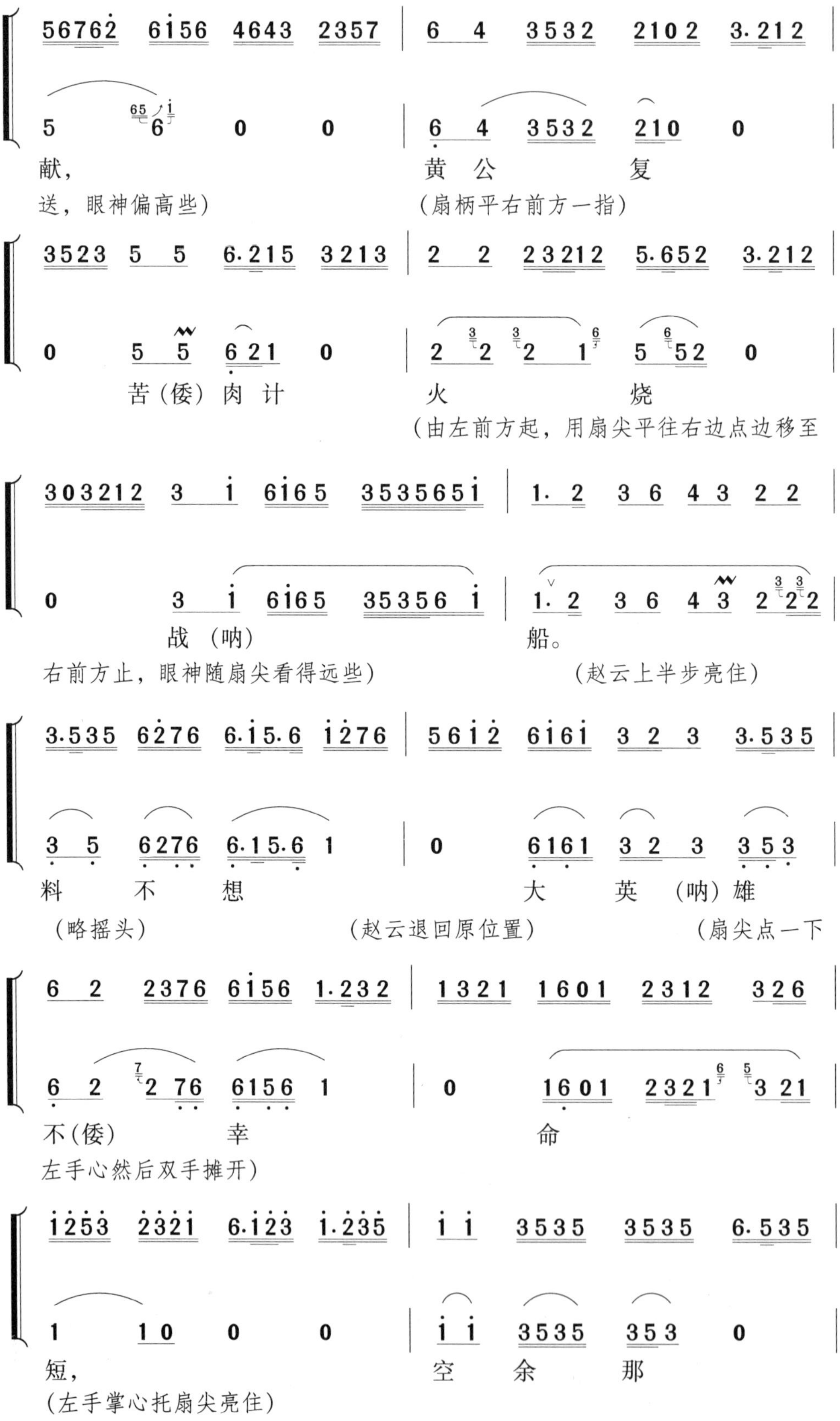
献，
送，眼神偏高些）
黄 公 复
（扇柄平右前方一指）
苦（倭）肉 计
火 烧
（由左前方起，用扇尖平往右边点边移至
战（呐）
船。
右前方止，眼神随扇尖看得远些）
（赵云上半步亮住）
料 不 想
大 英 （呐）雄
（略摇头）
（赵云退回原位置）
（扇尖点一下
不（倭） 幸
命
左手心然后双手摊开）
短，
空 余 那
（左手掌心托扇尖亮住）

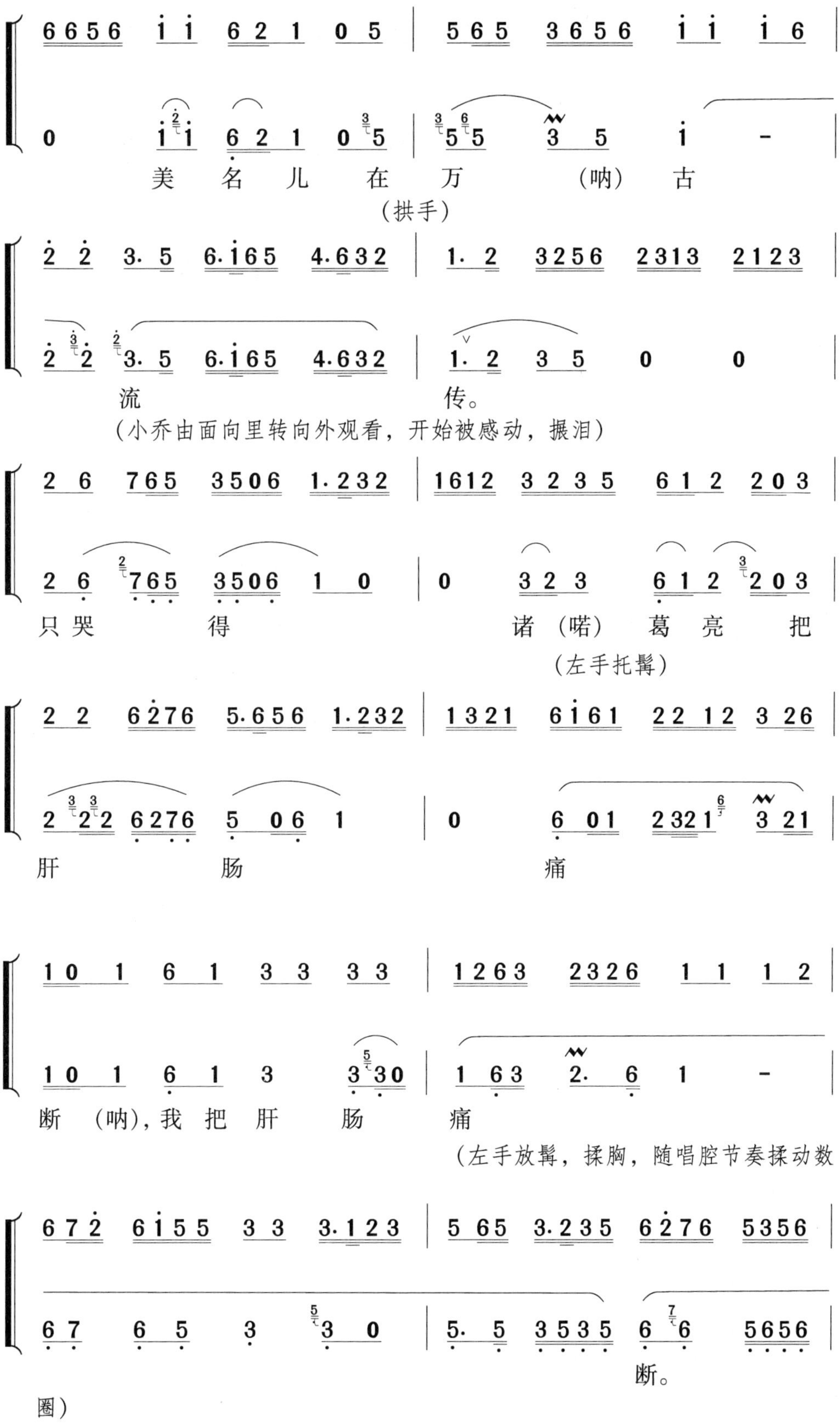
美名儿在万（呐）古
（拱手）
流传。
（小乔由面向里转向外观看，开始被感动，揾泪）
只哭得诸（喏）葛亮把
（左手托髯）
肝肠痛
断（呐），我把肝肠痛
（左手放髯，揉胸，随唱腔节奏揉动数
断。
圈）

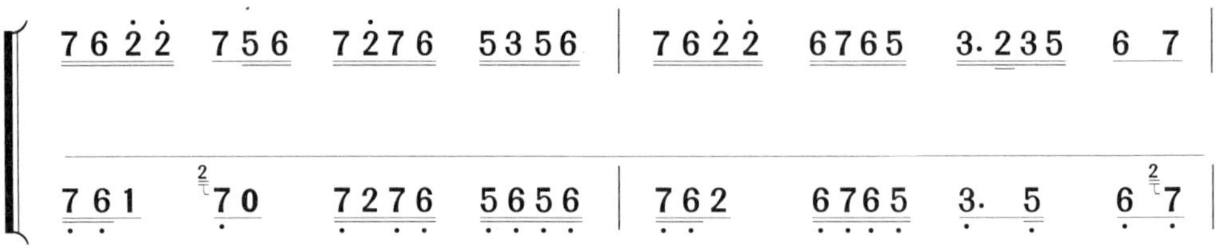

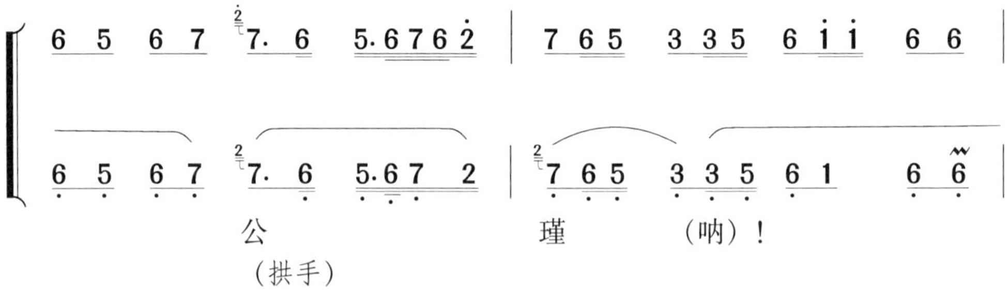

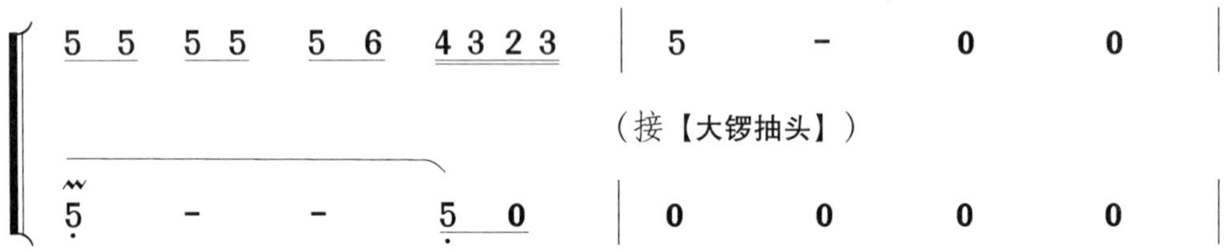

〔在【**大锣抽头**】中诸葛亮搌泪，鲁肃也同时搌泪。二人与赵云同时转向里，同时向灵位鞠拜。鲁肃取灵桌上的酒斗递与诸葛亮，三人面向外。诸葛亮将酒洒祭后还与鲁肃，鲁肃将酒斗放回桌上。诸葛亮面向灵位再鞠一躬，回身向外亮相。在【**夺头**】中左手抖袖。

〔反二黄原板〕

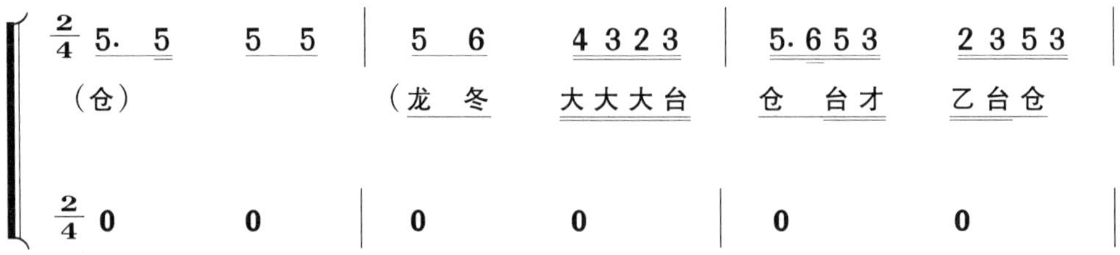

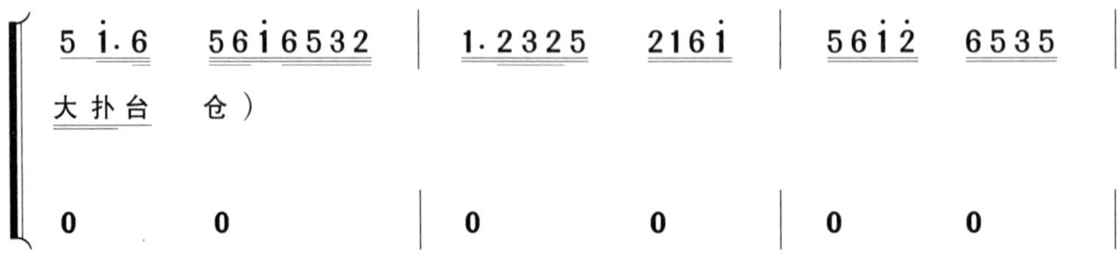

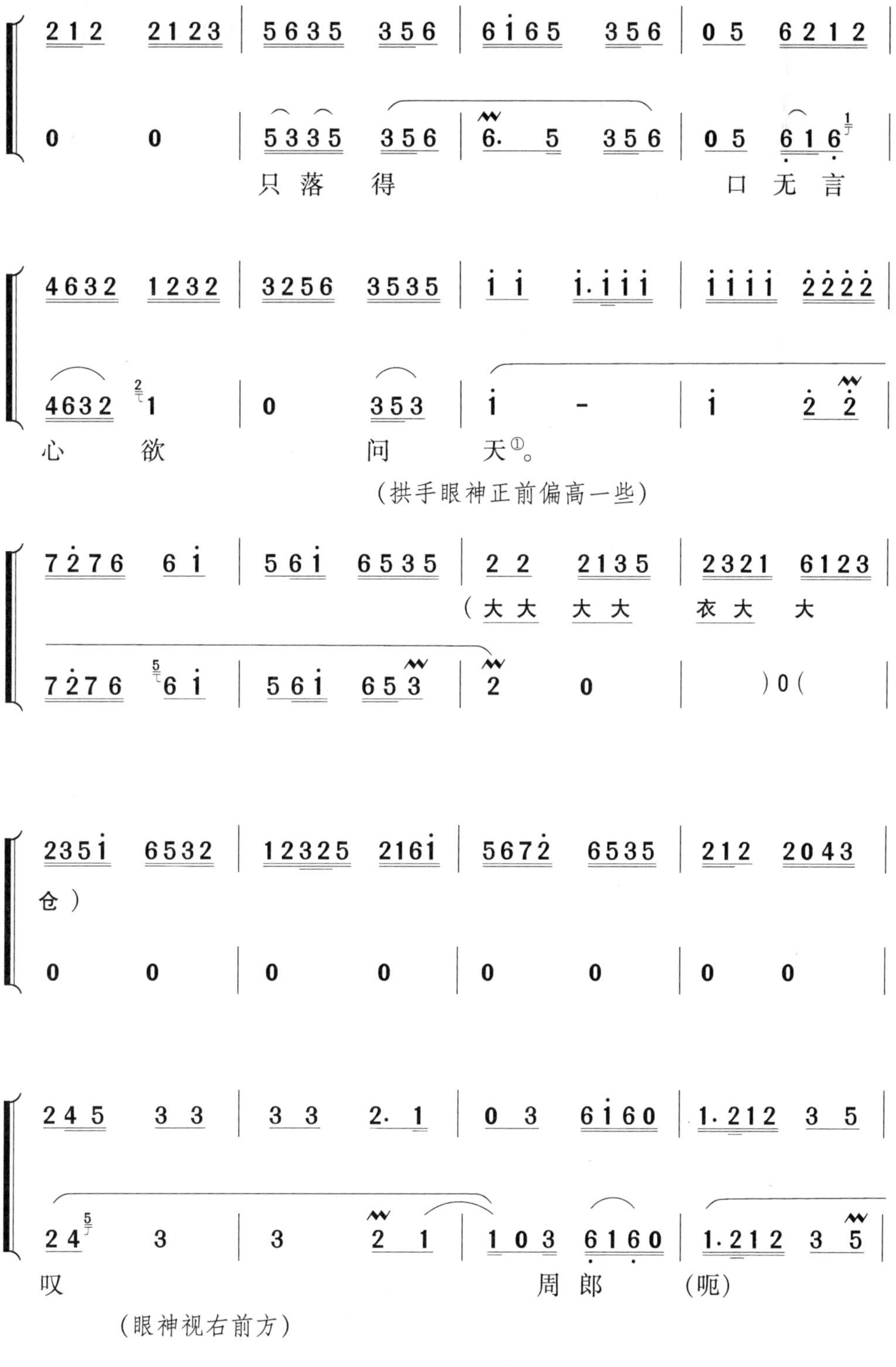

① "天"字也可唱成：

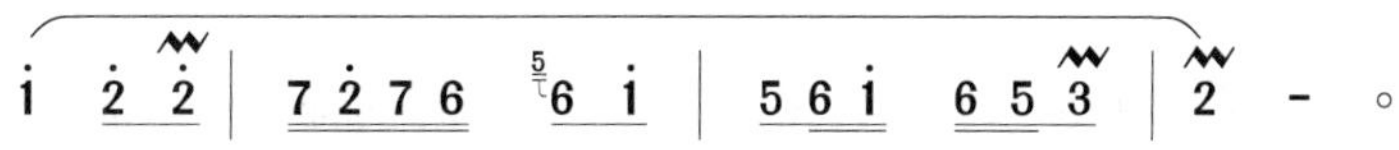

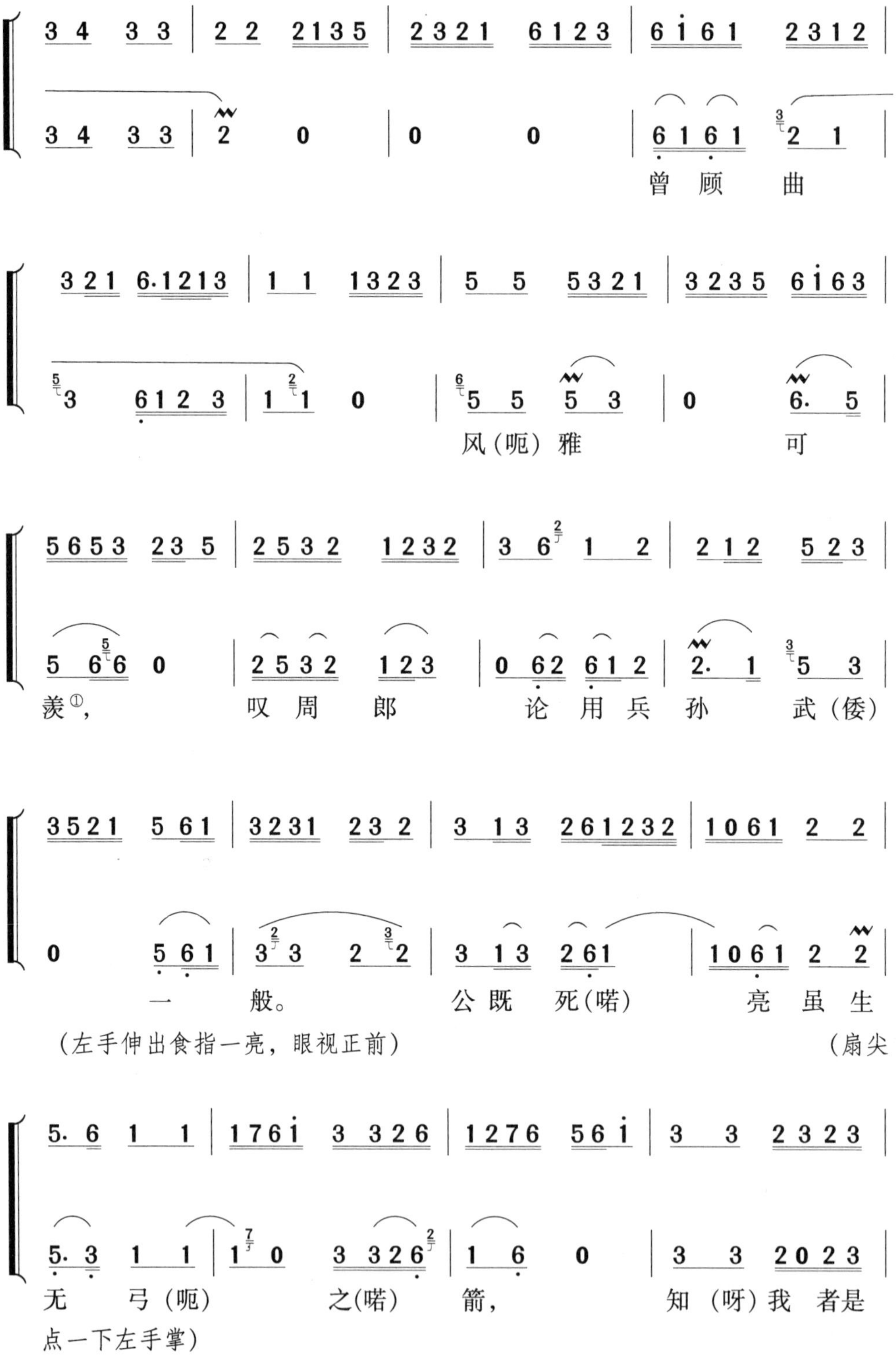

① 叹周郎曾顾曲风雅可羡：据《三国志》本传，周瑜年少时精研音乐，能准确地指出他人演奏中的错误。人们惊叹“曲有误，周郎顾”。今日仍沿用的成语“顾曲周郎”即源于此。

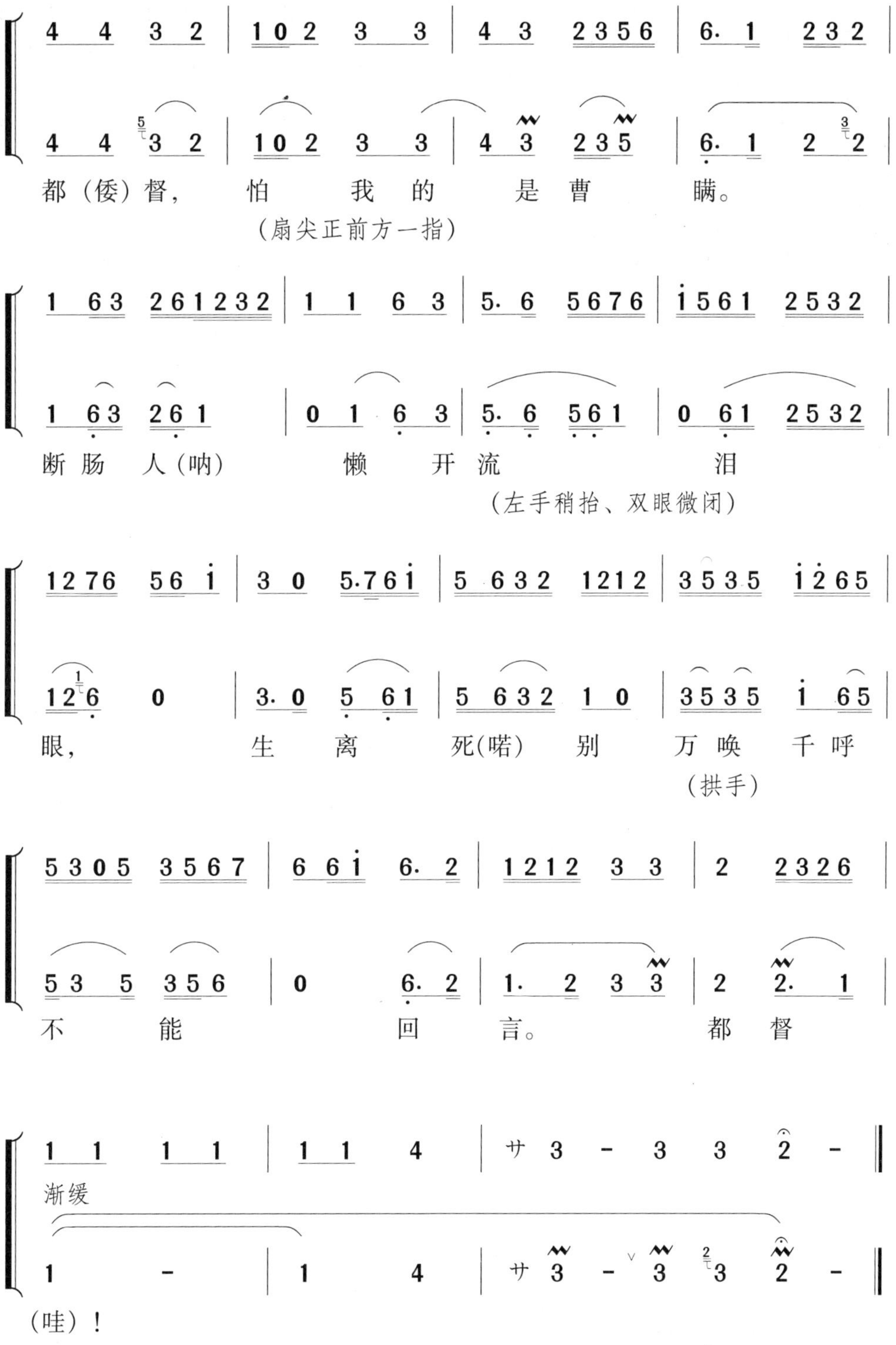

〔【小串锤】收住，诸葛亮往“小边”倒步，鲁肃上前搀扶。

鲁　肃　先生不要过于悲痛，这破曹之事还须孙刘两家一同担待。

诸葛亮　（念）唉！

X　X　X　X　X　X　X | X　X·　X　X　0　X　X　X　0 |

越　思　越　想　越　伤　情，| 点　点　珠　泪　洒　衣　襟。|

（左手将衣襟稍提起）

〔【小锣二击】小乔站起面向外，揾泪。

X X X X 0 X X X 0 | X X X X 0 X － X － X 0 |

苍天既叫　公瑾死，| 尘 世 何 必　留　孔　明！| 【小锣二击】

（拱手、上步至台口中）　（双摊手）

X　X　X　X　X　X　X　0 | X　X　X　X　X　X　X　0 |

一　道　祭　文　伤　往　事，| 三　杯　水　酒　叙　交　情。|

（左手伸出三个手指）

X　X　X　X　0　X　X　X　X　X　X 0 | X　X　X　－ |

哎！在　先　前　每　叹　知　音　少（倭），| 如　今（呐）|

X　X　X　X　X　X ‖

越　发　少　知（喏）音！‖ 【大锣住头】

（往“大边”倒步，赵云扶）

小　乔　（为之感动，上至中场吩咐鲁肃）啊，大夫，劝先生不要悲痛，请至馆驿安歇。

鲁　肃　（至诸葛亮身边）啊，先生，请至馆驿安歇，你呀，不要过于悲痛了！①

诸葛亮　哎呀！【大锣五击】（上步至台口中）都督一旦升天，亮又何必独存于世。也罢！

① 另有一种演法：下接诸葛亮唱〔反二黄散板〕“我诸葛过江来早有料断，鲁大夫又何必暗把心担，闯虎穴并非是故意弄险，愿孙刘结同盟共破曹瞒。”唱完下，接四靠将上。

【大锣住头】就在这灵堂柱上（左手指左前方），我就与他同死同绝，我我我就碰！

【撕边一击】（诸葛亮、赵云、鲁肃三人同时往左前方上右步，诸葛亮同时左甩髯，赵云手拦，鲁肃双摆手劝阻，三人同时跟上左步）

鲁　肃　使不得！

诸葛亮　我就碰！【撕边一击】（右甩髯）

鲁　肃　（再双摆手劝阻）使不得！

诸葛亮　我就碰！（八大仓）（左甩髯，左膀后背，往左前方上右步，跟左步亮住，鲁肃、赵云与诸葛亮同时在同一节奏中上右步跟左步亮住。【长撕边一击】诸葛亮抖髯，右回头，恋恋不舍地最后再看一眼灵位；鲁肃余惊未散，颤抖，右回头观看小乔的表情；小乔站在中场低头，搌泪；赵云警惕地往右前方巡视。紧接诸葛亮回过头来看一眼左前方的动静，同时赵云伸手示意离去；鲁肃看看诸葛亮，抬起左手，水袖一挡，右手伸拇指暗自赞佩之。诸葛亮依然抑制不住惋惜和悲痛的心情，放声痛哭）

哎！（哭）都督哇！【大锣原场】（诸葛亮边搌泪边左转身下，鲁肃、赵云随后并排下。接着四靠将“两边上”，双进门，分两边站好，对小乔拱手）

四　将　夫人，诸葛亮到此，就该拿下，为何将他放走？（摊双手）

小　乔　（站台中）那诸葛亮过江吊祭，乃是好意，你等下面歇息去吧。

〔【大锣五击】小乔左转身下。四将出门，台口站一排。

四　将　嘿！

〔同时摊手，分两边下。

〔唢呐奏<尾声>，闭幕。

——剧　终

附

言菊朋先生唱片词谱①

【一　面】

〔二黄导板〕

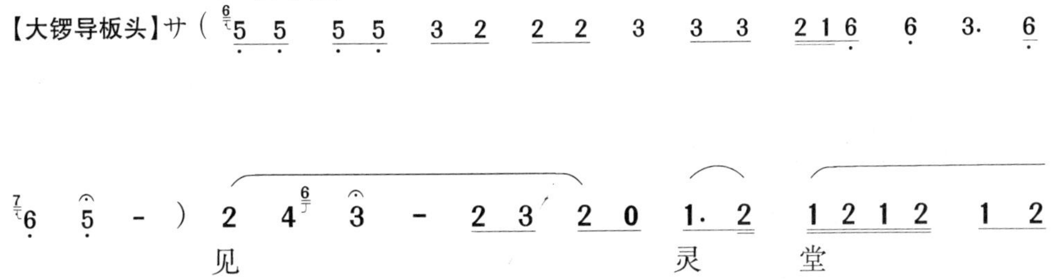

① 由于唱片版面所限，慢板中删掉了“庞士元他把那连环来献，黄公复苦肉计火烧战船”两句，收尾的“公瑾呐”改成“都督哇”，原板部分均删掉未录。

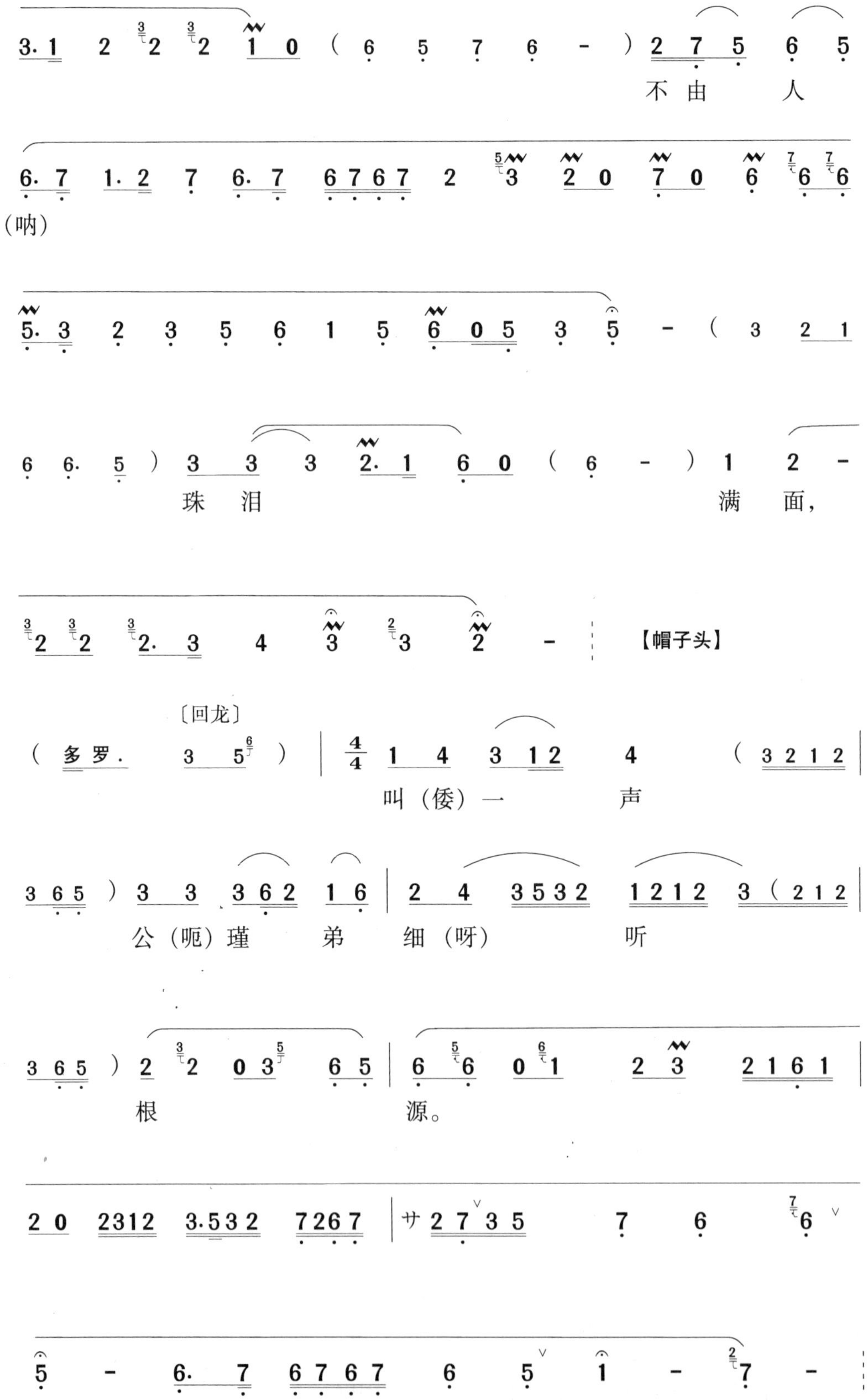
不由人
（呐）
珠泪满面，
【帽子头】
〔回龙〕
多罗.
叫（倭）一声
公（呃）瑾弟细（呀）听
根源。

卧龙吊孝

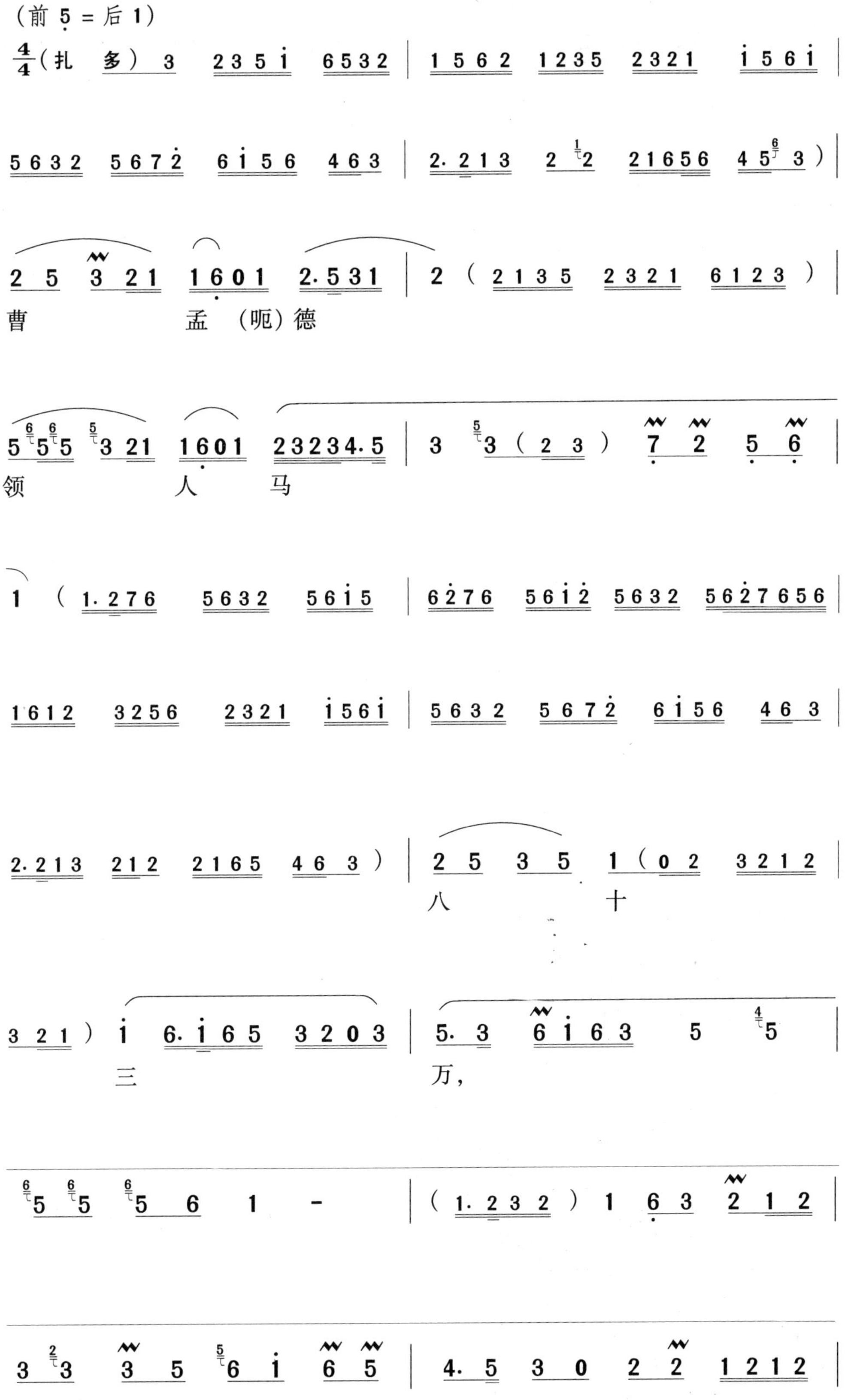

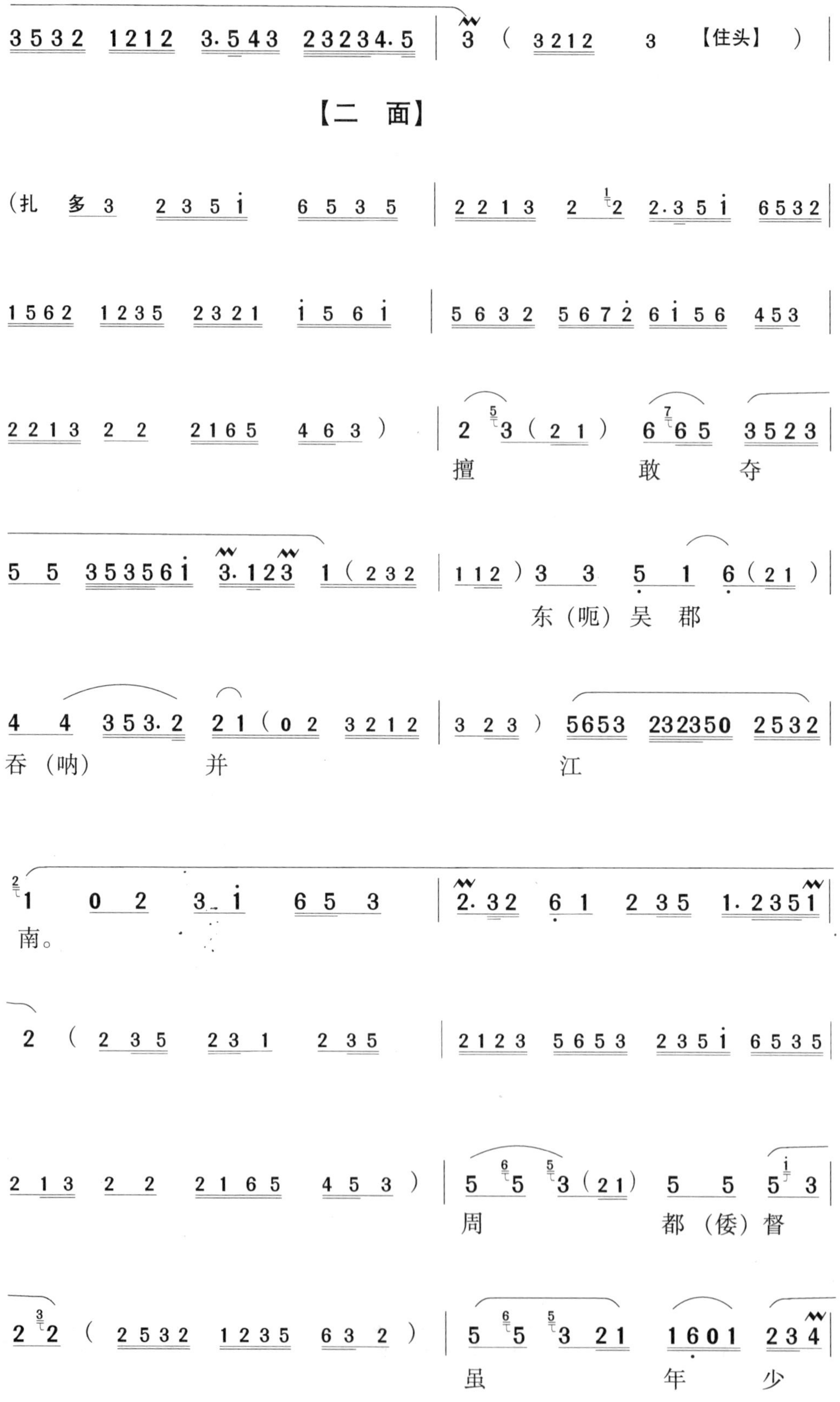
【住头】
【二 面】
(扎 多
擅敢夺
东（呃）吴郡
吞（呐）并江
南。
周都（倭）督
虽年少

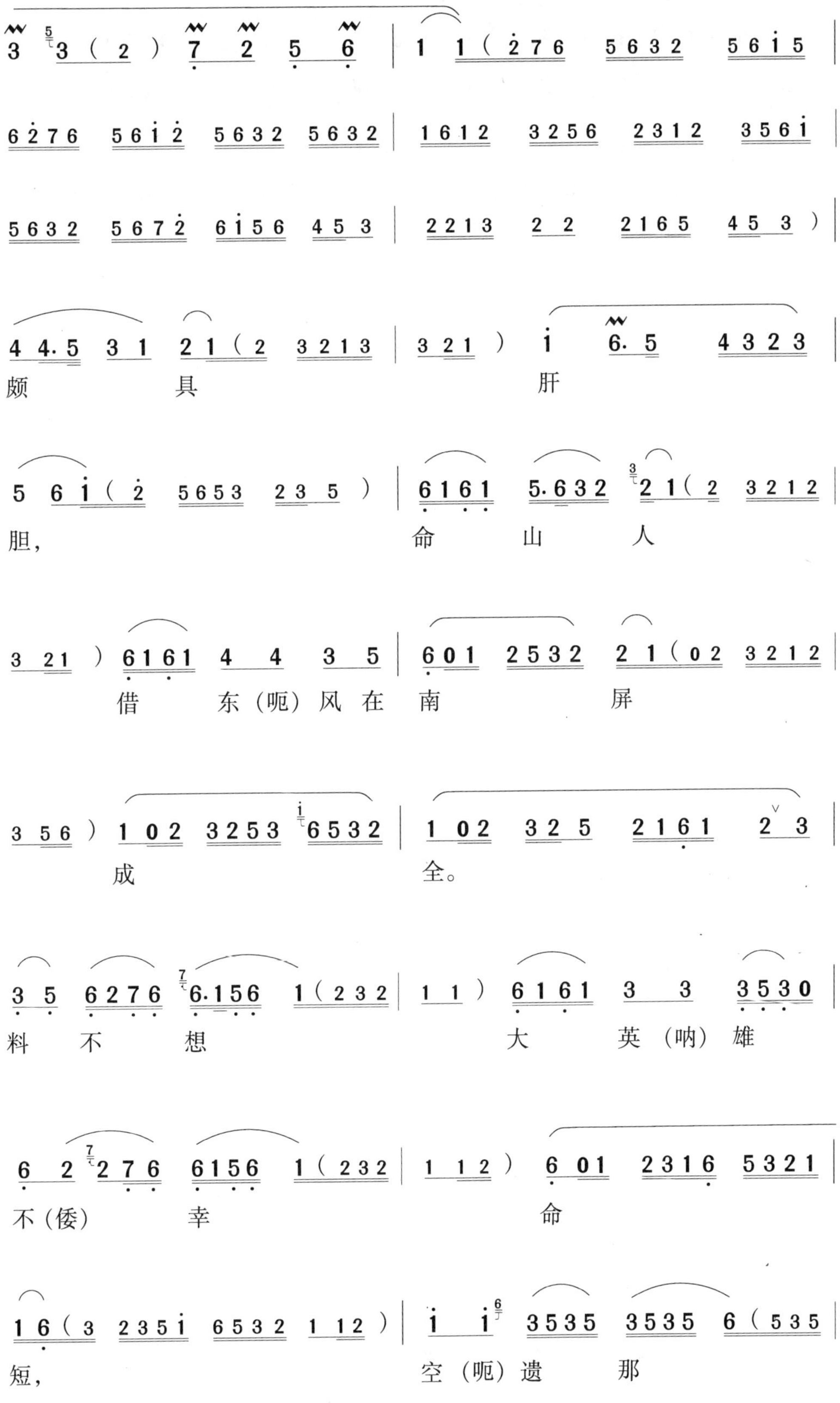
颇 具 肝
胆，
命 山 人
借 东（呃）风 在 南 屏
成
全。
料 不 想
大 英（呐）雄
不（倭） 幸
命
短，
空（呃）遗 那

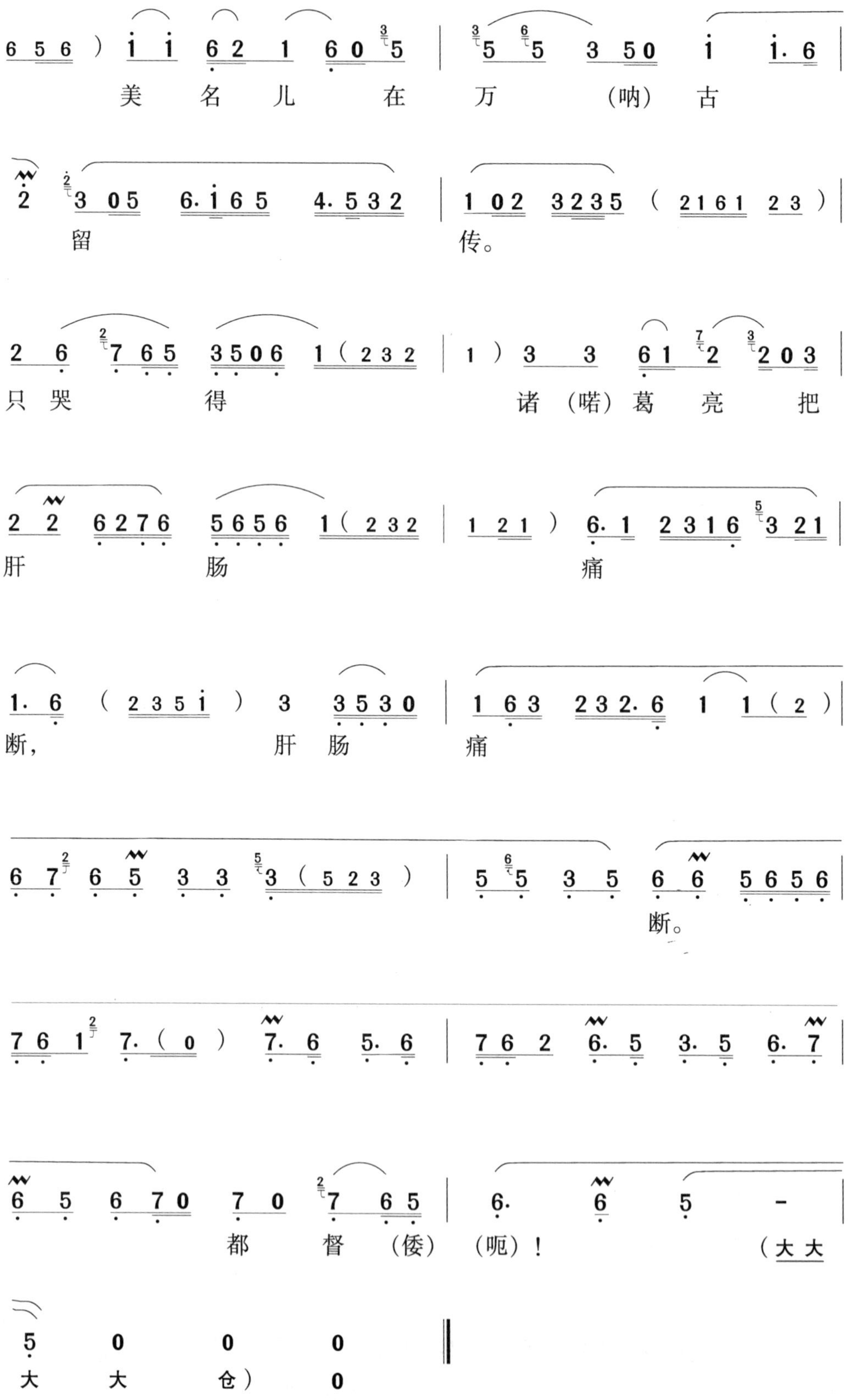
美 名 儿 在 万 （呐） 古
留 传。
只 哭 得 诸 （喏） 葛 亮 把
肝 肠 痛
断， 肝 肠 痛
断。
都 督 （倭） （呃）！ （大 大
大 大 仓）

刘勉宗 **整理** 贾钟生 **记谱**
张少楼 言兴朋 **校订**

永安宫

言兴朋演出本

与陈寿的《三国志》相比，罗贯中的《三国演义》带有明显的尊刘抑曹的政治倾向，滥觞于戏曲之中，便有了一大批鞭挞孙曹、尊崇刘备的剧目。倘以刘备生平为序，京剧《永安宫》便是这一大批歌颂刘备剧目当中的最后一出。

《永安宫》演刘备兵败夷陵之后，一病不起，终致身死的一段故事。这也是言菊朋的代表作之一。

京剧的流派，强调的是风格。不同的流派演绎同一剧目、同一人物，可以有迥然不同的风格。百花齐放，芬芳各异。这正是京剧流派的魅力所在。仅以京剧老生行而论，与激昂慷慨的汪（桂芬）派、高亢挺拔的高（庆奎）派相比，言菊朋开创的言派艺术则向细腻、委婉、纤巧、曲折的方向发展。当然，这不是说言派没有激越、雄壮，只是在阴柔的方向走得更深、更细、更讲究。这样的风格就天然地决定着扮演临危的刘备（《永安宫》），重病的陶谦（《让徐州》），哭得一佛出世、二佛升天的孔明（《卧龙吊孝》），言派有着得天独厚的优势。

本着京剧声腔“西皮叙事，二黄抒情”的基本原则，《永安宫》中刘备的几个主要唱段全部选用了〔二黄〕调式。这当中，刘备忆旧的大段〔二黄慢板〕，怀念义弟关羽、张飞的〔二黄原板〕，写遗诏的〔碰板〕，言菊朋处理得层次分明，各有妙笔。

“实指望下江东把吴狗扫尽”一段，言派把握住一个“恨”，表述刘备与东吴势不两立的决心，回忆夷陵之战的惨烈，八百里连营被陆逊一把火烧尽的情形，挥之不去。最终，后悔、惊怕、凄惨等种种情绪，汇成一股强大的仇恨之情。表达这种情绪，言菊朋在“吴狗扫尽”、“心痛难忍”等行腔中，尽管委婉曲折，但却不是一味渲染悲苦凄切，而是绵里藏针，寓刚于柔——刘备毕竟是统帅雄兵、征战沙场的英杰。

与忆旧不同，刘备哭弟的〔原板〕则突出了一个“惨”字。这是因为桃园弟兄的手足情分撞击着刘备，弟兄死别的悲痛消磨了不少英雄志气，特别是恍惚中见到了关羽、张飞，刘备那亲切而凄楚的夹白、表演，催人泪下。

写遗诏的〔碰板〕是全剧的神来之笔，它显示的是一个“急”字。刘备自知不久人世，急于把家国大事托付孔明。这时候〔慢板〕、〔原板〕一类的过门已然显得拖沓，让刘备直接〔碰板〕起唱，既让整个戏的音乐布局显得新颖别致，又十分吻合刘备急于立下遗嘱的特定心情。句尾“孤的好先生”的长拖腔，如泣如诉，哀哀动人。慢说孔明听了动容，就是台下的观众也要心理共鸣，齐声喝彩了。

《永安宫》剧幅不大，但于刻画刘备的心理却细致入微，尽量贴近史实。像刘备“勿以善小而不为，勿以恶小而为之”的千古明训，像“阿斗扶不起，先生可自立”的违心的嘱托，剧中都有详尽的描写。

《永安宫》是折子戏，传到奚啸伯手里，他常与《连营寨》合并演出。《连营寨》“哭灵”的〔反西皮〕与《永安宫》的〔二黄〕交相辉映，形成了一组完美的京剧老生音乐画廊。

赵晓东

人物行当

刘 备	老生	刘 永	娃娃生
诸葛亮	老生	刘 理	娃娃生
赵 云	武生	二太监	丑
马 谡	净	二文官	生

服装扮相

刘 备 素脸。帝巾、白三，褶子（天青色，金花绣边，或黄色绣团龙），短腰裙（灰色），香色彩裤，厚底。

诸葛亮 俊扮。八卦巾、黪三，八卦衣，黑彩裤，厚底。

赵 云 俊扮。帅盔、黑三，白开氅，黑彩裤，厚底。

马 谡 勾白三块瓦脸。扎巾、黑满，蓝开氅，黑彩裤，厚底。

刘 永 俊扮。珠子头，箭衣，粉彩裤，虎头靴。

刘 理 俊扮。珠子头，箭衣，粉彩裤，虎头靴。

二太监 丑扮。太监帽，褶子，红彩裤，朝方。

二文官 俊扮。忠纱帽、黑三，蟒，黑彩裤，厚底。

道具

大帐	一份	诏文	一幅
桌子	一张	云帚	两把
椅子	两把	文房四宝	一份
马鞭	三根	羽扇	一把
车辆旗	两对		

第 一 场

〔幕启。【快长锤】马谡执马鞭“上场门”上。刘永、刘理“乘车”，大太监执车旗随后，站“大边”台口。诸葛亮“乘车”由大太监执旗随后，“九龙口”站住。二文官执马鞭随后。

〔西皮摇板〕

诸葛亮　【凤点头】（7 6 5 55 36 55 32 12 65

55）1 2 3. 2 1. 2（3 21 61 2 2）
奉 旨 离 了

2 32 321 1 - - 1 2 - |
西 川 境，

〔【闪锤】诸葛亮至中前，二文官至“小边”勒马前后站定。

〔西皮摇板〕

（过门同前） 3. 3 2. 1 12（3 21 61 2）
披 星 戴 月

1 3 - 21 6 1 -（3 21 62 12
不 稍 停。

65 55）1 2 2 3 2（3 21 61
怀 念 主 公

2 -）3 21 1 - 1 2 - 【快长锤】
心 难 稳，

〔诸葛亮羽扇示意前进，马谡领起大圆场至“小边”，二文官、二太子由大太监推车依次随后。诸葛亮由大太监推车小圆场，马谡、二文官站“小边”外手“一条鞭”，二太子在内侧“小边”台口，诸葛亮至最里手台口。

【凤点头】（过门同前）62 1 1 3 3 - 2（3 21
白 帝 城 中 （呃）

6 1 2）3 23 21 1 61 6 1 －【住头】
问 病 情。

〔诸葛亮、二太子下车，两太监执车旗“上场门”下。马谡、二文官下马提马鞭。赵云“下场门”暗上。

赵　云 参见丞相。

诸葛亮 哎呀将军呐！（嘟……仓）主公病体如何？

赵　云 越发沉重了。奉了主公之命，迎接二位太子与丞相来了。

诸葛亮 如此我等进宫参驾。

〔西皮摇板〕

【大锣凤点头】（过门同前） 2 2 12 12（3 21 61
将 军 带 路

2 2 ）3 23 21 1. 3 2 －
宫 闱 （呀） 进，

〔【快长锤】赵云恭让众人进宫，马谡、二文官拉马，二太子随后“下场门”下。闭二幕，诸葛亮、赵云留在二幕外，站台口中。

诸葛亮 （过门同前） 3 2 21 3. 2（21 6. 1
白 帝 城 中

2 2 －）1 3 － 21 6 6 1 －
问 安 宁。

〔【大锣打下】赵云恭让，诸葛亮先下，赵云随后下。

第二场

〔【撤锣】二幕启。正中大帐，前边一桌，上摆文房四宝、诏文，桌后“小座”。

〔刘备内白：“孤好恨（呐）也！”【小锣铙钹夺头】二太监左右扶刘备两臂“上场门”上。

〔二黄慢板〕

4/4 大 扑 台 才 6 3 23 | 16 53 23 356 |

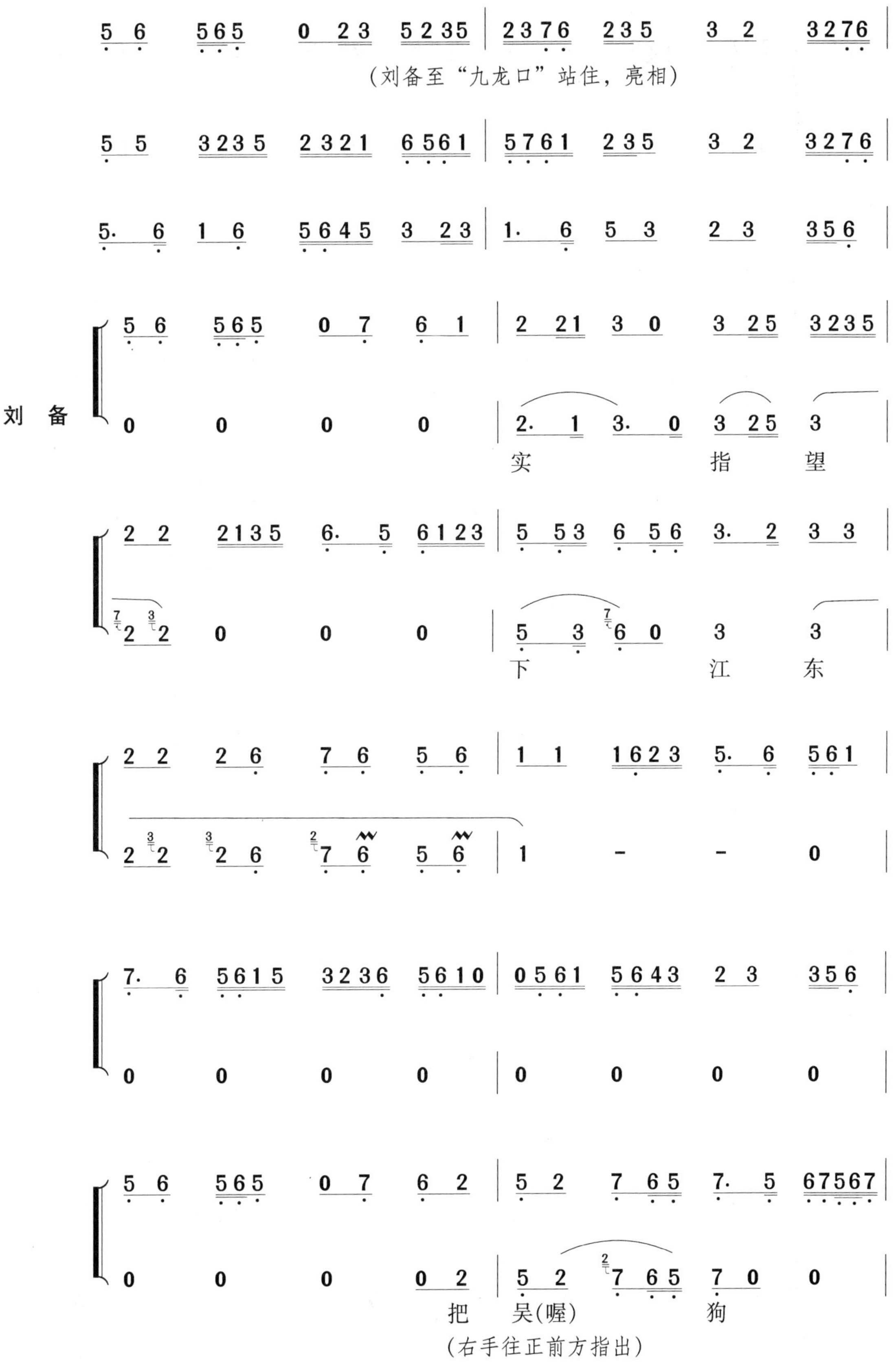
（刘备至“九龙口”站住，亮相）
刘备
实 指 望
下 江 东
把 吴(喔) 狗
（右手往正前方指出）

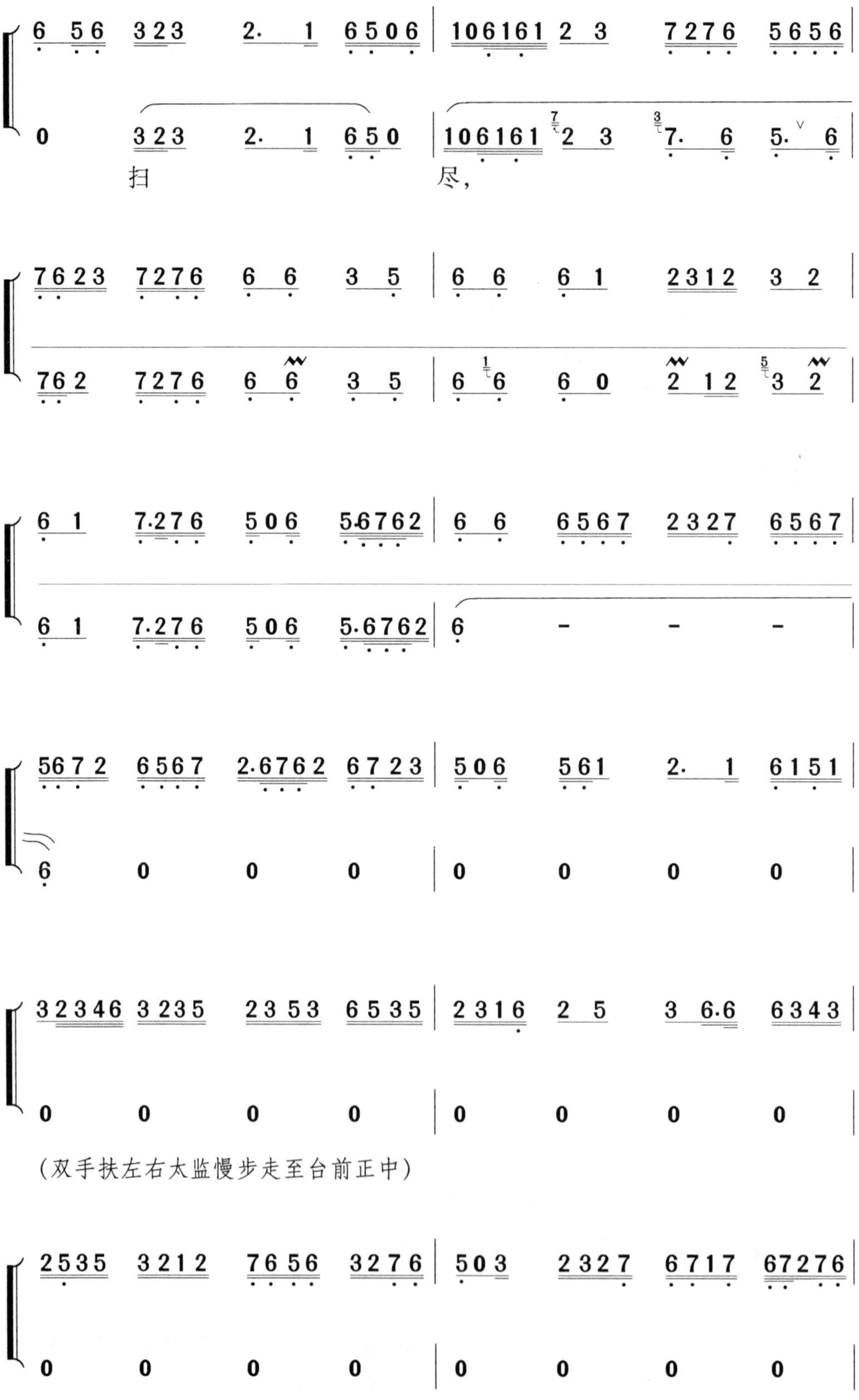
扫
尽，
(双手扶左右太监慢步走至台前正中)

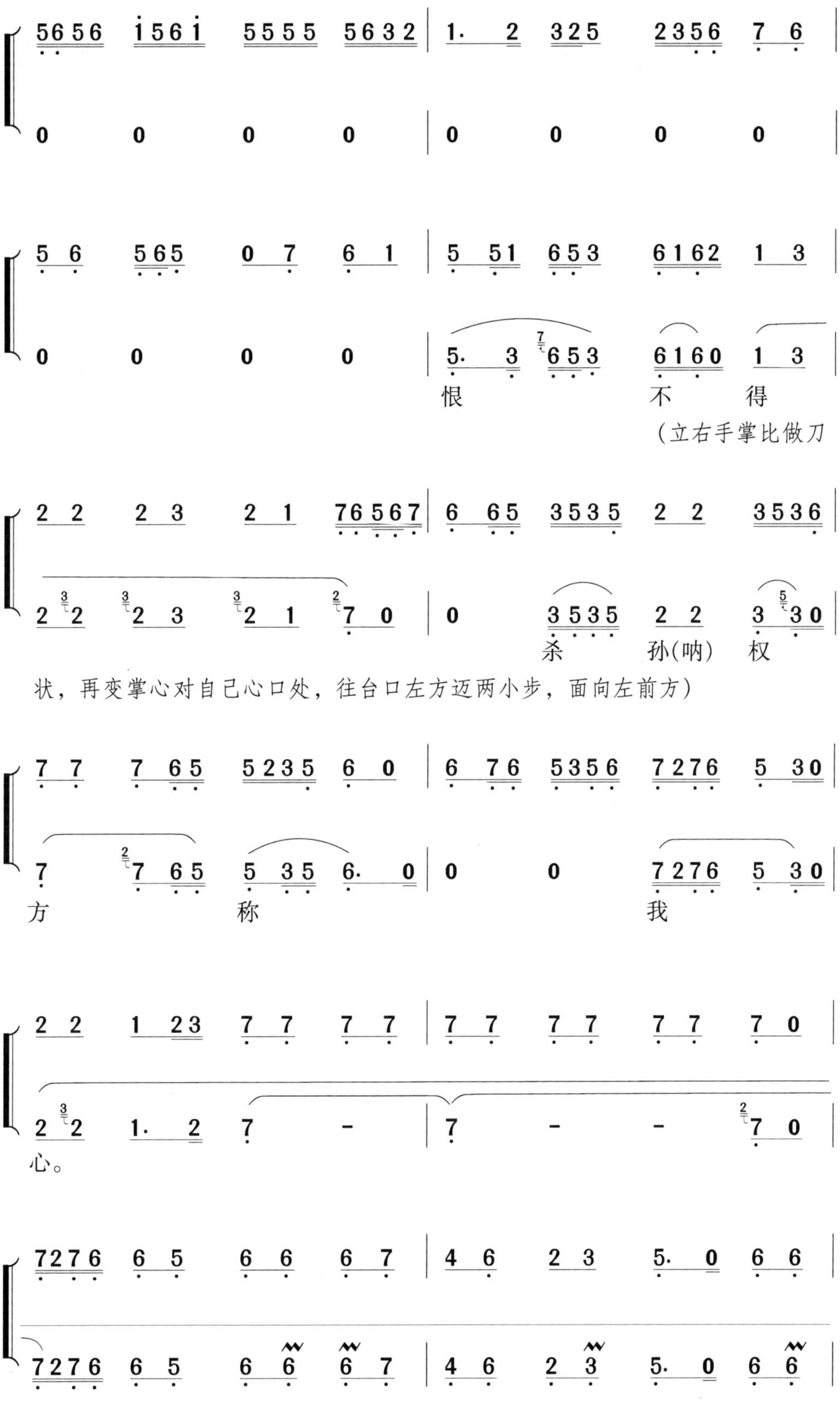
恨 不 得
(立右手掌比做刀
杀 孙(呐) 权
状，再变掌心对自己心口处，往台口左方迈两小步，面向左前方)
方 称 我
心。

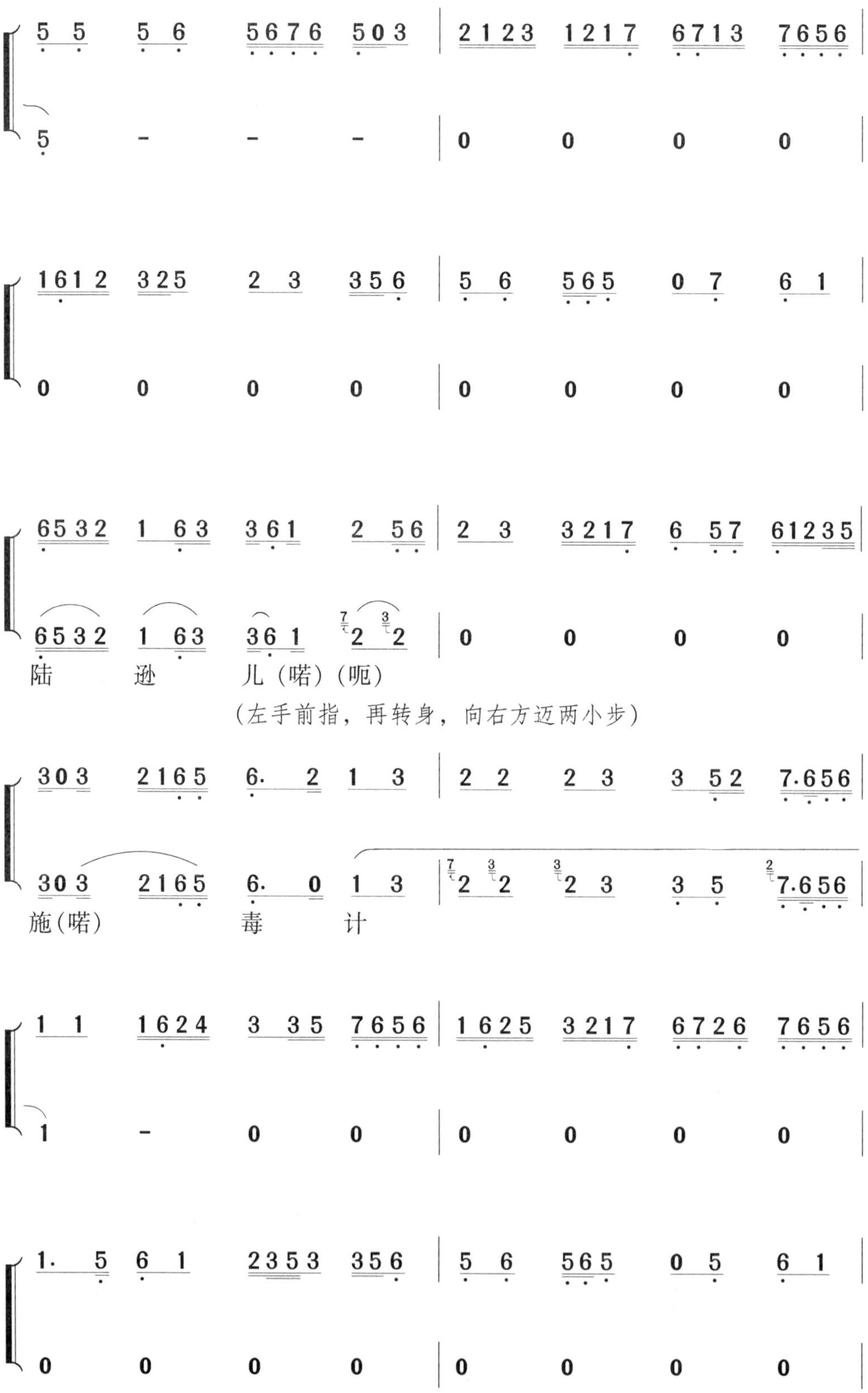
陆 逊 儿（喏）（呃）
（左手前指，再转身，向右方迈两小步）
施(喏) 毒 计

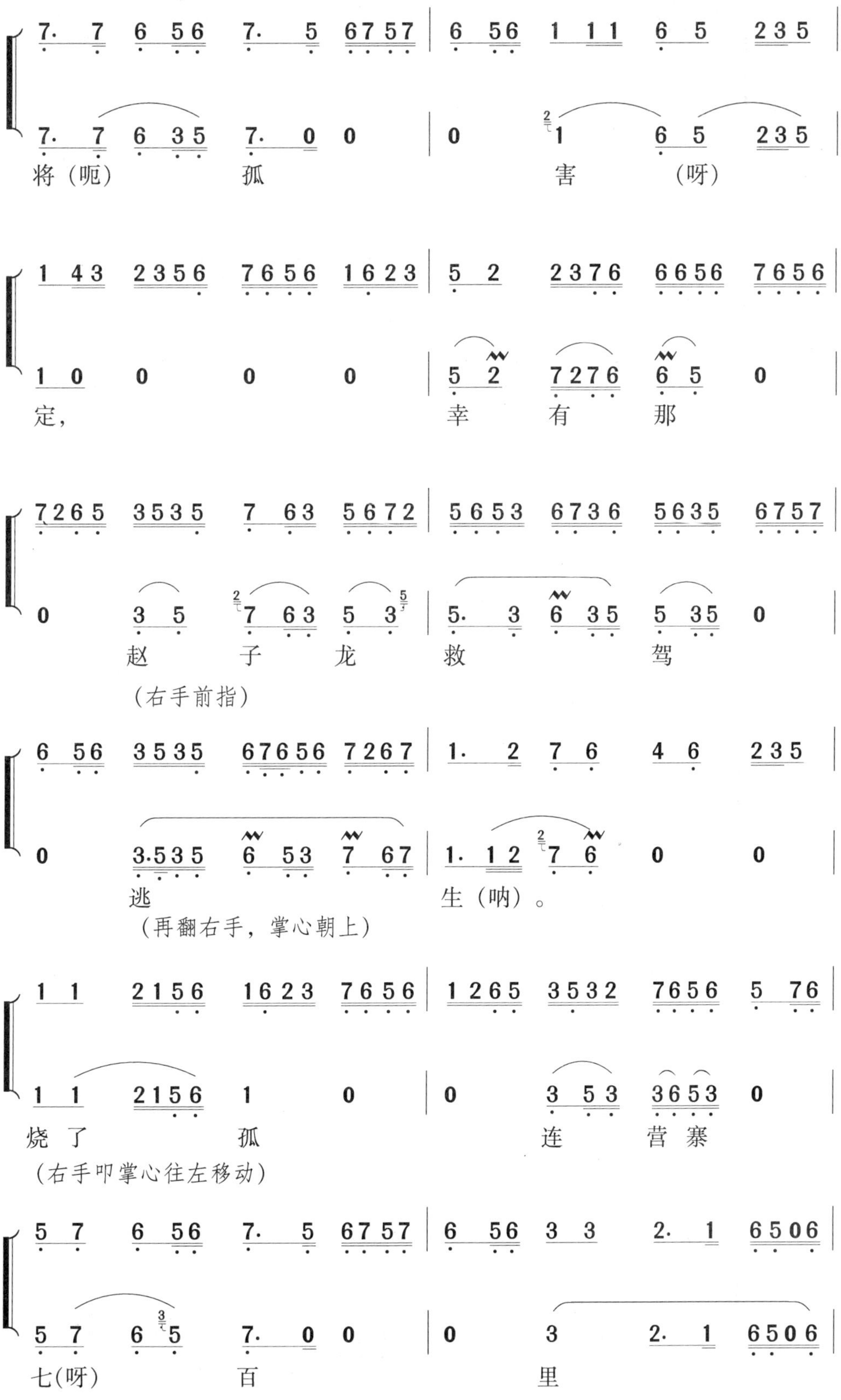
将（呃） 孤 害 （呀）
定， 幸 有 那
赵 子 龙 救 驾
（右手前指）
逃 生（呐）。
（再翻右手，掌心朝上）
烧 了 孤 连 营 寨
（右手叩掌心往左移动）
七(呀) 百 里

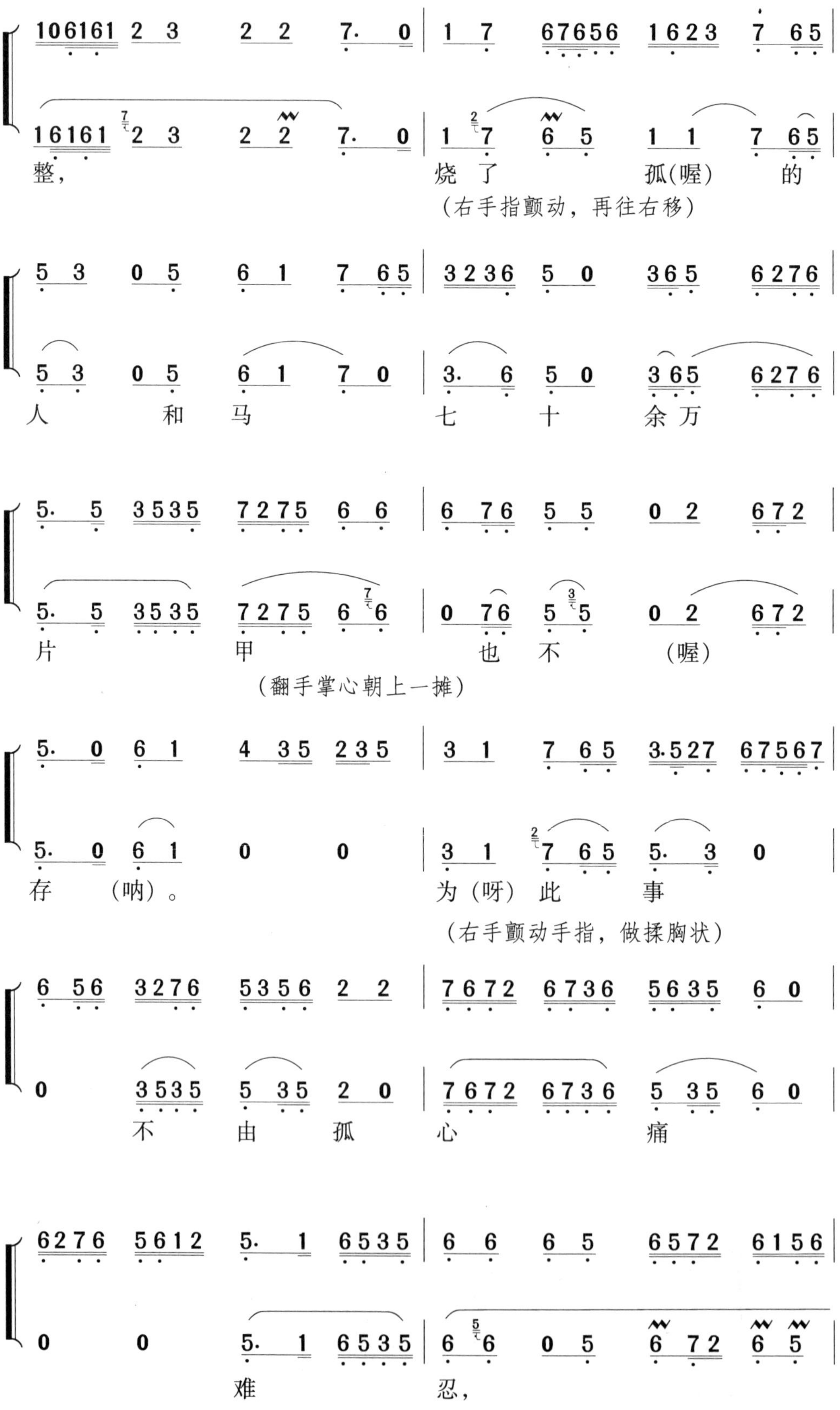
整，
烧 了 孤(喔) 的
（右手指颤动，再往右移）
人 和 马 七 十 余 万
片 甲 也 不 （喔）
（翻手掌心朝上一摊）
存 （呐）。为（呀）此 事
（右手颤动手指，做揉胸状）
不 由 孤 心 痛
难 忍，

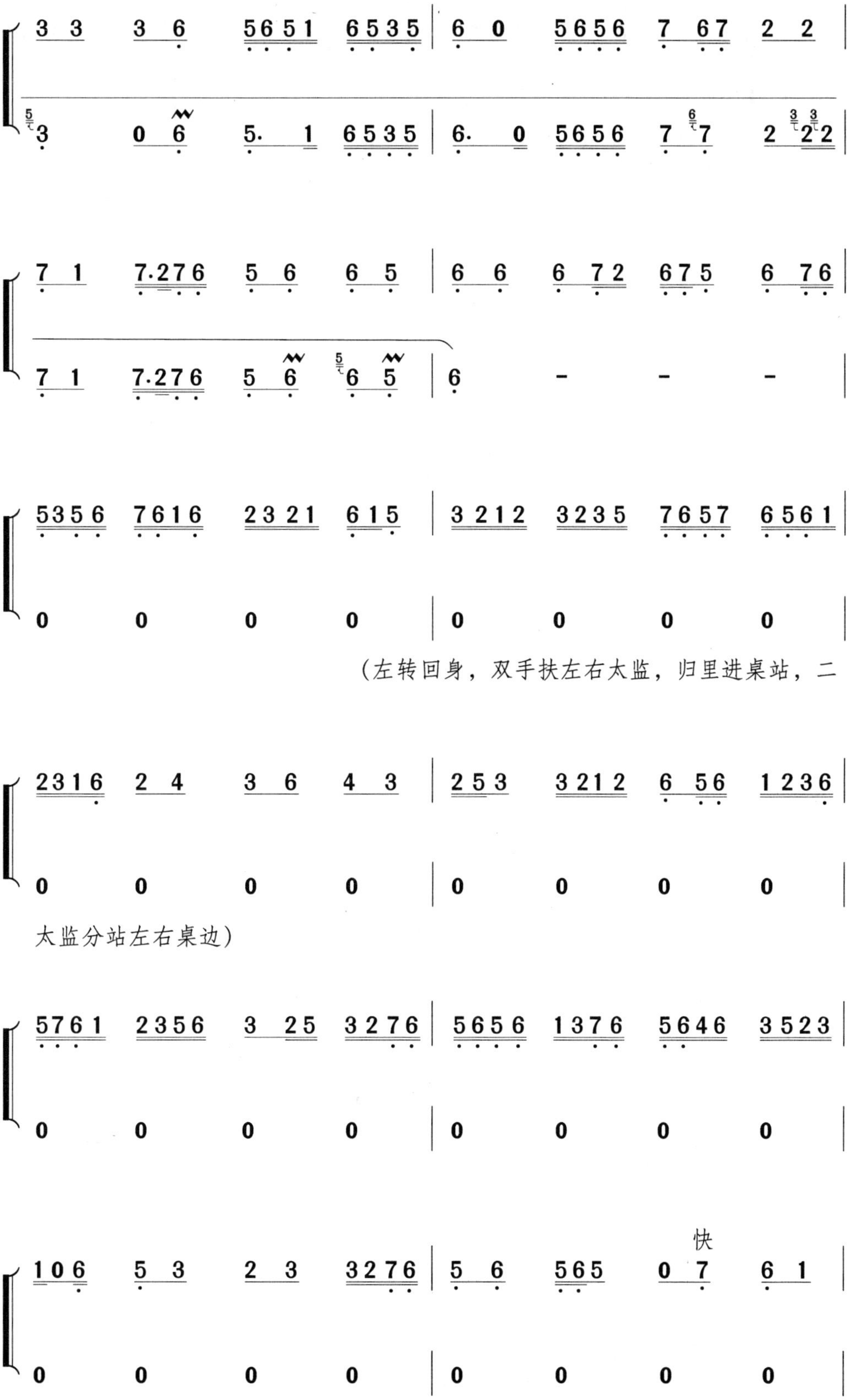
（左转回身，双手扶左右太监，归里进桌站，二
太监分站左右桌边）
快

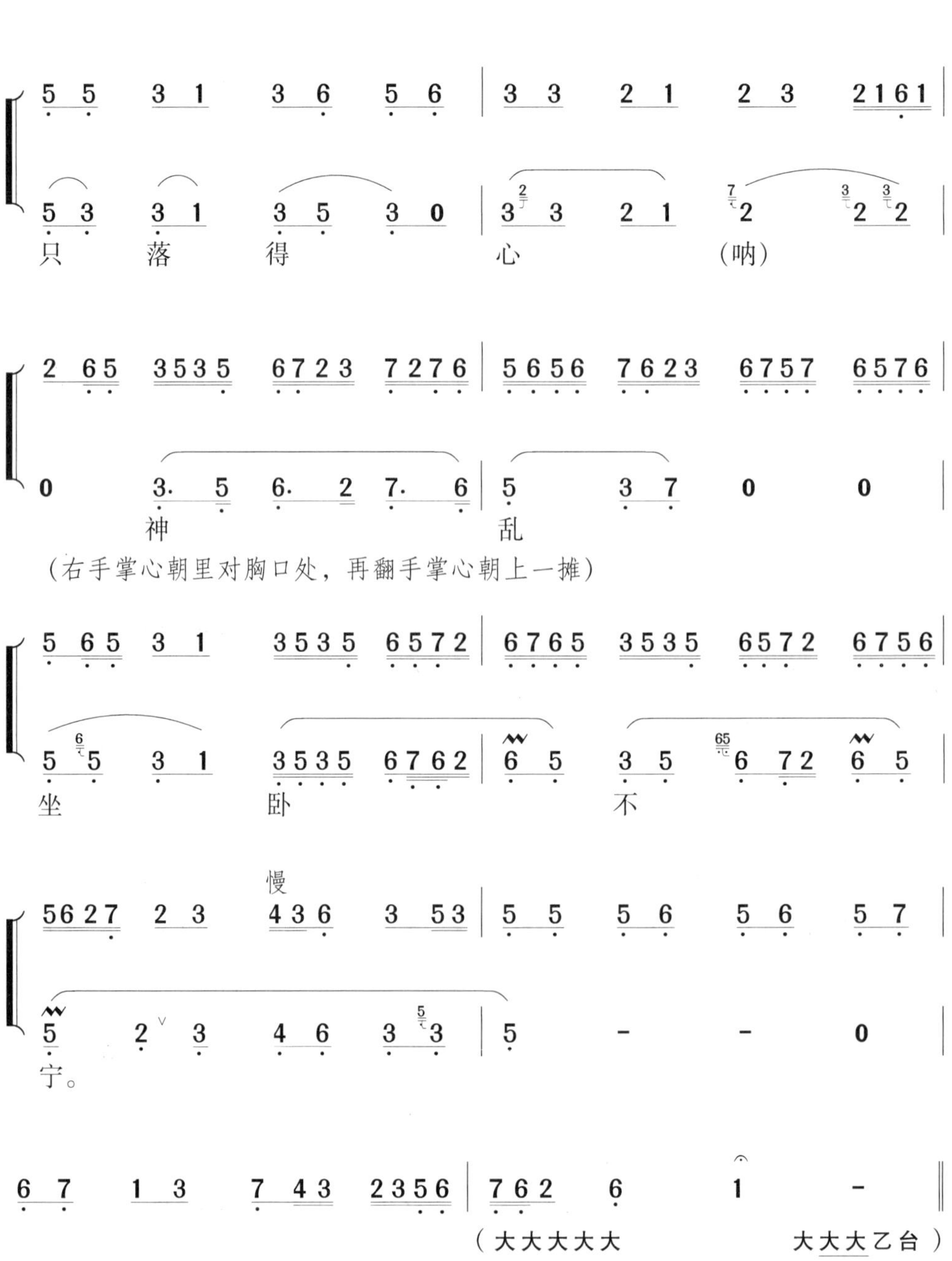

〔坐下，右手握拳轻捶桌。
唉！实指望与二弟三弟报仇，不想中了陆逊小儿火攻之计，（右手前指）兵败猇亭。这几日，见二弟三弟常在孤的左右，（右手放下，左手抬起，眼神左右两看）想是孤时衰运败，死期在迩。（左手食指微点，放下）弟兄们在九泉之下，（右手抬起前指）唉！要常常得见的了哇……（哭，右手揾泪）

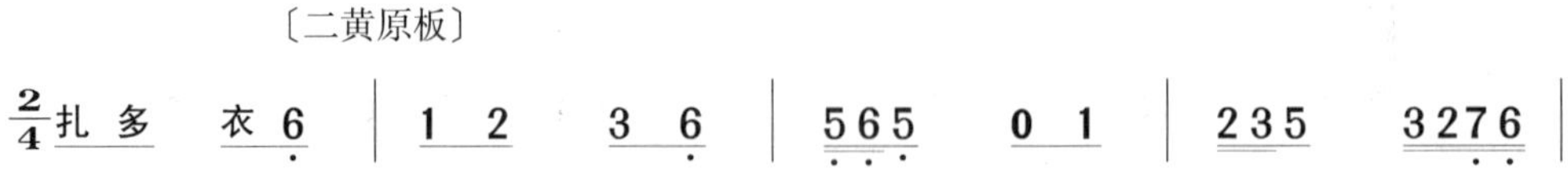

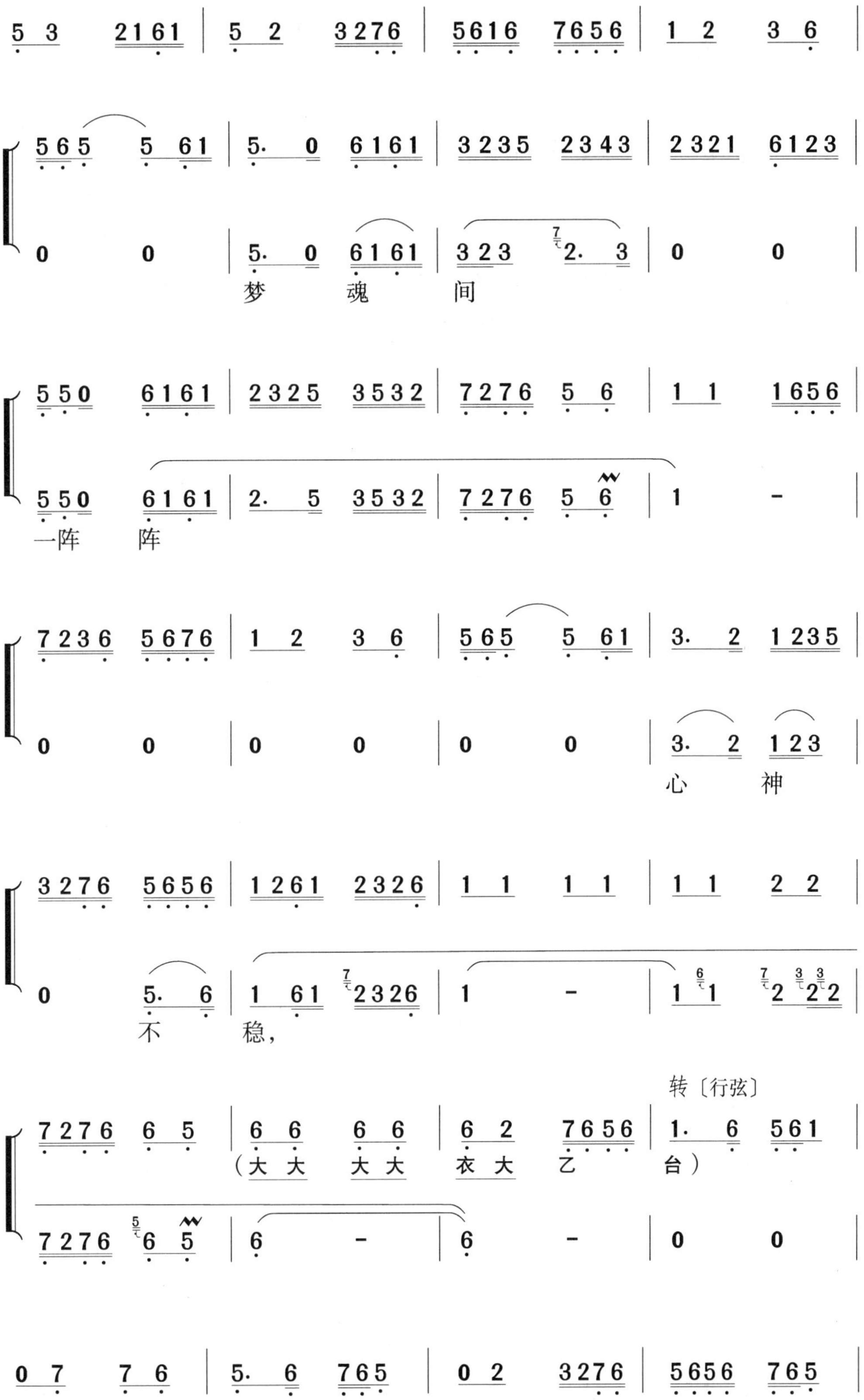

(朦胧中见左前方出现人影,用右手揉一下眼睛,欲站起来看,但支撑不住,又坐下)

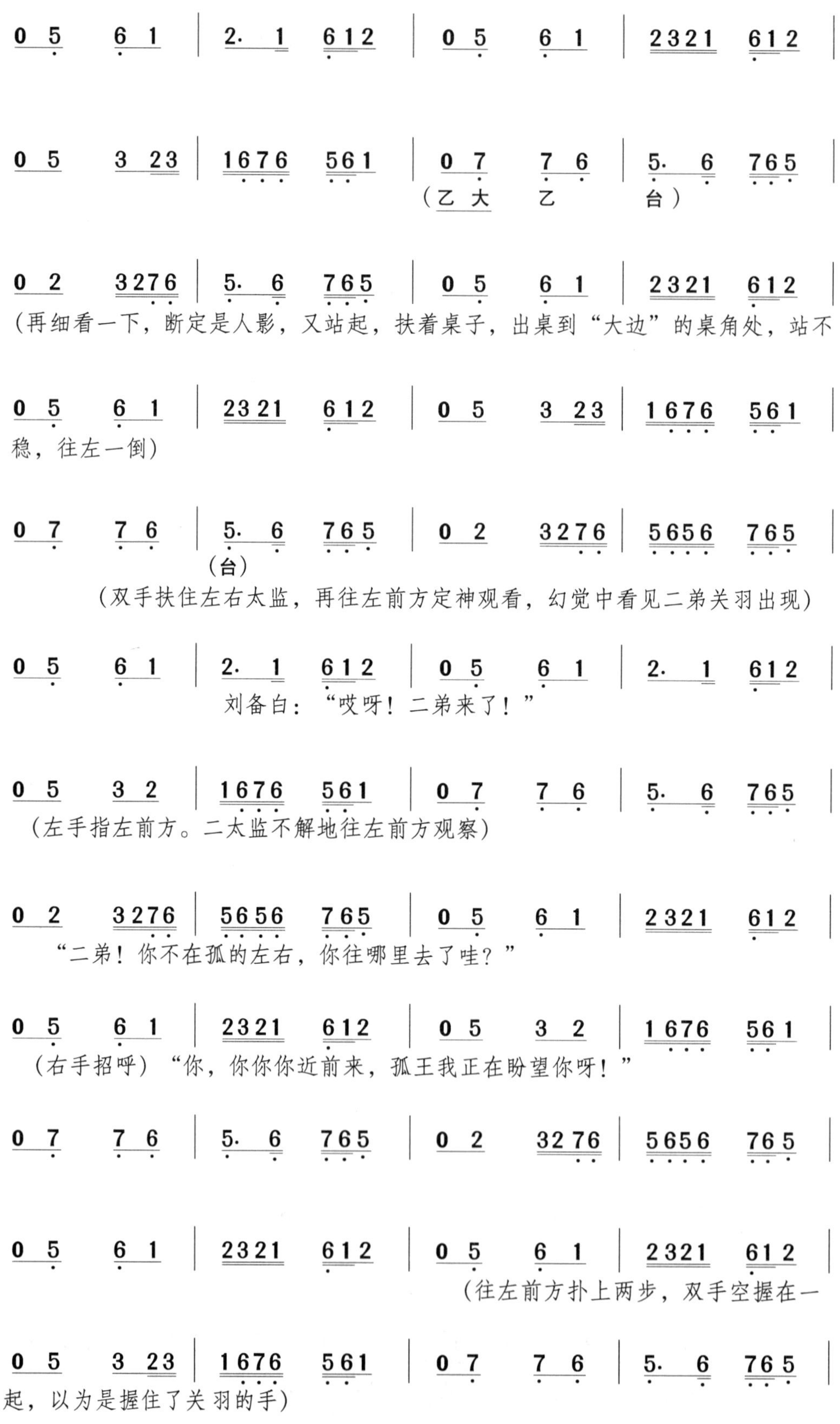
(乙大 乙 台)
(再细看一下，断定是人影，又站起，扶着桌子，出桌到“大边”的桌角处，站不
稳，往左一倒)
(台)
(双手扶住左右太监，再往左前方定神观看，幻觉中看见二弟关羽出现)
刘备白：“哎呀！二弟来了！”
(左手指左前方。二太监不解地往左前方观察)
“二弟！你不在孤的左右，你往哪里去了哇？”
(右手招呼)“你，你你你近前来，孤王我正在盼望你呀！”
(往左前方扑上两步，双手空握在一
起，以为是握住了关羽的手)

永 安 宫

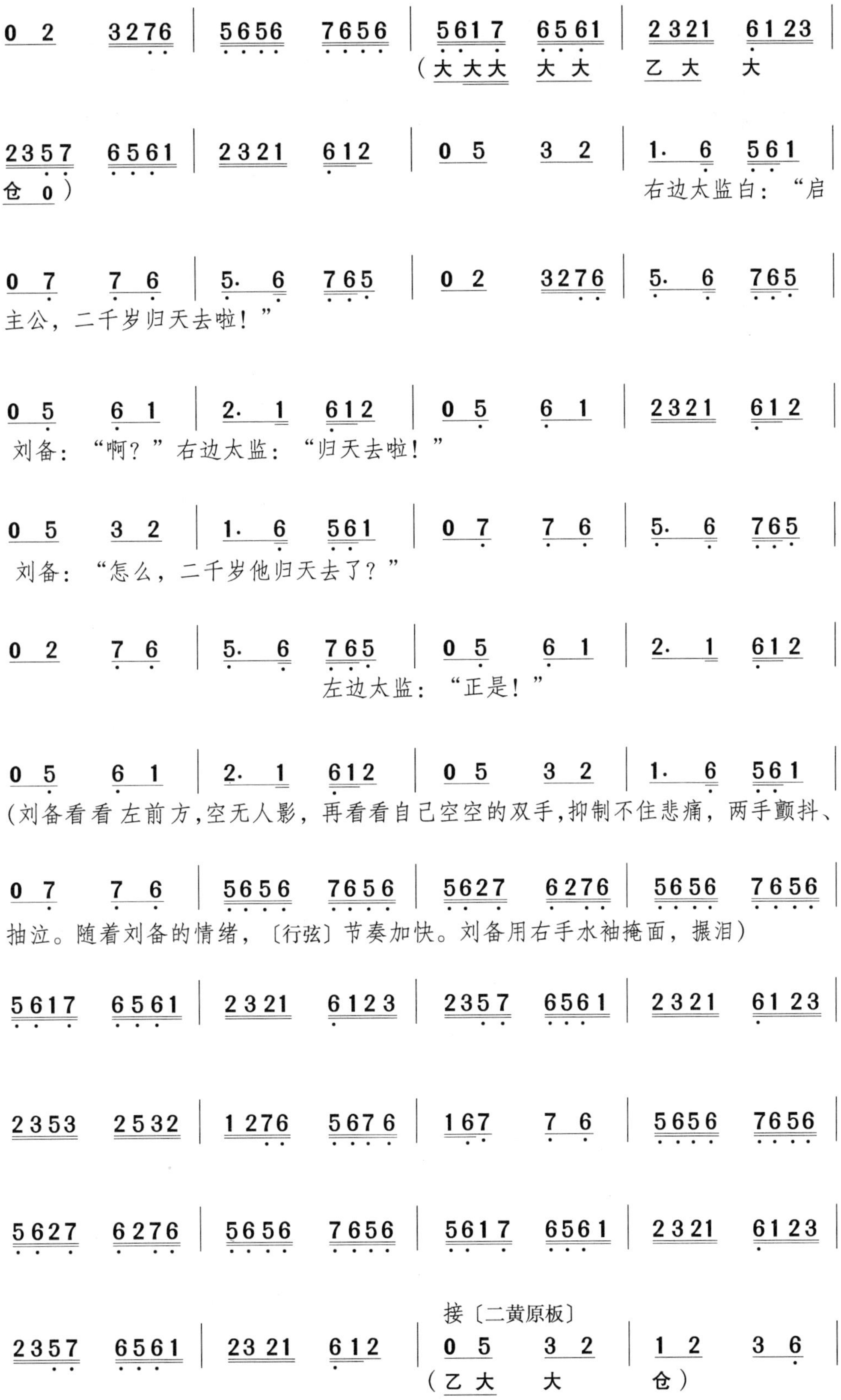
（大大大 大大 乙大 大
仓 0）
右边太监白：“启
主公，二千岁归天去啦！”
刘备：“啊？”右边太监：“归天去啦！”
刘备：“怎么，二千岁他归天去了？”
左边太监：“正是！”
（刘备看看左前方，空无人影，再看看自己空空的双手，抑制不住悲痛，两手颤抖、
抽泣。随着刘备的情绪，〔行弦〕节奏加快。刘备用右手水袖掩面，揾泪）
接〔二黄原板〕
（乙大 大 仓）

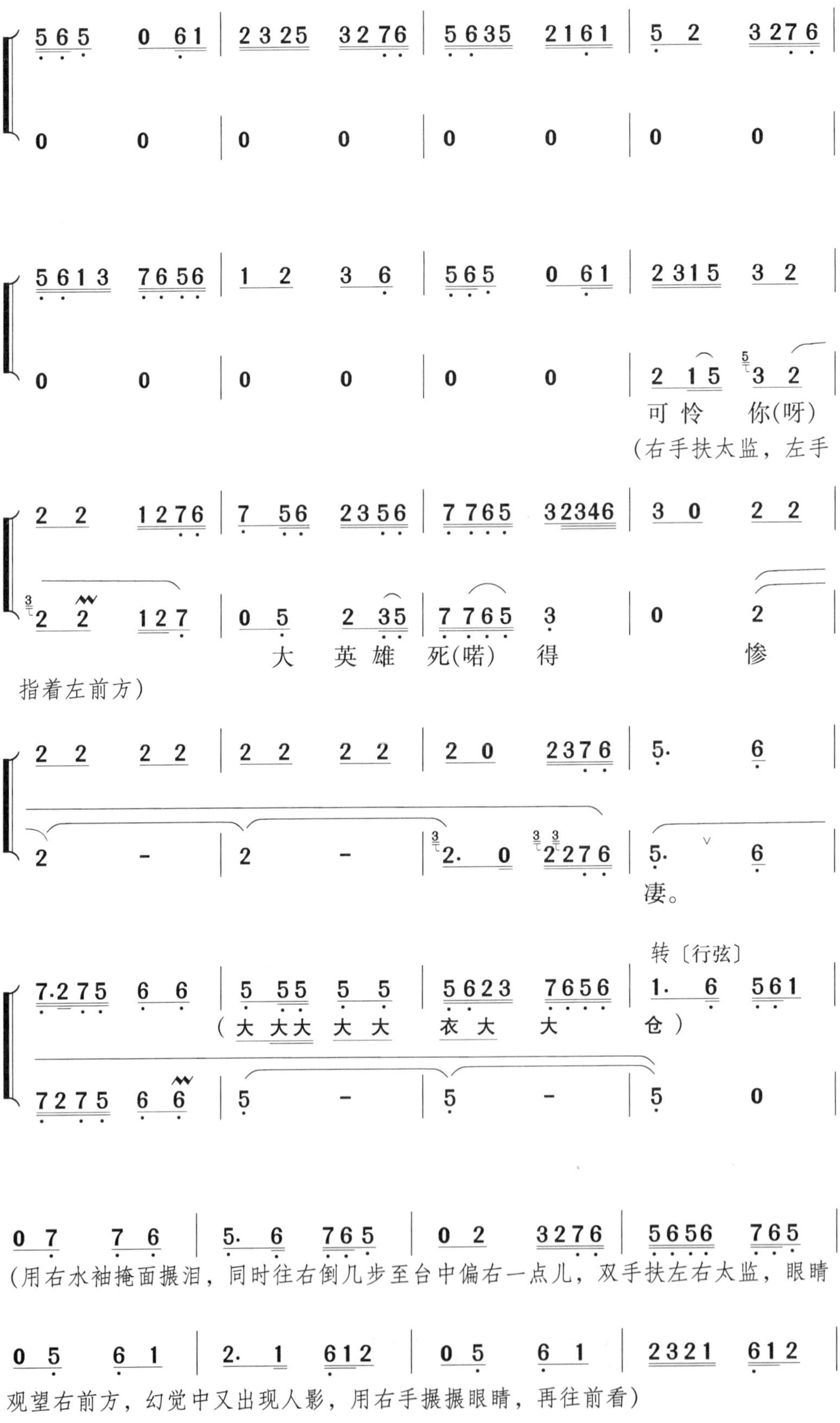
可怜 你(呀)
(右手扶太监，左手指着左前方)
大 英雄 死(喏) 得 惨 凄。
转〔行弦〕
(大 大大 大 大 衣 大 大 仓)
(用右水袖掩面揾泪，同时往右倒几步至台中偏右一点儿，双手扶左右太监，眼睛观望右前方，幻觉中又出现人影，用右手揾揾眼睛，再往前看)

永安宫

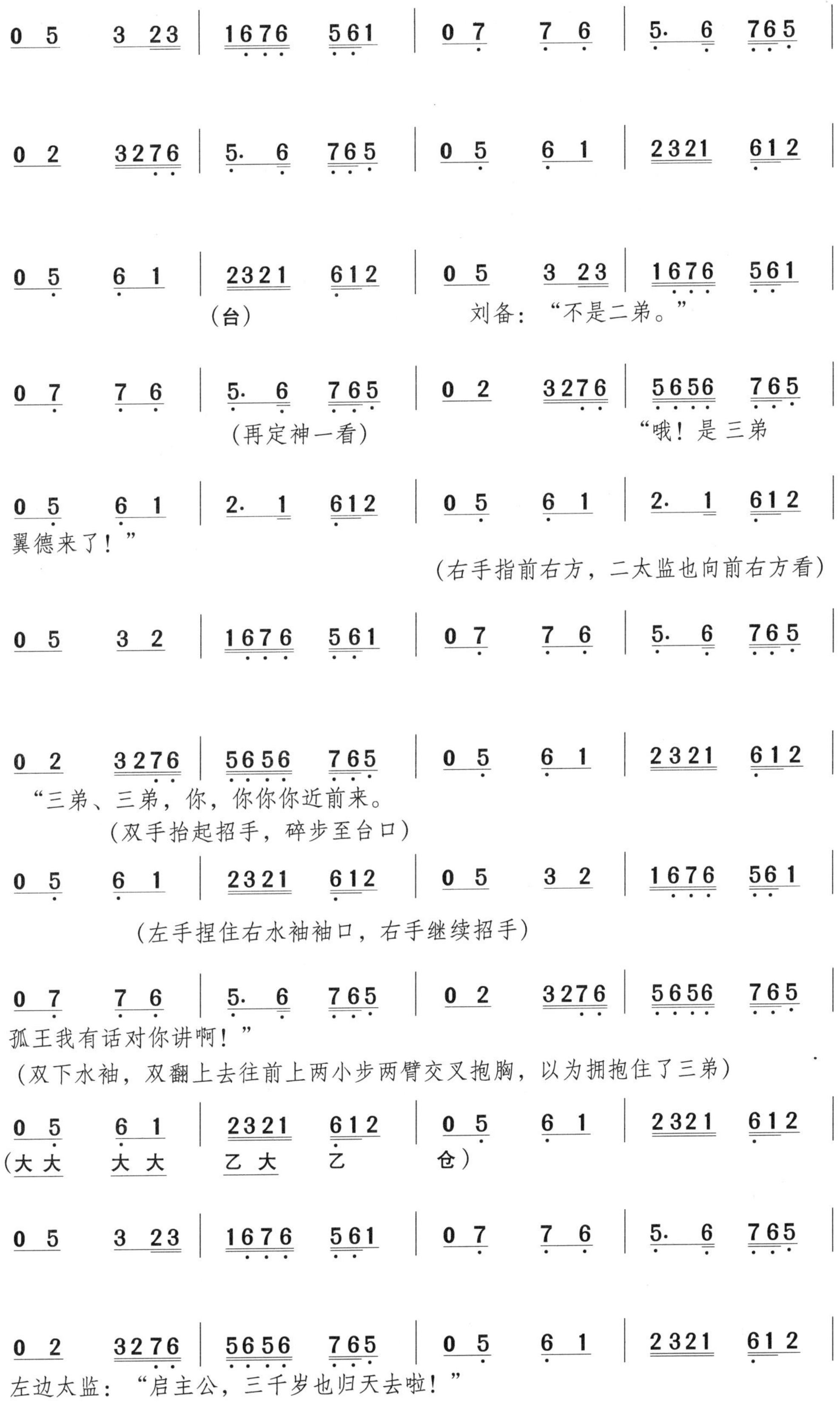
（台）
刘备：“不是二弟。”
（再定神一看）
“哦！是三弟
翼德来了！”
（右手指前右方，二太监也向前右方看）
“三弟、三弟，你，你你你近前来。
（双手抬起招手，碎步至台口）
（左手捏住右水袖袖口，右手继续招手）
孤王我有话对你讲啊！”
（双下水袖，双翻上去往前上两小步两臂交叉抱胸，以为拥抱住了三弟）
（大大 大大 乙大 乙 仓）
左边太监：“启主公，三千岁也归天去啦！”

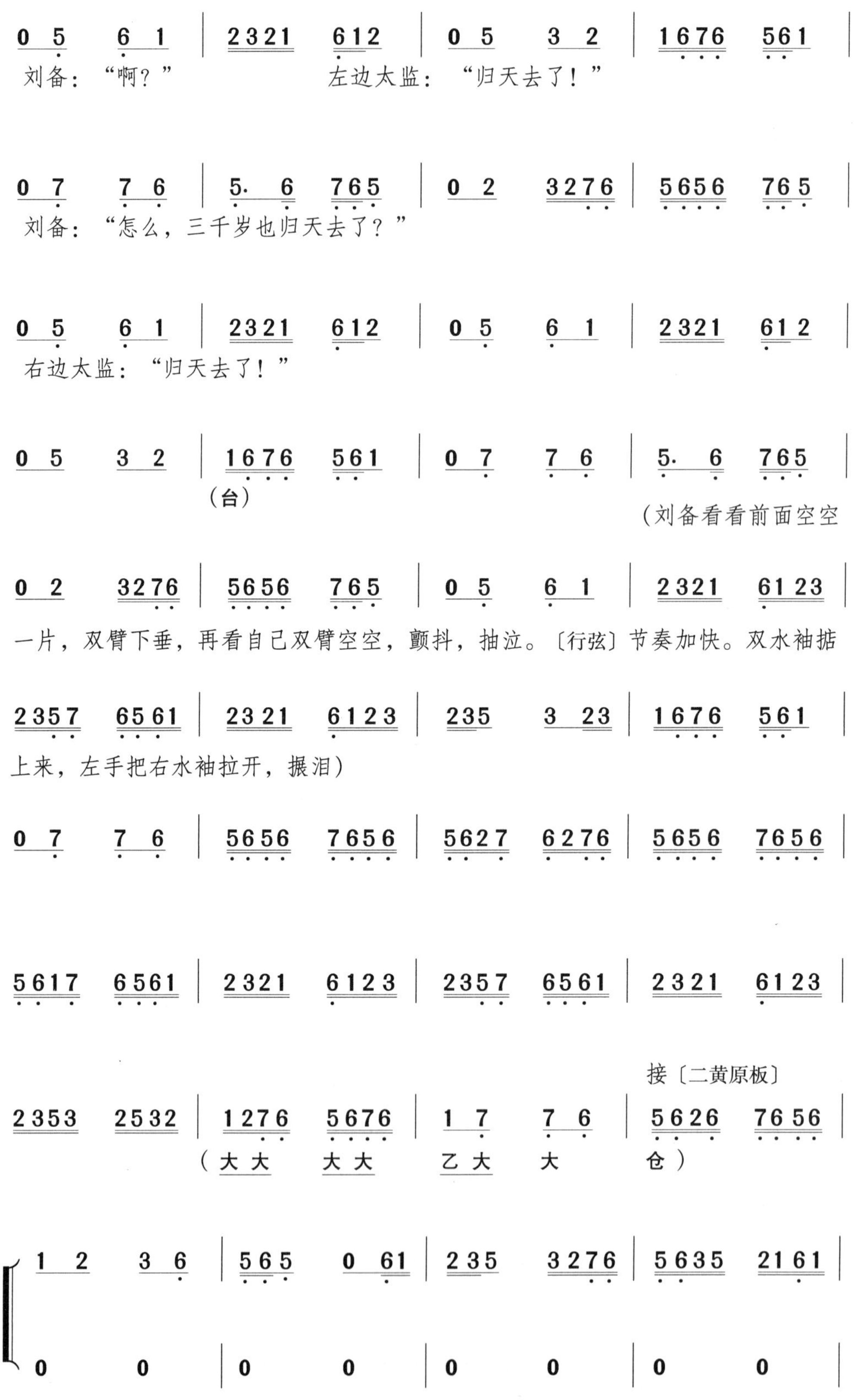
刘备："啊？"
左边太监："归天去了！"
刘备："怎么，三千岁也归天去了？"
右边太监："归天去了！"
（台）
（刘备看看前面空空一片，双臂下垂，再看自己双臂空空，颤抖，抽泣。〔行弦〕节奏加快。双水袖掳上来，左手把右水袖拉开，搌泪）
接〔二黄原板〕
（大大　大大　乙大　大　仓）

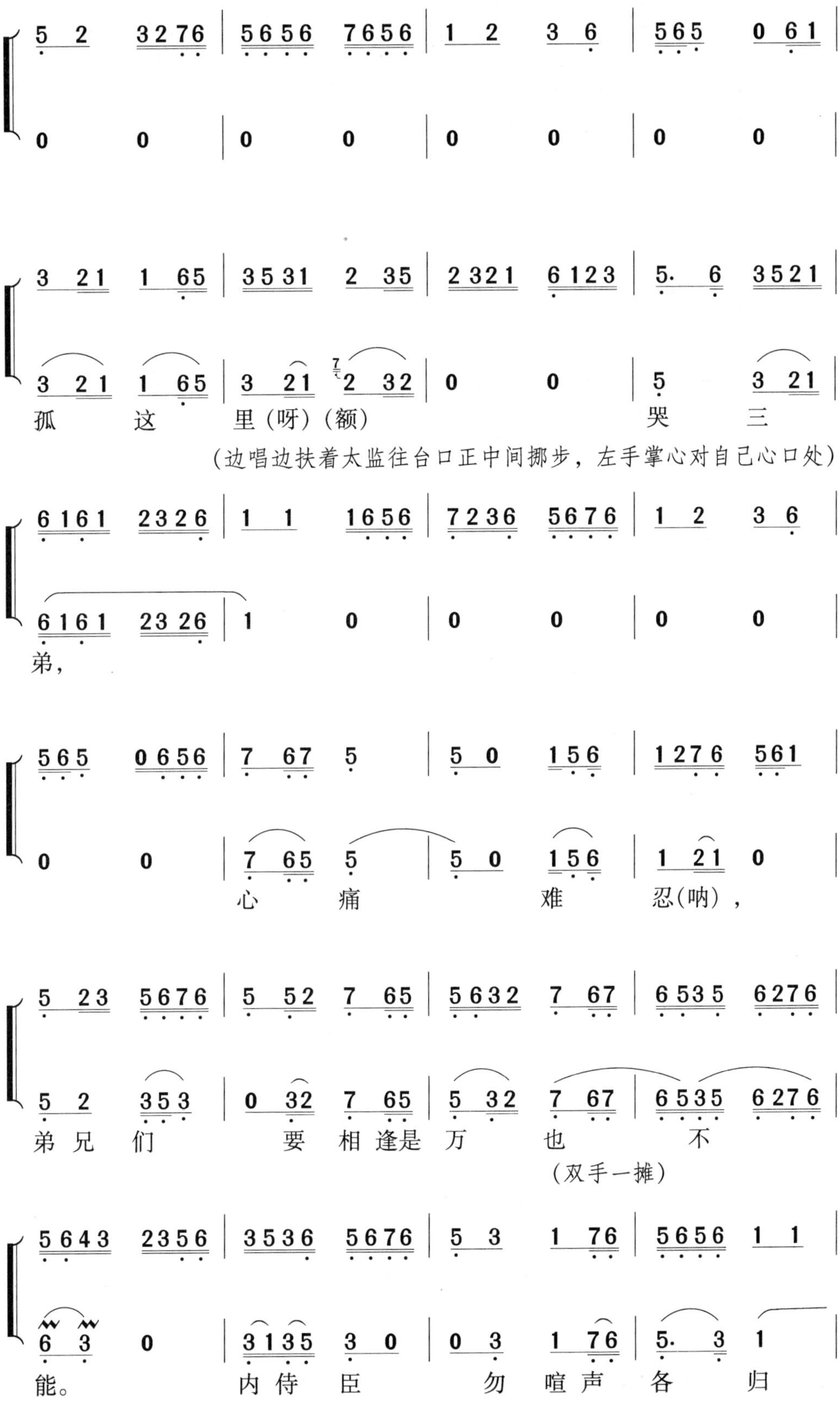
孤　这　里(呀)(额)　哭　三
(边唱边扶着太监往台口正中间挪步，左手掌心对自己心口处)
弟，
心　痛　难　忍(呐)，
弟 兄　们　要　相 逢是　万　也　不
(双手一摊)
能。　内 侍　臣　勿　喧 声　各　归

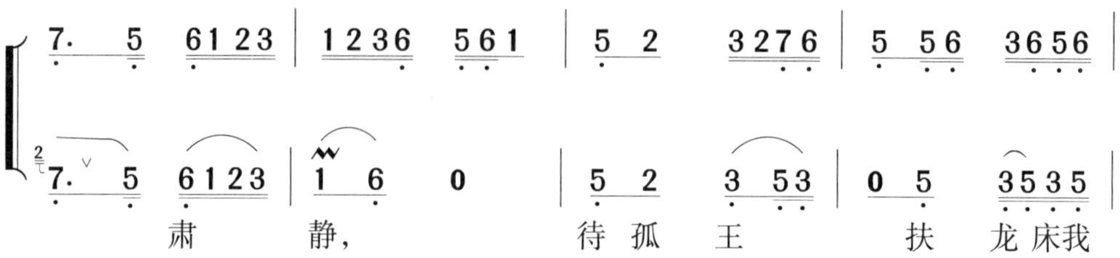

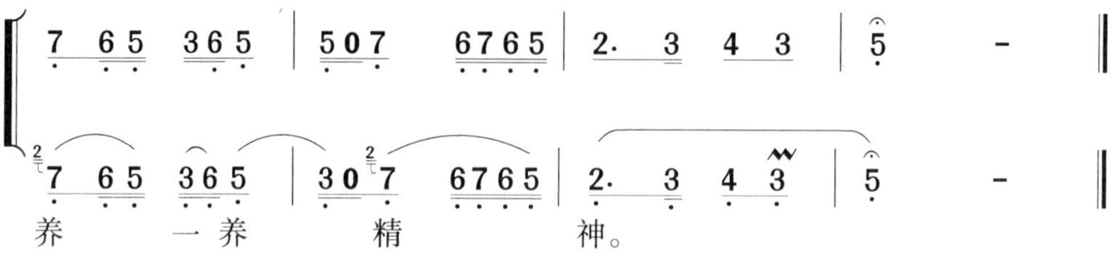

（右手前指）

〔【撞金钟】刘备抖右水袖翻上，左转身，右臂搭扶左边太监左臂，三人同转身归里，进桌，刘备入睡状。二太监桌前左右站好。在刘备归里的同时，赵云上。赵云“九龙口”处回身请上二太子，诸葛亮随后至“小边”台口，马谡、二文官同上在最边上站“一条鞭”。

〔二黄散板〕

诸葛亮

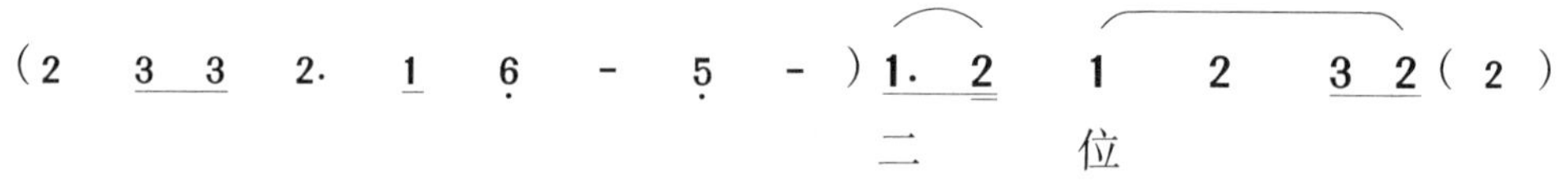

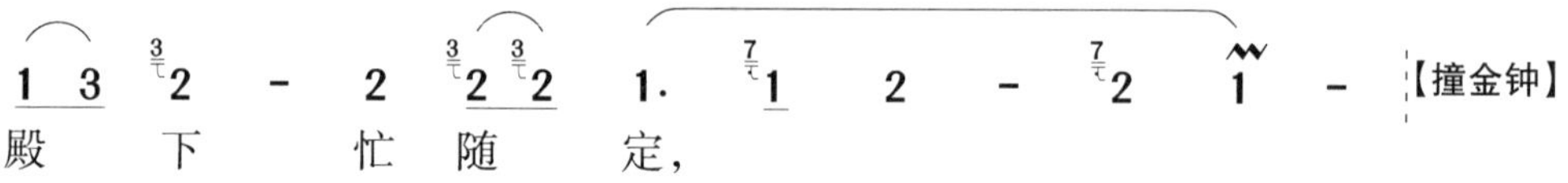

〔锣鼓伴众人“挖进”，诸葛亮挖至“大边”台口，二太子站“小边”桌角，马谡至“大边”，二文官分站两边后面，赵云挖至“小边”台口。

诸葛亮

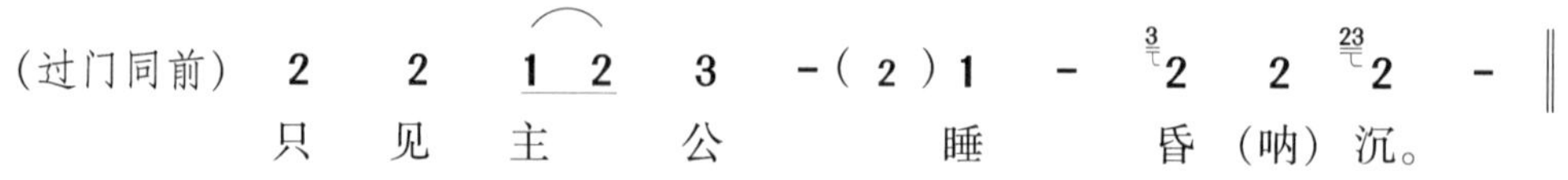

主公醒来！

〔众面向刘备，二太子单腿跪下。“小边”太监从幕内搬椅放诸葛亮处。

〔二黄小导板〕

刘 备

5 -) 2 2 1 3 - 2 3 2 (5 6 1 2 -)
耳边 厢

2 7 6 5. 6 7 6 5 6 6 5 -
忽 听 得

(3 2. 1 6 - 5 -) 6 3 3 2. 1 6.
人 声 喧

(6 5 7 6 -) 1 3 2 1 - 2 -
震，

（嘟……仓）
（双手揉眼，醒来环顾左右，见众人在面前）

诸葛亮 主公啊！【凤点头】

〔散板〕

刘 备 （过门同前）2 4 3 2 1 2 1 2 1 2 3 (6 1 2 3 -)
见 先 生 站 埃 尘

2 2 1 3 2 1 7 6 3 3 6 1
珠 泪 淋 淋

6 1 2 3 2 (5 6 1 2 -) 3 5 3 6 5 5
（呐）。 （仓） 二 皇 儿 含
（左手指着孔明）

7 6 5 6 (6 5 7 6) 3 6 5 1 2 1. (6
悲 泪 一 旁 跪 定，

7 6 1 -) 2 3 6 5 1 7 5 6 6 5
（仓） 孤 又 惭 孤 又 恨

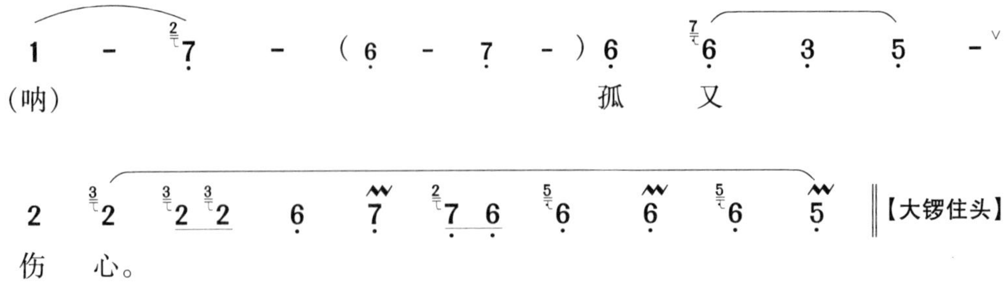

〆刘备伸出双手示意孔明坐下，二太子站起。

诸葛亮 主公病体如何？

刘　备 越发沉重。啊先生！悔不听先生之言，遭此大败，损兵折将，孤之愧也！（左手无奈地一摆，面带愧色）

诸葛亮 主公，兵家胜败，古之常理。主公还是保重龙体要紧。

马　谡 是啊，还望主公保重龙体要紧。

〆（**嘟……大仓**）刘备抬眼望一下马谡。

刘　备 参谋言得极是，请至殿外歇息。

马　谡 遵旨。

〆**【五击头】**马谡出殿，面向外，不解地双手一摊，下。

刘　备 啊先生，你看马谡如何哇？

诸葛亮 乃当世奇才。（伸左手拇指）

刘　备 不然，不然！（右手向孔明一摆）孤看马谡，言过其实，终无大用，重委必有所失，先生你要牢记在怀呀！（左手掌心对着自己胸口）

诸葛亮 为臣谨记在怀。

刘　备 二皇儿，近前来，听孤遗诏：**【小锣归位】**（取笔，蘸墨，左手中指弹笔毛，边念边写诏书）朕初得疾，不过下痢而已，后转为大疾，难以调治。朕闻人年过五旬不为夭寿，今已六旬死复何恨？但以汝弟兄为念尔。（**大大大大大乙台**）（右手以笔尖指向二太子）朕亡之后，将汝弟兄托付与丞相的身上，要视之如父哇！（左手指诸葛亮，眼睛看着二太子，二太子点头）勿以恶小而为之，勿以善小而不为。勉之啊勉之！（笔尖颤抖指向二子，二子点头）朕，病入膏肓，（边说边放下笔）不久人世，江山社稷，全仗先生。（向诸葛亮拱手）近前来，听孤托付哇！（右手向诸葛亮招，诸葛亮站起恭身面向刘备）

〔二黄碰板原板〕

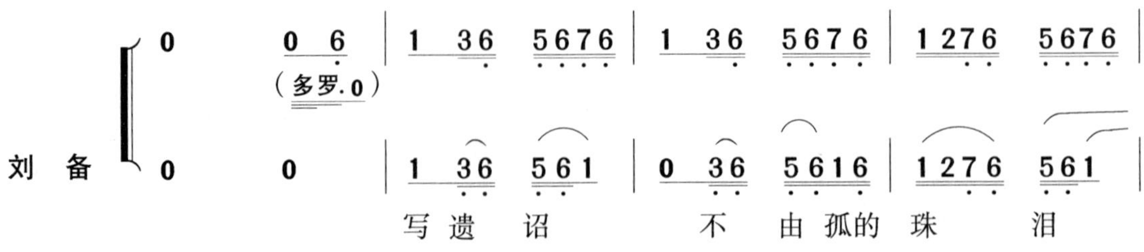

永 安 宫

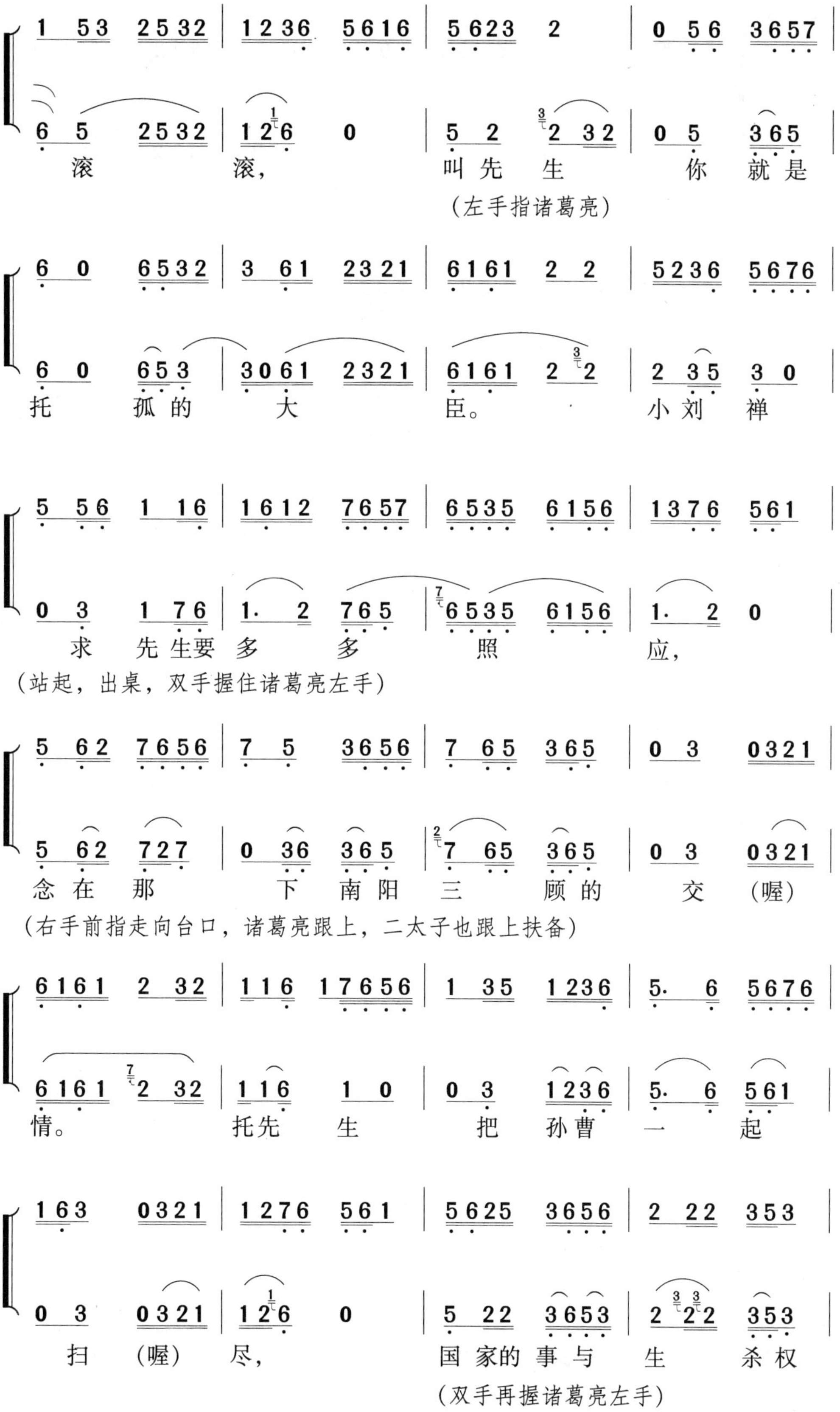
滚 滚，叫先生 你就是
（左手指诸葛亮）
托 孤的 大 臣。小刘禅
求 先生要 多 多 照 应，
（站起，出桌，双手握住诸葛亮左手）
念在那 下 南阳 三 顾的 交（喔）
（右手前指走向台口，诸葛亮跟上，二太子也跟上扶备）
情。托先 生 把 孙曹 一 起
扫（喔）尽，国家的事与 生 杀权
（双手再握诸葛亮左手）

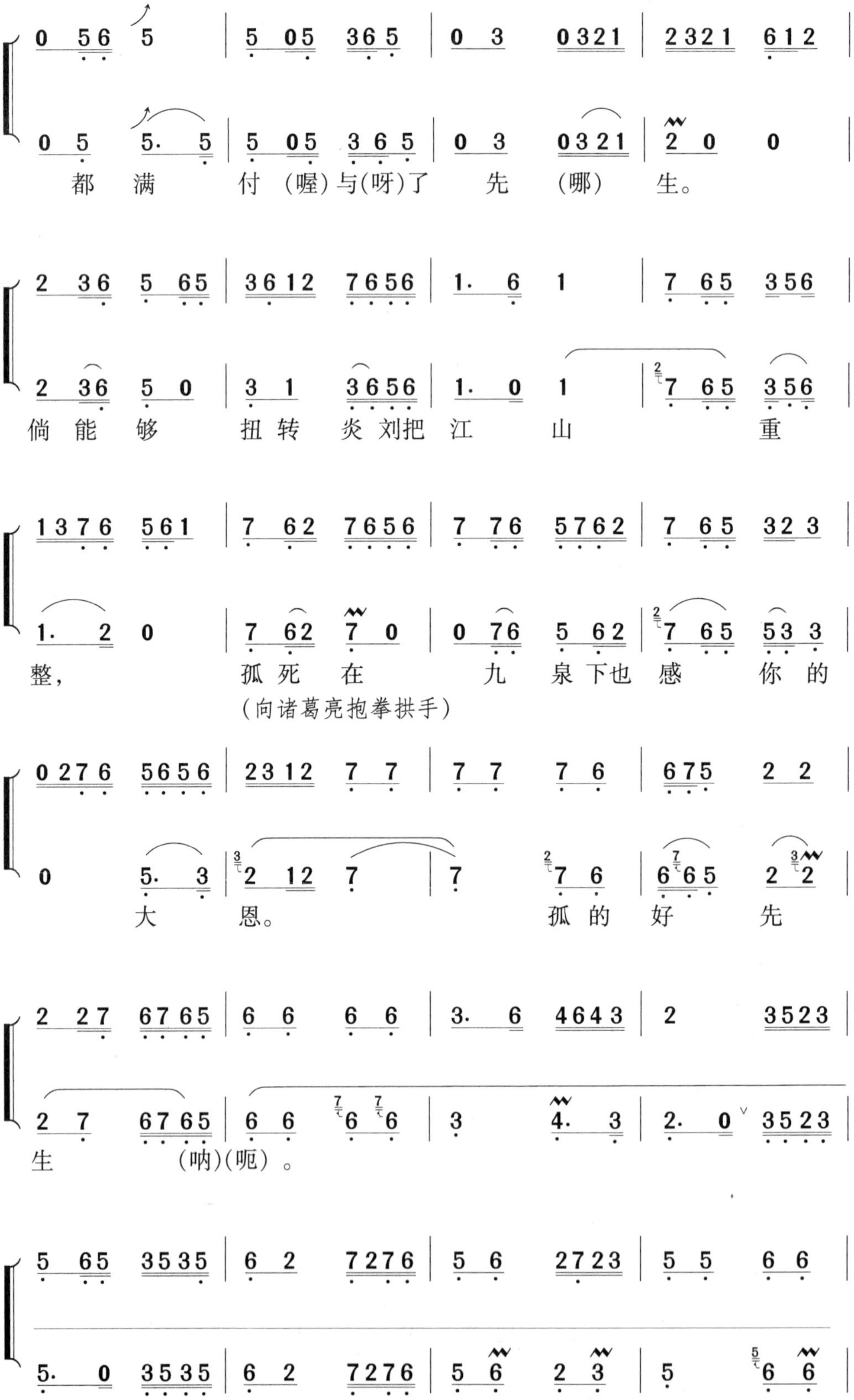
都 满 付 （喔）与（呀）了 先 （哪） 生。
倘 能 够 扭 转 炎 刘 把 江 山 重
整， 孤 死 在 九 泉 下 也 感 你 的
（向诸葛亮抱拳拱手）
大 恩。 孤 的 好 先
生 （呐）（呃）。

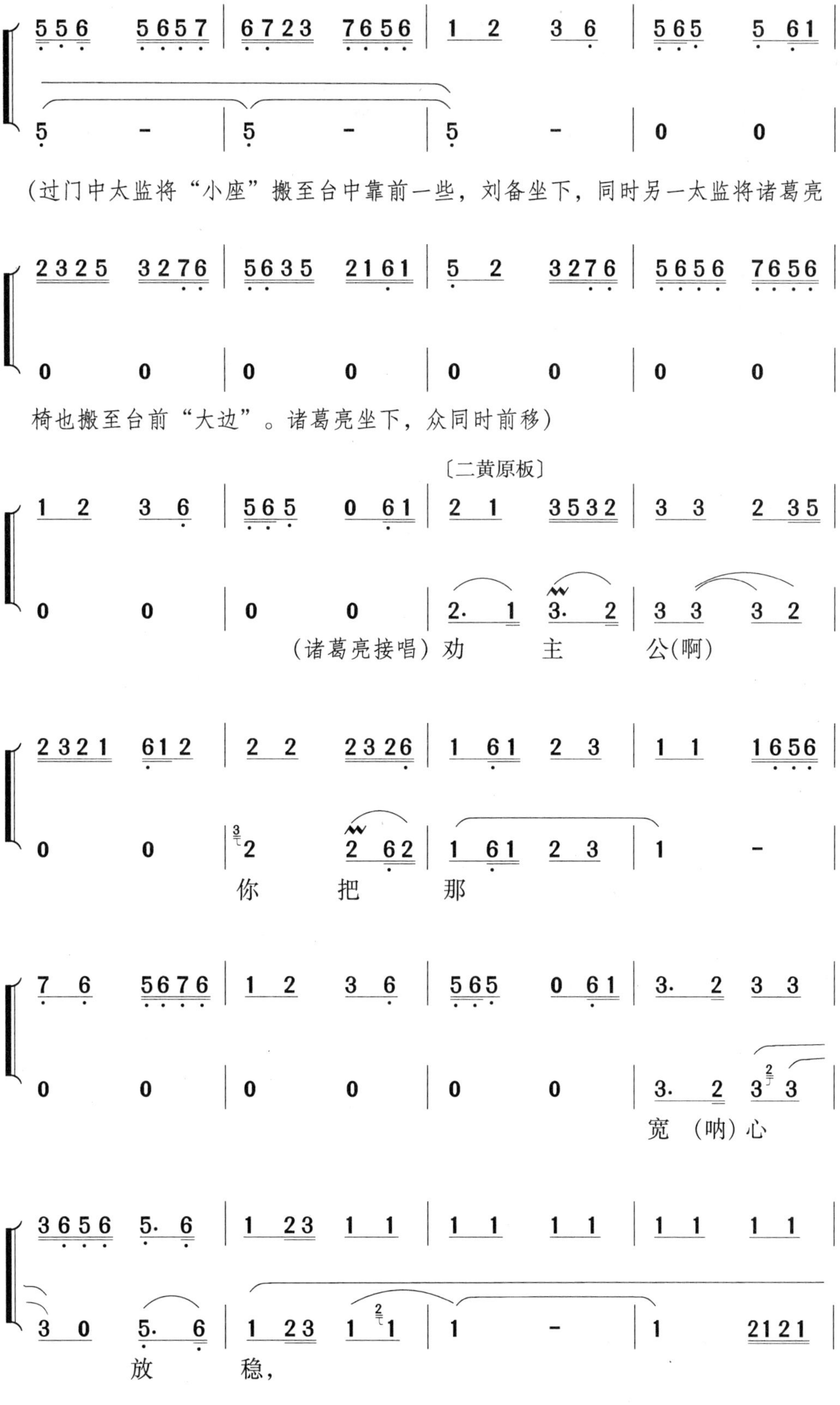
（过门中太监将“小座”搬至台中靠前一些，刘备坐下，同时另一太监将诸葛亮
椅也搬至台前“大边”。诸葛亮坐下，众同时前移）
〔二黄原板〕
（诸葛亮接唱）劝 主 公(啊)
你 把 那
宽 （呐）心
放 稳，

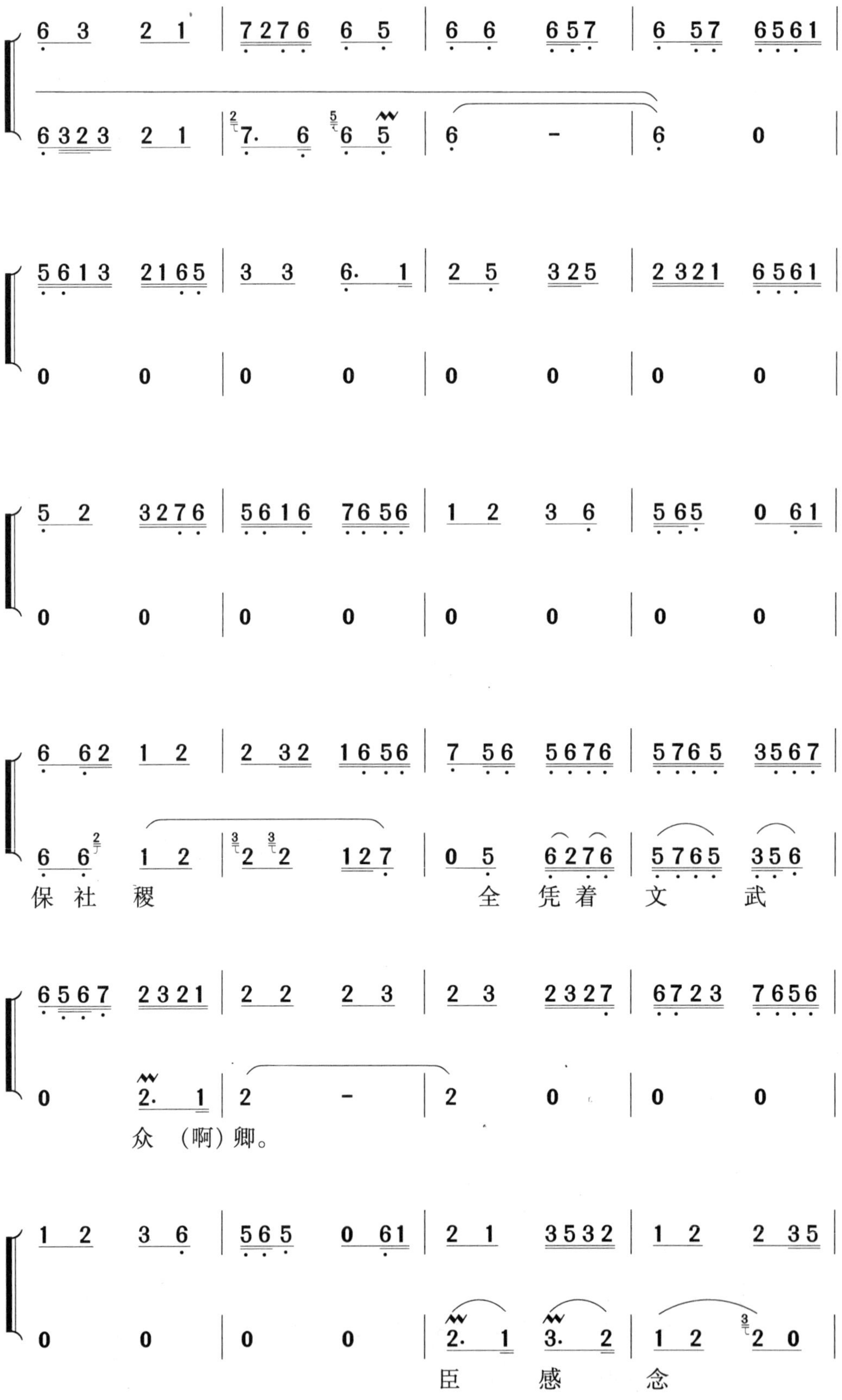
保 社 稷
全 凭 着 文 武
众 （啊）卿。
臣 感 念

永安宫

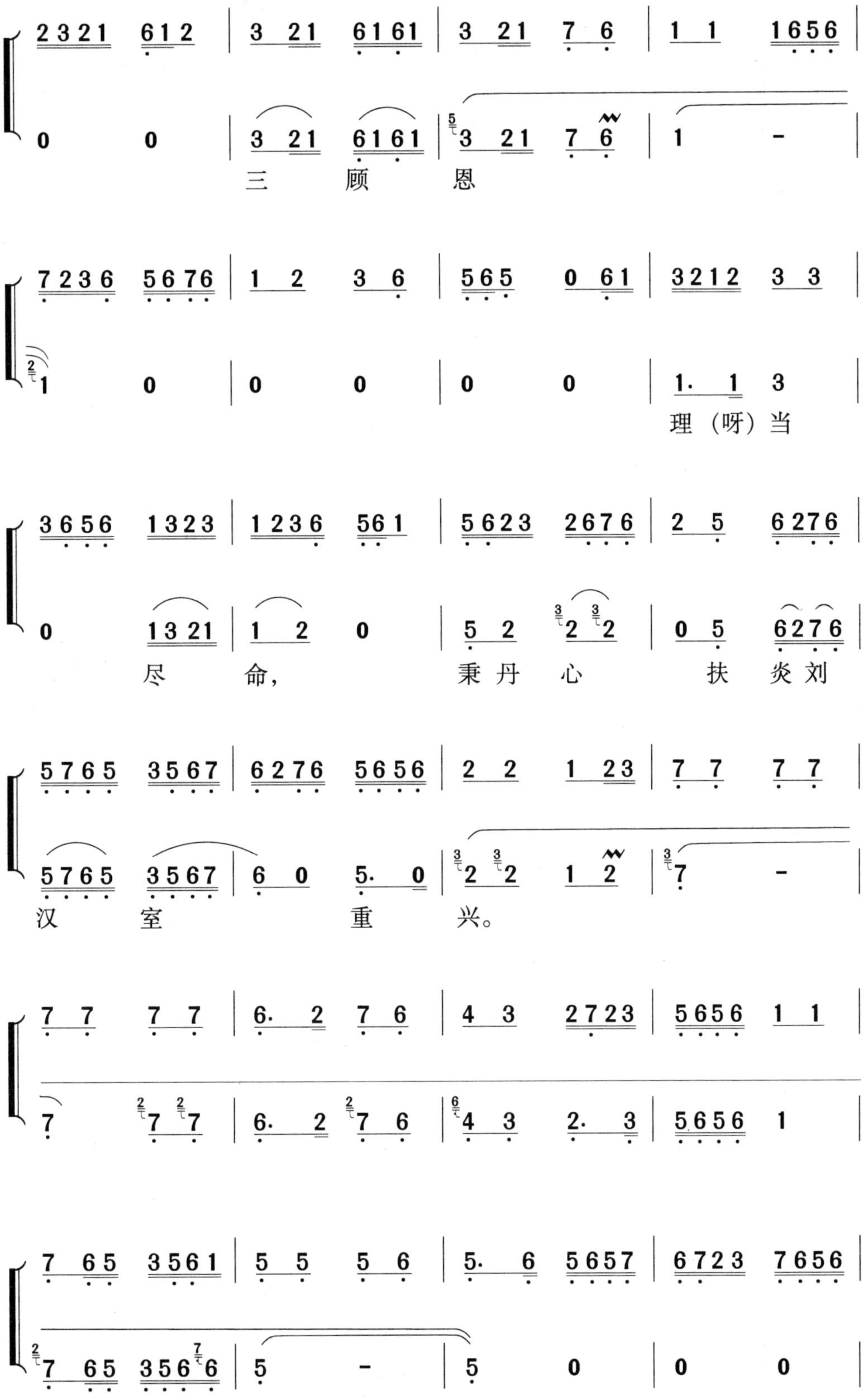

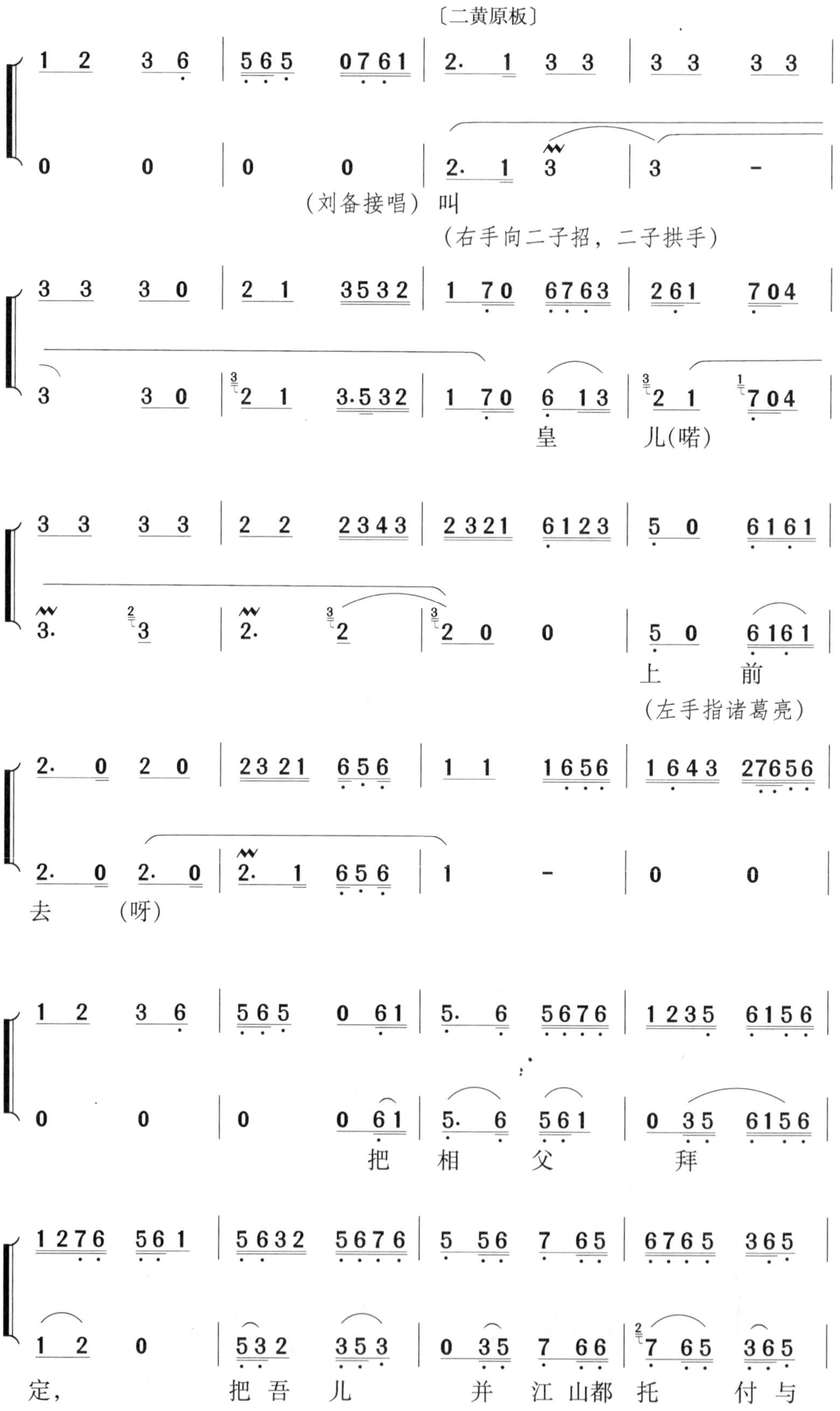
〔二黄原板〕
（刘备接唱）叫
（右手向二子招，二子拱手）
皇 儿(喏)
上 前
（左手指诸葛亮）
去 (呀)
把 相 父 拜
定，
把 吾 儿 并 江 山都 托 付 与

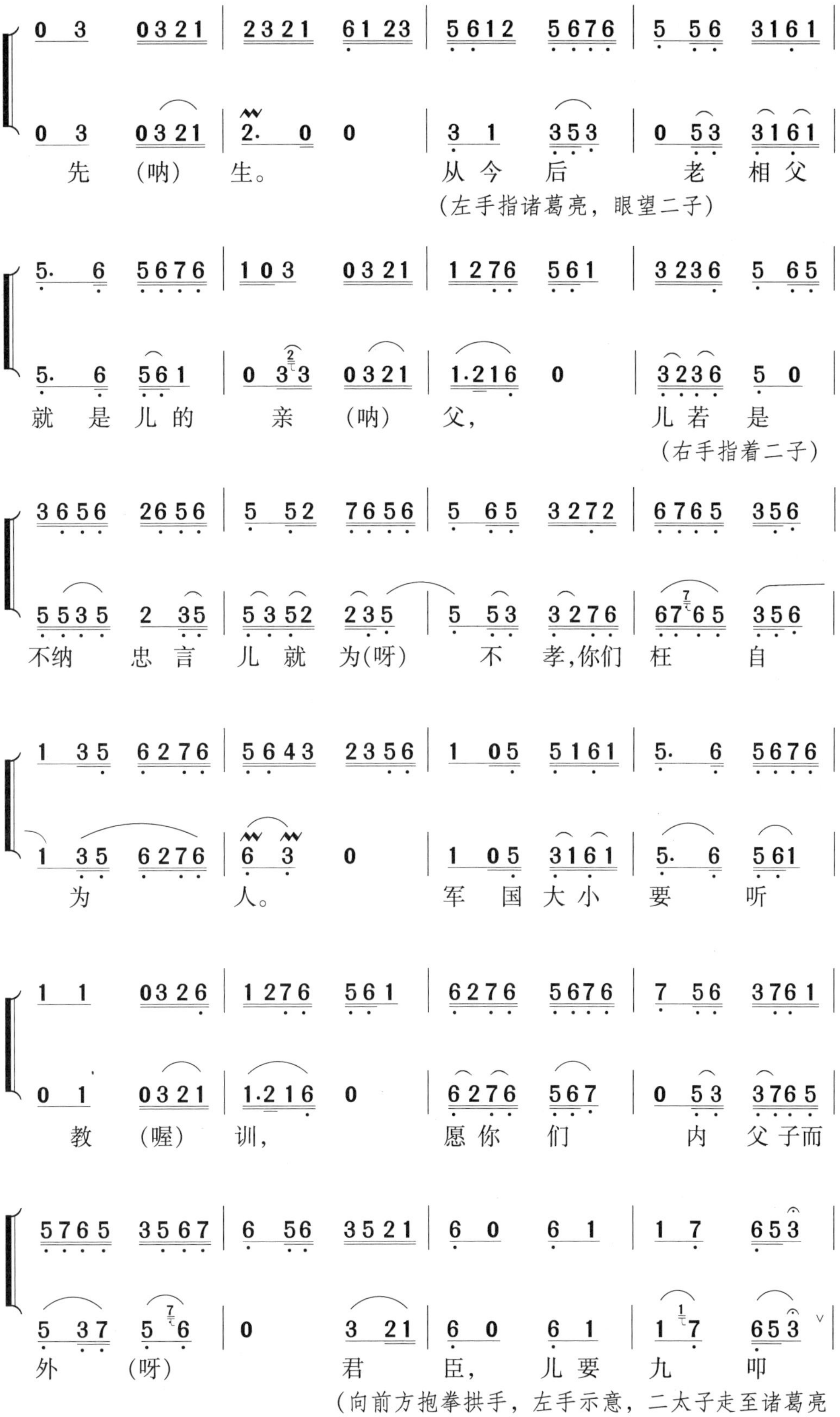
先 (呐) 生。 从今后 老相父
(左手指诸葛亮，眼望二子)
就是儿的 亲 (呐) 父， 儿若是
(右手指着二子)
不纳 忠言 儿就 为(呀) 不 孝,你们 枉 自
为 人。 军国大小 要 听
教 (喔) 训， 愿你 们 内 父子而
外 (呀) 君 臣， 儿要 九 叩
(向前方抱拳拱手，左手示意，二太子走至诸葛亮

サ 6 1 3 2. 1 6 6 1 2 3 - 2. 2 2. 1 1 - 1 1 1 2 -‖
谢 恩。
面前）

〔二黄摇板〕

二太子 【闪锤】（5 5 3 2 2 3 3 3 3 2 1 6 1 5 6 7 6

5 - - ）3 6 5 6 6 - 6 6 5 5 6 i - - |
走 向 前 来 忙 跪 定，
（同时单腿跪下，向诸葛亮抱拳拱手）

诸葛亮 （1 6 2 3 7 6 5 6 1 - - ）2 2 3 3 - 3 2 1 1 - 2 -‖
休 要 折 煞 老 臣 身。
（站起，扶起二位太子）

〔【闪锤】诸葛亮坐下，二位太子站其身后。

刘 备 （过门同前）3 1 5 3 6 5 6 5 5 6 1 -（1 6 2 3 7 6
刘 禅 若 不 听 教 训，

5 6 1 - ）6 2 1 - - 3 - 3 - 1. 7 1 - 2‖
就 在 川 中 自 为 君。
（左手伸出，眼望诸葛亮）

诸葛亮 哎呀！【乱锤】接【凤点头】（慌忙跪下）

〔二黄散板〕

（过门同前）2 1 3 2 1 2 1 2 1 -（6 7 6 1 - ）
听 一 言 来 心 头 震，（仓）

5 6 2 1 3 2 1 2 3 - 3 2 1 1 1 6 1 2‖【住头】
臣 若 是 有 二（呃）心 天 地 鉴 灵。

永 安 宫

〔刘备请诸葛亮站起，二太子搀起诸葛亮，复坐原位。

刘　备　啊先生，朕一时失言。先生莫怪呀！

诸葛亮　为臣怎敢？

刘　备　四弟在哪里？

赵　云　臣在这里！

刘　备　四弟在哪里？

赵　云　（往台中上两步）臣在这里！

刘　备　四弟……（仓）（看见赵云）哎呀四弟呀！**【快纽丝】**（右手指赵云，站起往右甩髯搭在右手臂，双手握住赵云双手，二人至台口中间。诸葛亮站起，太监撤座撤下）

〔二黄散板〕

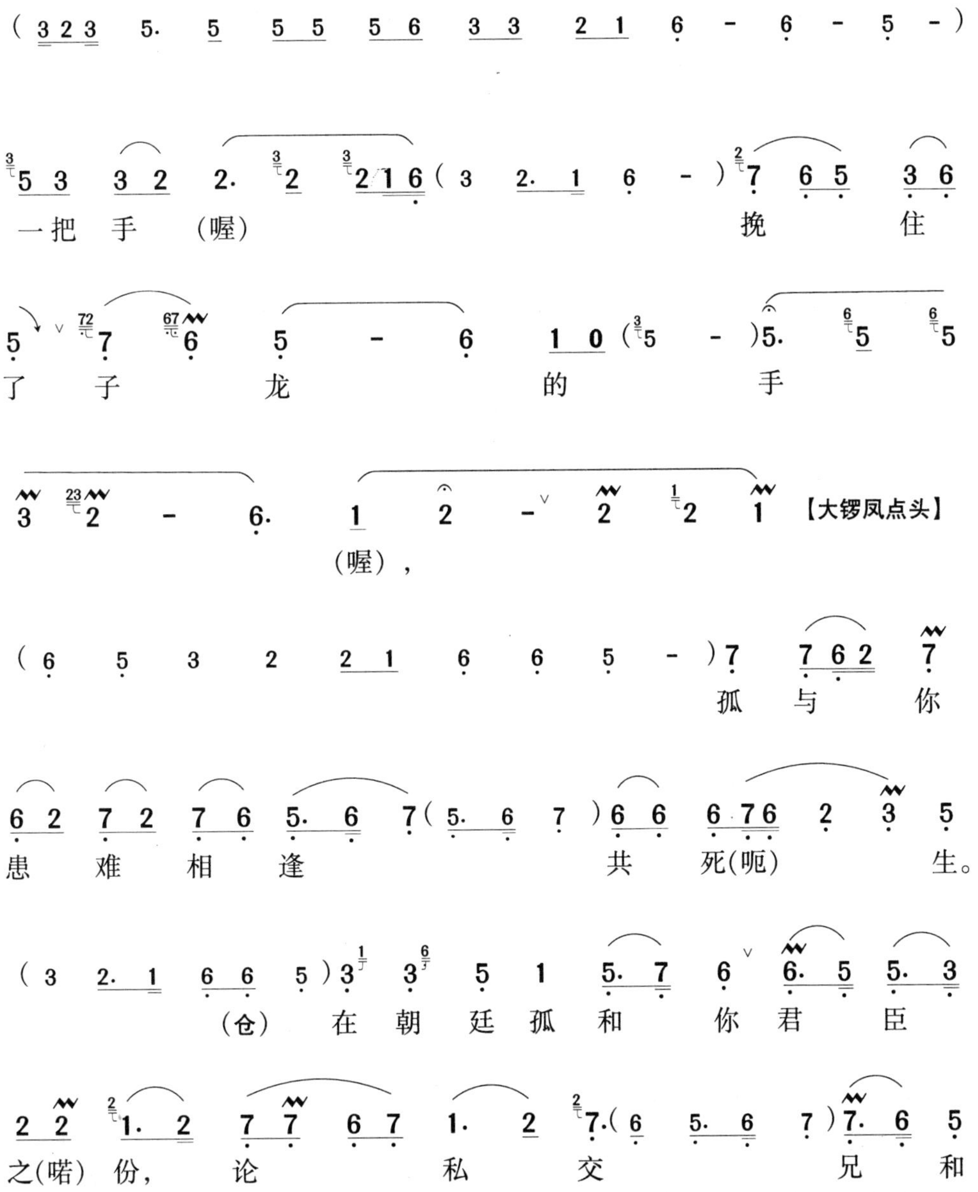

（右手搭住赵云后背，左手握住赵云右手，边

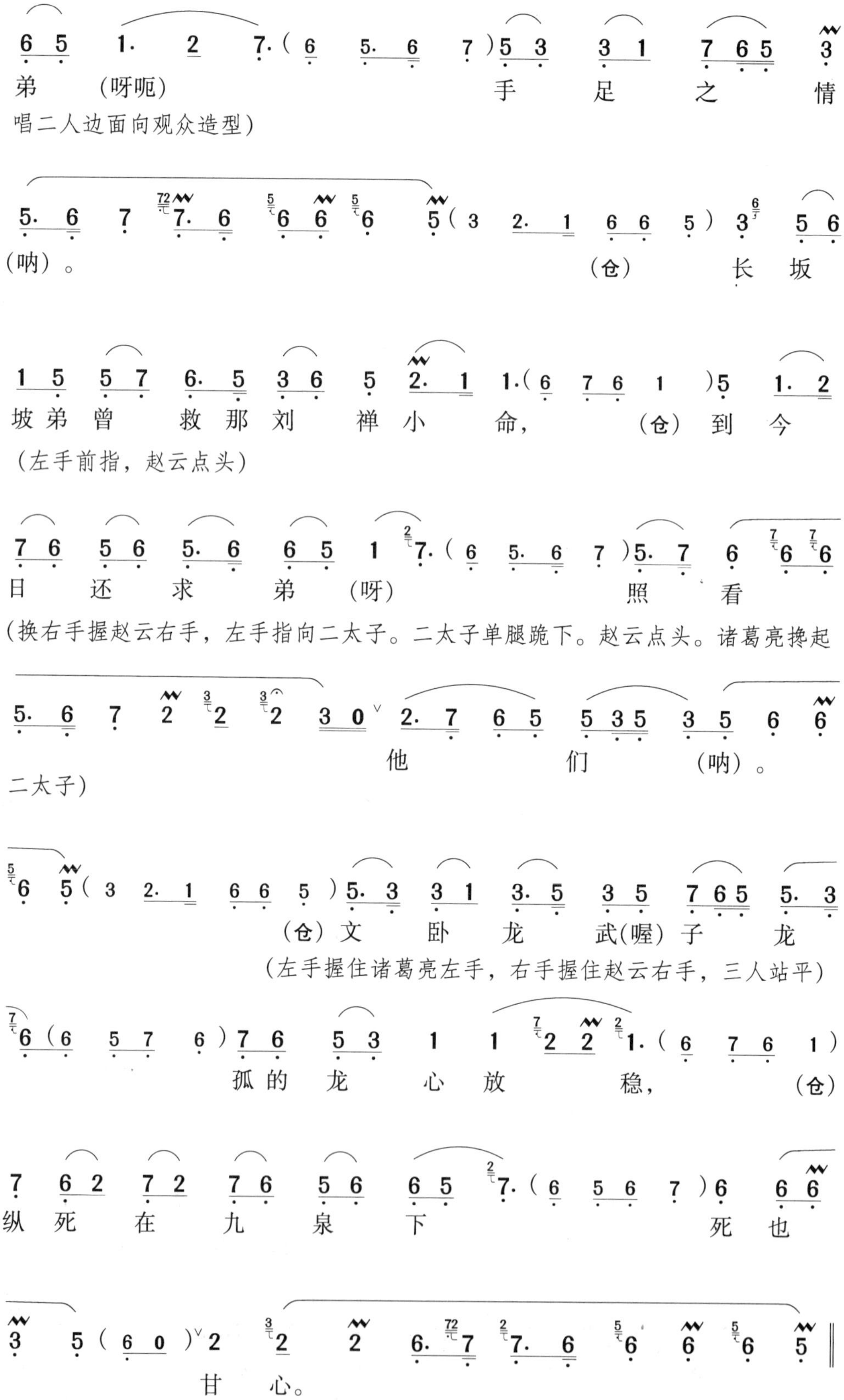
弟 (呀呃) 手 足 之 情
唱二人边面向观众造型)
(呐)。 (仓) 长 坂
坡弟曾 救那刘 禅小 命, (仓) 到今
(左手前指，赵云点头)
日 还 求 弟 (呀) 照 看
(换右手握赵云右手，左手指向二太子。二太子单腿跪下。赵云点头。诸葛亮搀起
他 们 (呐)。
二太子)
(仓)文 卧 龙 武(喔)子 龙
(左手握住诸葛亮左手，右手握住赵云右手，三人站平)
孤的 龙 心 放 稳， (仓)
纵 死 在 九 泉 下 死 也
甘 心。

永安宫

赵　云　主公！

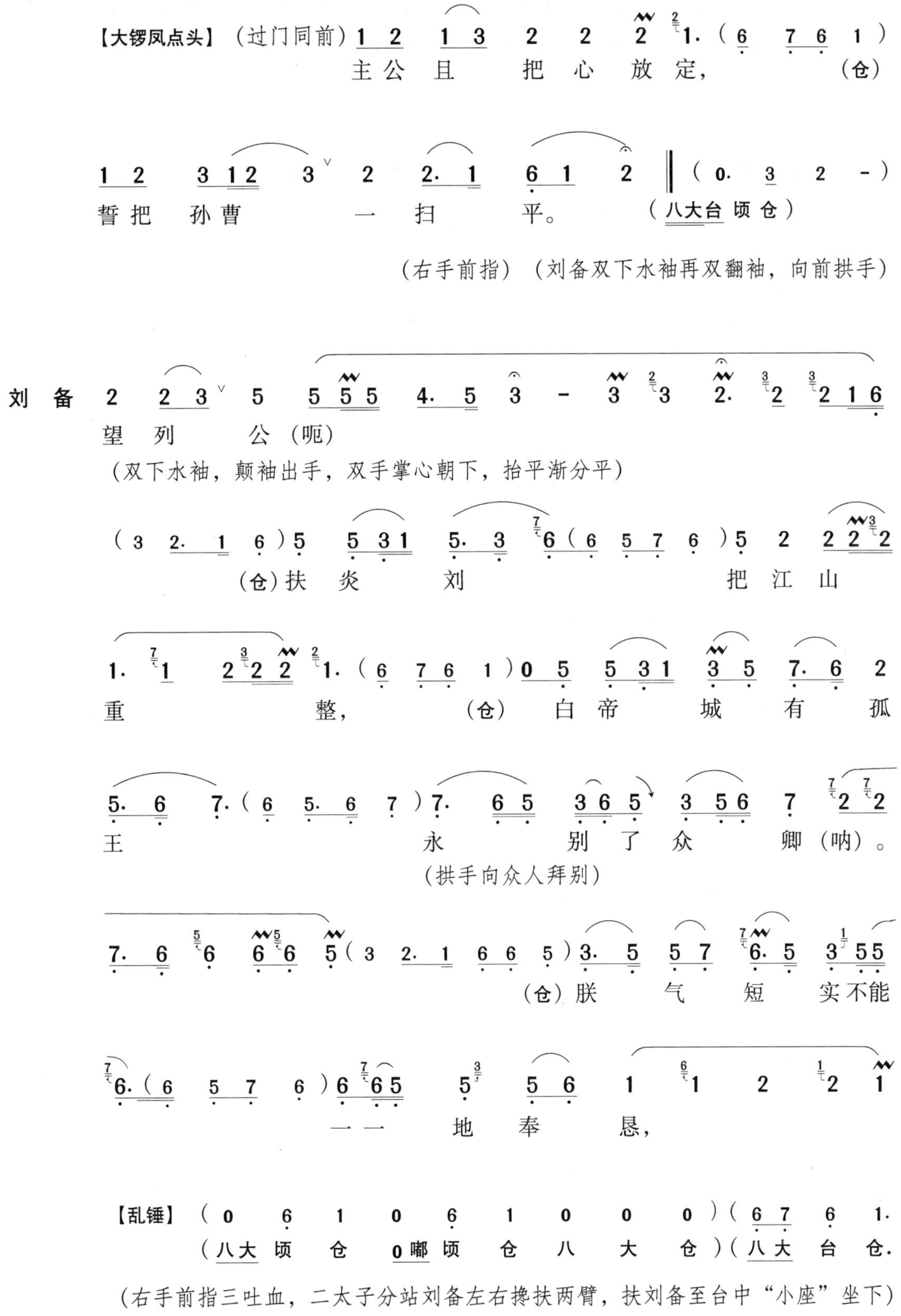
【大锣凤点头】（过门同前）
主公且把心放定，（仓）
誓把孙曹一扫平。（八大台顷仓）
（右手前指）（刘备双下水袖再双翻袖，向前拱手）
刘　备
望列公（呃）
（双下水袖，颠袖出手，双手掌心朝下，抬平渐分平）
（仓）扶炎刘把江山
重整，（仓）白帝城有孤
王永别了众卿（呐）。
（拱手向众人拜别）
（仓）朕气短实不能
一一地奉恳，
【乱锤】
（八大顷仓0嘟顷仓八大仓）（八大台仓.
（右手前指三吐血，二太子分站刘备左右搀扶两臂，扶刘备至台中“小座”坐下）

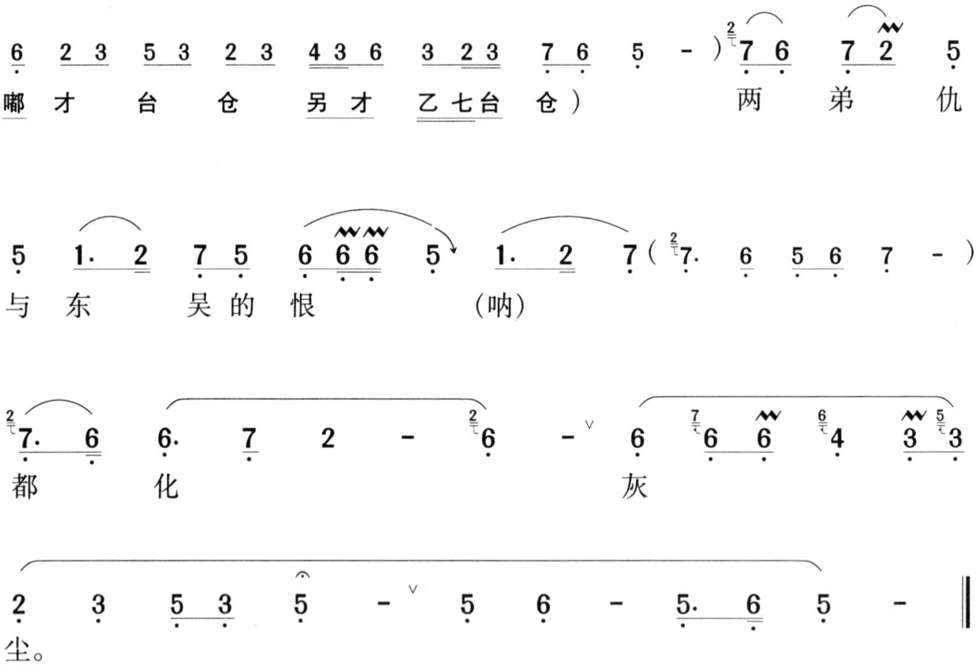

〔（八大仓）刘备咽气。

〔奏唢呐曲牌<尾声·合头>，刘备两手分别握住二太子的手，双水袖下垂。众人同哭、同喊“主公！”下跪。

——剧 终

刘勉宗 **整理** 贾钟生 **记谱**
张少楼 言兴朋 **校订**

除三害·路遇

言菊朋演出本

曾被誉为老谭（鑫培）派领袖的言菊朋，形成言派演唱艺术后的代表剧目有《让徐州》、《卧龙吊孝》、《上天台》、《白蟒台》、《法场换子》、《贺后骂殿》、《宫门带》、《除三害》等剧。据考，《除三害》原为一出老戏，早年春台班的花脸演员产滚子擅演周处，老生演员王九龄擅演王浚。

1928 年言菊朋自组民兴社演出于华乐园。彼时，班中有旦角关丽卿，花脸郝寿臣、马连昆，武生茹富兰，丑角王长林等。言菊朋经与郝寿臣研究，对老戏《除三害》重新整理加工，于 9 月 28 日首演。

《除三害》一名《应天球》、《合欢图》，内容略见《世说新语》及《晋书·周处传》。戏曲本依据明传奇《蛟虎记》改编而来，在改编中删除了王浚的两个儿子以宝物应天球双娶老儒时吉二女事。强化了“砸窑”、“路遇”、“打虎斩蛟”等关目。剧情为晋时周鲂之子周处自幼父母双亡，恃勇力，好酒，以强凌弱，经常去一些店铺、作坊收“保护费”。父老患之，将他与宜兴南山猛虎、长桥孽蛟并称“三害”。宜兴太守王浚到任，知周处尚可劝教，乃乔装老叟访之，与周处路遇。王浚以三害之说相讽喻。周处闻而悔悟，遂打虎、斩蛟，弃恶为善。

周处打虎斩蛟事，并非杜撰。《资治通鉴·晋纪·世祖武皇帝》载：“初，周鲂之子处，膂力绝人，不修细行，乡里患之。处尝问父老曰：‘今时和岁丰，而人不乐，何邪？’父老叹曰：‘南山白额虎、长桥蛟，并子为三矣。’处曰：‘若所患止此，吾能除之。’乃入山求虎，射杀之；又投水，搏杀蛟。遂从机、云受学，笃志读书，砥节砺行。比及期年，州府交辟。”从而说明《除三害》是一出源于生活而高于生活的有艺术价值和现实意义的好戏。

言、郝本《除三害》，不仅对旧本进行了删减，更对唱、念、做进行了精加工，突出人物性格。当年王九龄唱此戏，讲究实大声洪，如“第一害南山上出了猛虎”的“虎”字，用的是满口喷薄不走滑音而用脑后音的唱法。言菊朋首先在唱腔上有所突破，他借鉴了老旦及曲艺的旋律、气口，编出的唱腔颇为新颖，字正腔圆，腔中多处用衬字，以突出言腔的味道，听之令人如醉如痴。1937 年 5 月，言菊朋曾灌唱片三张，其中就有《应天球》。郝寿臣青年时代三闯东北时曾得到唐永常的传授，在继承了唐永常好工架、好身段的基础上，注入了自己对人物的理解，塑造了一个有血有肉的活周处。如当周处听说那第三害竟然就是自己时，一下子惊得呆若木鸡，随之两只水袖向前一甩，脚尖点地，浑身颤抖起来。这是内心极度愧悔、负疚、自责的一种外部表现。直到王浚唱出“壮士因何也胆怕惊”时，周处才猛然惊疑吸气，一边双腿提步向后倒退，一边双手擦掌，先慢后急，随着连跺双脚，“哎呀呀！”一声惊叹，借以表现他的幡然猛省。

郝寿臣离开言菊朋的民兴社后，又先后与吴铁庵、马连良、高庆奎合作演出过《除三害》，特别是与高庆奎合作的场次最多、最受欢迎。1954 年中国京剧院又对《除三害》加工整理，将王浚的名字改作时吉，人物身份也由宜兴太守改为平民百姓。由高庆奎弟子李和曾饰时吉，郝寿臣高足袁世海饰周处，演出后轰动一时。李、袁二人有唱片留世。

20世纪的五六十年代，谭富英与裘盛戎也常联袂演出《除三害》，人物依旧是王浚与周处。谭、裘二位艺术家嗓子好，均以唱取胜。裘盛戎之周处在打虎斩蛟后有一个唱段，听后绕梁三日，其词如下：

〔二黄散板〕一席话说得我羞愧难尽，蒙大人不加罪反赞不绝声。众乡亲把酒河边来庆幸，都道俺葬波涛〔二六〕命（呐）丧残生。想到此我心中又悔又恨，想到此一阵阵汗如雨淋。恨只恨父早亡无人教训，恨（呐）只恨每日里佯狂纵酒、敲诈百姓、打下了各行常例银。到如今名列三害、大罪在身，叫我是怎（呐）样为（呀）人。想到此不容某不速觉猛醒，想到此我就该改过自新。我这里再与大人来论，“大人哪！”〔散板〕俺周处要访名（呃）师改学好（哇）人。

如今，言菊朋之《除三害》已少有人演，幸有他的弟子、儿媳张少楼传给了她的学生刘勉宗。现勉宗将该戏之精华《路遇》一折记录整理，这对传播言派艺术将会起到积极作用。

常立胜

人物行当

王　浚　　老生　　　　**周　处**　　净

服装扮相

王　浚　俊扮。卷巾、绸条、黪三（亦可白三），香色褶子、绦子，香色彩裤，厚底。
周　处　勾紫色花三块瓦脸。硬罗帽、紫满，绿箭衣，绿褶子，红彩裤，厚底。

道具

折扇　　一把　　　　**特大折扇**　　一把

除三害

〔幕启。净场。

〔【撤锣】接【小锣抽头】，王浚上，右手执折扇，台中亮相，至台口。

〔二黄摇板〕

王　浚

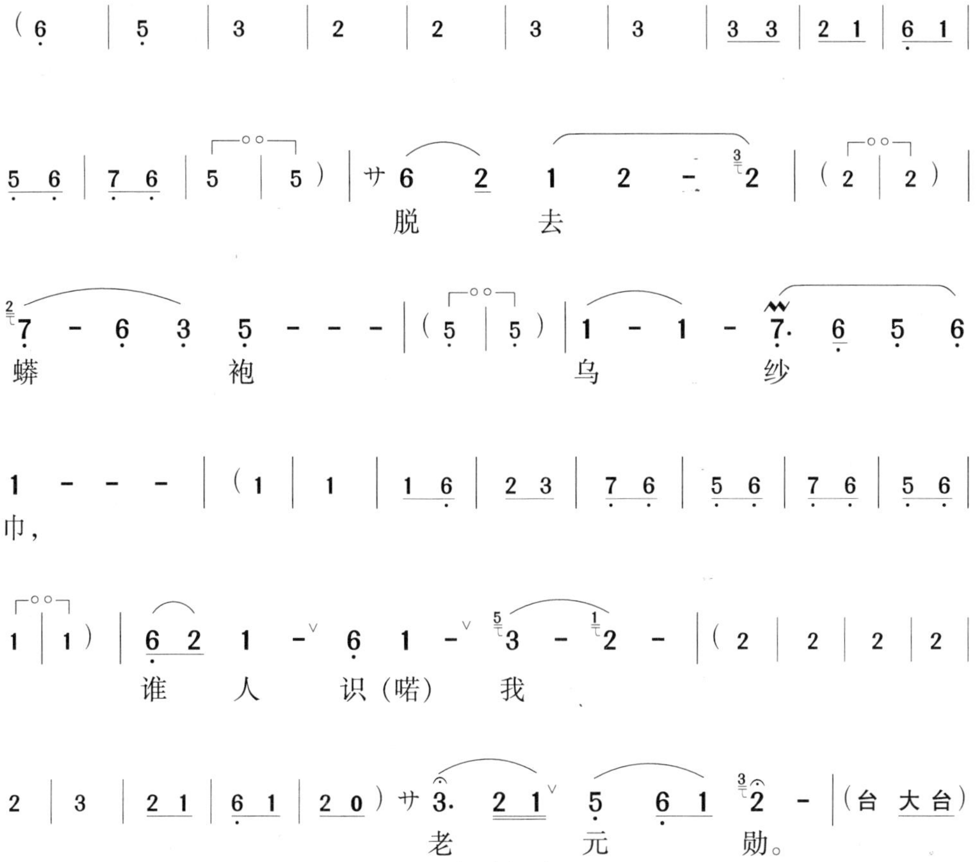

（左手托髯）

老夫，王浚。（扎）新任宜兴太守。可叹此地，三害作孽，民不聊生：南山出了猛虎，长桥出了恶蛟，还有那周处小儿，恃强任性，霸道乡里，故尔与蛟虎同列三害。想那周处，乃宦门之后，武艺过人，力大无比，并非禽兽之辈。我意欲教导于他，改过自新，诛灭蛟虎，岂不三害并除。为此乔装改扮，特来寻访周（呃）处。

〔周处幕内白："嗯哼！"

〔（大　大　大大　大大　大大　台）王浚往"上场门"一望。

王　浚　呜呼呀！看那旁来一大汉，正是周处。我不免装作行路之人，见机行事便了。【撕边】（站"大边"台口）

〔周处内白："好酒哇！"【纽丝】"上场门"上，右手执大号折扇至"九龙口"处亮相。迈小碎步至"小边"台口。

〔二黄散板〕

周　处

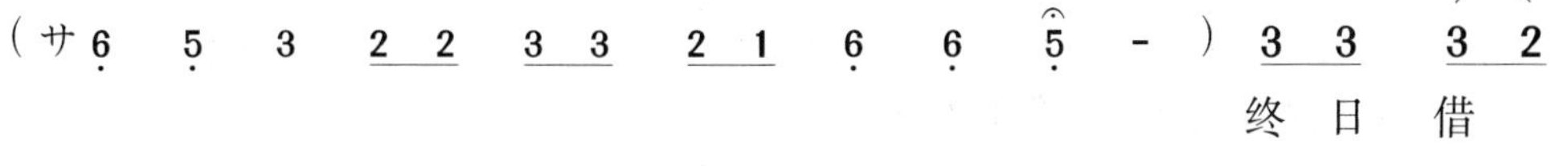

3 4 - 3 3 (6 1 2 3 -) 3 2 2
酒 消 愁 闷， （仓） 半 世

3 3 (3 -) 1. 2 3 3 2 2 - 2 -
悠 悠 困 风 （呃） 尘。 （仓）

王 浚 唉！（仓）

〔亮弦〕

(5 6 1 2 -)

周 处 啊？

【大锣凤点头】（过门同前） 1 1 6 3 2 3 3 2 1
此 人 因 何 冲 天

〔行弦〕

1. 6 2 - 1 - (仓大.) | (1 56 1 2 | 7656 1 0 |
恨？

王浚：“这世道太不

1 56 1 2 | 7656 1 0 | 1 56 1 2 | ㄙ 7656 1) |

平了（哇）！”周处：“啊？”

周 处 **【大锣凤点头】**（过门同前） 3 3 2 3 3. 2 1 2 3 3 - (6 1
他 为 何 口 口 声 声

2 3 -) 2 - 2. 1 6 1. 2 3 3 2 - ‖ **【住头】**
说 不 （喔） 平？

周 处 喂，老头儿。

王 浚 哦，壮士。（对周处拱手）

周 处 你因何在这道旁长叹，口说不平？噢、噢是了，想是你年纪老了，被人欺侮，不敢出气。不妨，对咱说明，咱与你报仇雪恨！

王 浚 唉！**【撕边一击】**想老汉偌大年纪，慢说无人欺侮，纵然被人欺侮，我也不与他计较（喔）。

周 处 如此你叹者何来？

王 浚 我叹的是这宜兴百姓，真真地命苦哇！

周 处 哦，这苦在何处呢？

王 浚 怎么，壮士你还不知吗？如今这宜兴县内出了三（呐）害！（台）

周 处 哦，这宜兴县内，竟出了三（呐）害？

除三害

王　浚　出了三害！
周　浚　我因何不知，我怎么不晓呢？喂，老头儿，但不知出了哪三害呢？
王　浚　哦，壮士你要问？
周　浚　唔！某愿闻。
王　浚　如此，听（呐）了！

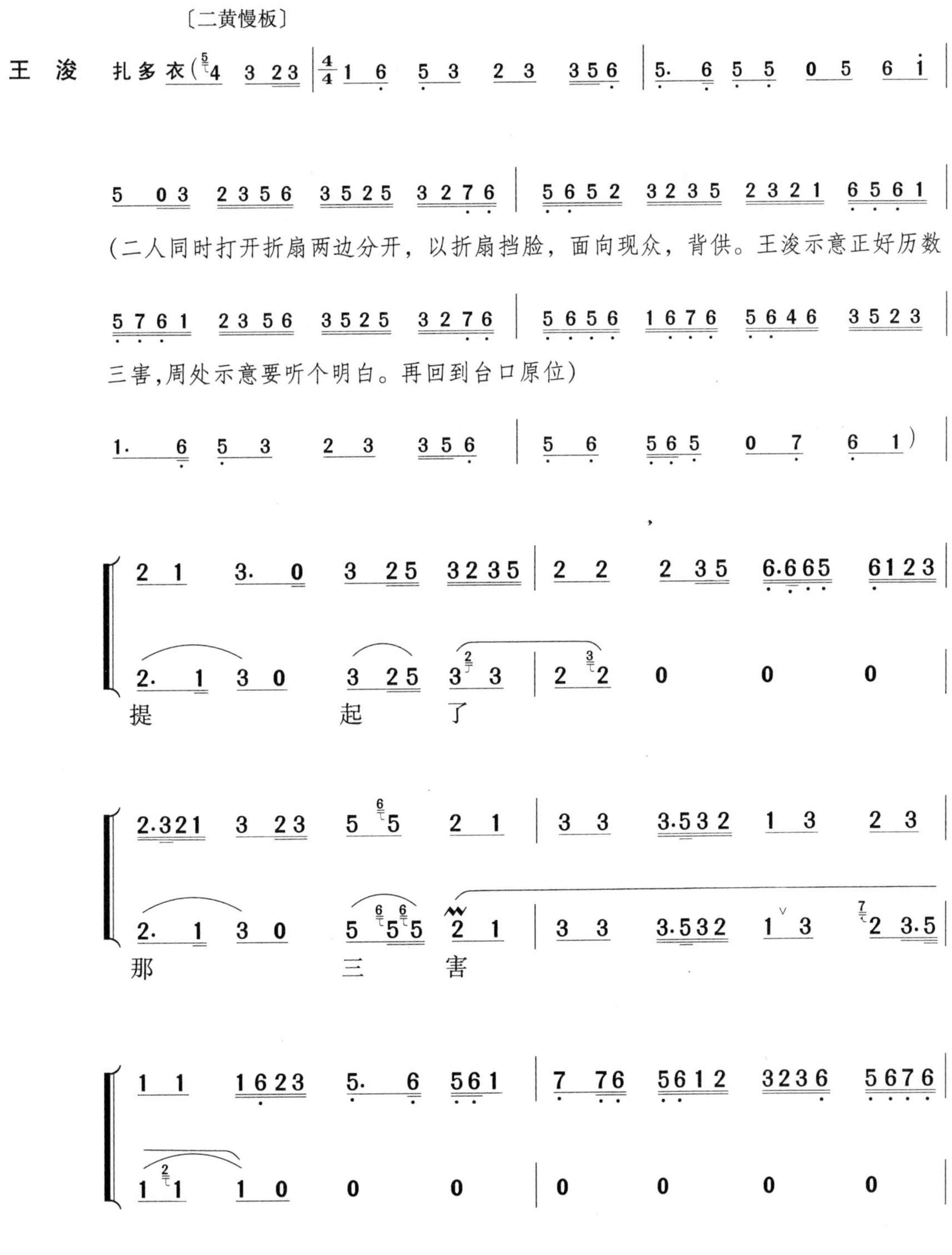

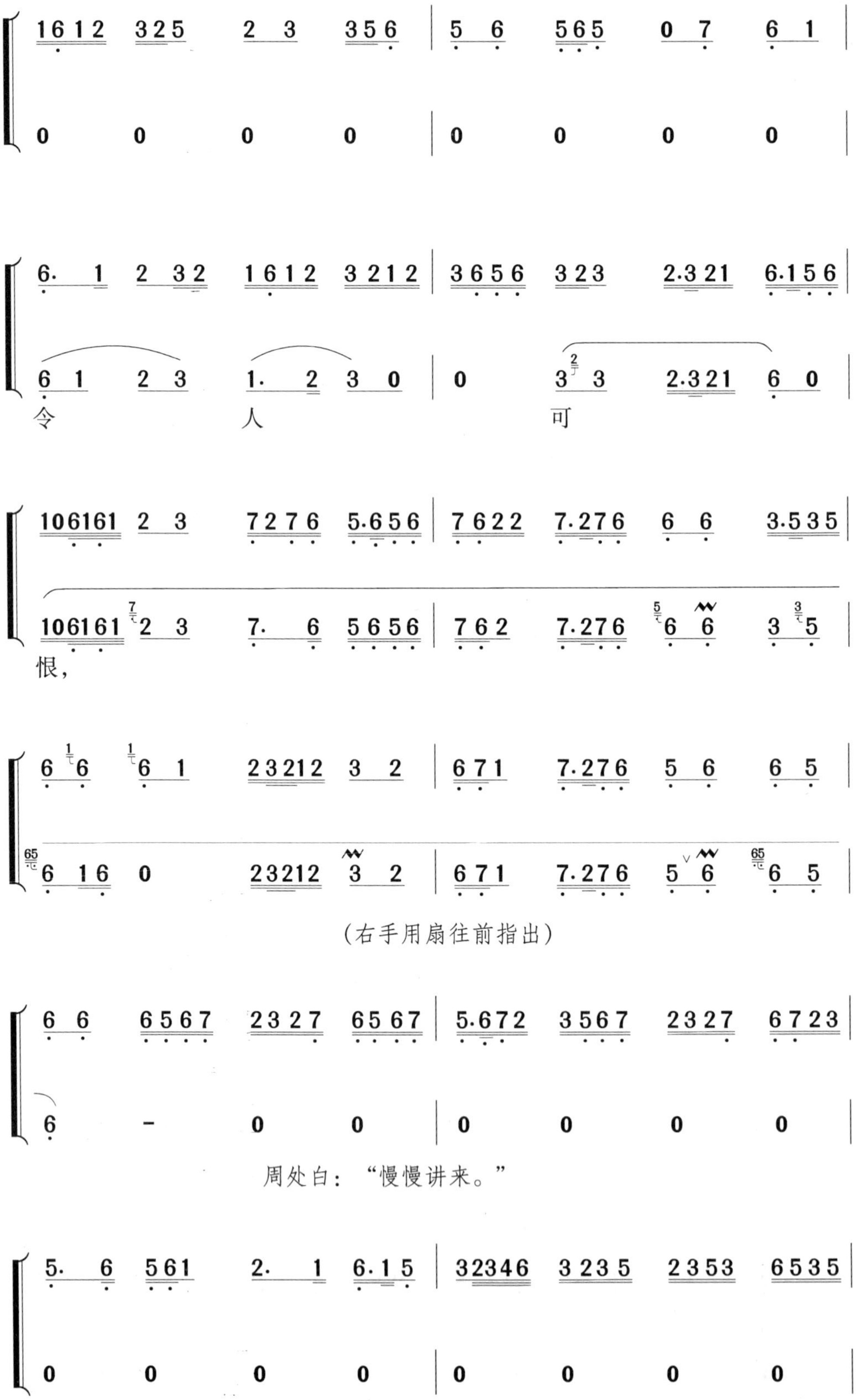
令
人
可
恨，
（右手用扇往前指出）
周处白：“慢慢讲来。”

除 三 害

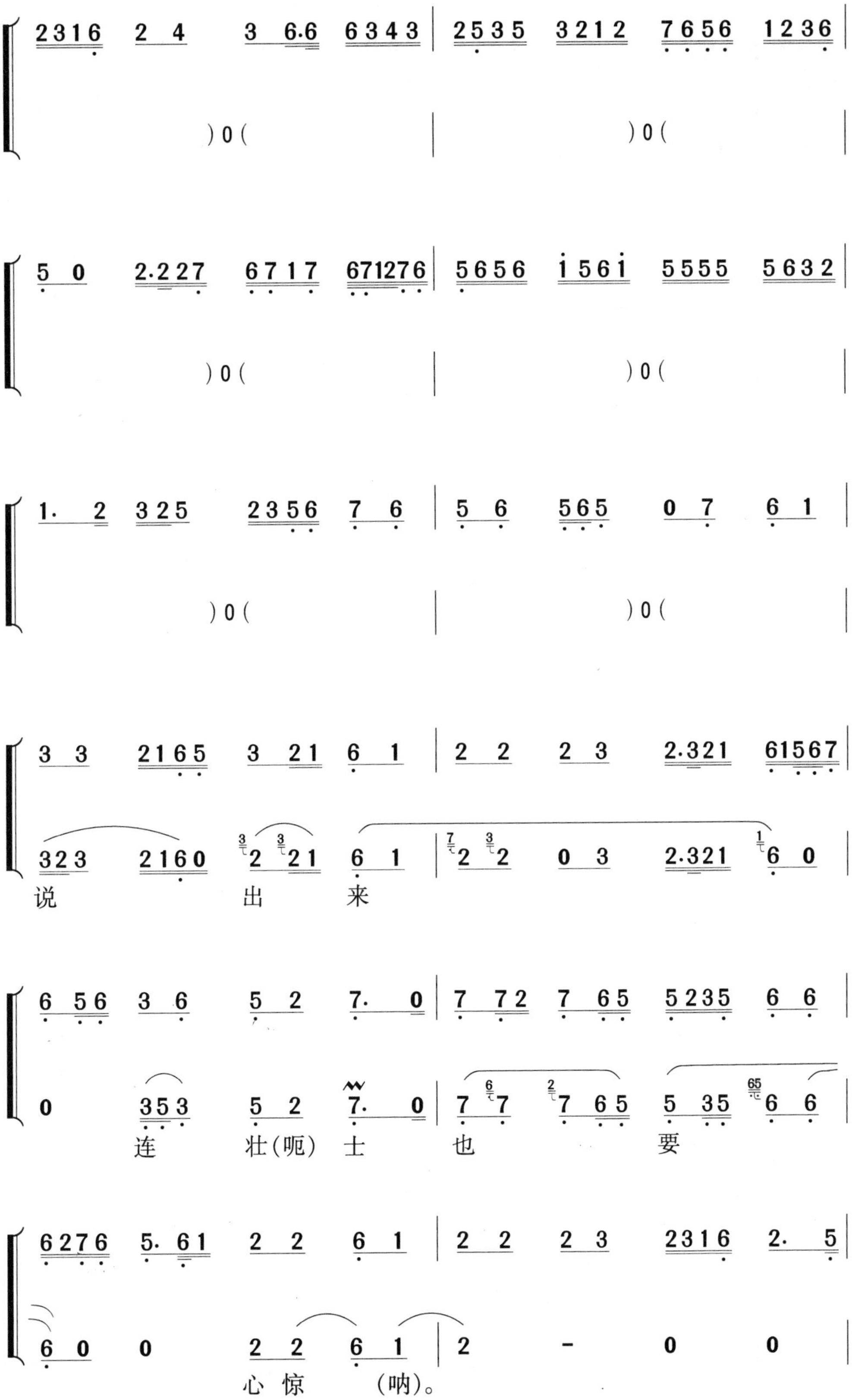

周处白：“噢，说讲出来，连某也要心惊，

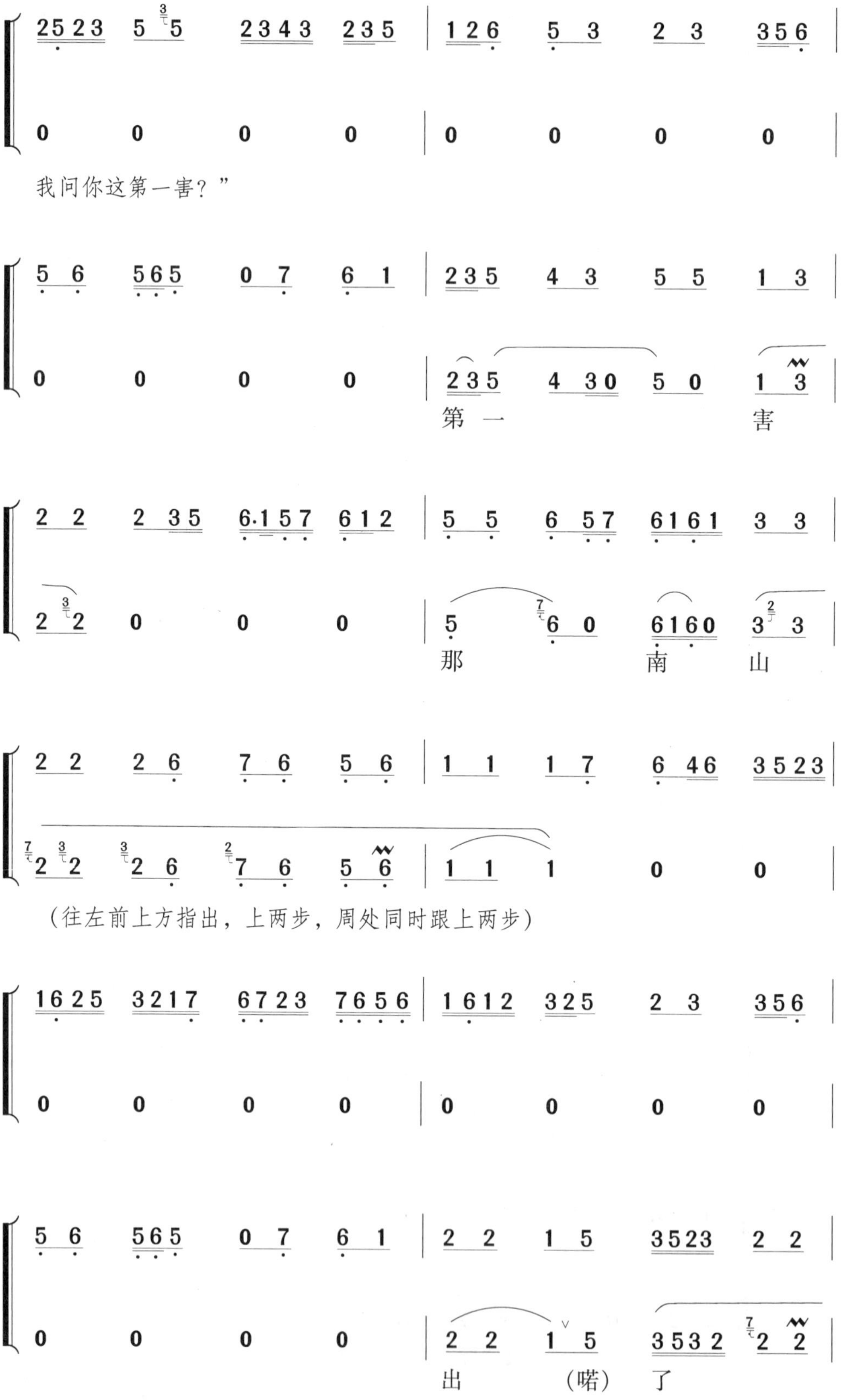
我问你这第一害？”
第 一 害
那 南 山
（往左前上方指出，上两步，周处同时跟上两步）
出 （喏） 了

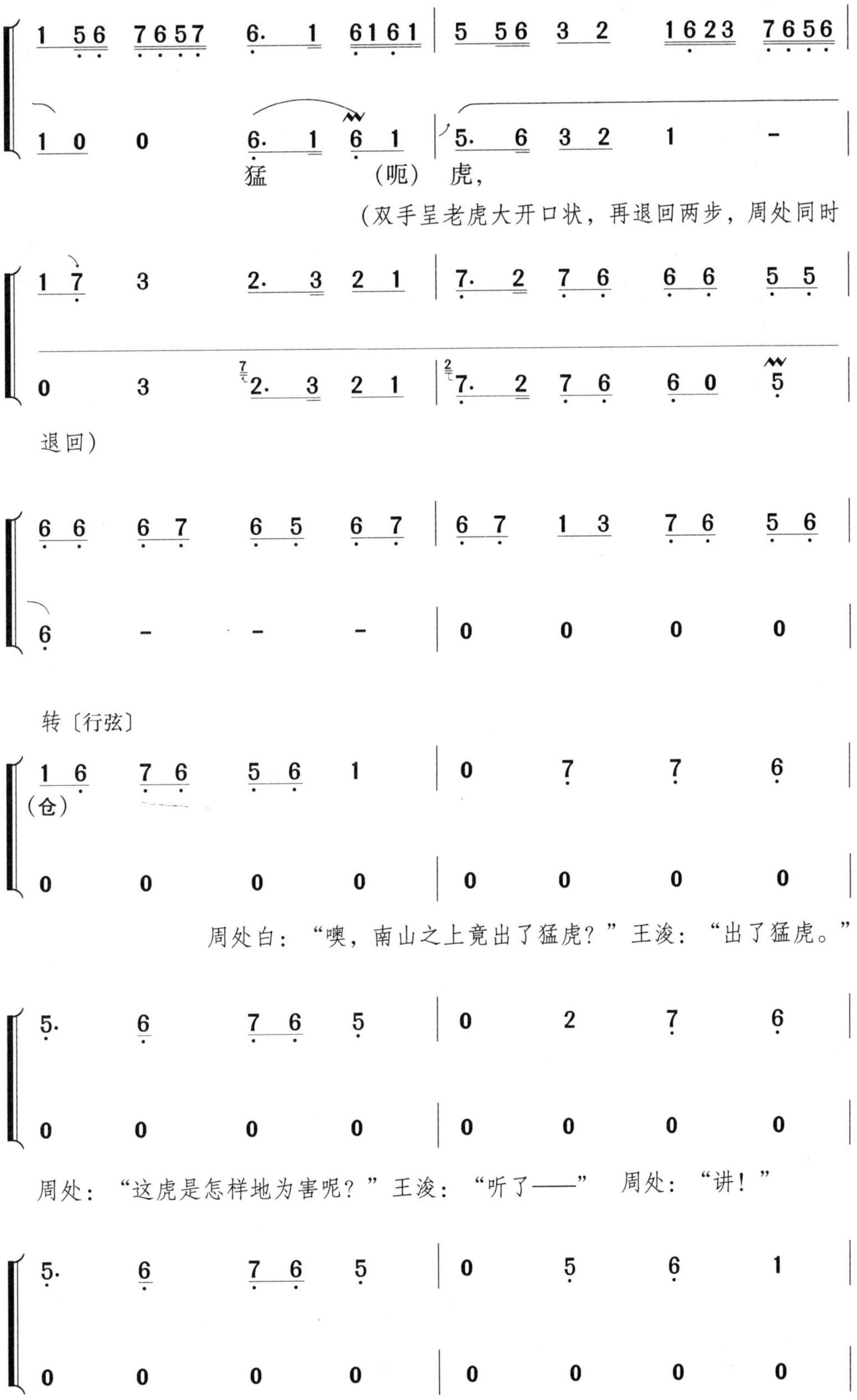
猛 (呃) 虎，
(双手呈老虎大开口状，再退回两步，周处同时退回)
转〔行弦〕
(仓)
周处白：“噢，南山之上竟出了猛虎？”王浚：“出了猛虎。”
周处：“这虎是怎样地为害呢？”王浚：“听了——” 周处：“讲！”

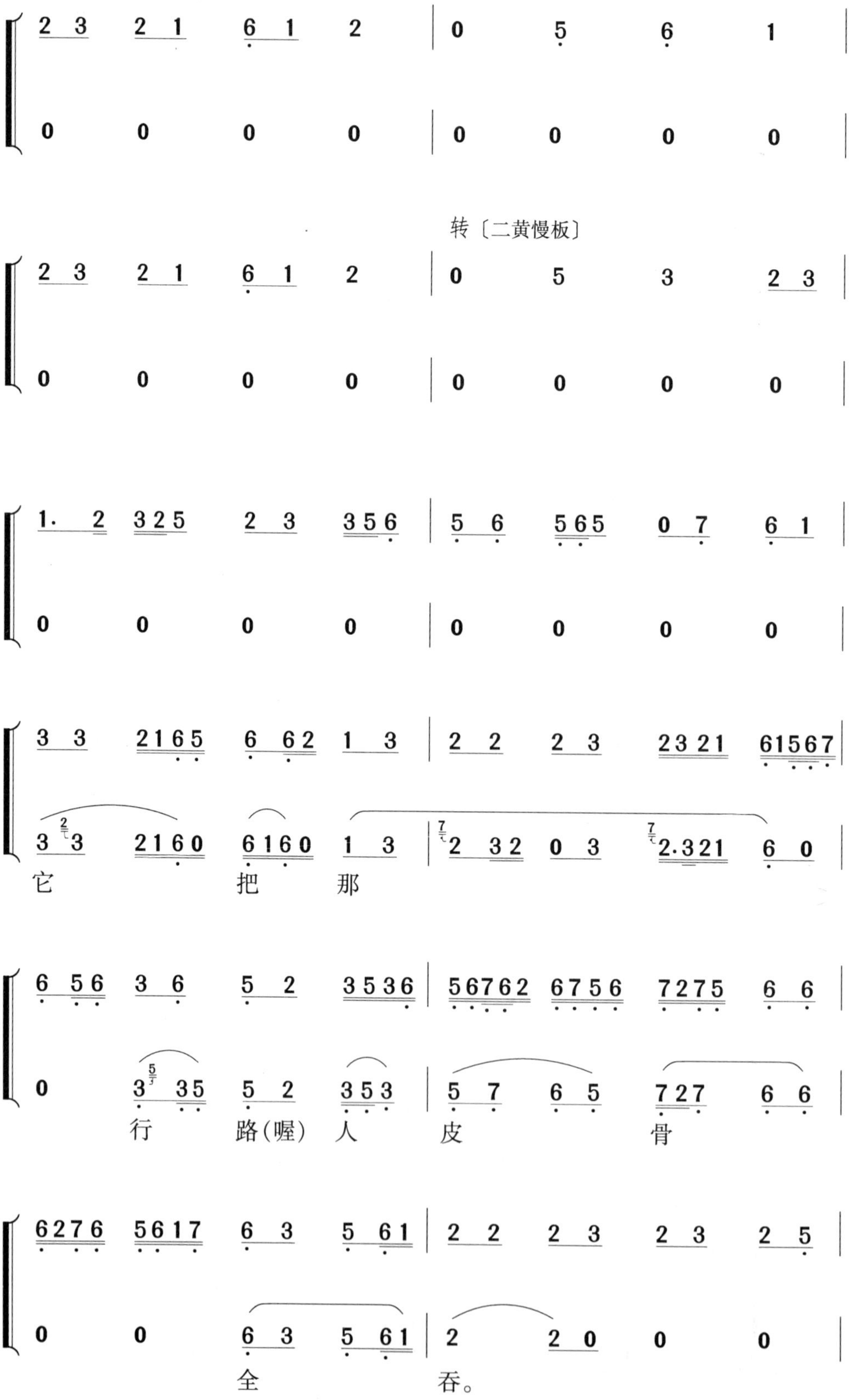
转〔二黄慢板〕
它 把 那
行 路(喔) 人 皮 骨
全 吞。

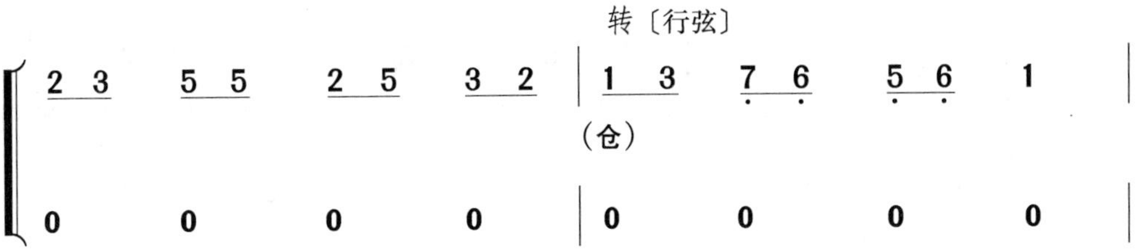

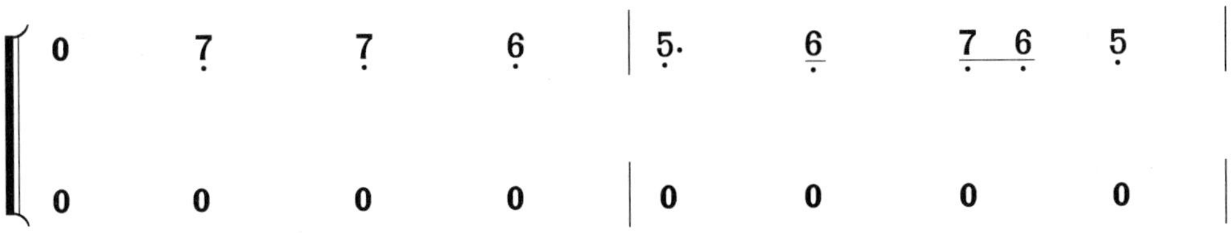

周处：“噢，怎么，那猛虎在南山之上遇着了行人皮骨全吞？”

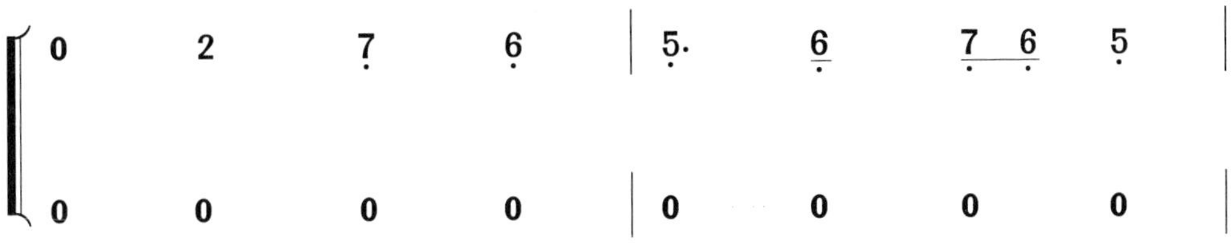

王浚：“皮骨全吞呐！”

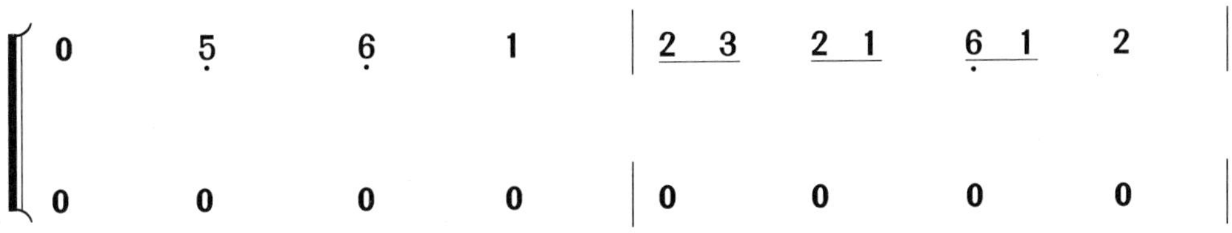

周处：“嗯，算得是一害，算得是一害。”

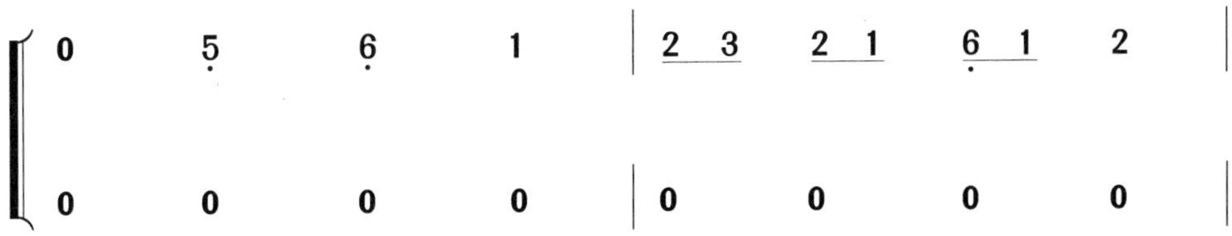

（二人换地位：周处从前边换到“大边”，王浚从后面换到“小边”　）

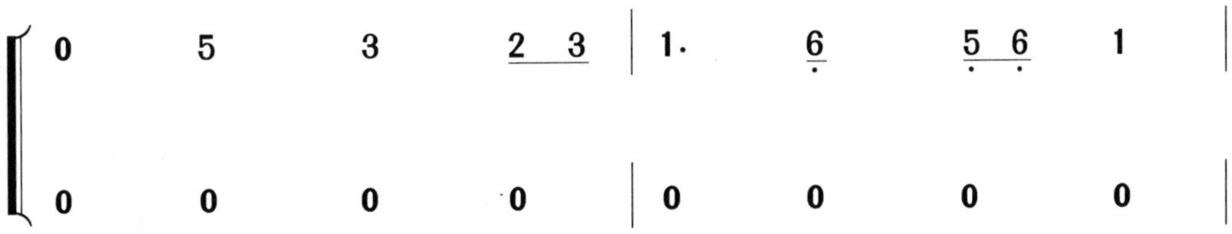

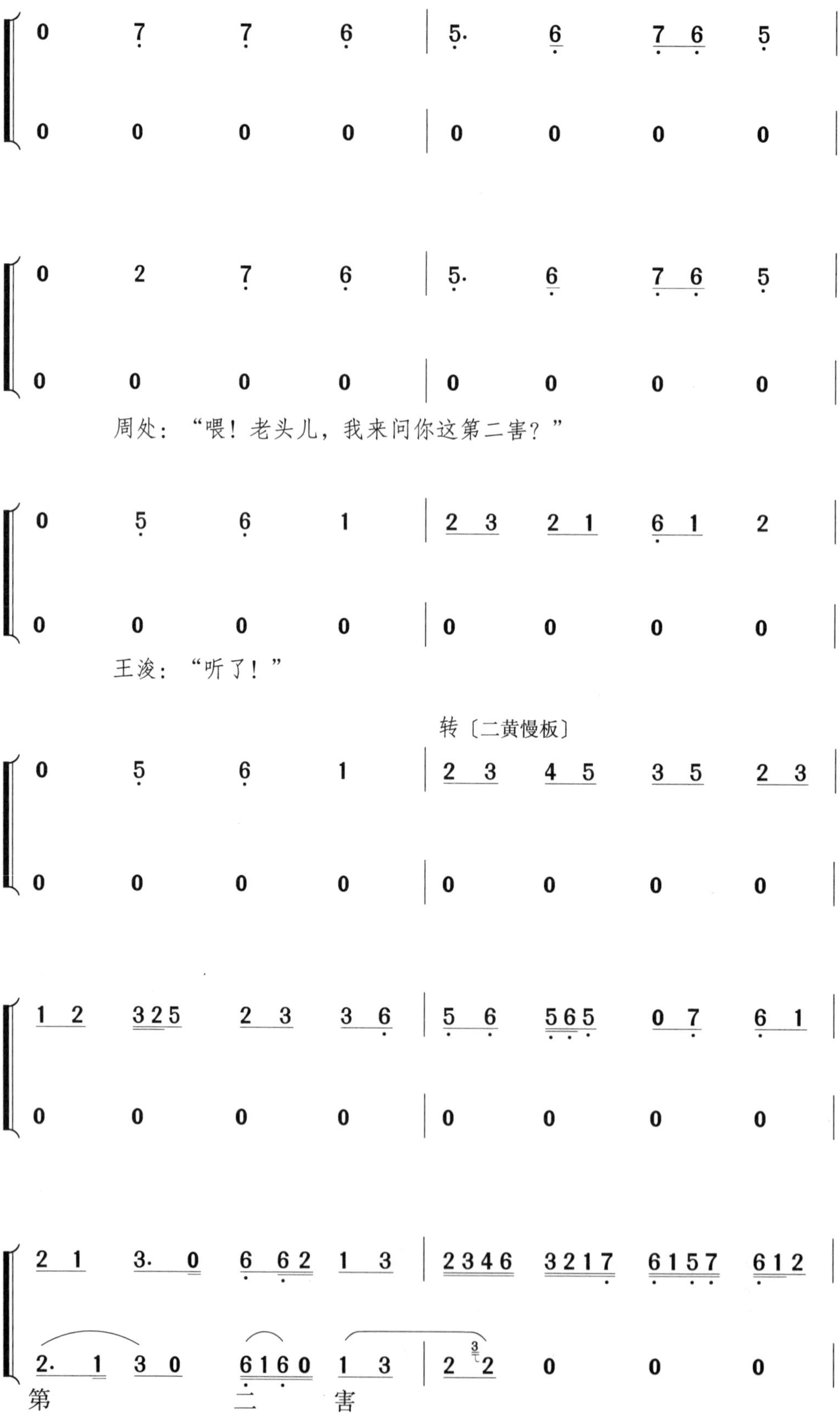
周处："喂！老头儿，我来问你这第二害？"
王浚："听了！"
转〔二黄慢板〕
第 二 害

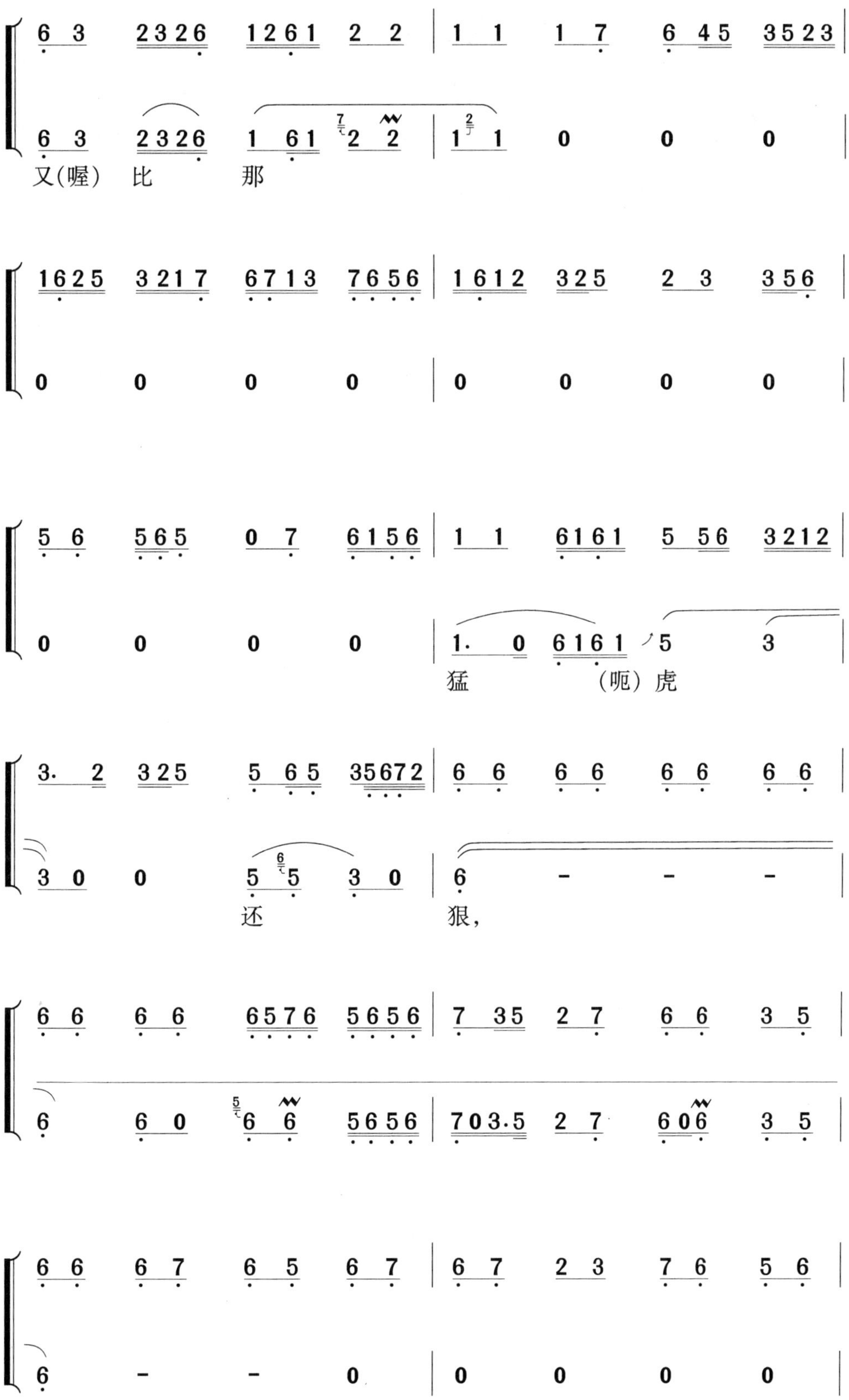
又(喔) 比 那
猛 (呃) 虎
还 狠,

周处："噢，这第二害比那猛虎还狠么？"　　王浚："还狠呐！"

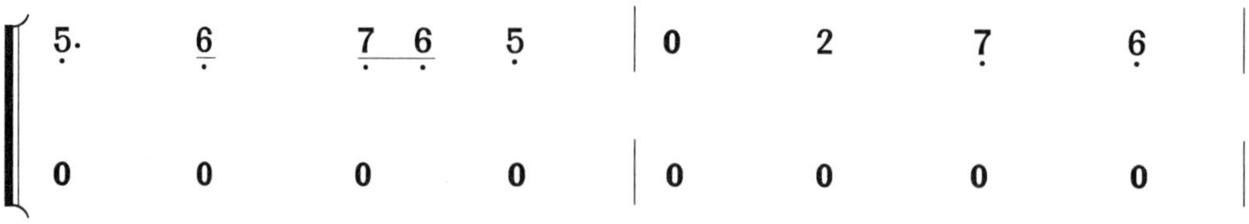

周处："但不知它又是何凶物呢？"　　王浚："听了！"

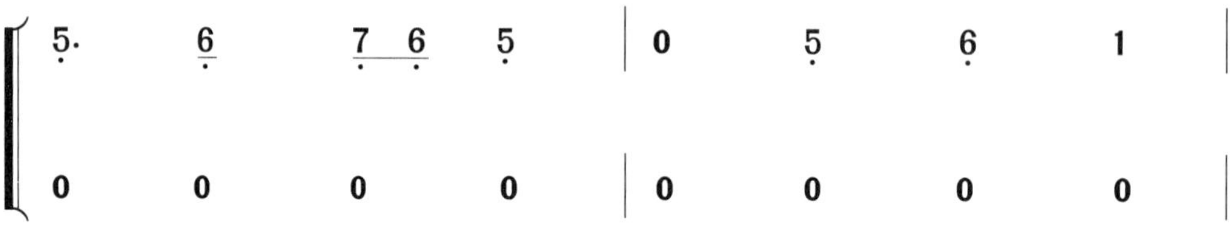

周处："讲！"

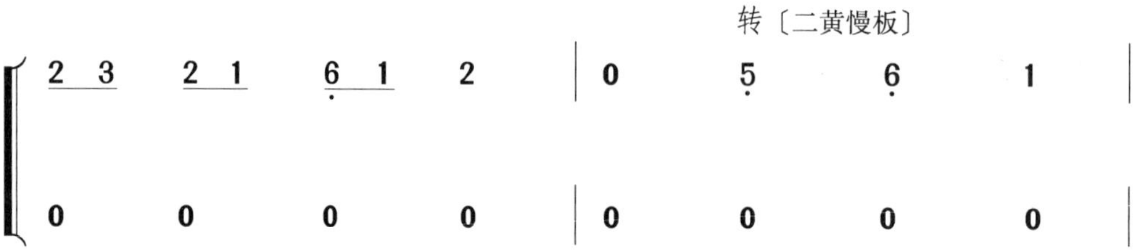

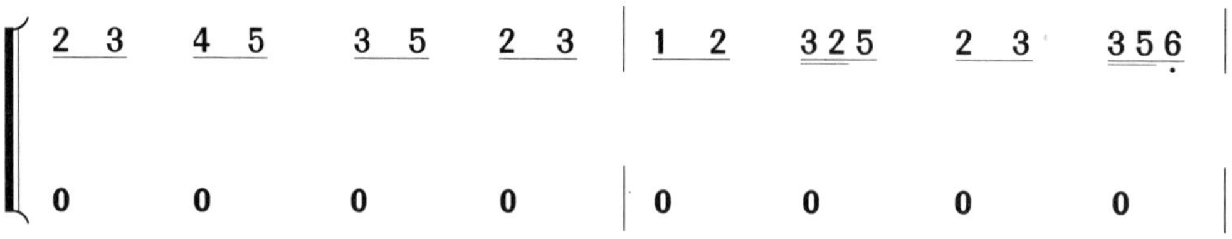

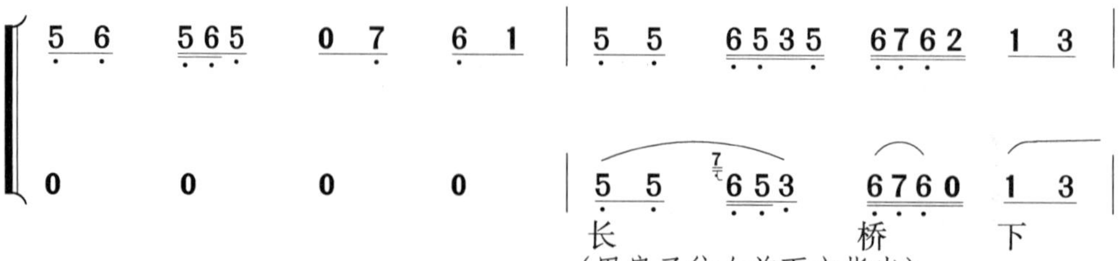

(用扇子往右前下方指出)

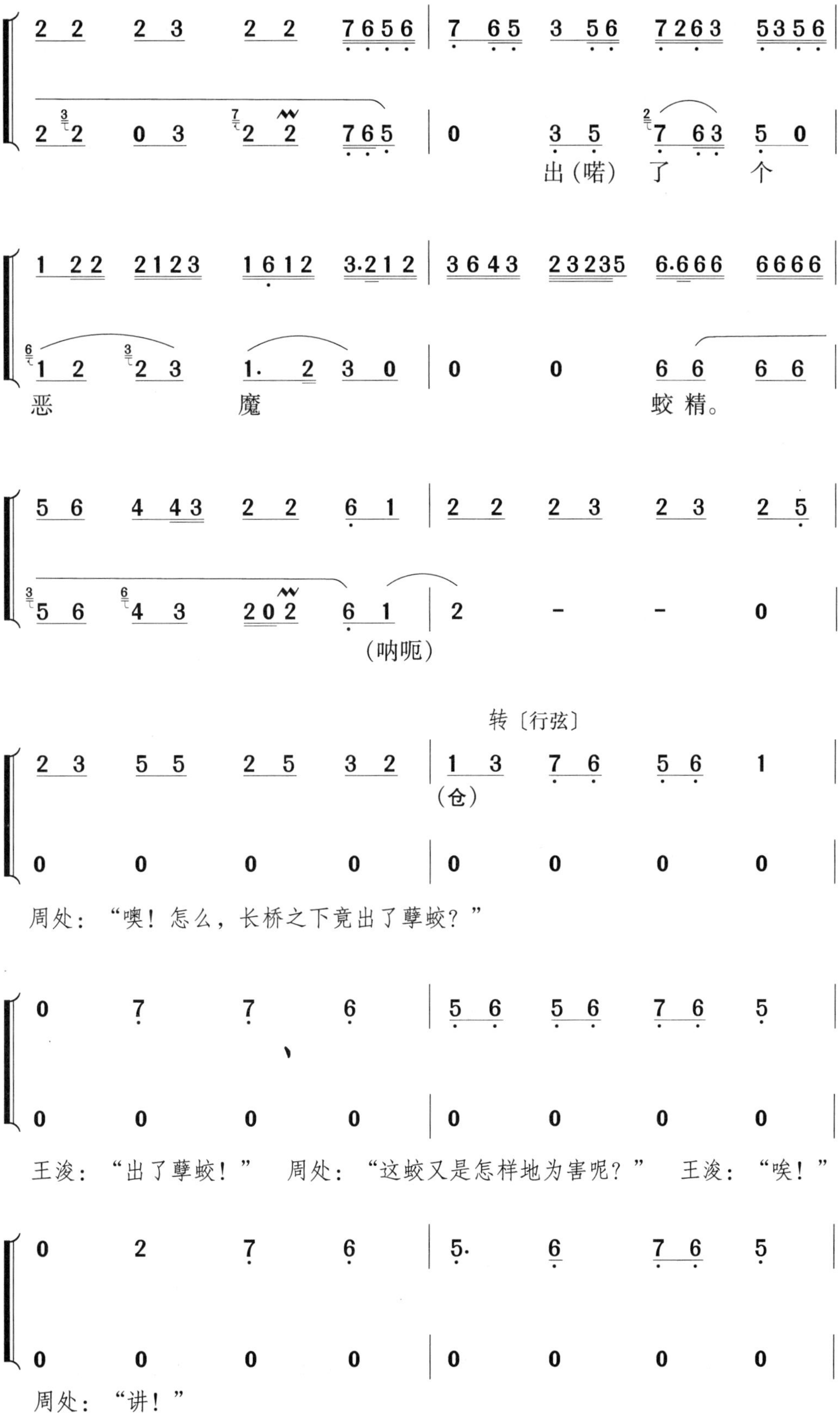
出（喏） 了 个
恶 魔 蛟 精。
（呐呃）
转〔行弦〕
（仓）
周处：“噢！怎么，长桥之下竟出了孽蛟？”
王浚：“出了孽蛟！” 周处：“这蛟又是怎样地为害呢？” 王浚：“唉！”
周处：“讲！”

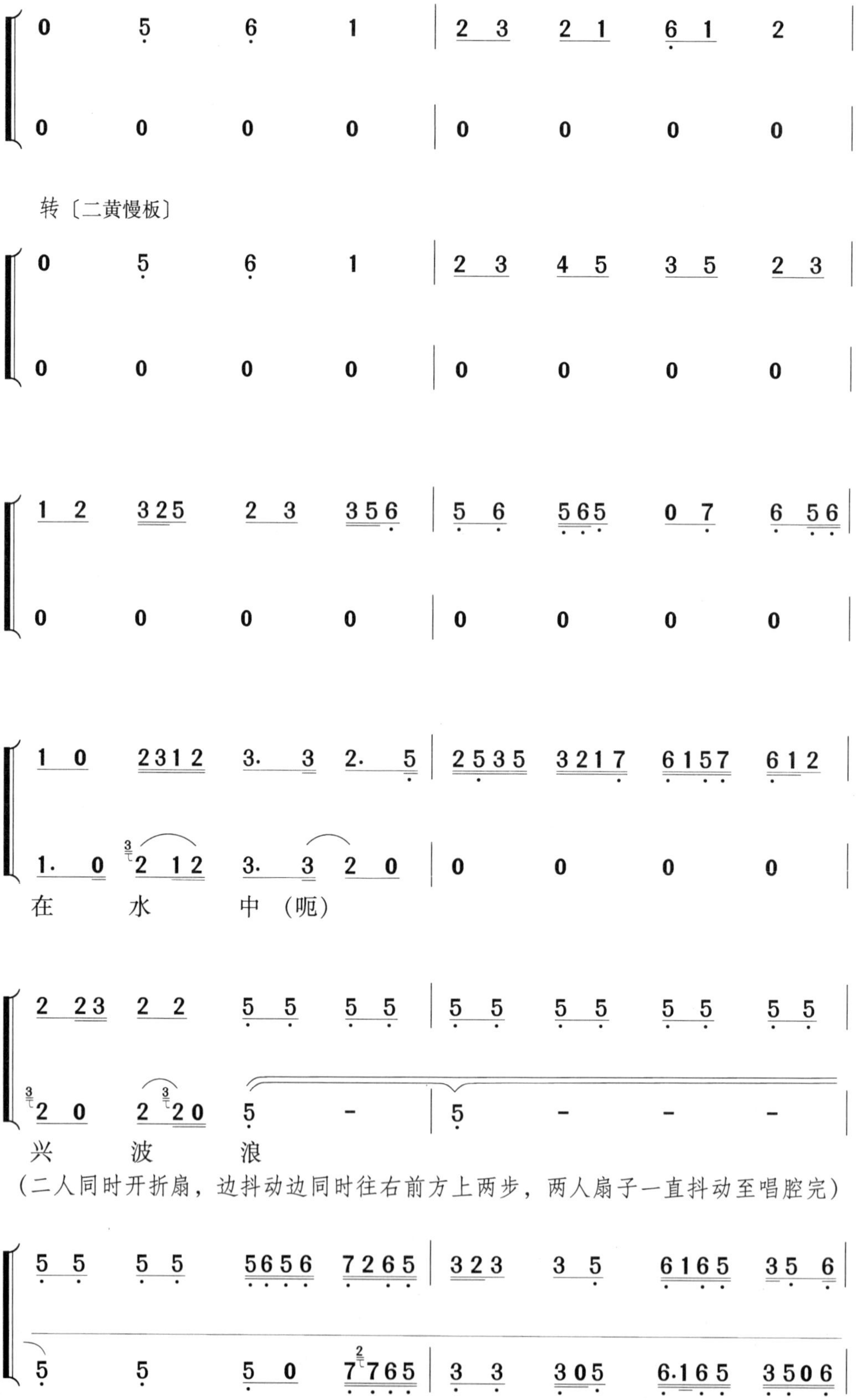
转〔二黄慢板〕
在 水 中（呃）
兴 波 浪
（二人同时开折扇，边抖动边同时往右前方上两步，两人扇子一直抖动至唱腔完）

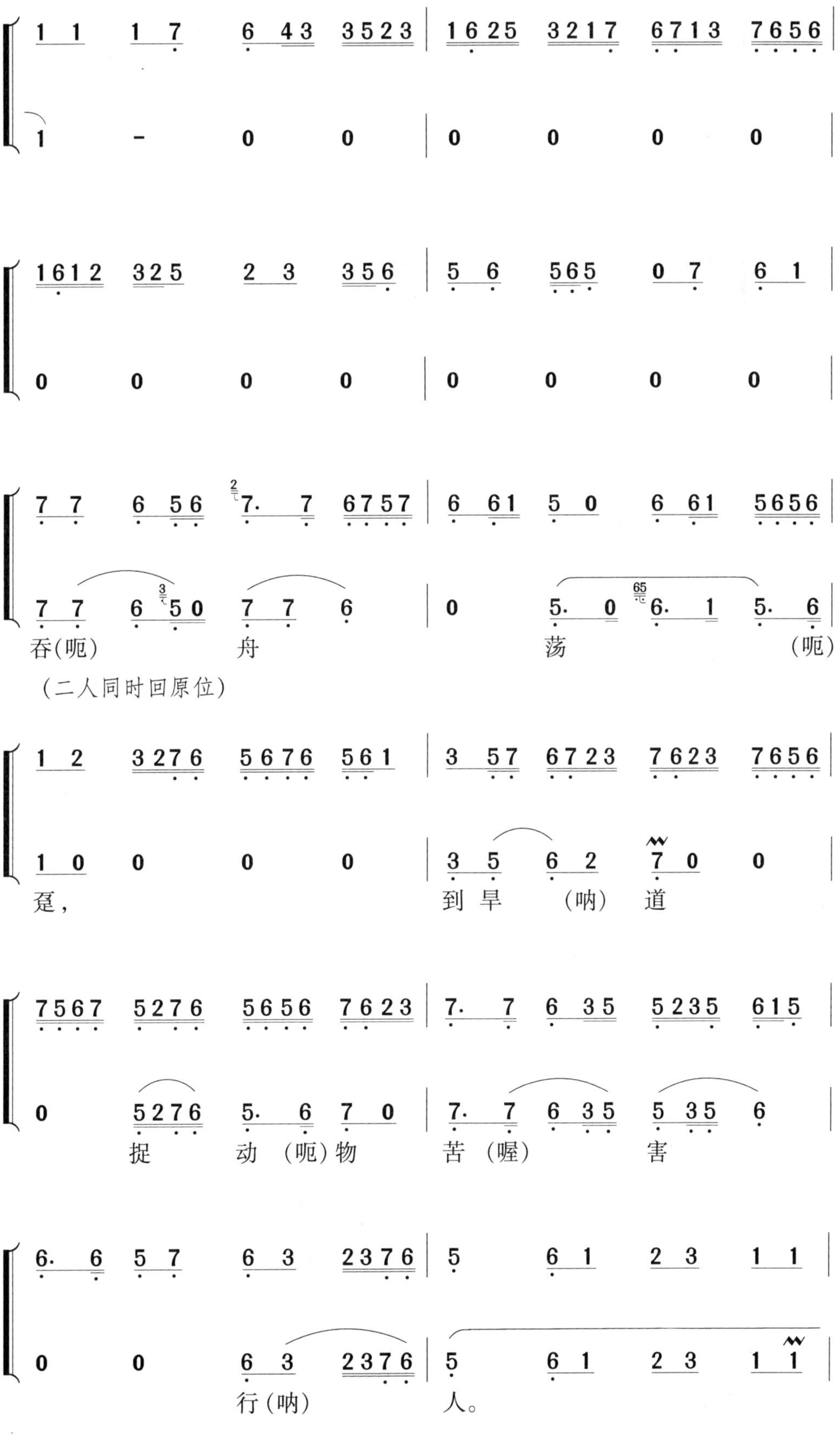
吞(呃)
舟
荡
(呃)
(二人同时回原位)
趸,
到旱
(呐)
道
捉
动
(呃)物
苦
(喔)
害
行(呐)
人。

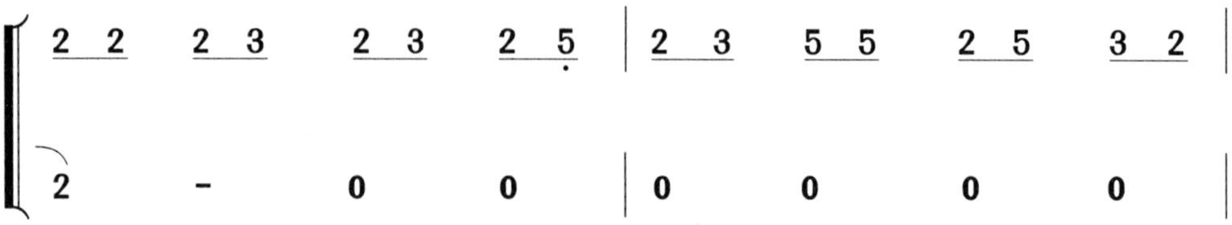

周处："噢！怎么，那孽蛟在长桥

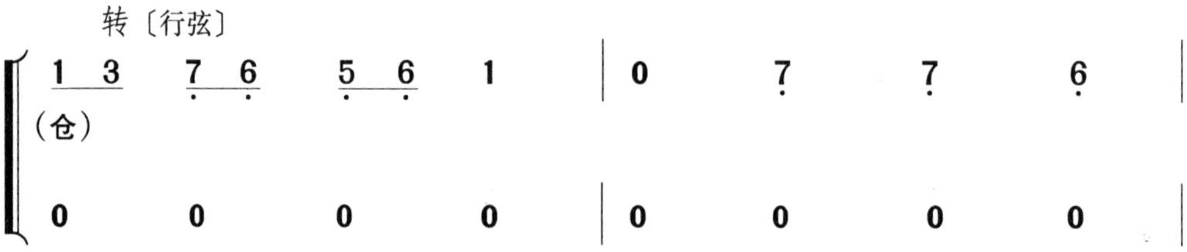

之下兴风作浪，翻舟害命，遇着了行人，它它它就当作了点心？"

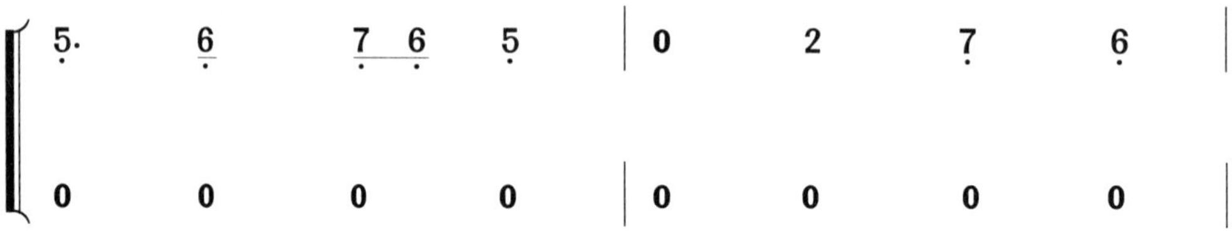

王浚："正是！"　　周处："好厉害呀！"

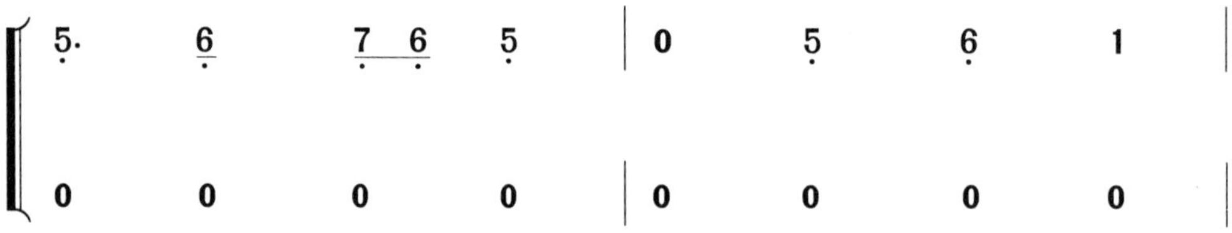

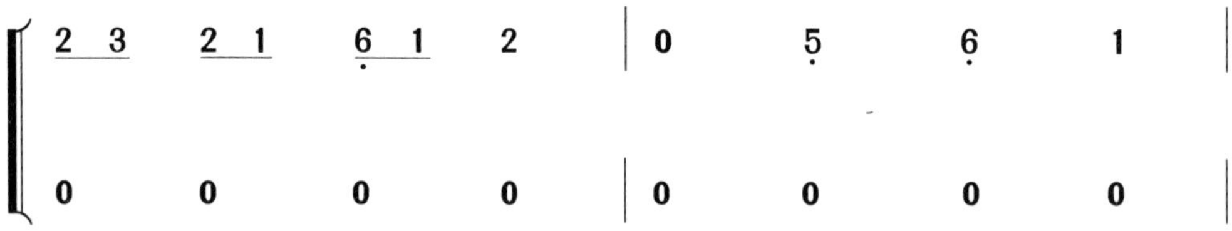

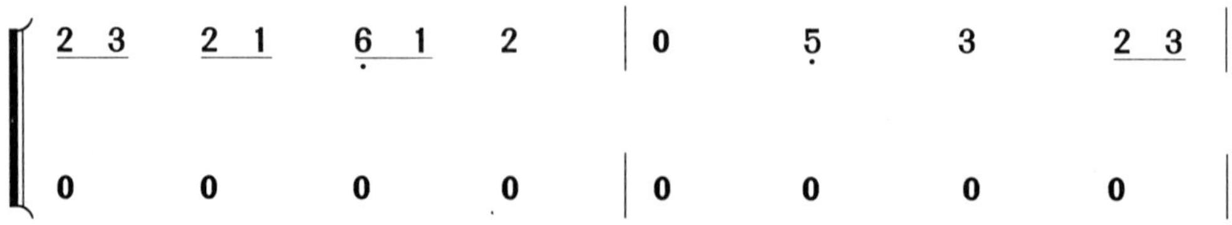

注：　王浚与周处的各段落对白及表演，在进行中是紧凑而连续的，虽有〔行弦〕音乐反复伴奏，但不可拘泥于曲谱页面上的位置。段落之间空当不长。当对白全部结束后，音乐即按奏法结束。

王浚：“厉害得很呐！”　周处：“算得是二害，算得是二害。”　（二人换

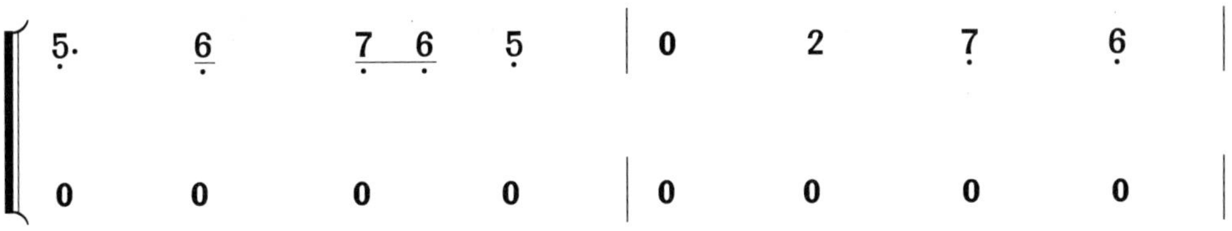

位置：周处从前面换到“小边”，王浚走后面换到“大边”）　周处：“喂！老

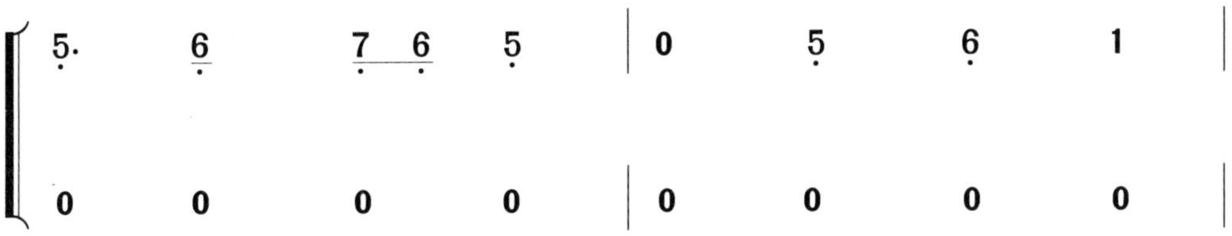

头儿，我来问你，这第三害？”　（两人同时打开折扇，同时右转身亮相，周处

靠后亮高相，王浚靠前亮矮相）

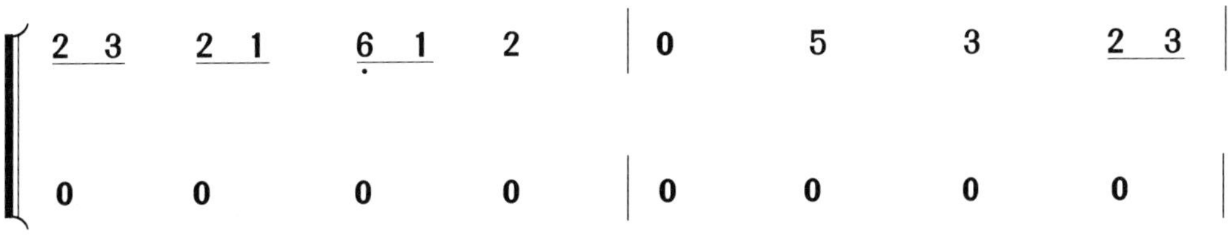

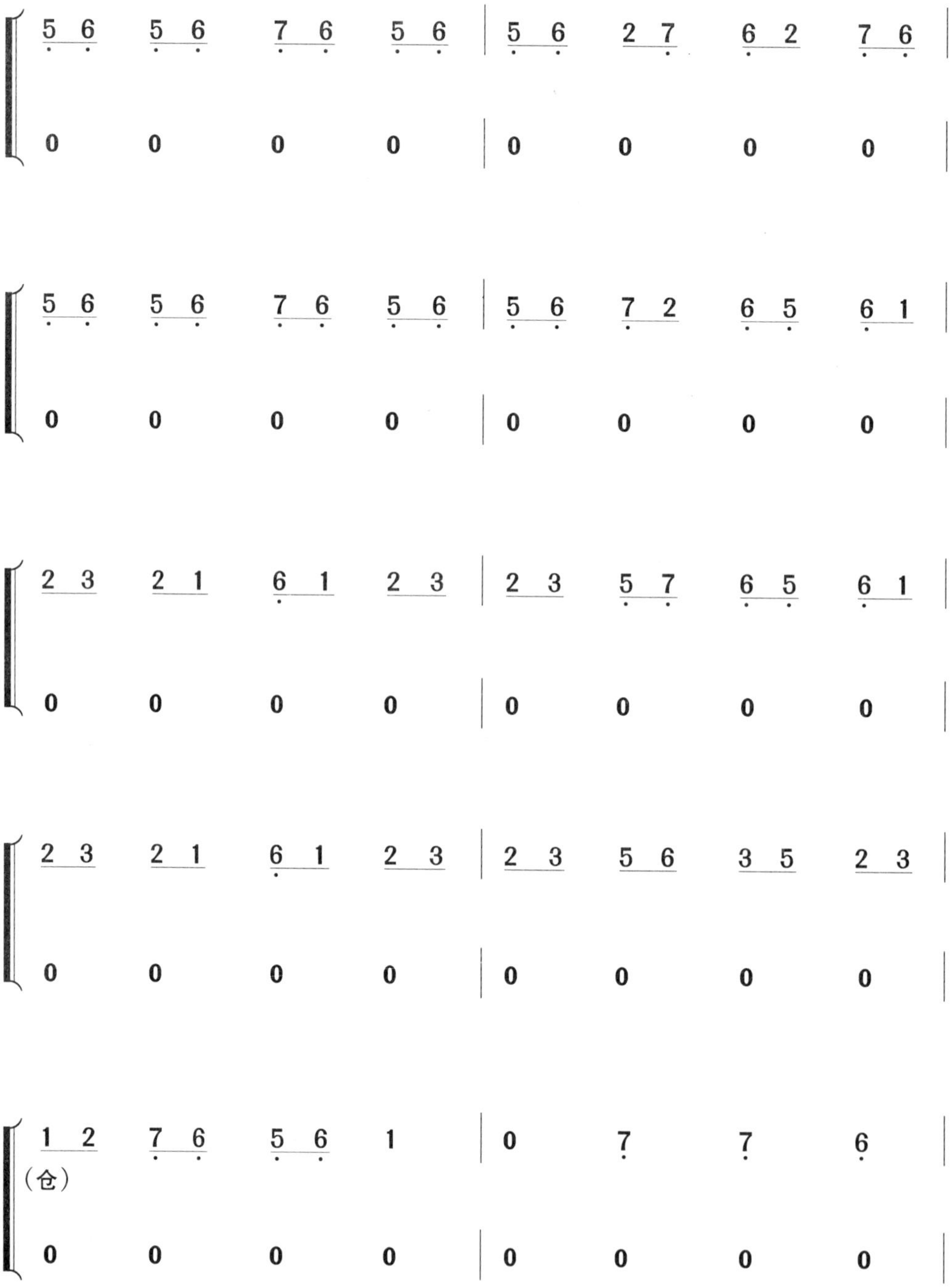

王浚："你且听了！"周处："讲！"

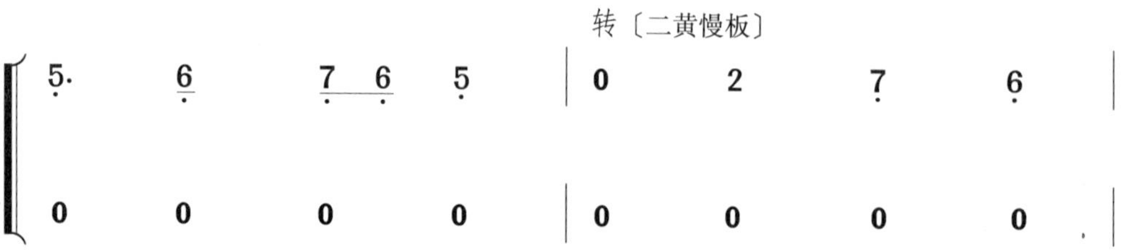

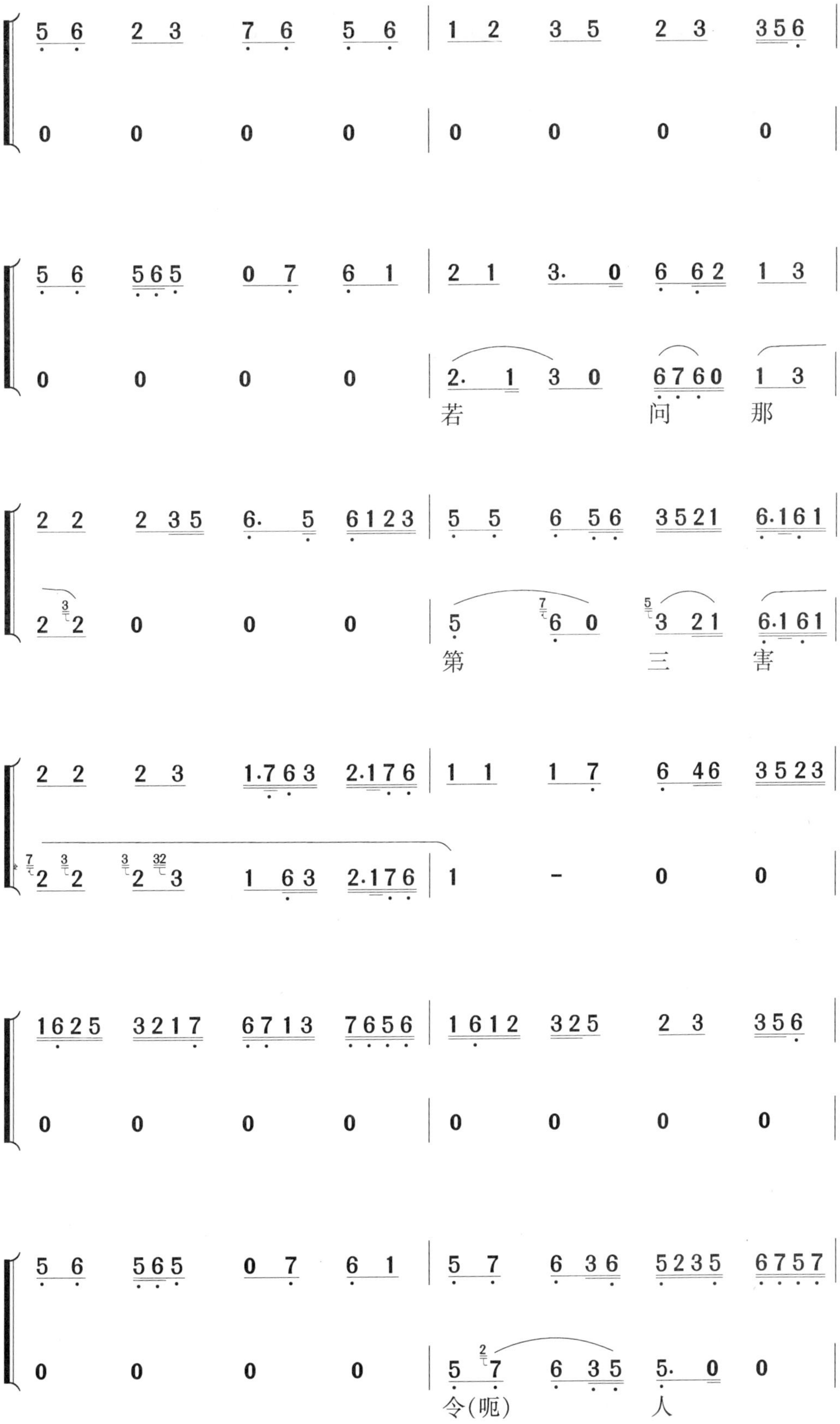
若 问 那
第 三 害
令(呃) 人

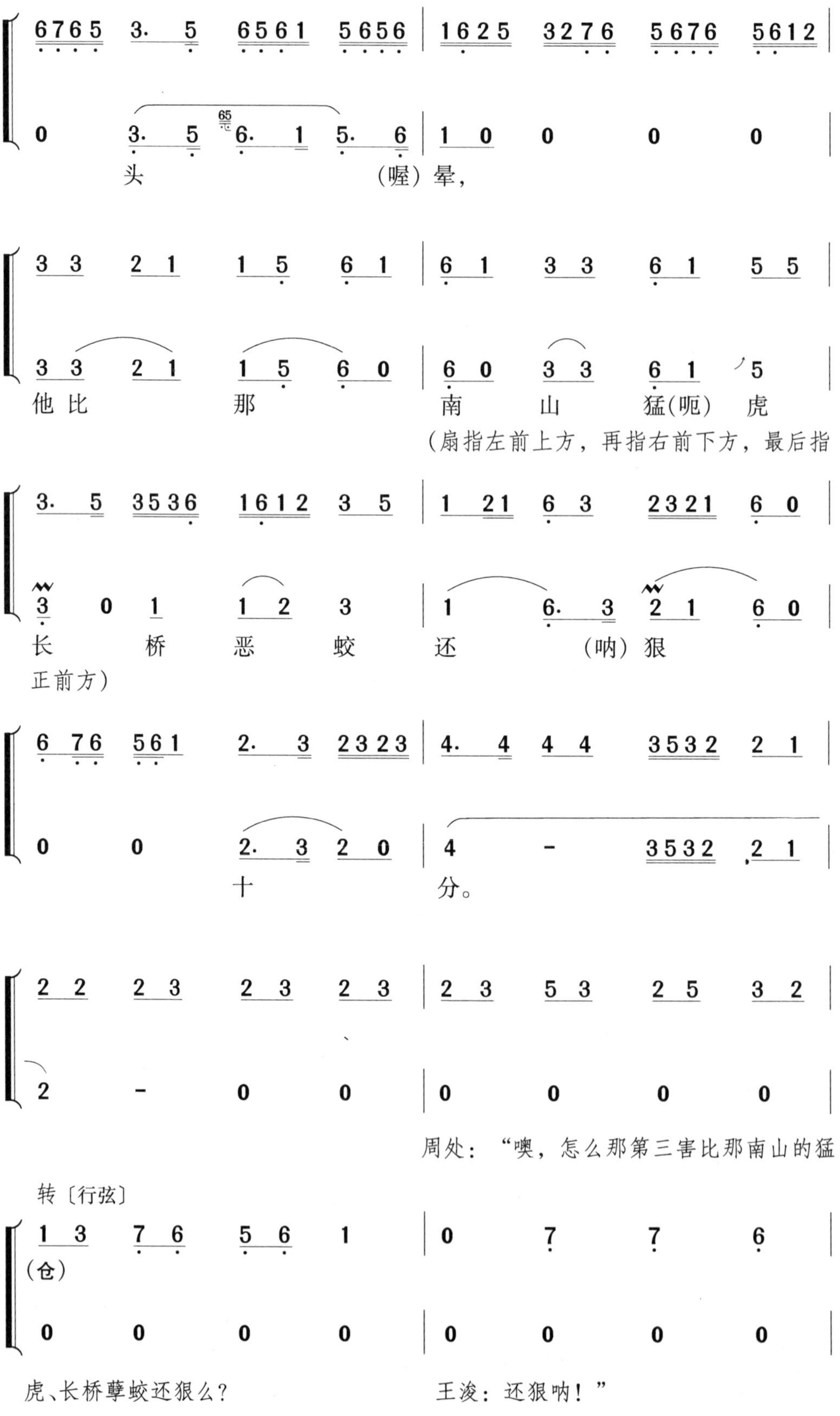
头
(喔)晕，
他比
那
南
山
猛(呃)虎
(扇指左前上方，再指右前下方，最后指正前方)
长
桥
恶
蛟
还
(呐)狠
十
分。
周处：“噢，怎么那第三害比那南山的猛虎、长桥孽蛟还狠么？
王浚：还狠呐！”
转〔行弦〕
(仓)

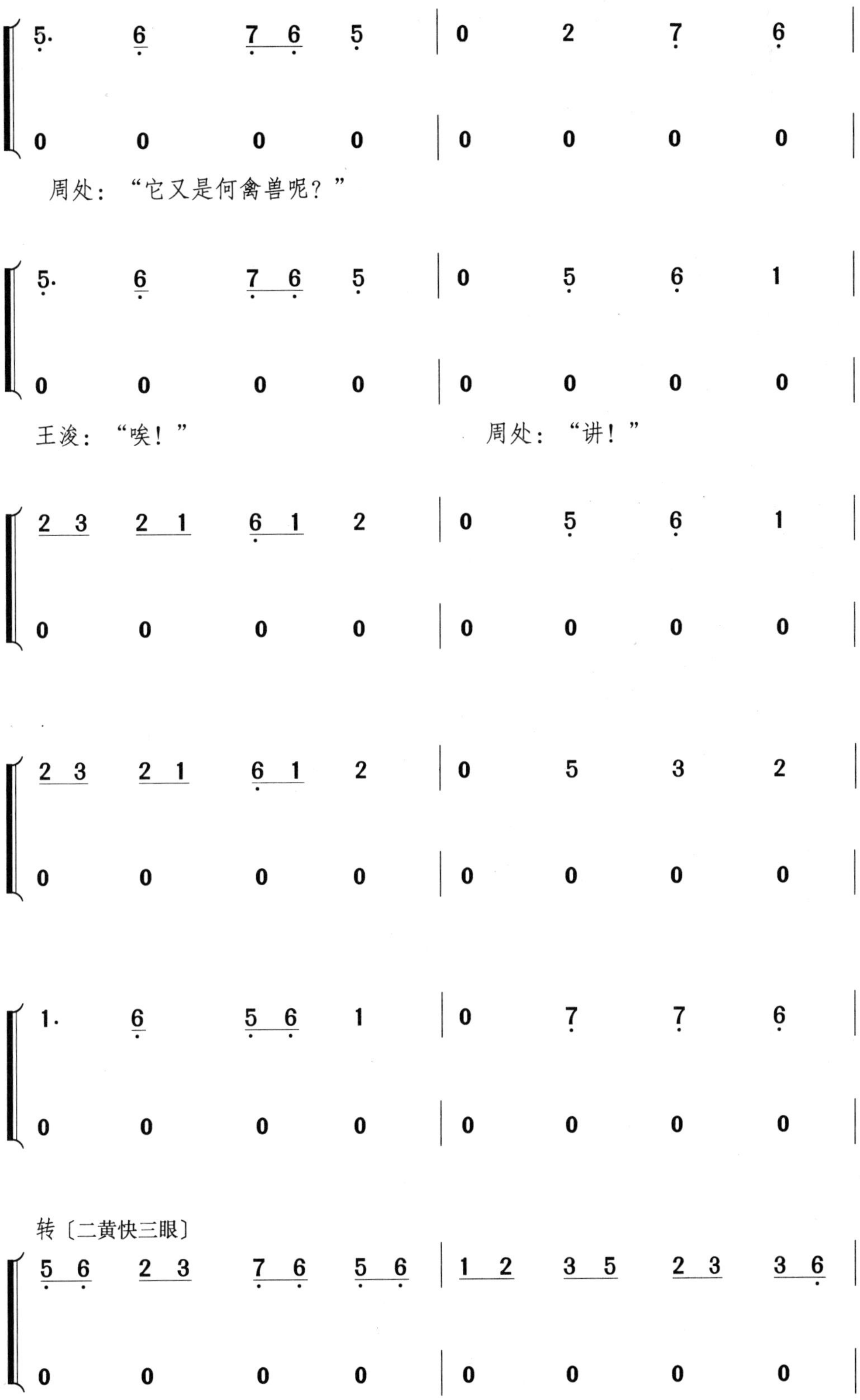
周处：“它又是何禽兽呢？”
王浚：“唉！”
周处：“讲！”
转〔二黄快三眼〕

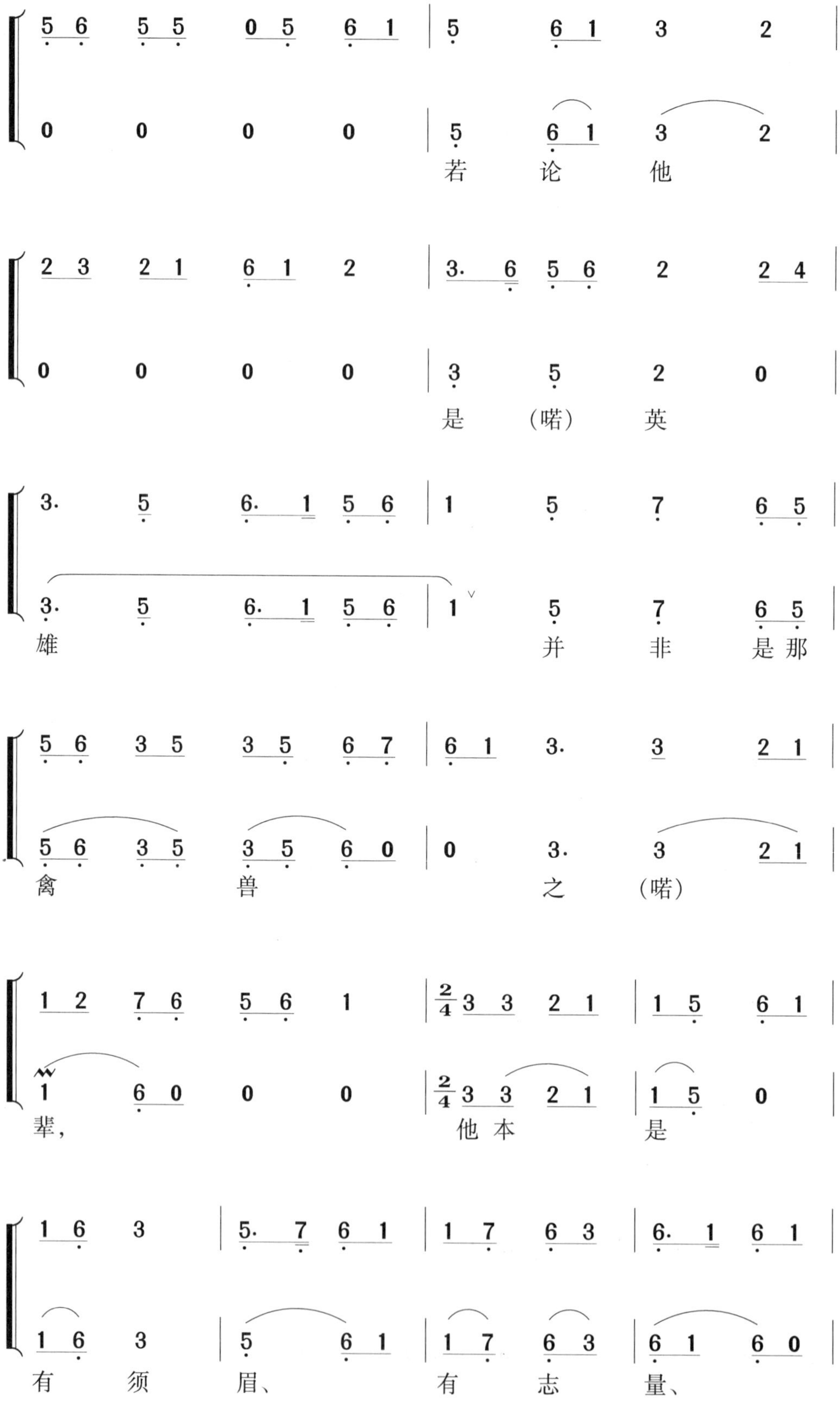
若 论 他
是 （喏） 英
雄 并 非 是 那
禽 兽 之 （喏）
辈， 他 本 是
有 须 眉、 有 志 量、

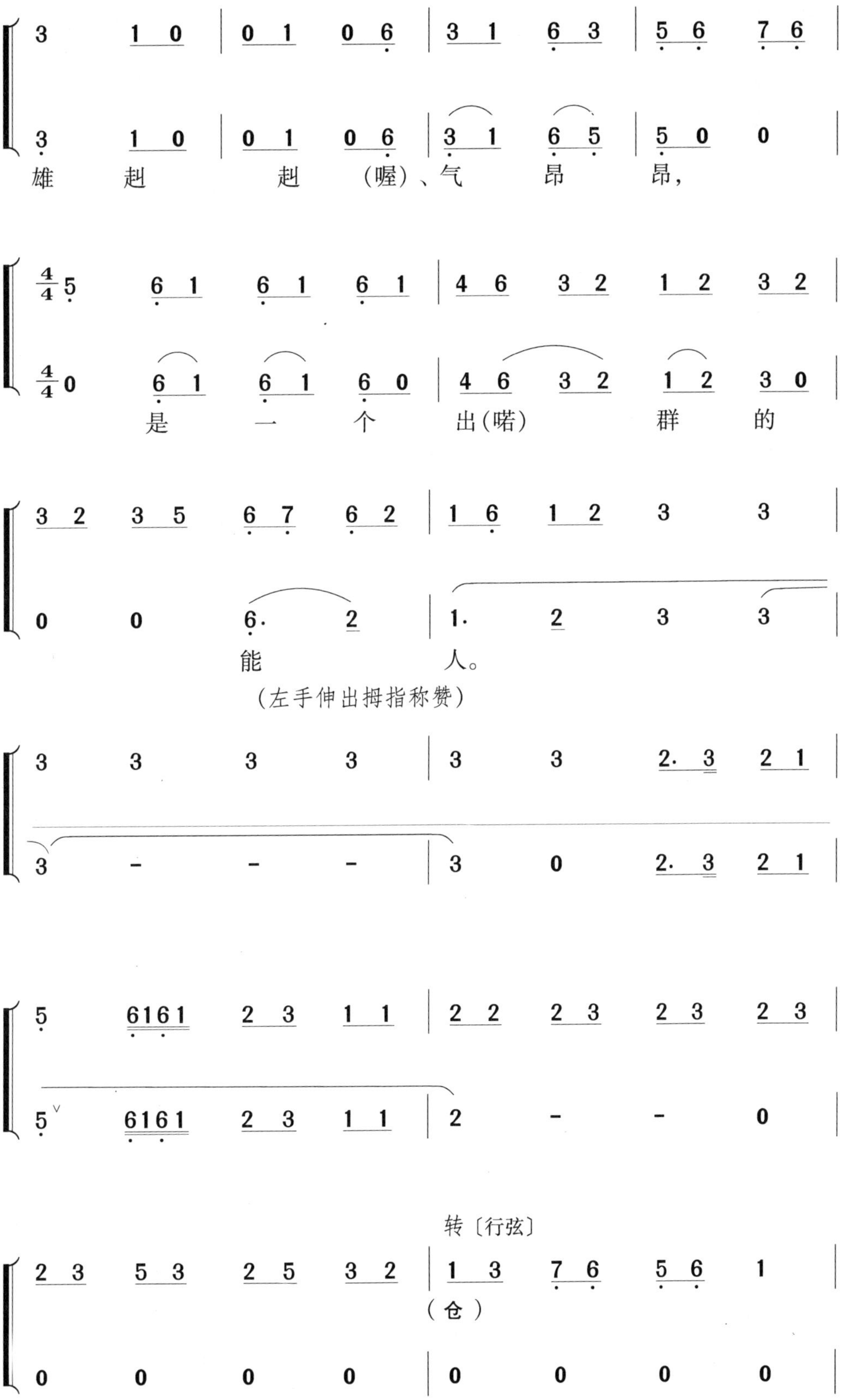

雄赳赳（喔）、气昂昂，
是一个出(喏)群的
能人。
(左手伸出拇指称赞)
转〔行弦〕
（仓）

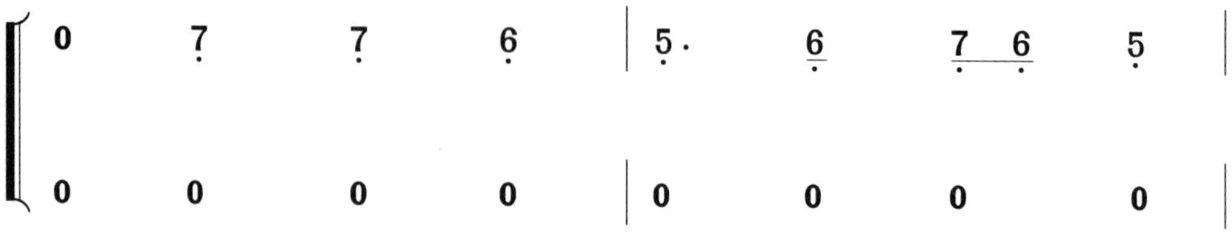

周处："噢，这第三害不是禽兽之辈，他是个有须眉的汉子？"

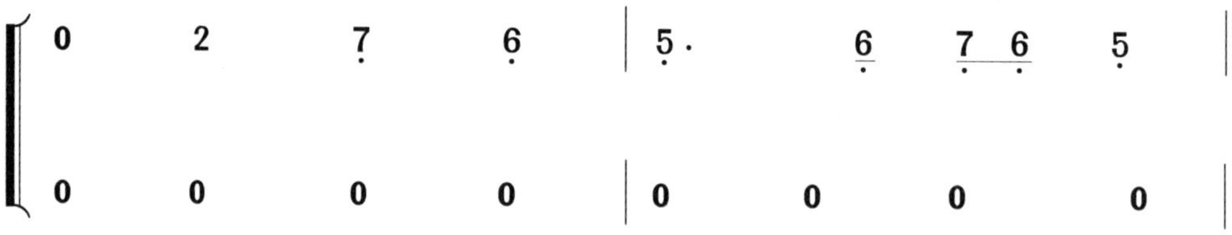

王浚："正是。"　　　　周处："他既是人因何列在三害之内呢？"

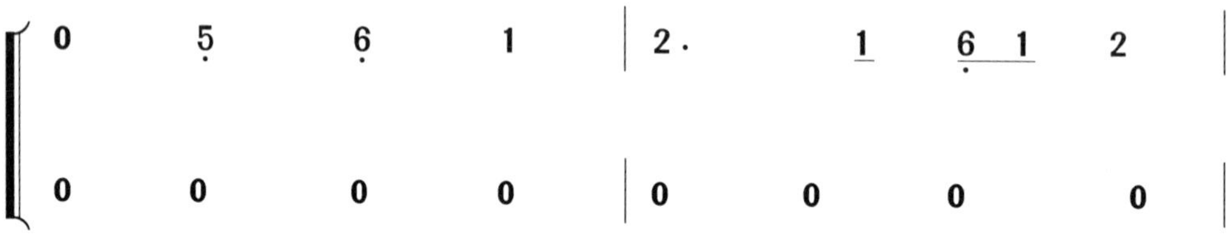

王浚："唉！"　　　　周处："讲！"

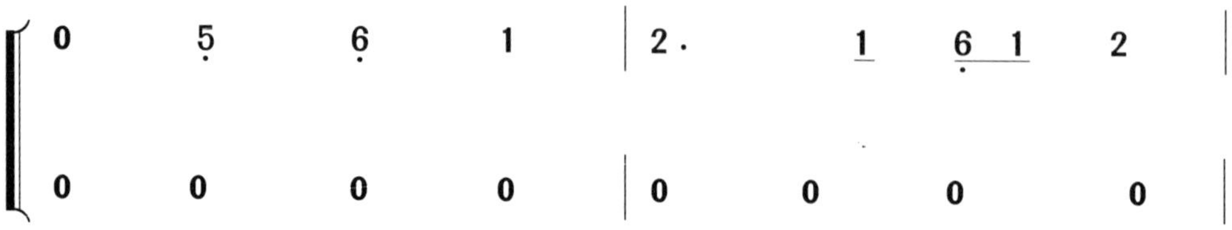

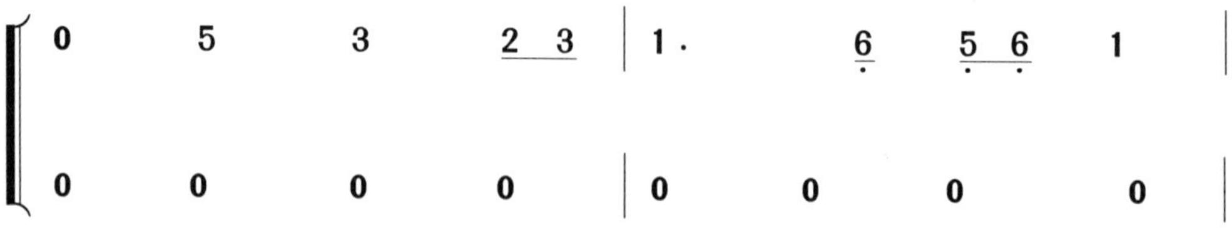

转〔二黄快三眼〕

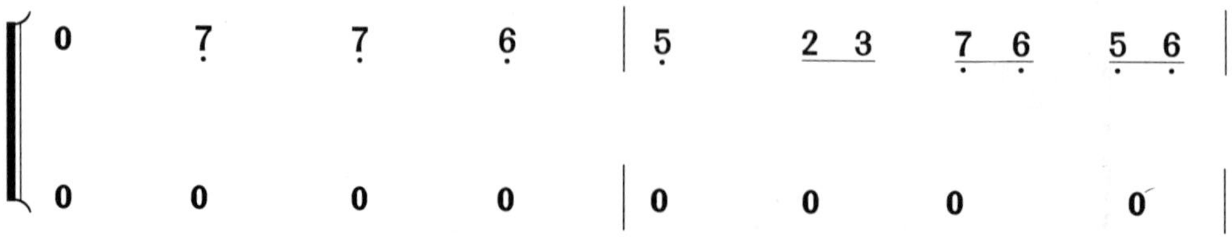

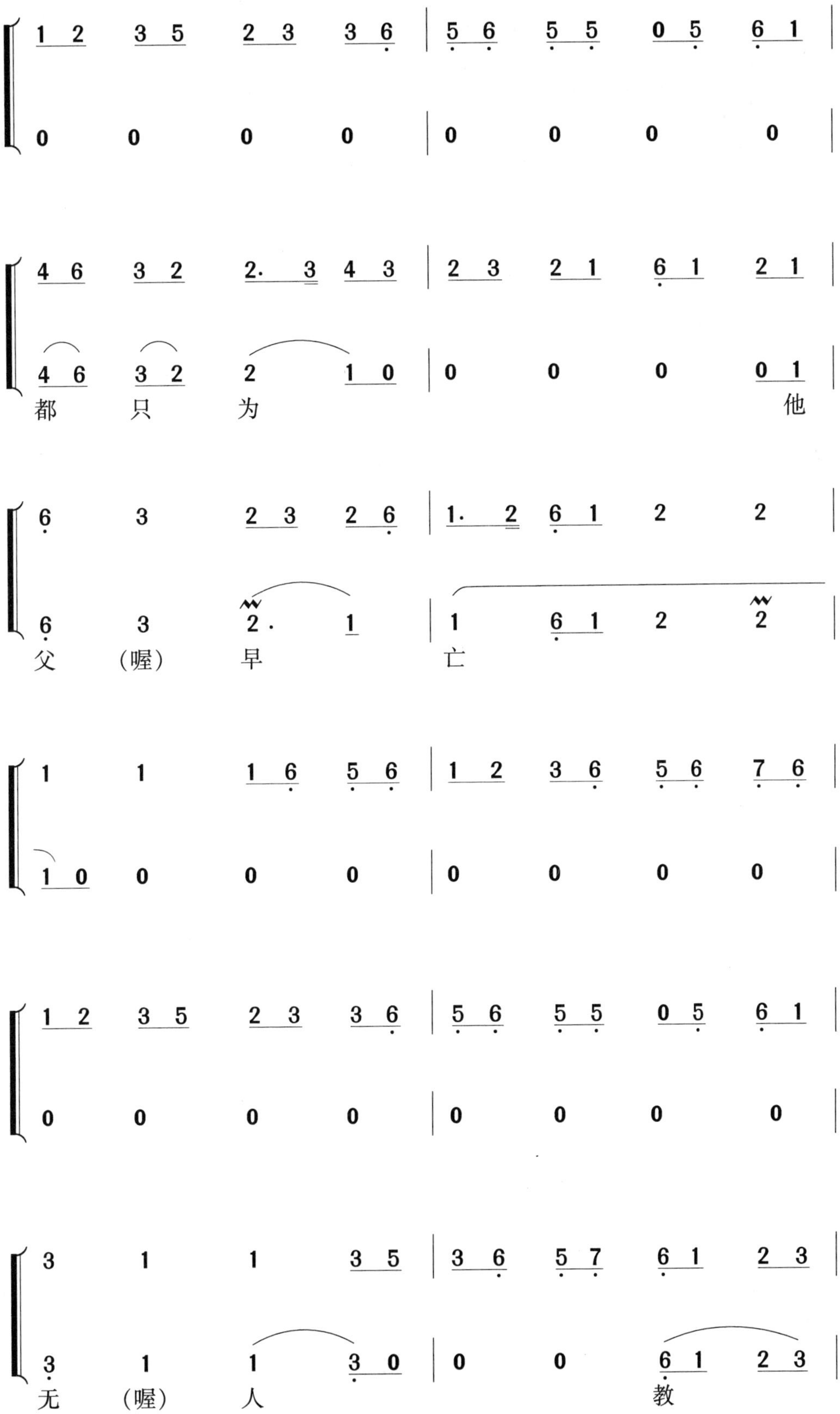
都 只 为 他
父 (喔) 早 亡
无 (喔) 人 教

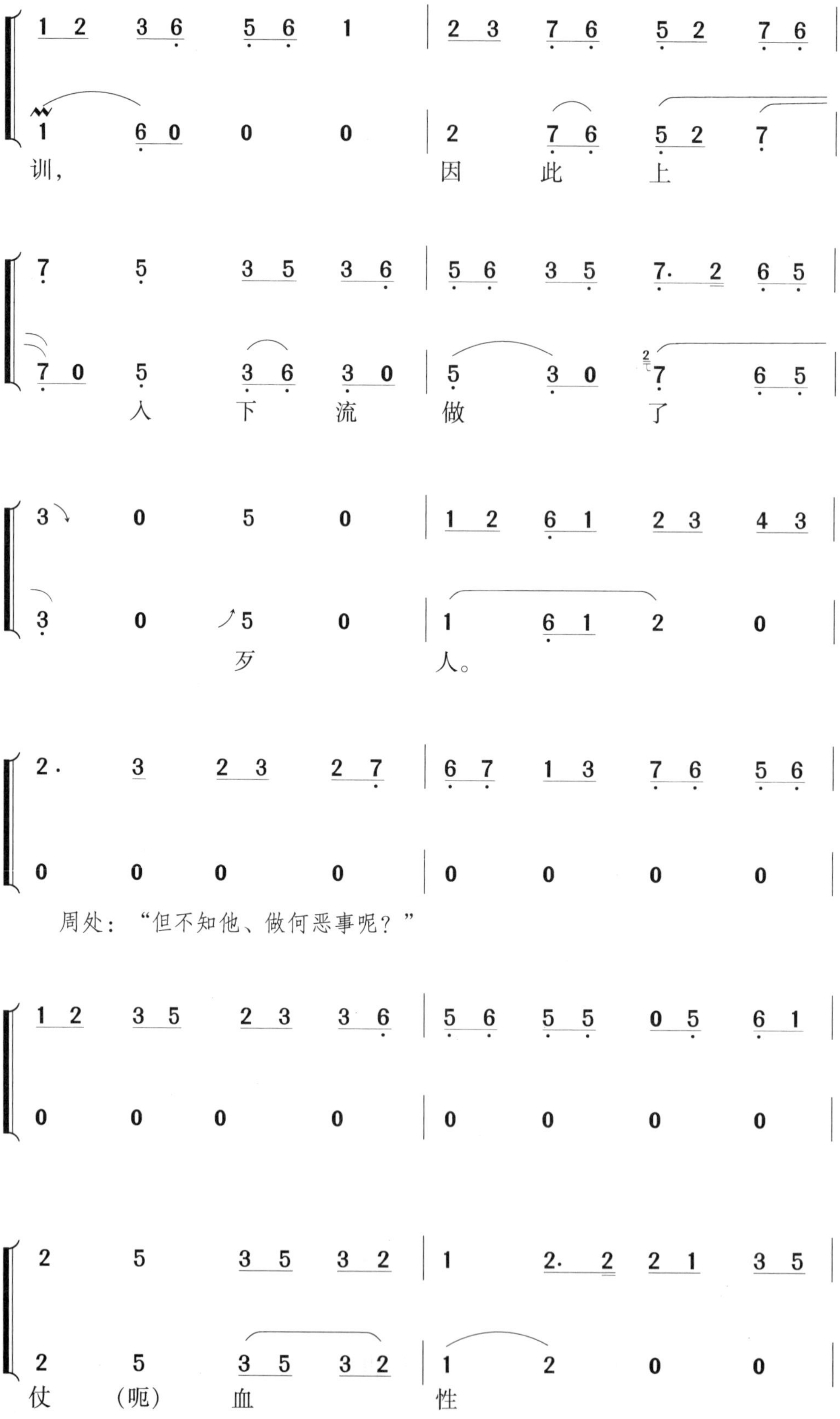
训，
因 此 上
入 下 流 做 了
歹 人。
周处：“但不知他、做何恶事呢？”
仗 （呃） 血 性

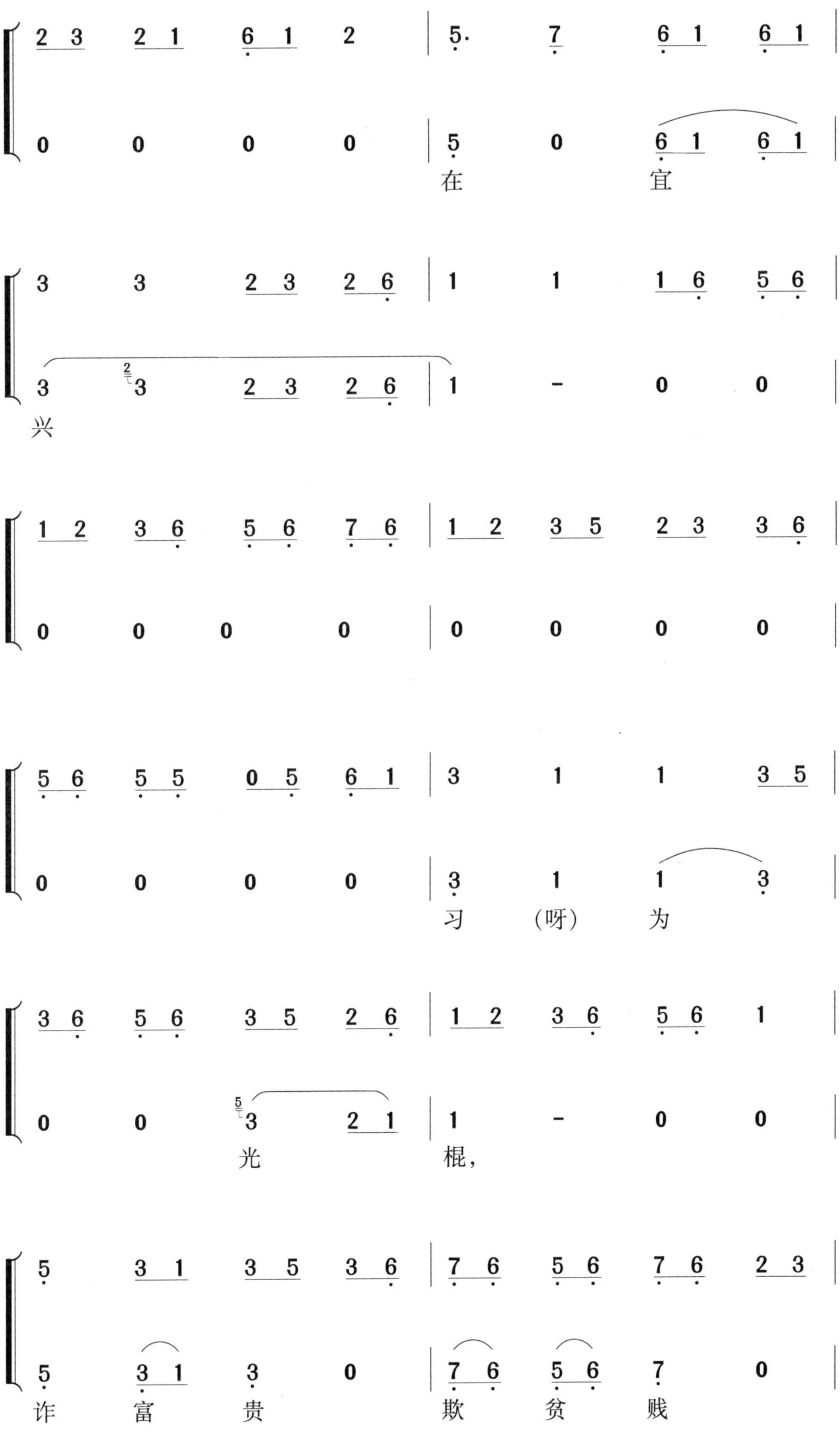
在
宜
兴
习
（呀）
为
光
棍，
诈
富
贵
欺
贫
贱

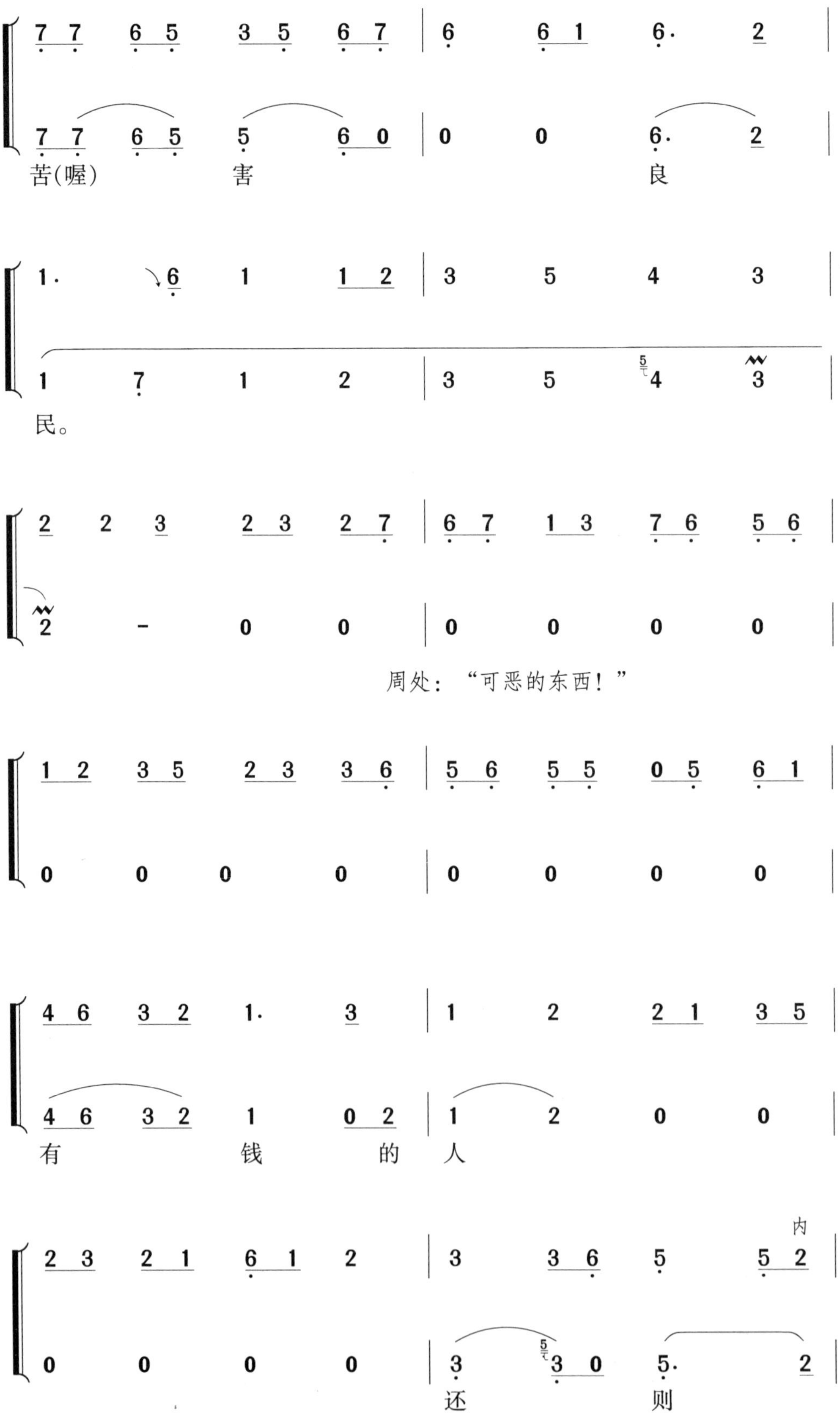

苦(喔)
害
良
民。
周处：“可恶的东西！”
有
钱
的
人
内
还
则

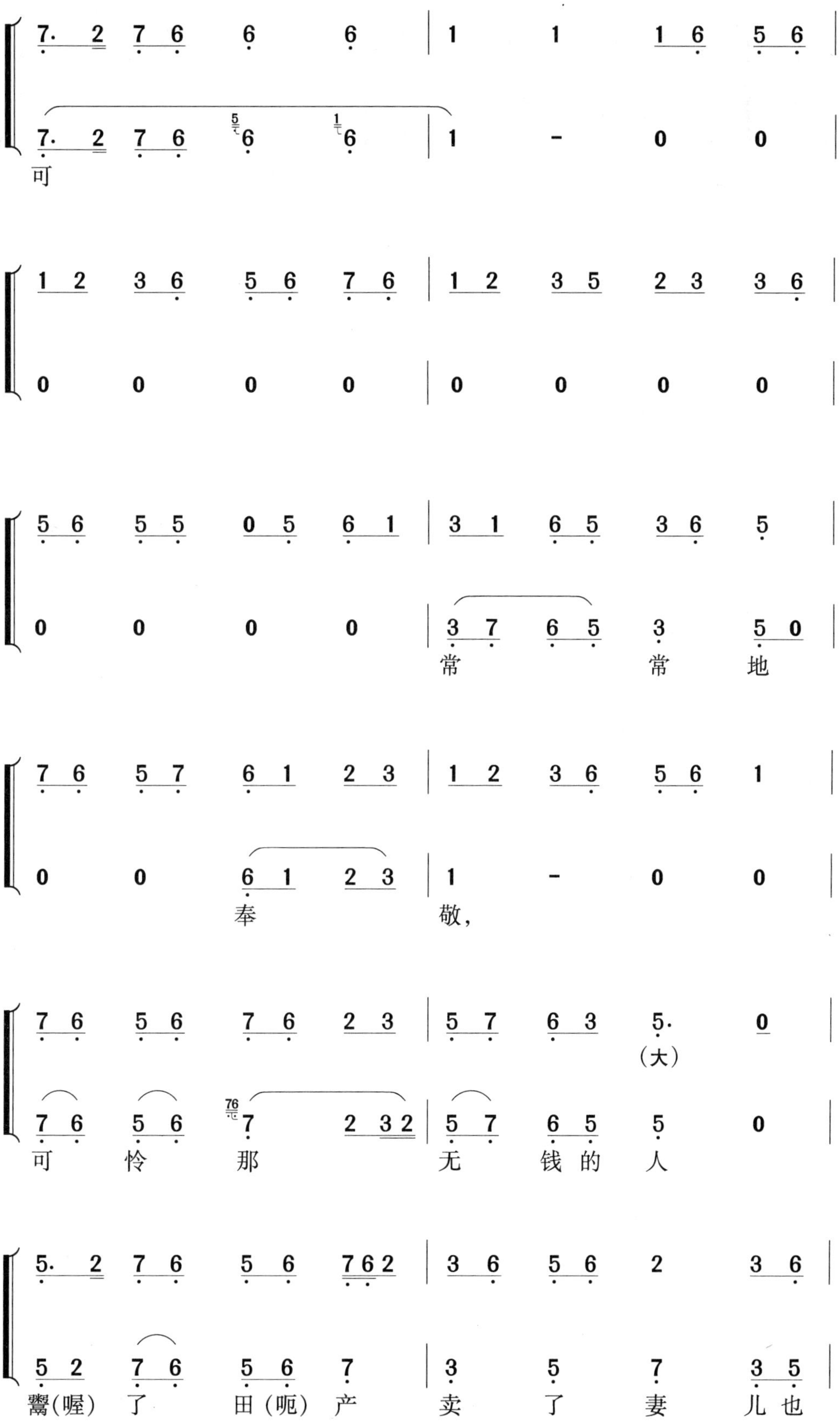
可
常常地
奉敬，
（大）
可怜那无钱的人
鬻(喔）了田（呃）产卖了妻儿也

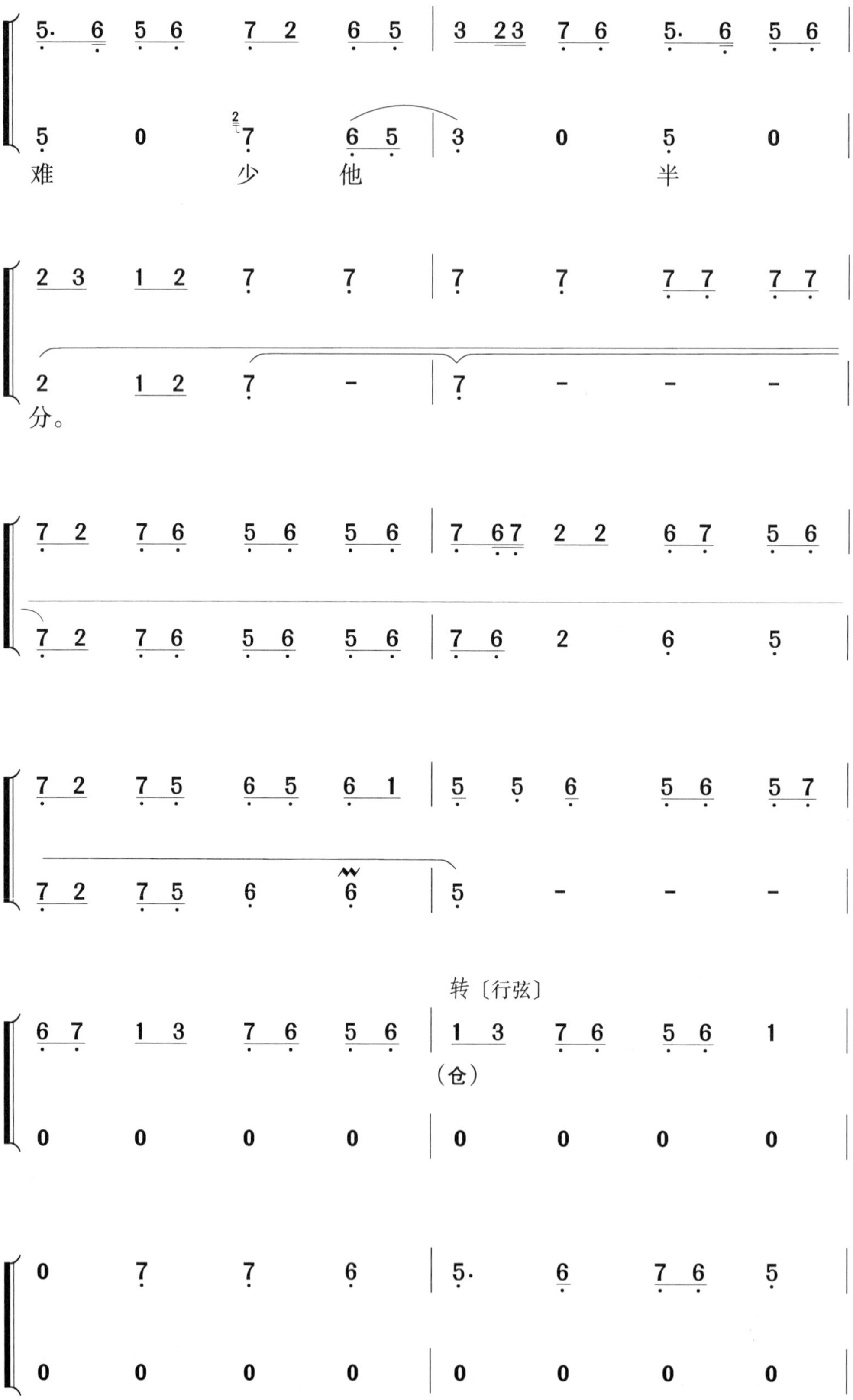

周处：“难道说那被害之家就无人去告他么？”

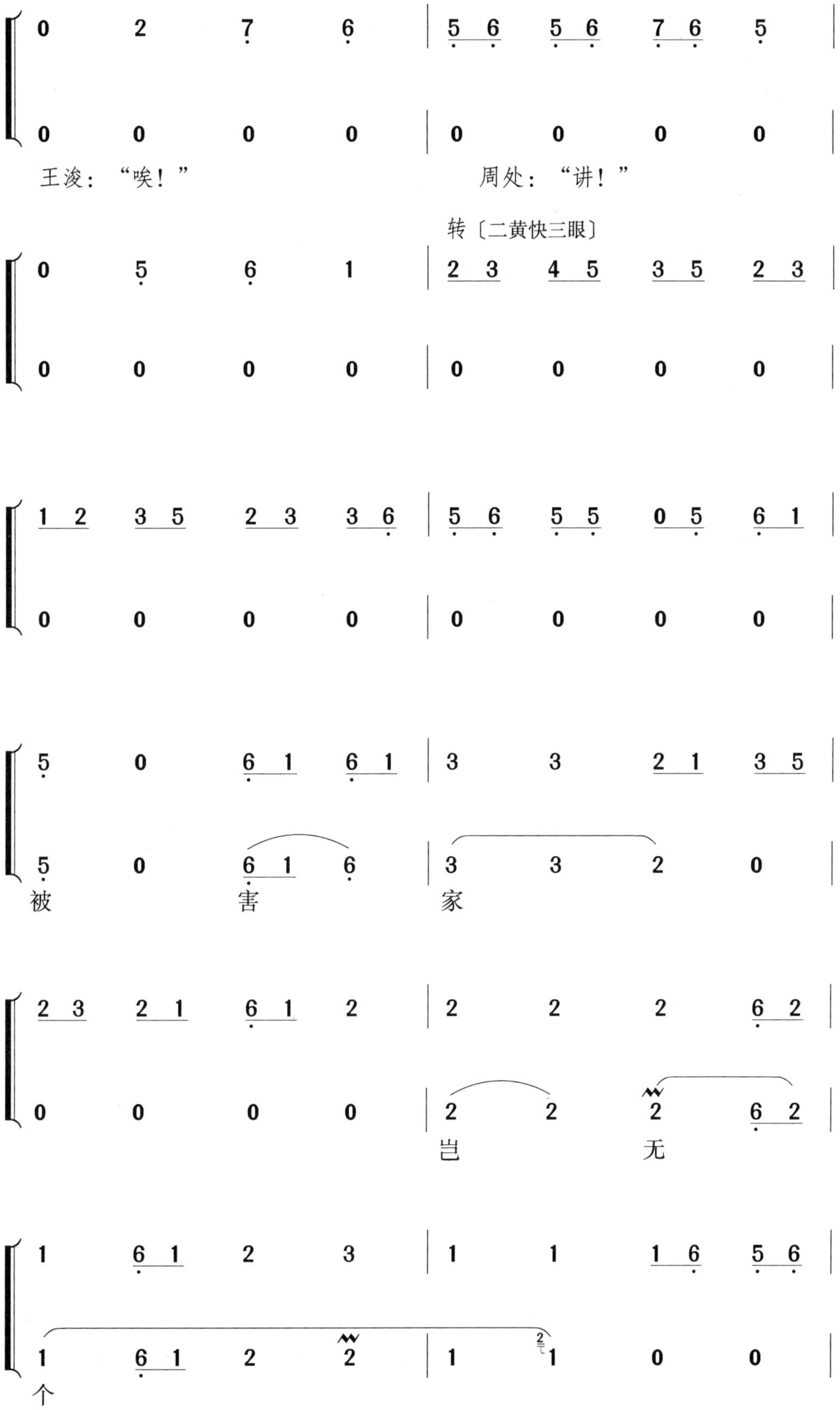
王浚：“唉！”
周处：“讲！”
转〔二黄快三眼〕
被
害
家
岂
无
个

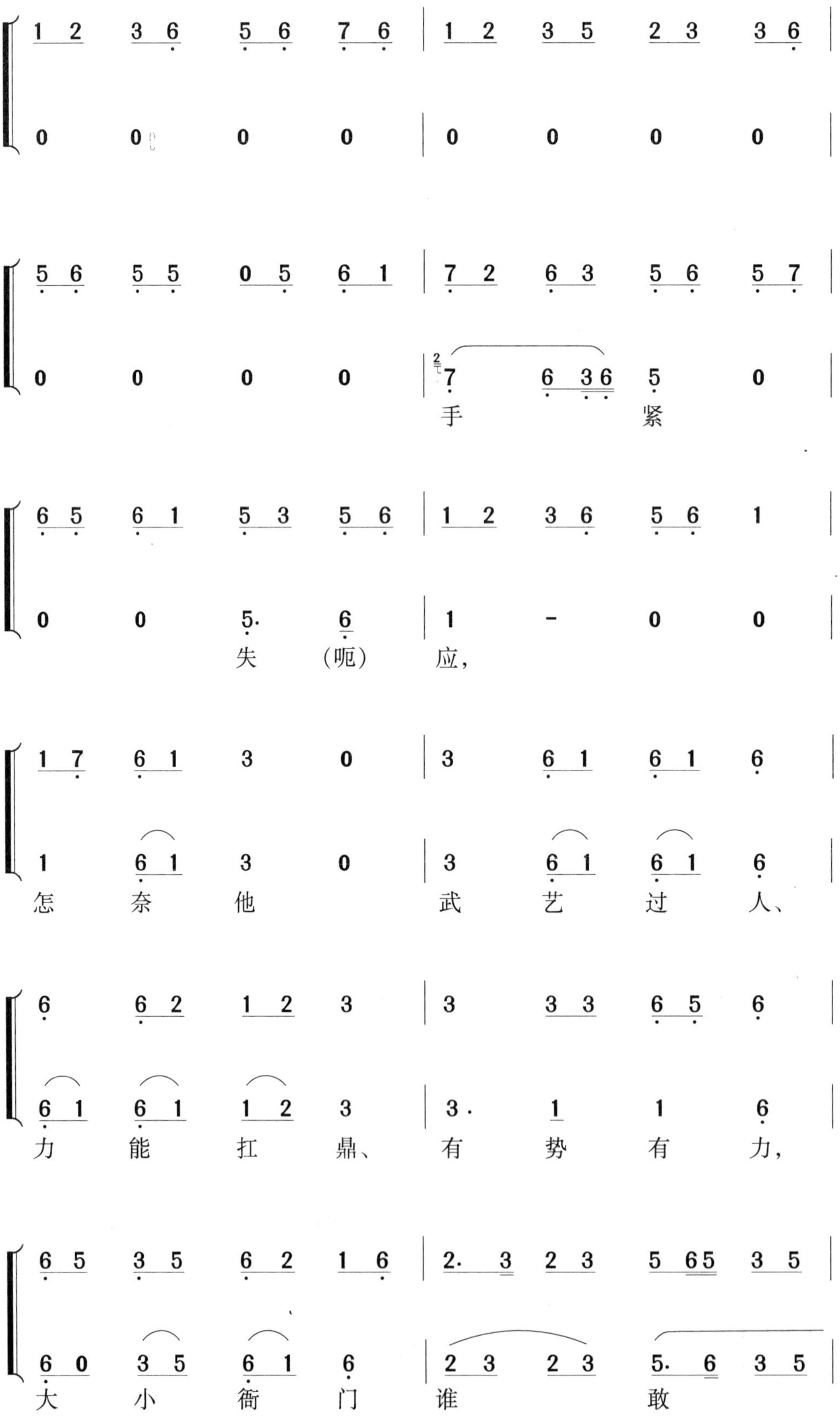
手 紧
失 (呃) 应,
怎 奈 他 武 艺 过 人、
力 能 扛 鼎、有 势 有 力,
大 小 衙 门 谁 敢

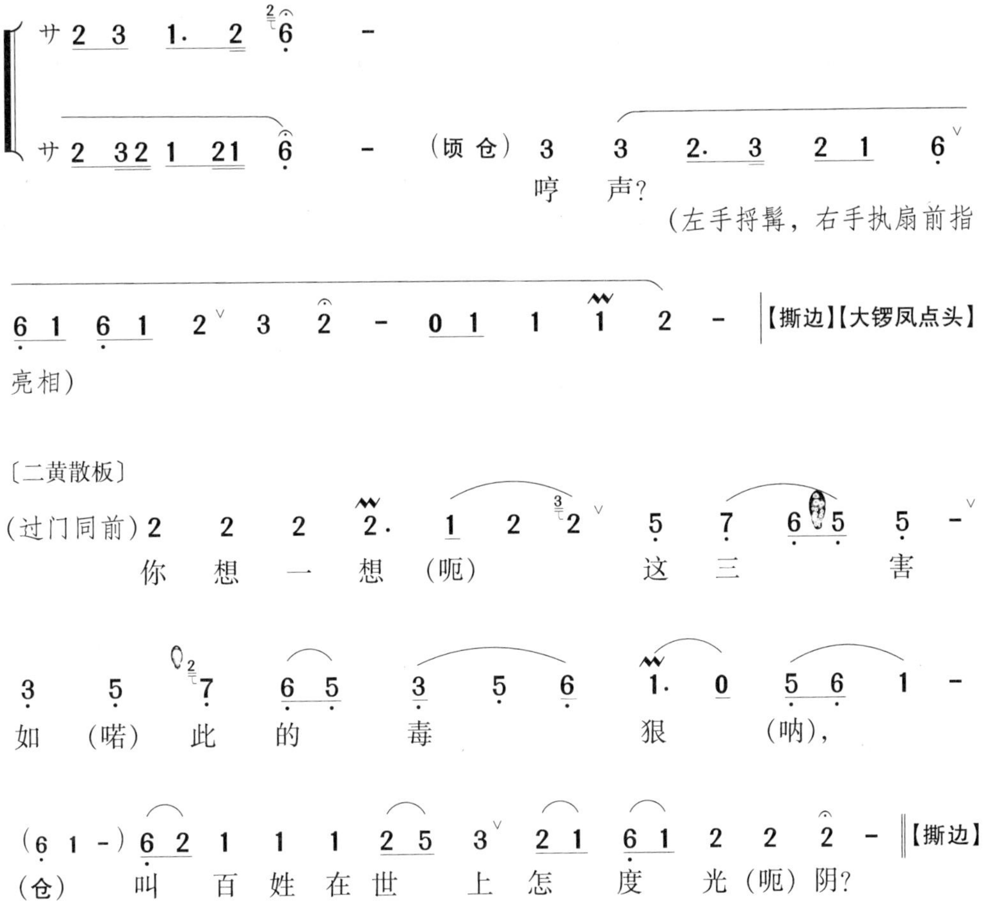

周 处 吼吼吼……（八大仓）哇呀呀！——【撕边·快纽丝】
（扔扇、搓手、蹉步、抖双水袖）

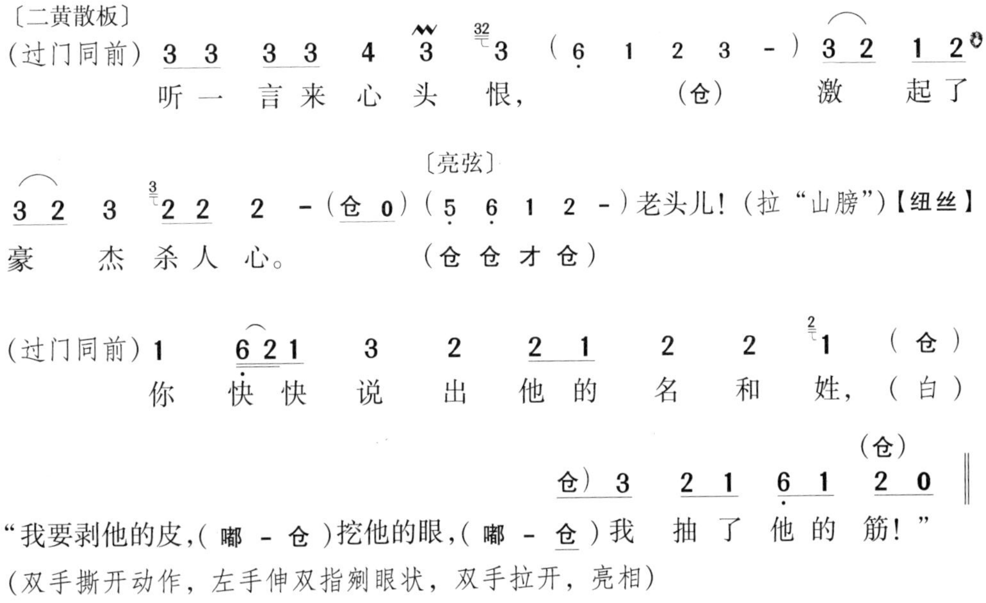

王　浚　唉！

【大锣凤点头】（过门同前）7· 7 6 2 7 3· 6 5 6 6 5
我若　是说　出了他的

3 6 5 6 1 （6 7 6 1 －）6· 1 1 1 5
名　和　姓，（仓）怕　的　是　我

3 2 1 2 3 （3 －）1· 7 6· 5 6 1 6 1 2 ‖
老　残　生　就　活　不　成。
周处白："怎么样？"

周　处　【纽丝】（过门同前）2 2 1 2 2· 2 1 （仓）0 0 0
有俺　在　此　何　足　论，（白）他就是铜金刚
（亮立身高相，

（嘟 － 仓）0 0 0（嘟 － 八大 顷 仓）3 2 1 6 1 （仓）2 0 ‖
铁罗汉呐　也　难近　某的　身！
单吸腿亮相）　（双手拍肚亮相）

（大 5 |:〔行弦〕6 2 7 6 2 | 6 7 5 6 7 6 2 | 6 2 7 6 2 | 6 7 5 6 7 6 2 |
王浚："壮士一定要问？"　周处："嗯，某要问。"

6 2 7 6 2 | 6 7 5 6 7 6 2 | 6 2 7 6 2 | 6 7 5 6 7 6 2 :|
王浚："如此两厢看来。"（二人分开，王浚对观众示意决定说破，周处往"上场

6 2 7 6 2 | 6 7 5 6 7 6 2 | 6 2 7 6 2 | 6 7 5 6 7 6 2 |
门"观看）　王浚："壮士听了！"

サ 6 － 5）‖

〔【凤点头】二人台中"合扇"里转身合亮高相。

王　浚　（过门同前）2 － 1 2 2 1 3 1 － 2 2 3 －
他　姓　周　名　处（喏）
周处吃惊白："呵！"

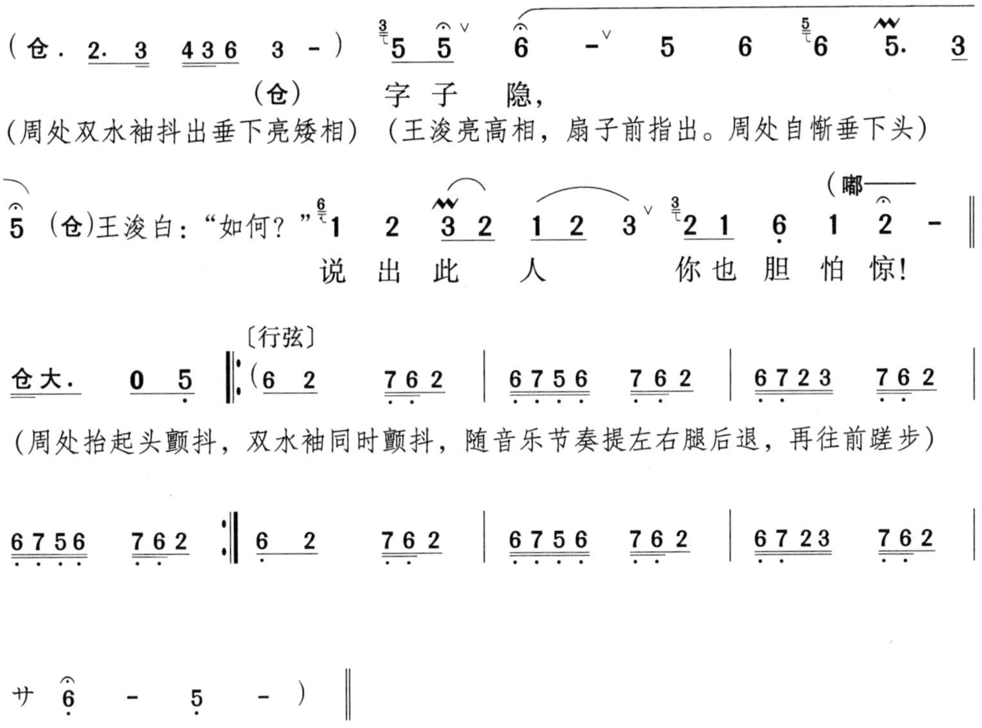
（仓．
（仓） 字子隐，
（周处双水袖抖出垂下亮矮相）（王浚亮高相，扇子前指出。周处自惭垂下头）
（仓）王浚白："如何？"
（嘟——
说出此人 你也胆怕惊！
仓大．
〔行弦〕
（周处抬起头颤抖，双水袖同时颤抖，随音乐节奏提左右腿后退，再往前蹉步）
サ

周 处 哎呀！（在【纽丝】中抖袖）

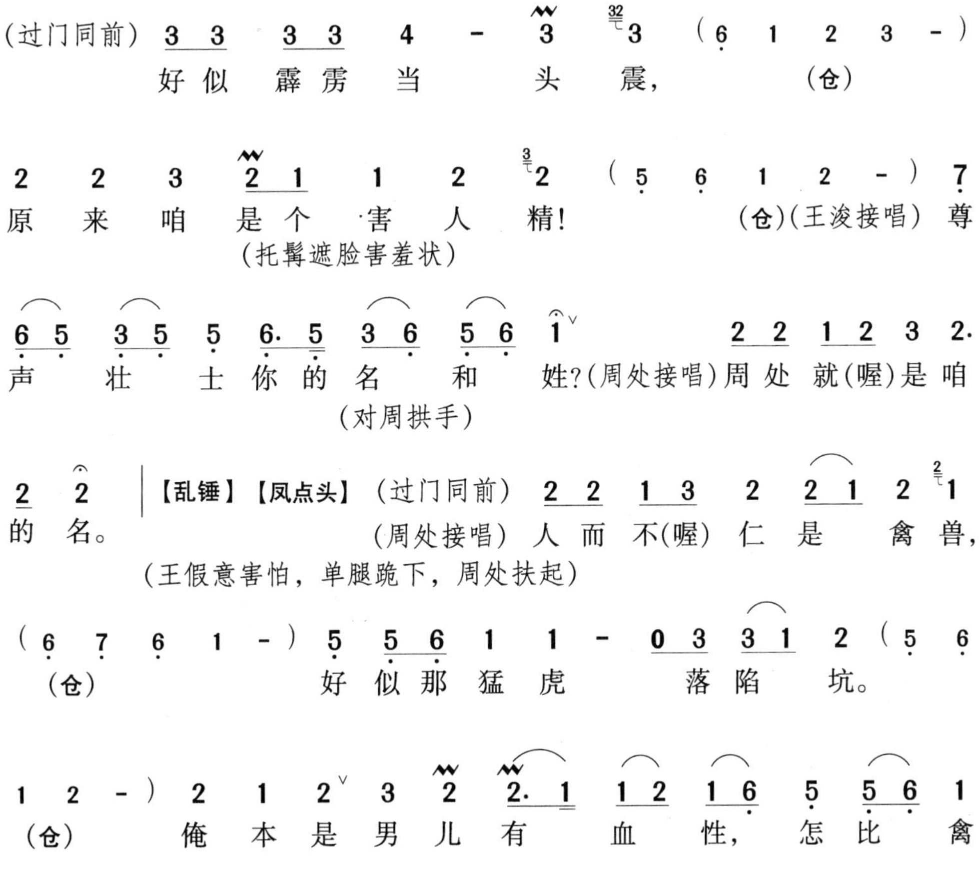
（过门同前）
好似霹雳当头震， （仓）
原来咱是个害人精！ （仓）（王浚接唱）尊
（托鬓遮脸害羞状）
声壮士你的名和姓？（周处接唱）周处就（喔）是咱
（对周拱手）
的名。
【乱锤】【凤点头】（过门同前）
（周处接唱）人而不（喔）仁是禽兽，
（王假意害怕，单腿跪下，周处扶起）
（仓） 好似那猛虎落陷坑。
（仓） 俺本是男儿有血性，怎比禽

1 1 2 ³2 0 （仓 0） （5 6̣ 1 2 -）
兽 狠 十 分？ （仓 仓 才 仓）

（白）老丈呃！

【凤点头】（过门同前）3 3 3 2 3 5 3 2 ³2 - 3 -（仓）|
尊 声 老 丈 且 相 等，
（两人换位置，周处从前面走到“大边”，面向里，王抓住周右臂）

王 浚 哪里去？
周 处 老丈啊！

【大锣凤点头】（过门同前）3 3 2 3 4. 6 3 2 1. 2 3 -
我 不 除 蛟 虎

（3 2 3 4 3 6 3 -） 3 2 2. 5 3 5 2 1 6̣ 1
（顷 仓） 誓 不
（将褶子脱下一绕搭在左臂亮相）

2 2 ³2 - ‖
为 （呀）人！ （嘟 - 八大仓）
（周抽抬右腿“跺泥”拱手）

〔【冲头】周处“下场门”下。王浚跟几步望周处背影。
王 浚 哈哈哈……

〔二黄摇板〕
【小锣凤点头】（过门同前）2 1 2. ³2 3̣ 6̣ 5̣ - ²7̣ 6̣ 5̣ 3̣ 5̣ 6̣
好 一 似 大 梦 方 才
（回到中场台口）

1. 6̣ 5̣ 6̣ 1 -（1 | 1 | 1 | 2 3 | 7̣ 6̣ | 5̣ 6̣ | 1 |
醒 （呐呃），

1）| 6̣ 2 1 2 5 3. 2 3 - 1 2 1. ⁶2 1 2
到 底 虎 子（呃） 出 将 门。

（4 3 | 2 1 | 6̣ 1 | 2 1 | 6̣ 1 | 2 | 2）| 7̣
此

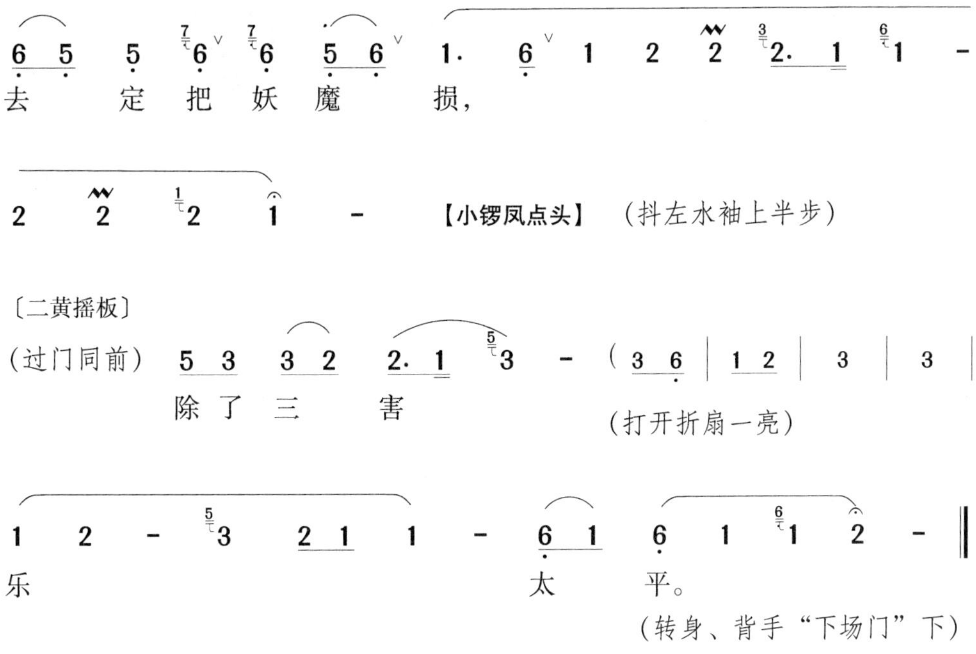

「【小锣打下】或吹奏<尾声>。

—— 剧 终

生媛媛 **整理**　　姚 力　宋显慧 **记谱**

游龙戏凤

童芷苓、言兴朋演出本

《游龙戏凤》又名《梅龙镇》、《正德下江南》（此名大不妥，正德明明去的是山西）。本事取材于古代小说《江南传》第三十六回、白话小说《正德白牡丹传》第四十四回，以及在民间流传甚广的关于明正德帝出京冶游的传说故事。在清代乾隆年间唐英所作《古柏堂传奇》中，已有《梅龙镇》一剧。故事讲的是正德皇帝贪恋酒色，因感觉在宫中戏耍乏味，遂乔装冶游民间。来到山西大同梅龙镇宿李凤姐之店，见李凤姐貌美遂百般调戏。初为李凤姐所拒，后正德皇帝亮明身份，李凤姐乃讨封依附。

这是一出非常著名的生、旦并重的“对戏”，两个人的表演都有很多非常细腻、有趣的情节，演员演来若配合熨帖，会产生很强的戏剧效果。因此，在京剧界看来，这是一出既“戏保人”又“人保戏”的热门剧目，自然在京剧舞台上出现的频率很高。举凡著名演员谭鑫培、汪桂芬、余叔岩、言菊朋、马连良、谭富英等老生，以及余紫云、梅兰芳、筱翠花、荀慧生、徐碧云、言慧珠、张君秋、童芷苓、吴素秋等旦角都擅长此戏，且演来各有千秋。

应该说，在这出戏中所塑造的中国古代皇帝的形象是十分独特的：既不同于高居庙堂的圣主，也不同于荒淫无道的昏君，它描绘出的是一个具有帝王身份，但却游冶于民间，毫无威仪与庄严感的那么一位有血有肉的皇帝。在这出戏里，帝王只是他的身份，而他的行为举止、情感言语都是一种极人性化的表现，给人以强烈的耳目一新的感觉。李凤姐的形象也是清新可人。她年轻貌美，却因周旋于各色人等之间，因此又非常泼辣、机智，戏中用很自然的情节写出了她对正德情感发展的细腻的过程。也正是如此，整出戏才显得摇曳多姿、引人入胜。

这出戏在唱腔上也是很有特点的。整出戏尽管剧情跌宕有致，但并没有什么大段的唱腔，而是始终以〔四平调〕板式为主（只是后部有些“起伏”等），且唱段短小，曲调简单。其实，仔细品味，前人的这种设计是非常有道理的。属于京剧〔二黄〕音乐系统的〔四平调〕板式，简洁灵活，恰恰符合此戏中正德皇帝这一人物的佻㒓倜傥与李凤姐的灵巧多情，而且与整个戏的轻盈节奏和市井风情的特点也是极为吻合的。因此，也就形成了这样一个很有意思的现象：与许多京剧剧目不同，这出戏尽管生旦名家都很偏爱，在戏中也各有巧琢独擅，但在处理上却迥异于同是〔四平调〕的《琼林宴》、《坐楼杀惜》那样单纯的唱段。

这出戏不同的名家在表演上更是桃红柳绿、异彩纷呈。这种风格的不同源于他们对人物、故事的不同理解与各自的艺术特色。从老生说，谭鑫培、余叔岩、马连良、言菊朋、谭富英扮演的正德皇帝由于各自气质禀赋的差异体现出或市井、或飘逸、或油稔、或儒雅等不同的风格特点；而旦角梅兰芳、筱翠花、荀慧生、张君秋、童芷苓，或大气、或泼辣、或娇憨、或机智，各不相同。因此，这出戏虽然不是什么鸿篇巨制，也没什么高难技巧、名腔名段，但正是不同名家演来的不同风格和此戏本身家常亲和的特点，使其成为吸引戏迷百看不厌，促使演员常演常新的经典剧目。

在京剧史上，这出《游龙戏凤》也是很有些故事的。当年，还没成为大师的梅兰芳与余叔岩第一回合作，煞费苦心所选剧目就是这出，因为，用今天的时髦话说它可让两人“双赢”——既可让梅兰芳出彩，又可让处于“挎刀”身份且嗓音还未太好的余叔岩增光。还有一事也是非常令人感叹的。这出戏在“极左”的年代是一直遭禁的，原因是言其有“色情”成分，所指也就是原剧中有些调情的词句可以生出某些联想，以及一些表演上的暧昧色彩。今天的演员所演的该剧，已与原来的演出有所改动了。然而，与今天许多“言情”的艺术作品比，这出几十年背着“色情”成分的《游龙戏凤》，借用一句《断臂说书》中的戏词：也可算得上是一位蒙受“冤假错案”一类的“苦人儿”了！

崔　伟

人物行当

正德帝	生	**李凤姐**	旦

服装扮相

正德帝　俊扮。武生巾（带火焰和穗子）、风帽、黑三，蓝褶子、衬黄褶子，红彩裤，厚底。

李凤姐　俊扮。水钻头面、梳大头、线尾子、抓髻，浅绿裤子袄子、四喜带。

道具

桌子	一张	**银锭**	一个
椅子	一把	**惊堂木（即“木马”）**	一块
绣花桌椅披	一份	**酒具**	一份
蜡台	一个	**折扇**	一把
蓝布搭	一条	**手绢**	一块

第一场

〔场上设一桌、一椅、“大座”，蜡台置于桌子左上角，惊堂木置于桌子中央。

〔**【撤锣】**

〔正德帝内白：“嗯哼。”**【小锣帽儿头】**正德帝从“上场门”上场，打扇亮相，**【小锣上场】**“九龙口”收扇抖左袖，双手整冠、捋髯，步至中台口抖左袖。

正德帝　（念〔引子〕）

离金阙暗藏珠宝，（**多多**）游天下（**多罗**）

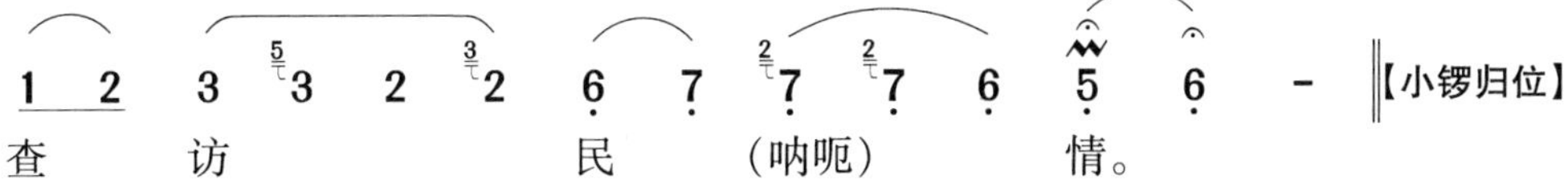

（念）大明一统锦山河，

龙凤车辇多快乐（合扇）；

孤王（架扇）离了燕京地，

梅龙镇上景致多。**【小锣二击】**

孤，大明正德在位。（右手持扇托髯）**【小锣报名一击】**是孤改装出宫，离了太平庄，夜宿梅龙镇。店家李龙巡更守夜去了（向“上场门”台口走），临行之时留下木马一块，是他说道：若是（向中台口走）要茶要酒，将木马一响，便有人来。孤王独坐店中，好不闷煞人也！（抖左袖）

正德帝

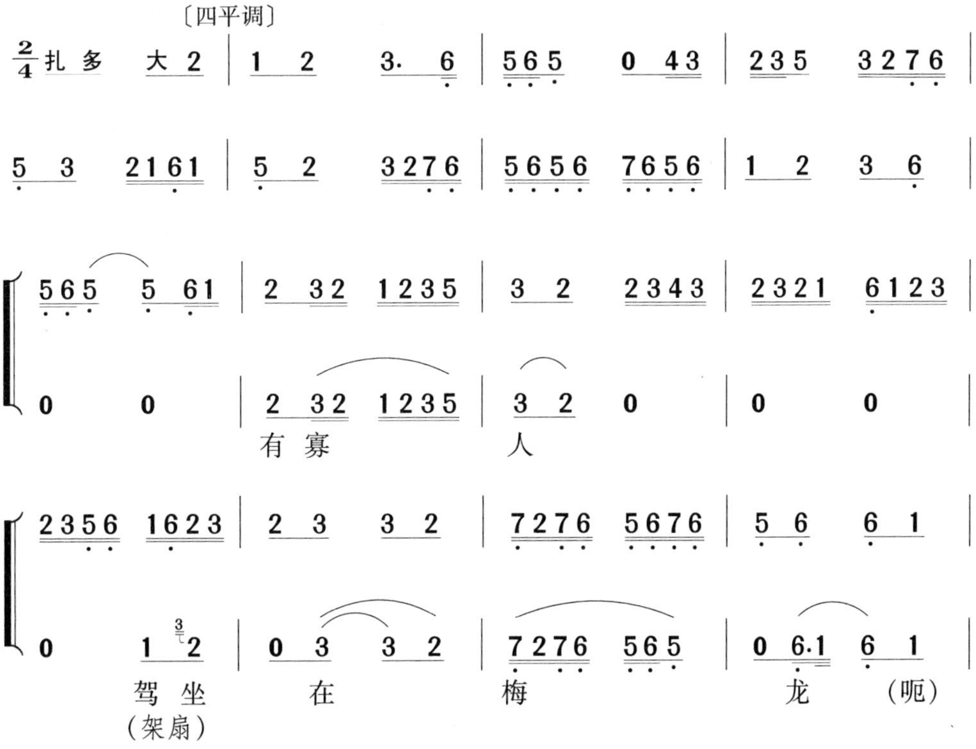

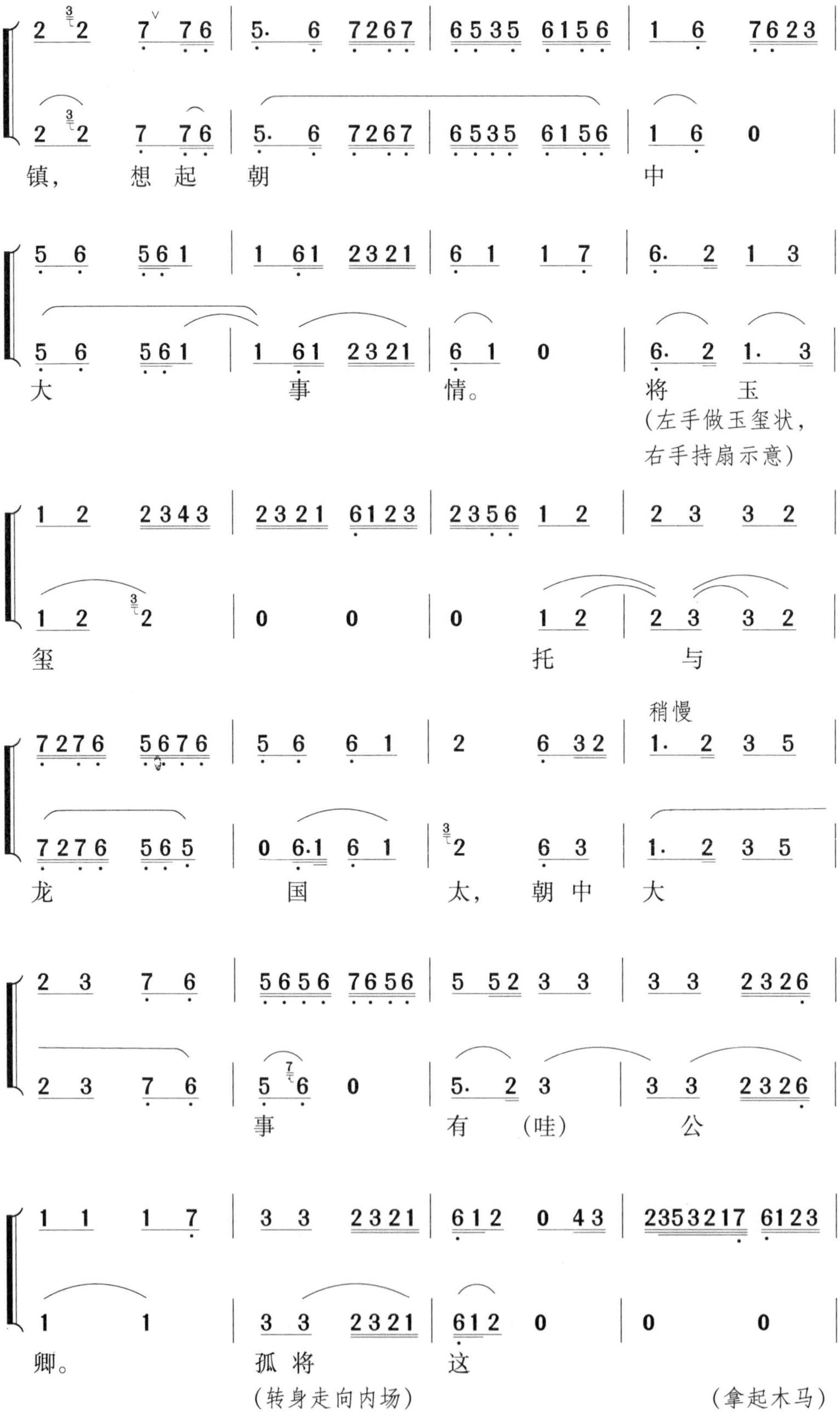
镇，想起朝中
大事情。将玉
（左手做玉玺状，右手持扇示意）
玺托与
稍慢
龙国太，朝中大
事有（哇）公
卿。孤将这
（转身走向内场）
（拿起木马）

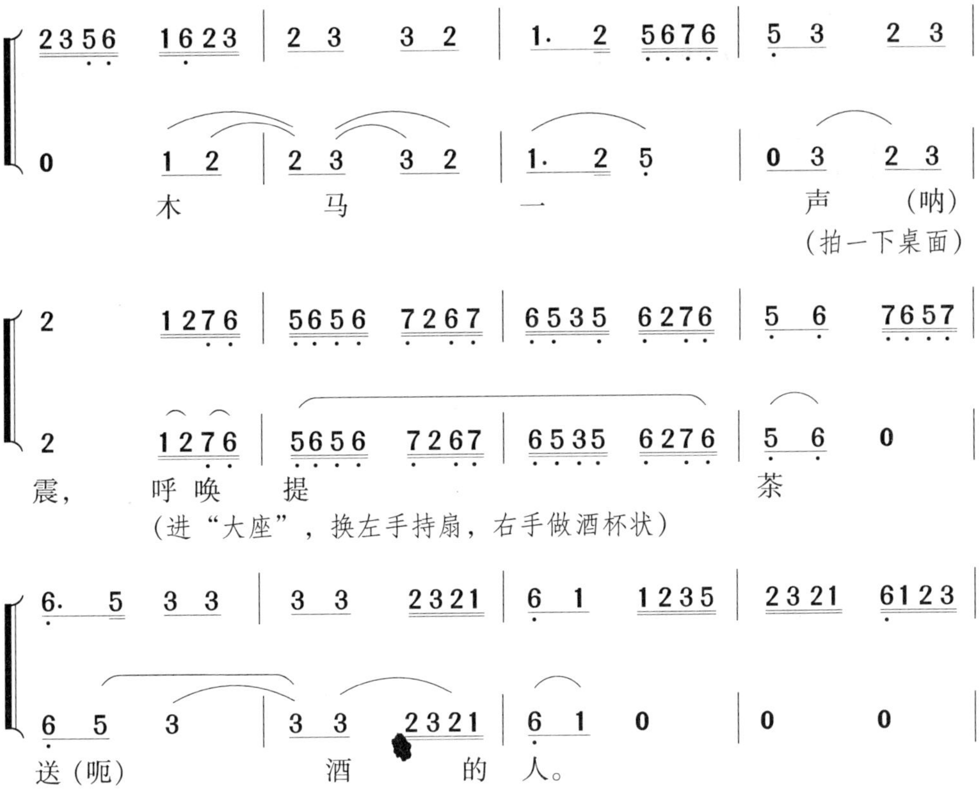

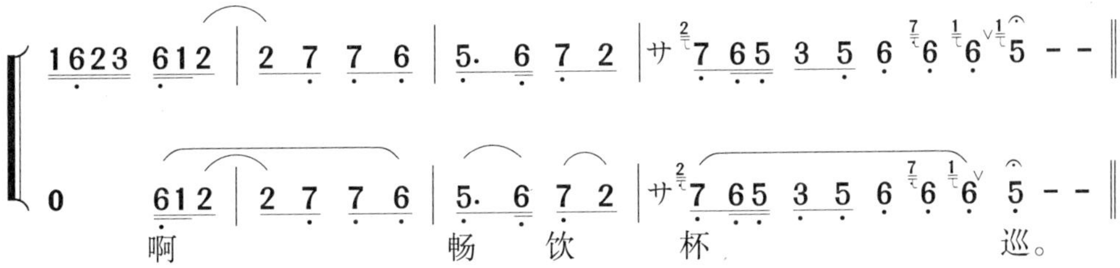

（白）酒保！（右手拍惊堂木后，落座）

〔李凤姐内白：“来了。”

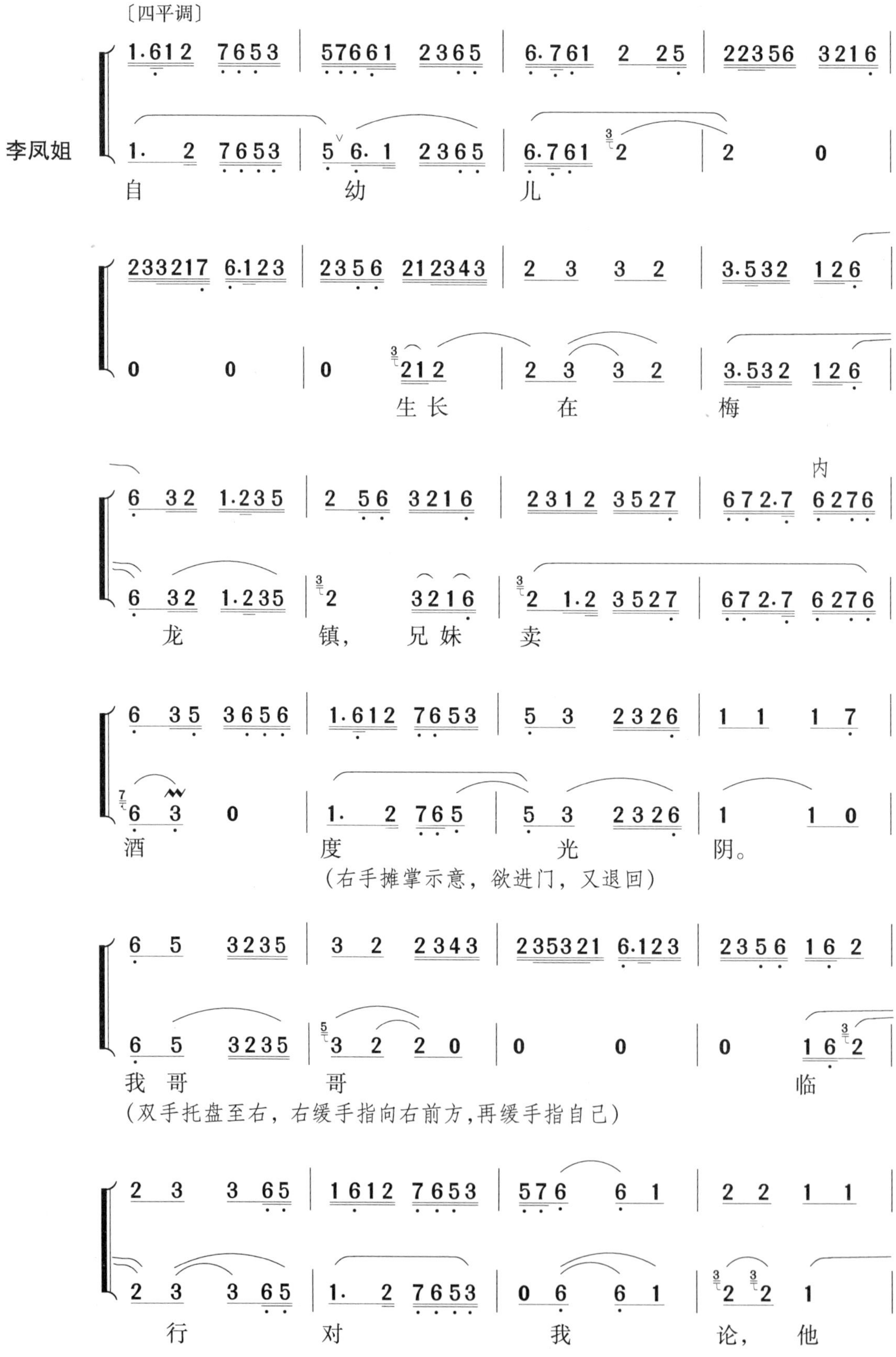
〔四平调〕
李凤姐
自 幼 儿
生 长 在 梅
龙 镇，兄 妹 卖
内
酒 度 光 阴。
（右手摊掌示意，欲进门，又退回）
我 哥 哥 临
（双手托盘至右，右缓手指向右前方，再缓手指自己）
行 对 我 论，他

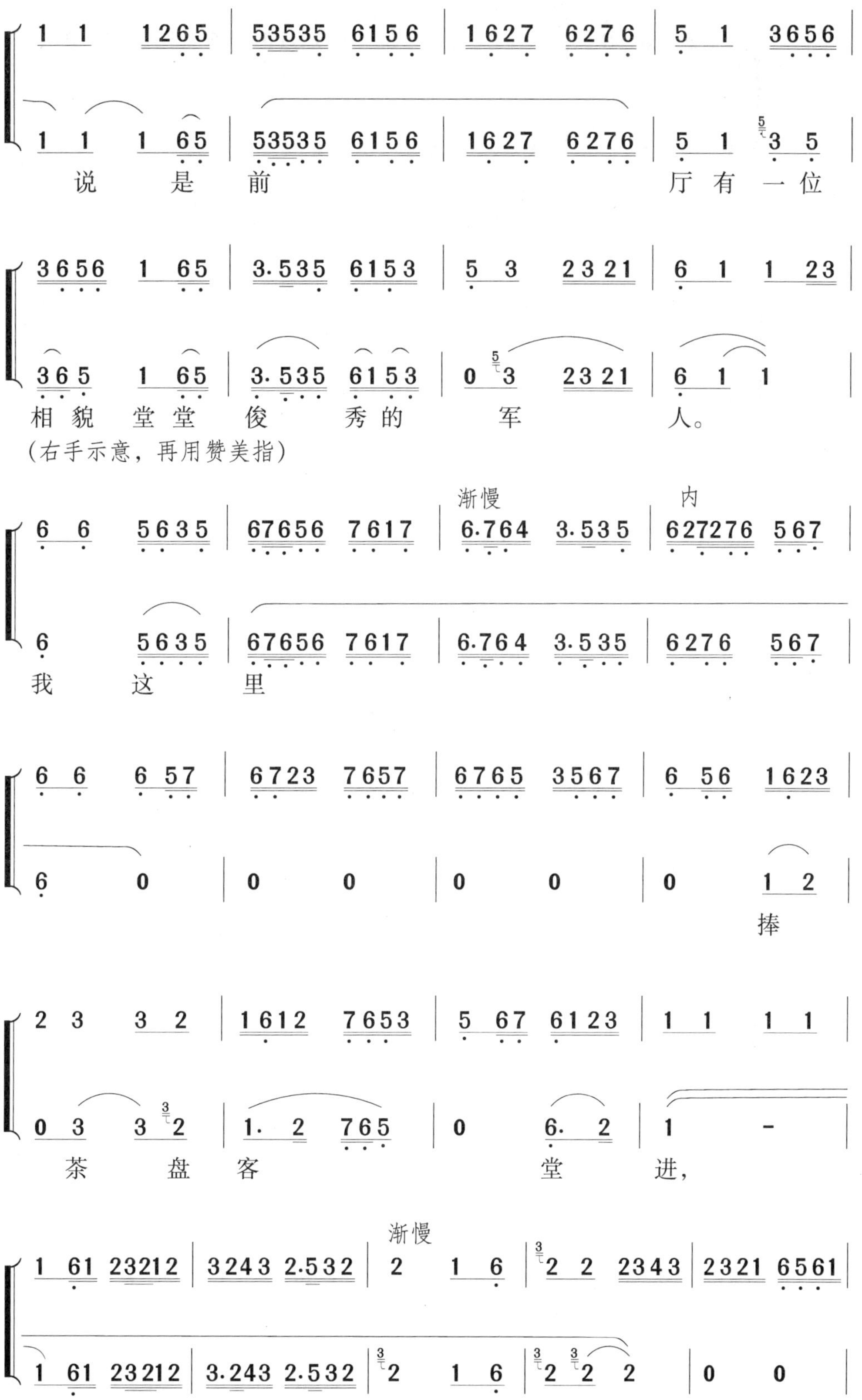
说 是 前 厅 有 一 位
相貌 堂堂 俊 秀 的 军 人。
(右手示意，再用赞美指)
渐慢
内
我 这 里
捧
茶 盘 客 堂 进，
渐慢

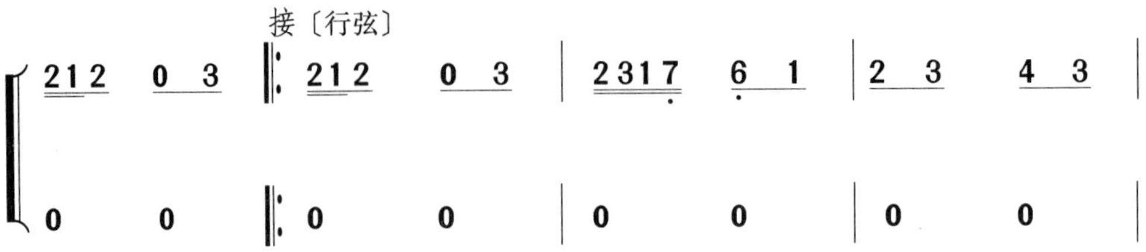

（欲进，又退回，整理服饰，右手推门帘而进，至“小边”转身回头一望，再将酒盘放在桌子上。李凤姐与正德帝目光相对，音乐止。**【小锣一击】**）

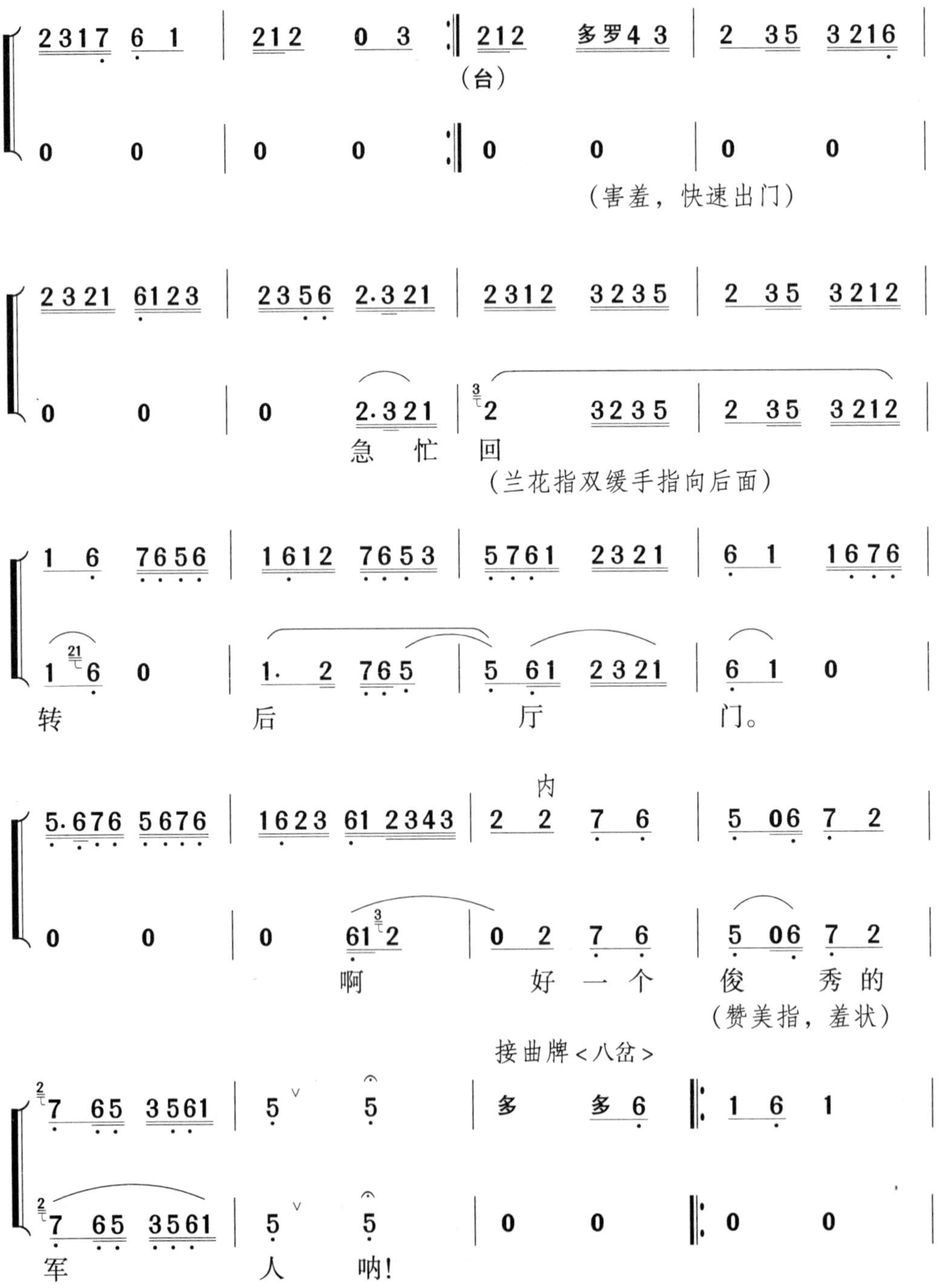

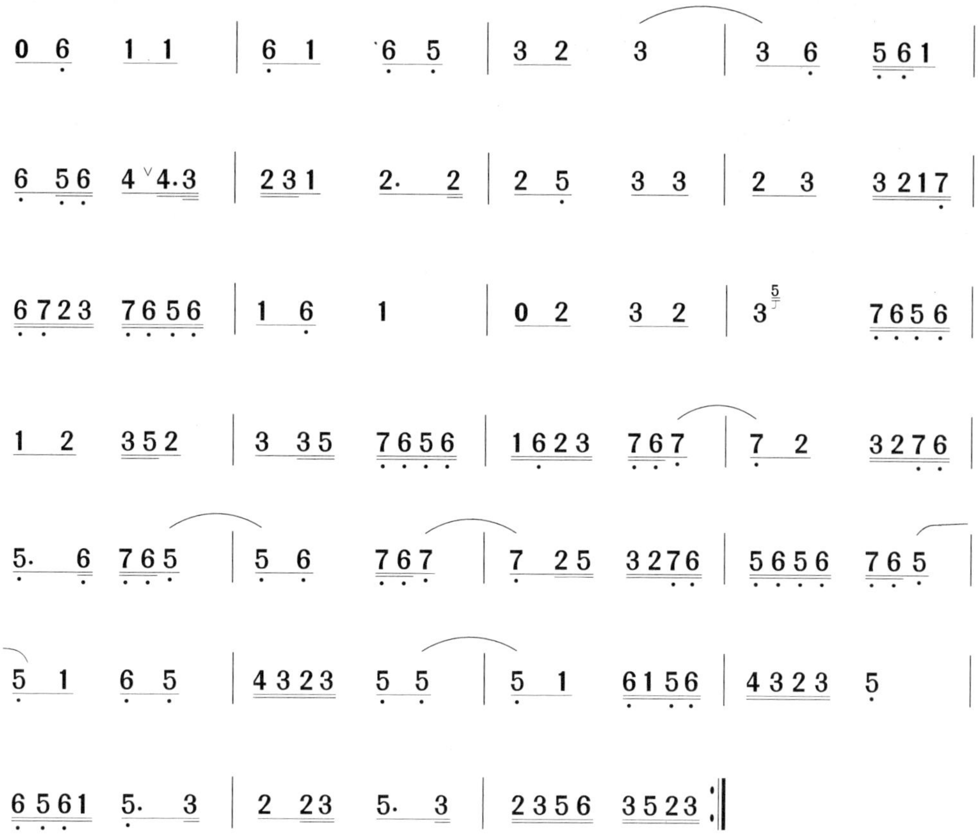

〔在音乐曲牌中：正德帝起身离座向外走，撩帘出门，恰好李凤姐用蓝布搭撣衣服，然后向“上场门”方向走，右手向左肩搭蓝布搭时未料落在正德帝身前。【小锣一击】李凤姐继续向“上场门”走去……

正德帝 嗯哼！

〔李凤姐回身双摊掌，【小锣一击】正德帝以扇示意蓝布搭掉在地上。凤姐发现，施礼表示谢意，【小锣一击】随后捡起蓝布搭一端转身就走。正德帝故意将蓝布搭的另一端用脚踩住。【小锣一击】李凤姐回身一拽，【小锣一击】再回身发现蓝布搭被正德帝用脚踩住。【小锣一击】李凤姐用手做呼唤状，再用手示意蓝布搭被踩住。正德帝表示不愿移动脚步。【小锣一击】凤姐见状，再用手做呼唤，【小锣一击】再施礼表示谢意，而正德帝依然不愿移动脚步。【小锣一击】凤姐一扯两扯没扯动，【小锣一击】嗔怒将蓝布搭这一端扔在地上，【小锣一击】转身走去，决意弃之。

正德帝 嗯哼！

〔正德帝唤住李凤姐。凤姐回身双手摊掌，【小锣一击】正德帝示意她可以拿走蓝布搭，自己不踩了。凤姐欲捡又发现正德帝欲再次要踩之意，便故作拾蓝布搭之态，引出正德帝踩踏之举，凤姐得意地笑了。正德帝见自己被“骗”，也笑了，【小锣一击】并马上认真地表示不踩了。李凤姐再次“询问”不踩之意，正德帝再次表示不踩了，李凤姐这才放心去捡蓝布搭，而正德帝则再次故意踩住蓝布搭。【小锣一击】凤姐再次发现蓝布搭被正德帝又一次故意踩住，一想，悄悄走近正德帝并猛拍其肩，示意有人来，音乐止，【小锣一击】并趁正德帝不备上前推了一把。正德帝踉跄倒步，【小锣软夺头】向左转身亮相，李凤姐则后退顺势俯身速将蓝布搭捡起，并向左转身将蓝布搭搭在肩上亮相。

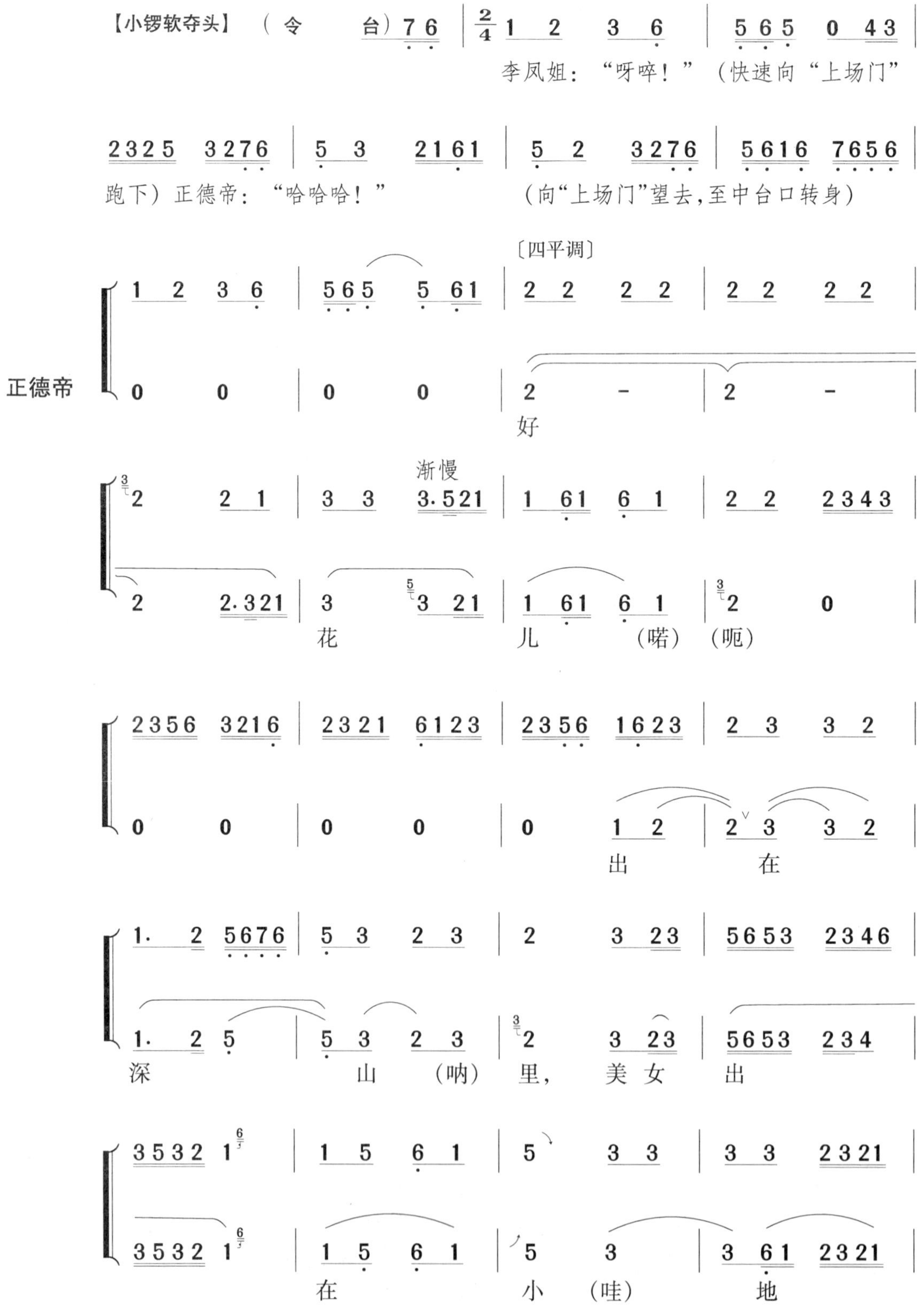

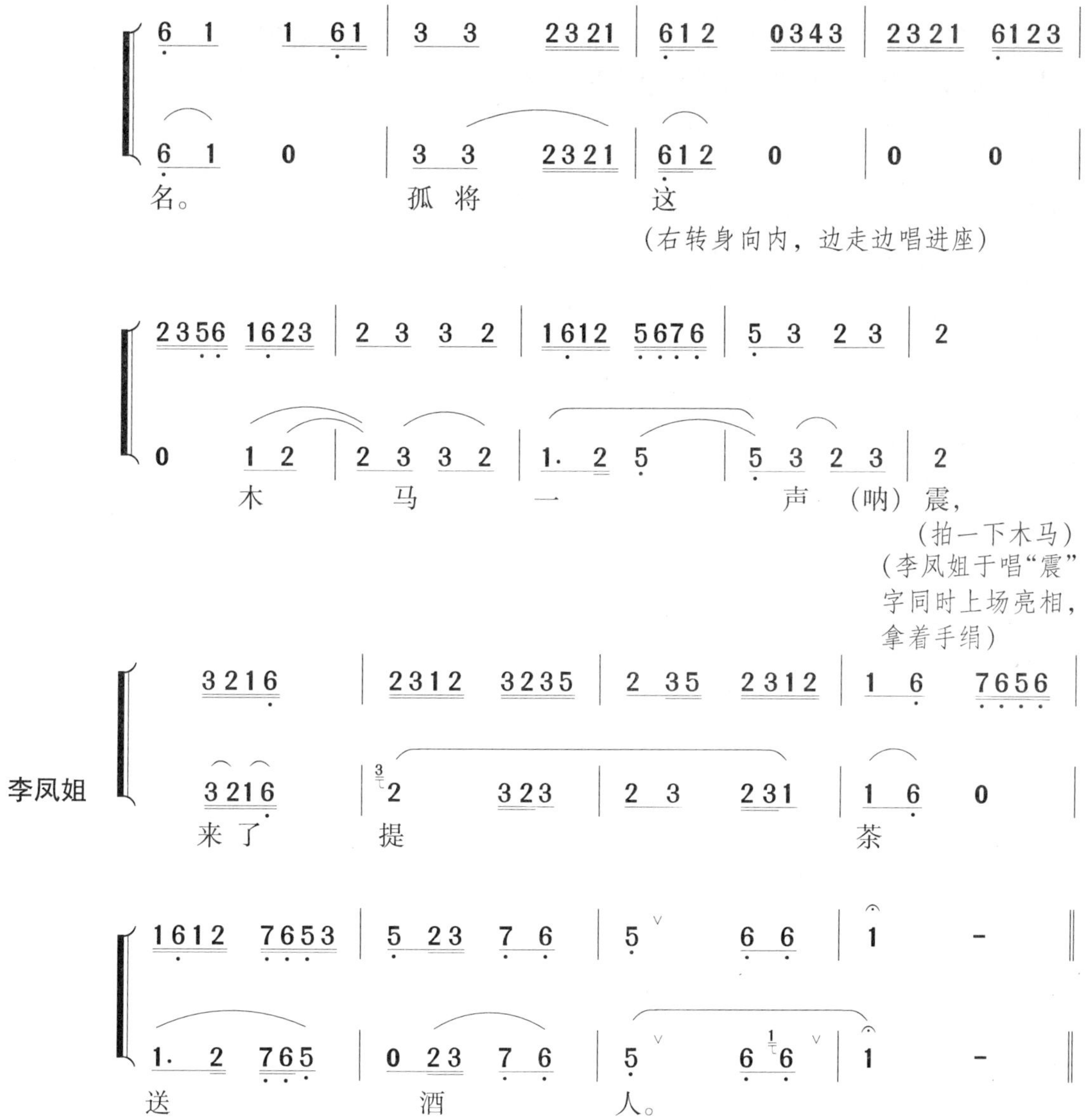

正德帝 酒保！

〔正德帝又拍木马，李凤姐回头一望。

李凤姐 酒保无有，（双手示意）倒有个酒大姐在此呀。（自指后双手叉腰亮相）

正德帝 呜呼呼呀，（用扇“打背供”）【小锣一击】这个丫头口称酒大姐，本当叫她一声，恐她消受不起……【小锣一击】也罢，以酒为名——啊，酒大姐。（合扇）

李凤姐 做什么？

正德帝 方才巡更守夜的他是何人呐？

李凤姐 他是我家哥哥。（拱手）

正德帝 他叫何名字？

李凤姐 他叫李龙。

正德帝 噢，他叫李龙，你呢？（扶桌）

李凤姐　我哇（想），我是无有名字的。
正德帝　哎，人生天地之间（用扇左斜指前方），哪有无有名字的道理呀？（双摊手）
李凤姐　名字倒有，说将出来又怕军爷你叫哇。
正德帝　为军的我不叫就是。
李凤姐　军爷你不叫？
正德帝　不叫。
李凤姐　我……（回身向内双手示己，欲言又止，向外）姓李呀。（右手抚胸）
正德帝　哦，我晓得你姓李呀，叫什么？
李凤姐　我叫……李凤姐（害羞状）。
正德帝　（拍扇，吟念出）好个李凤姐哟！哈哈哈。
李凤姐　拿来！（右手叉腰，左手摊掌）【小锣一击】
正德帝　拿什么？
李凤姐　拿名字来还我。
正德帝　话出如风，焉能还你呀？
李凤姐　方才说过不叫，你怎么又叫出来了？（质问双摊掌）
正德帝　为军乃是顺口答音。（用扇示意）
李凤姐　下次不可。（左手一指）
正德帝　下次不叫也就是了。
李凤姐　要些什么？
正德帝　酒大姐我来问你，你们这里卖的都是哪些酒饭？
李凤姐　有三等酒饭。（右手伸出三指）
正德帝　哪三等？
李凤姐　上中下三等酒饭。（左手上下示意）
正德帝　哦，这上等的？
李凤姐　来往官员所用。（由“九龙口”双手按掌至“下场门”台口，拱手）
正德帝　这中等的？
李凤姐　买卖客商。（左手按掌）(由“下场门”台口双手按掌至“上场门”台口，双摊掌）
正德帝　这下等的呢？
李凤姐　这下等的么……（扶鬓回头一看正德帝）【小锣一击】
正德帝　正是。
李凤姐　不说也罢。（摇手示意）
正德帝　为何不讲啊？
李凤姐　我说将出来怕军爷你着恼啊。（左手一指）
正德帝　哦，为军的不恼哇。
李凤姐　军爷不恼？
正德帝　不恼。
李凤姐　就是你们这些吃粮当军人所用。（左手一指）
正德帝　呜呼呼呀，（用扇“打背供”出桌）【小锣一击】吃粮当军之人有这样的苦处，（想）【小锣一击】（合扇）待孤还朝发放十万赏银犒赏他们。（进桌落座）【小锣一击】啊酒大姐。

李凤姐　做什么？

正德帝　你将那上等的酒饭摆来我用哦。

李凤姐　（吃惊状）怎么军爷要用上等的酒饭么？

正德帝　正是。

李凤姐　哎呀呀，（向前左手“打背供”）【小锣一击】他要用上等的酒饭，不知这银子他可拿得出来？（想）【小锣一击】待我用言语点破于他。（右缓手向内斜指，【小锣一击】回身向内走至桌旁）啊军爷，你要用那上等的酒饭，（向外指）与你打个哑谜（指尖向下绕指然后双摊掌）你可晓得？

正德帝　略知一二啊。

李凤姐　有道是：行船，（双缓手，提腕向外推）

正德帝　要船钱。

李凤姐　住店？（反方向双摊手）

正德帝　要店钱。

李凤姐　喏喏，这吃酒呢？（左手做酒杯状，右手托指）

正德帝　哦，（合扇，缓手向外斜指）酒后哇。

李凤姐　哎，【小锣一击】酒钱都不晓得，什么叫酒后哇。

正德帝　哦，听你之言，敢么是要钱吗？

李凤姐　我倒不要钱。（用手示意）

正德帝　哪一个要钱呐？（右手用扇护袖，左手摊掌）

李凤姐　我哥哥（拱手）回来问我要钱。

正德帝　只要你们要钱就好办事了，你将那帘儿卷起。（缓手用扇指帘示意）

李凤姐　（左施礼）是。

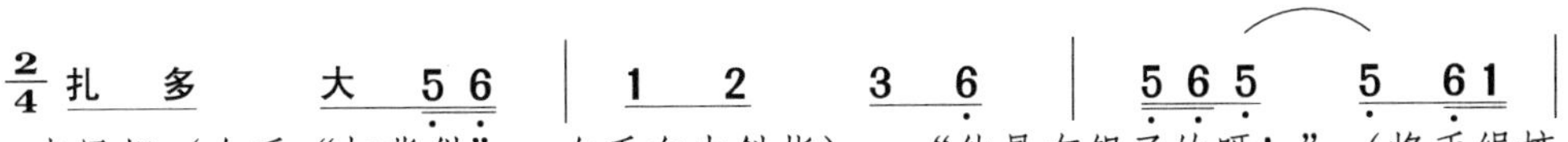

李凤姐（左手“打背供”，右手向内斜指）：“他是有银子的呀！”（将手绢掖至右边，走至中台口，虚拟做卷帘状）

（正德帝起身出桌，至“下场门”台口）

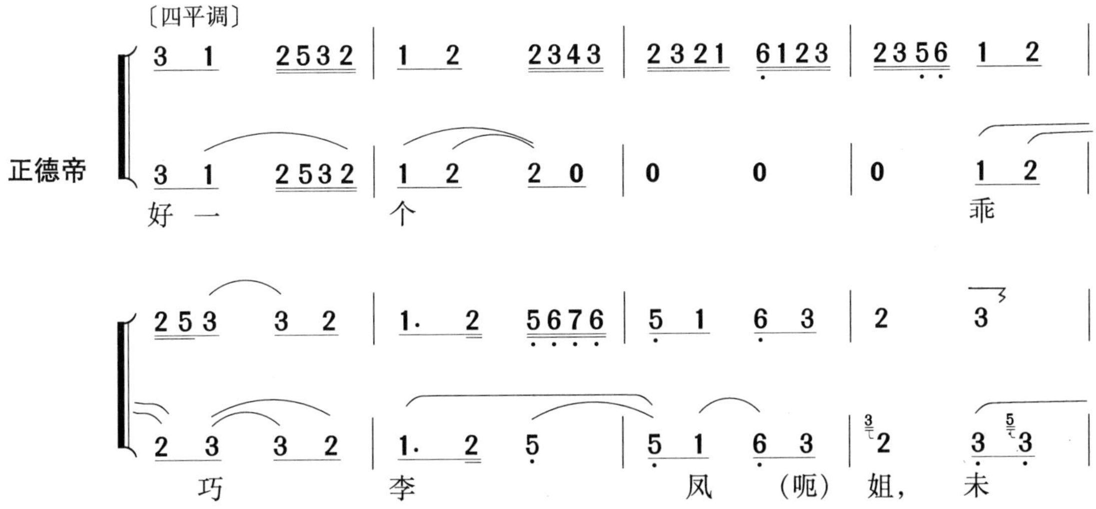

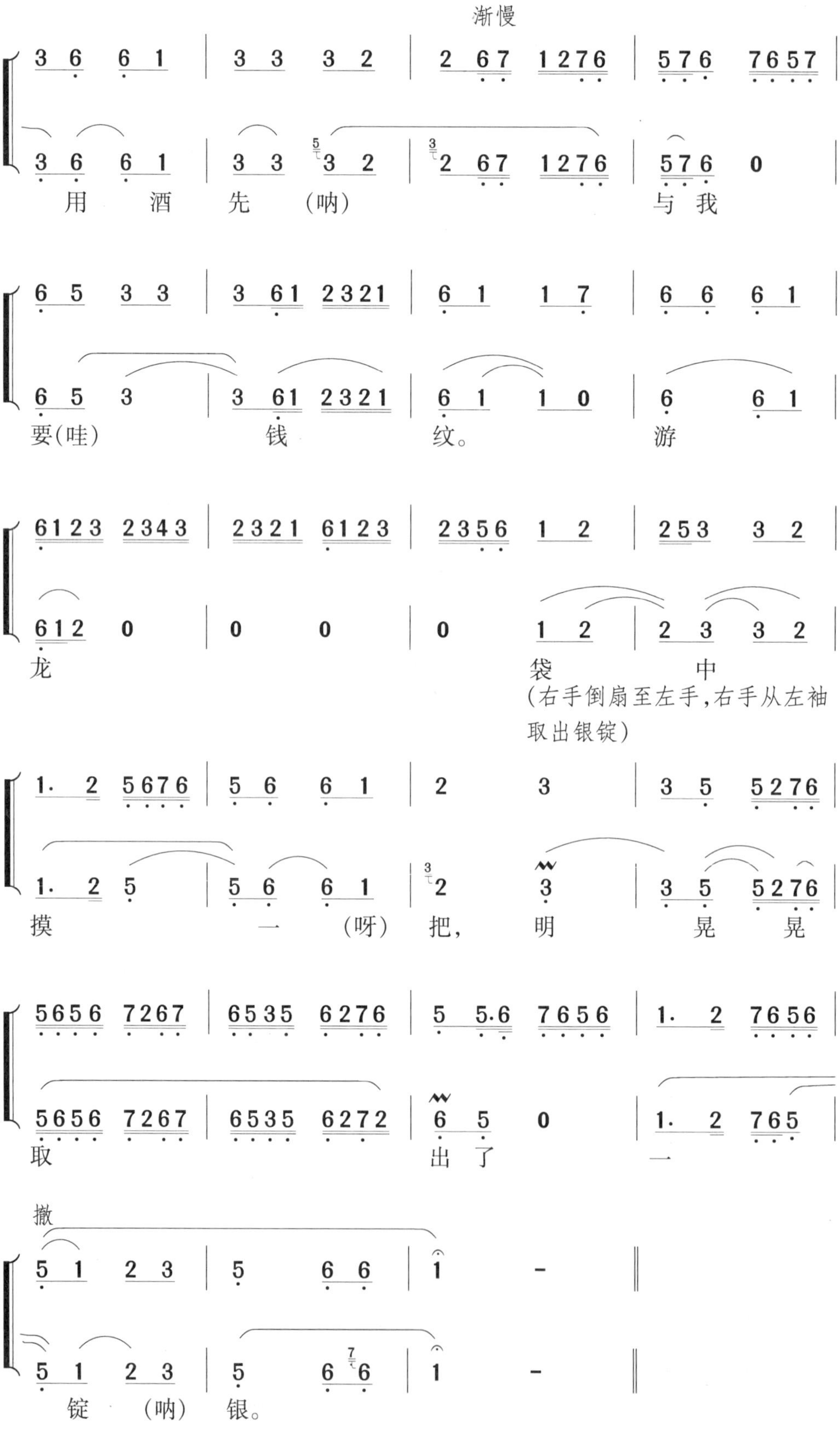
渐慢
用 酒 先 (呐) 与 我
要(哇) 钱 纹。 游
龙 袋 中
(右手倒扇至左手,右手从左袖取出银锭)
摸 一 (呀) 把, 明 晃 晃
取 出 了 一
撤
锭 (呐) 银。

正德帝　拿去呀。【小锣一击】

李凤姐　（左手伸手欲接，又急忙抽回手，后退）放下。

正德帝　放在哪里呀？

李凤姐　放在桌儿上面。

正德帝　这银子是光的，桌儿是滑的，岂不滚在了地下吗？

李凤姐　滚在地下由我来捡。

正德帝　哎呀，我怕呀。（银、扇倒手）

李凤姐　你怕什么？（双摊掌）

正德帝　我怕闪了大姐你的腰噢。（缓手用扇去触李凤姐的腰，李凤姐急忙避开）

李凤姐　哎，闪了我的腰与你什么相干呢？（双摊掌）

正德帝　为军的是心疼。（双手相合，做虔诚状）

李凤姐　呀啐！（羞状）我自己都不心疼，哪个要你来心疼。（左手向下指）放下！

正德帝　噢，放下，放下。（转身将银子放在桌子上，李凤姐到桌子前用左手去拿银子，正德帝右手用扇将银子遮住）【小锣一击】

李凤姐　军爷你敢是舍不得？（左手向下指）

正德帝　我倒舍得，只怕是大姐你呀——舍不得？（上步，用扇扇李凤姐）

李凤姐　（双手侧挡脸，做害羞状，左手“打背供”向“上场门”台口走）哎呀呀，【小锣一击】看这军爷有些不大老实……（右手向内斜指，想）有了，【小锣一击】待我来哄他一哄。（转身向内走至桌旁）啊军爷进得我们这里，可曾看到一幅古画呀？（双分掌，左踏步）

正德帝　啊？古画！我最喜爱古画，古画在哪里？

李凤姐　在那里。（左、右手交替向斜前方代指）

正德帝　在哪里呀？（顺所指方向，由左向右转身望去）

李凤姐　（左转身，右手从桌上快速拿起银子，藏至胸前，待正德帝转回身后，用左手指右手里的银子）军爷，在这里哟。

正德帝　（回头）哎呀，被她哄了去了哇！（用扇示意）

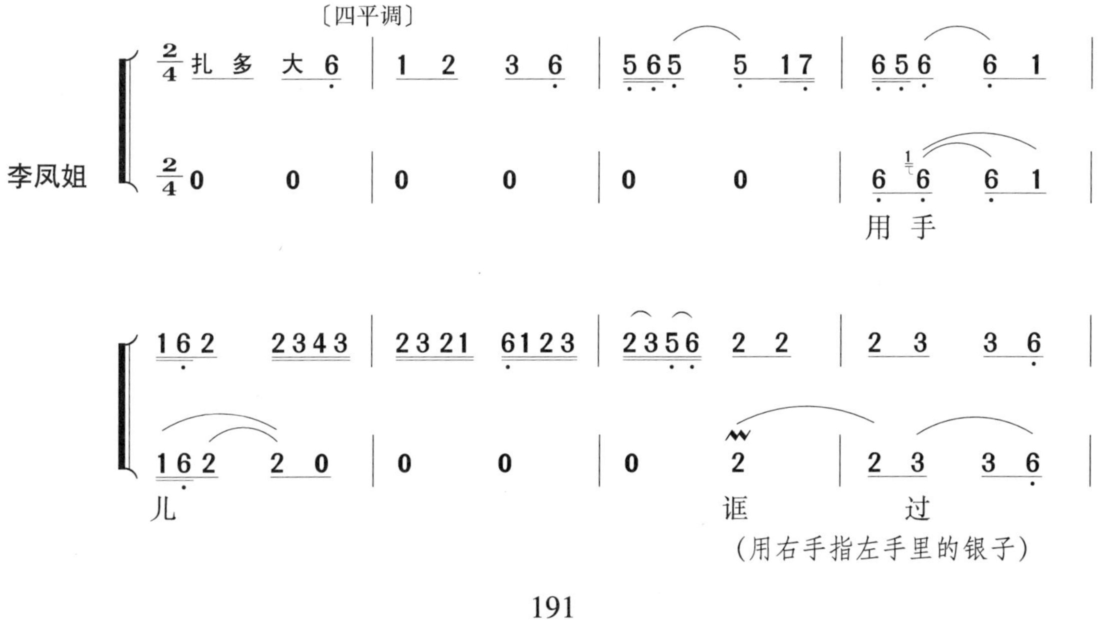

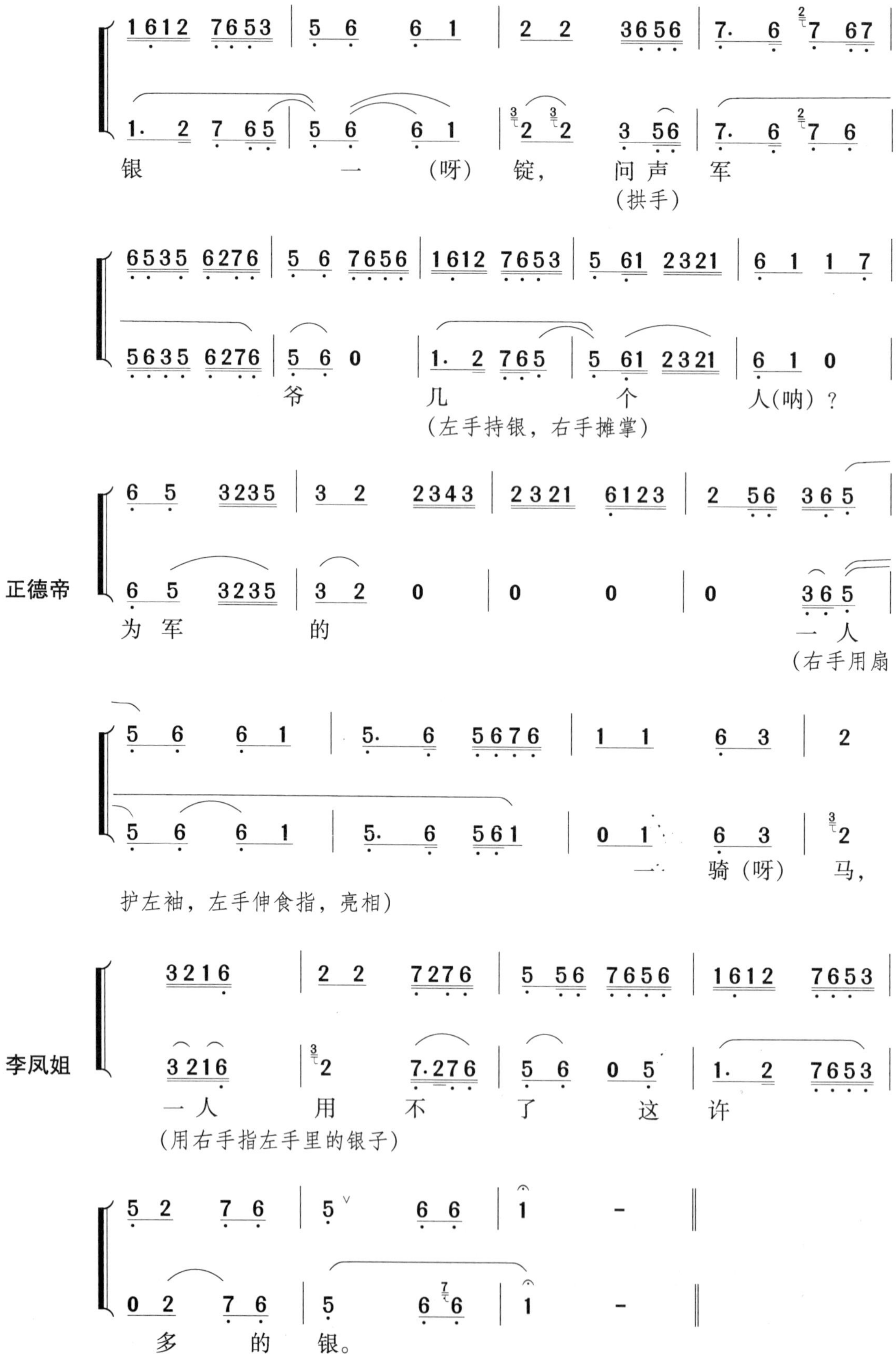

银 一 (呀) 锭， 问声 军
(拱手)
爷 几 个 人(呐)？
(左手持银，右手摊掌)
正德帝
为 军 的 一 人
(右手用扇
一 骑（呀） 马，
护左袖，左手伸食指，亮相)
李凤姐
一人 用 不 了 这 许
(用右手指左手里的银子)
多 的 银。

李凤姐 多了。**【小锣一击】**（左手将银子递回）

正德帝 噢多了，人的酒饭（用扇自指）马的草料（缓手向外指）。

李凤姐 还多呀。

正德帝 还多，那就送与大姐买花儿戴吧。

李凤姐 （躬身施礼）多谢军爷。

正德帝 不成一谢。

李凤姐 （回身右手从桌上取蜡台，向外走）啊军爷请呐。

正德帝 请到哪里？（右手用扇护袖，左手摊掌）

李凤姐 请到前面客堂。（倒手蜡台，右手由内向外指）

正德帝 啊，要到你的卧房？（用扇指）哦好好好！（边说边撩褶子做欲出门状）

李凤姐 哎，（急拦）客堂噢！

正德帝 （学李凤姐）哎，客堂噢！

李凤姐 啐！（做害羞状）

正德帝 哈哈哈！

〔奏京胡曲牌<二黄小开门>。正德帝后撤。李凤姐右手持蜡台前面引路，低头出门，向“下场门”“正领”左转身一圈。

正德帝 （向“下场门”方向）这是哪里呀？

李凤姐 （回身，蜡台倒至左手，右手指）这是我哥哥的卧房。

〔正德帝挥手前行，李凤姐顺势转身将蜡台置于右前方，前面引路。

正德帝 哦，这里呢？（向“九龙口”方向指）

李凤姐 （回身，蜡台倒至左手，右手扶胸）这是我的卧房。

正德帝 哦，这是你的卧房？倒要进去看看呐！（倒扇左手，右手撩褶子欲进；李凤姐急忙上前双拦）

李凤姐 有道是，男女（互指）授受不亲啱！（绕腕掸手）

正德帝 哎呀呀，（后退，转身指）这个小丫头她也懂得（倒扇，右手扇护袖，左摊掌后变腕示意）男女授受不亲呐，呵呵呵！

〔李凤姐由“九龙口”直奔“下场门”台口，做虚拟开门状，回身，踏左步将蜡台置于地下，后撤。正德帝躬身左手将蜡台拿起。李凤姐右手指正德帝，然后，双缓手做请进状。正德帝打扇向门里一望，**【小锣一击】**示意不去，后退，用扇缓手向后指，示意进李凤姐的房间。李凤姐急忙由正德帝身后至房门前。正德帝由外回身向内走，李凤姐双叉腰亮生气拦阻相。正德帝打扇护灯向后靠，斜亮相。曲牌止。**【小锣一击】**李凤姐指正德帝，正德帝随笑收式、收扇，顺势转身。

〔四平调〕

	扎 多 大 6	1 2 3 6	565 5 56	7 7 7 7
正德帝	0 0	0 0	0 0	7 –
				孤

（收扇，顺势转身）

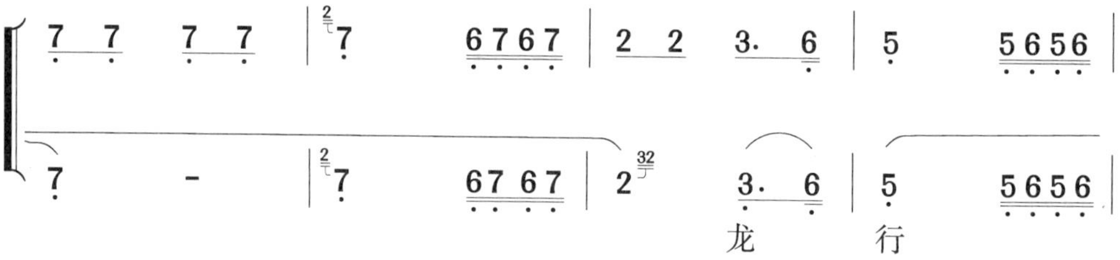

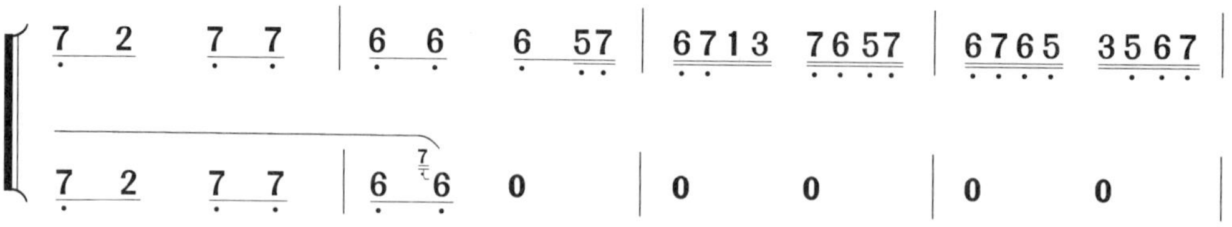

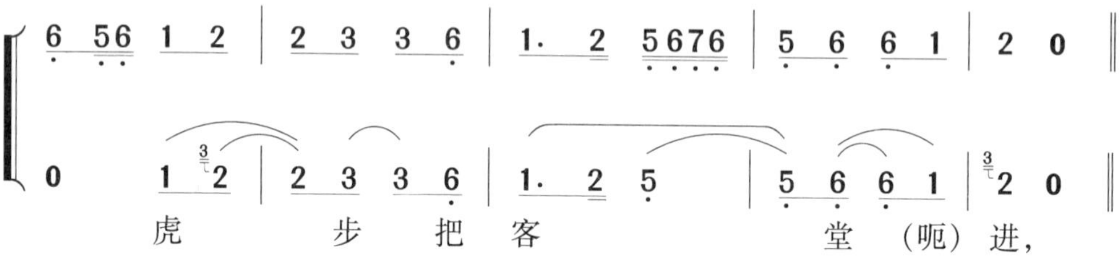

（正德帝打扇，护灯，向“下场门”走去。李凤姐悄然随后，于唱“堂”字时推正德进门，双手拉门，带门，扣门搭环亮相。【小锣一击】与此同时，正德帝于唱“堂”字时顺势倒步，护灯回身亮相。后，顺势收扇起身，用扇做敲门状）

正德帝 开开门呐！

李凤姐 （故作厉声）不开！（笑）

正德帝 哎呀，这梅龙镇上好紧的（向外）门户啊！（听）

李凤姐 遇见了你们（左手向内指）这样的客人，只得（双缓手向内指）如此哟。

正德帝 呵呵呵。（后撤，打扇、转身、护灯下场。李凤姐含笑后撤，回身）

李凤姐

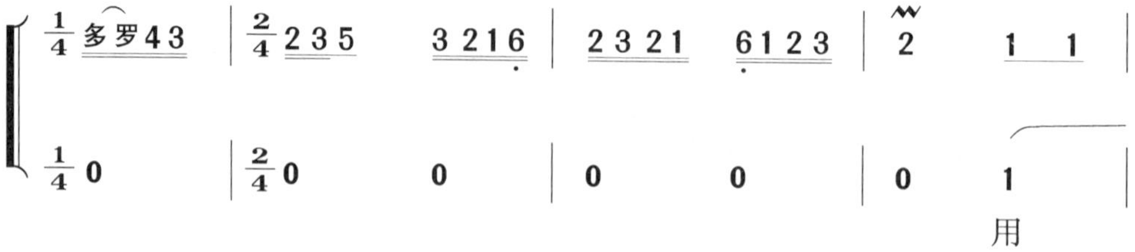

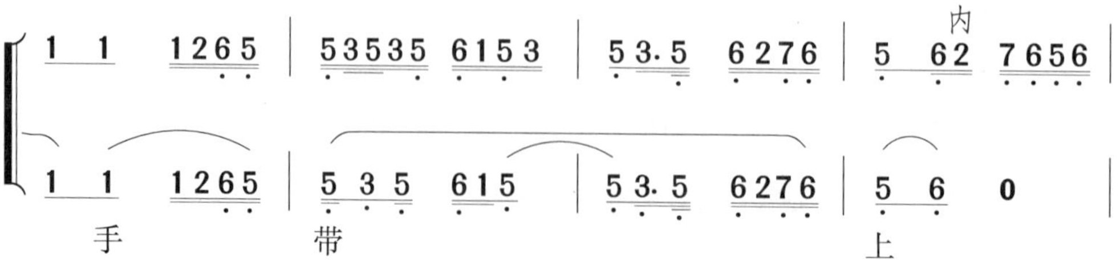

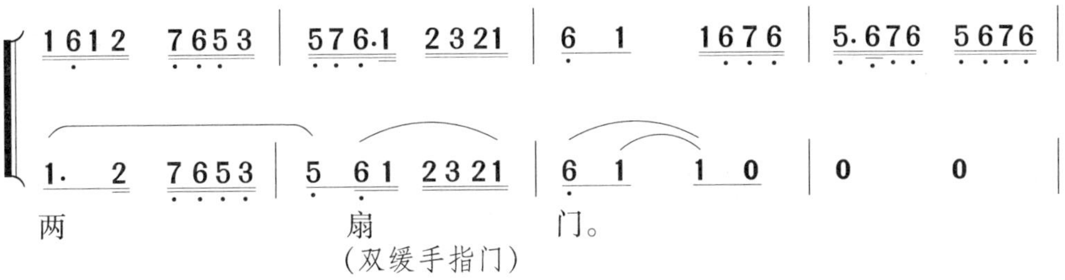

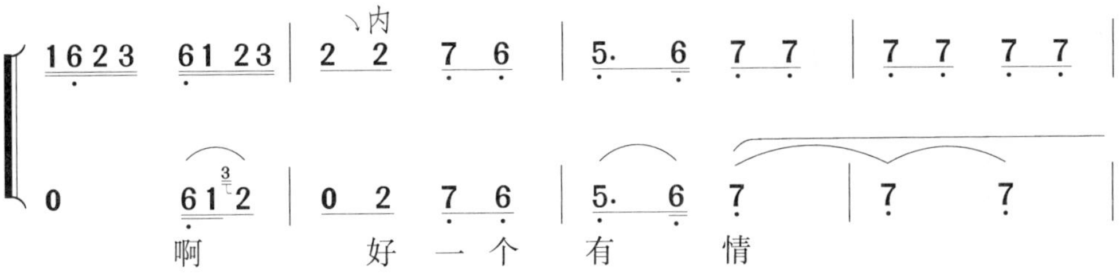

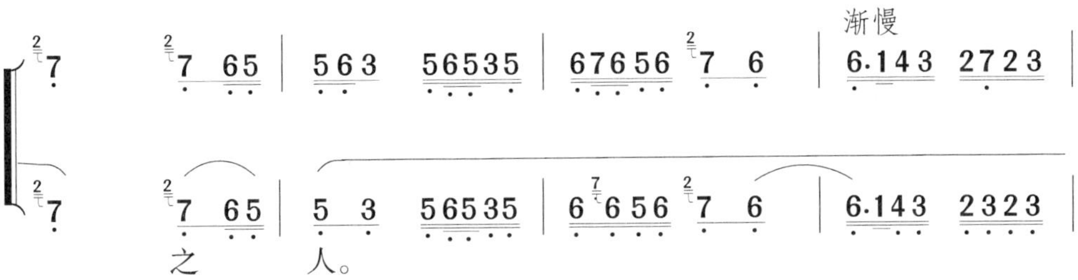

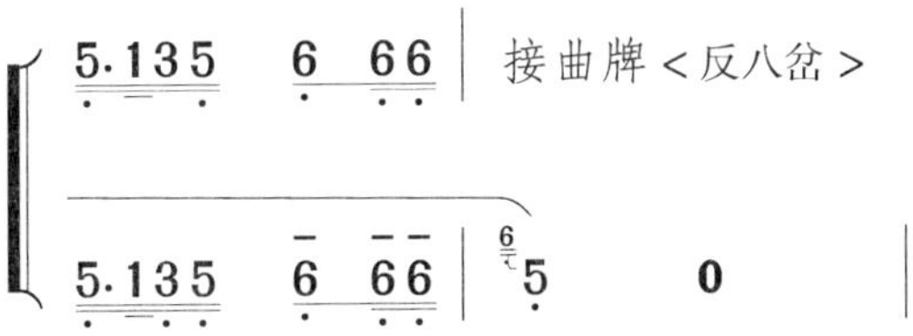

〔李凤姐无意回头发现桌子没有收拾，急忙收拾桌子，【小锣一击】双手拿酒盘转身出门，回身向“下场门”台口看一眼，急转身快速下场。复双手托盘带酒壶、酒杯上场，放下托盘，收拾桌子，摆酒具，擦拭酒杯。一望门，出桌，二望门，【小锣一击】回头看酒桌摆放，想，【小锣一击】效仿正德帝模样，整冠，捋髯，打扇，背扇“大座”转身，【小锣一击】走两步后，快速进桌落座，【小锣一击】然后用右手示意正德帝气宇轩昂的身高气质，英俊的容貌，赞美指，效仿正德帝倒酒、双手端酒，饮酒，被酒辣，吐酒，【小锣一击】将酒杯中酒复倒于酒壶当中，眼睛观看是否周围有人发现，同时，擦拭酒杯，然后出桌回望，转身望门，再回身望酒桌后，转身。“呀！”

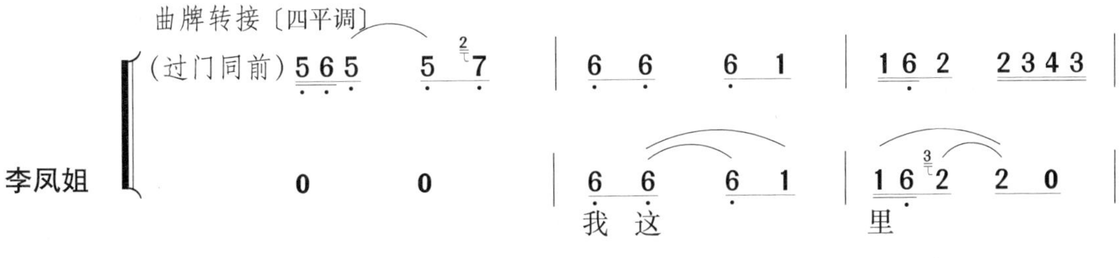

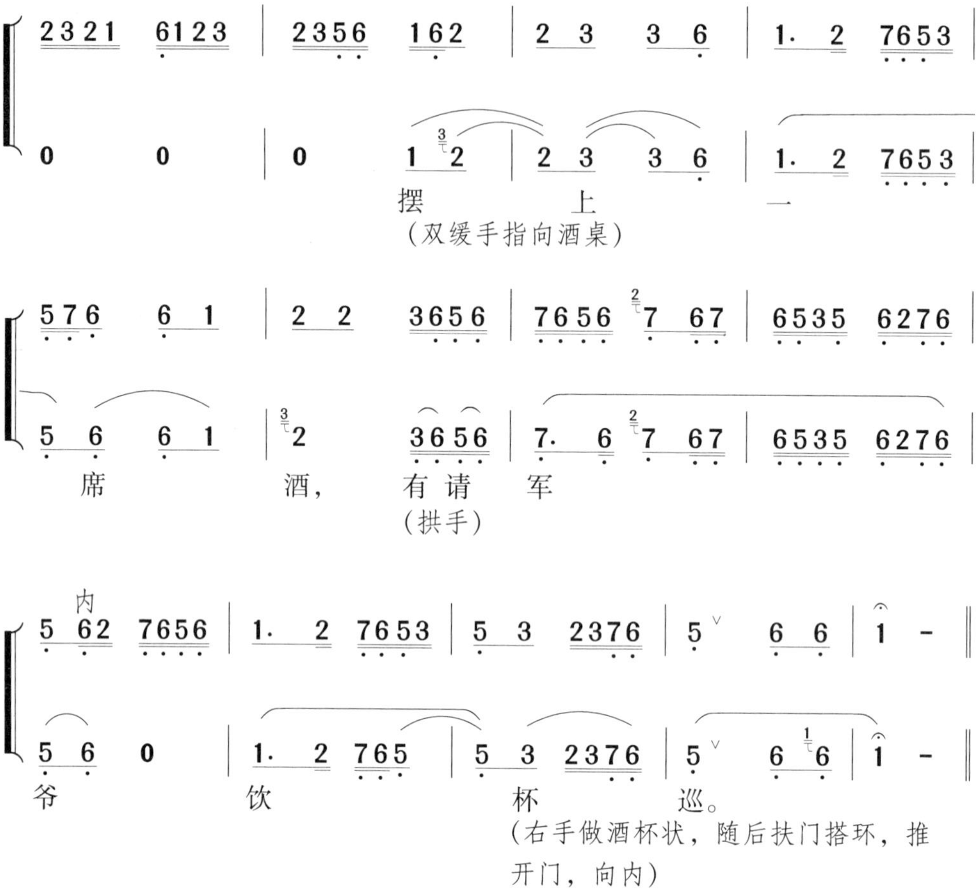

李凤姐 啊军爷，请出来吃酒哇；（随说随向外走，发现屋里没有动静，又回身向内）啊军爷，请出来吃酒哇！（随说随向外走，发现屋里依然没有动静，**【小锣一击】**边说边向中间走，边说边用手指向屋子里）看他这个人，方才叫他进去他不进去，如今叫他出来他又不肯出来了。**【小锣一击】**（双摊掌，看手，发现手脏）哎呀呀，为了一席酒，脏了我的一双手，待我打水洗手。

「奏京胡曲牌<二黄小开门>，李凤姐右手指左手，然后挽袖回身取桌上的盘子向外走。正德帝悄然上场，出门，看李凤姐挽袖，走到李凤姐身后，用扇子摸李凤姐头，曲牌止。**【小锣一击】**李凤姐右手持盘惊回身，正德帝用鼻子闻扇子。

正德帝 好高的房子哟！

「正德帝向“大边”边吟唱边走，转身，李凤姐右手持盘双叉腰亮相。**【小锣一击】**

李凤姐 房子房子，我打你一盘子！（冲向前，右手持盘欲打正德帝。正德帝后撤）

正德帝 哦，你怎么打起为军的来了哇？

李凤姐 你这个人（左手单指）进得店来，上也瞧瞧，下也看看，（上下示意）我们一个女孩儿家有什么好看的呀？（双摊掌）

正德帝 只因大姐长得好看，为军的喜看呐。

李凤姐 怎么军爷你爱看？

正德帝 爱瞧。

李凤姐 好，如此你就看上一看吧！（右手拿盘，双手叉腰）

正德帝 大方得很，倒要瞻仰瞻仰。（打扇，从李凤姐前面走过，**【小锣一击】**背扇左手捋髯）嗯，好。

李凤姐 再看看！（忍笑）

正德帝 啊，再看看？哦好好，就再看看。（合扇，从李凤姐后面走过）**【小锣一击】**哎呀呀，是越看越好哇！

李凤姐 （盯着正德帝）再看看吧。

正德帝 啊，哦我不看了，我看饱了哇。

李凤姐 哼，我若不看你是我们这里的客人，我定要骂你。（左手单指）

正德帝 怎么要骂我啊？

李凤姐 不但骂你，我还要（举盘子欲打状，**【小锣一击】**正德帝后撤）打你呢。（笑）

正德帝 哎呀呀，为军的出世以来就不曾叫人家打过，今日大姐要打，（双摊手）打上几下这又何妨啊？来来来，打呀！（双手合抱，做等待挨打状）

李凤姐 军爷叫我打？

正德帝 嗯，叫你打呀。

李凤姐 好，如此我就**【小锣一击】**……（猛地举盘子欲打，又突然停止）不打了不打了。

正德帝 （抬头）为何不打呀？

李凤姐 我怕军爷你着恼哇。

正德帝 哦，大姐打我，我不恼。

李凤姐 军爷不恼？

正德帝 不恼哇。

李凤姐 好，如此我就打、（用盘子向里打，正德帝用扇子向里盖）打、（用盘子向外打，正德帝用扇子向外盖）打，（缓手从底下掏盘子，正德打盘底）**【小锣三击】**呀呀啐！

〔李凤姐右手提腕举盘、左手指向正德帝，右腿抬、左腿独立，拧身亮相。正德帝打扇、左弓箭步斜身亮相。**【小锣一击】**

〔双翻，李凤姐转身回头看正德帝亮相。正德转身向内翻扇，再左弓箭步斜身亮相。

正德帝 哈哈哈。（收式起身，至台中）

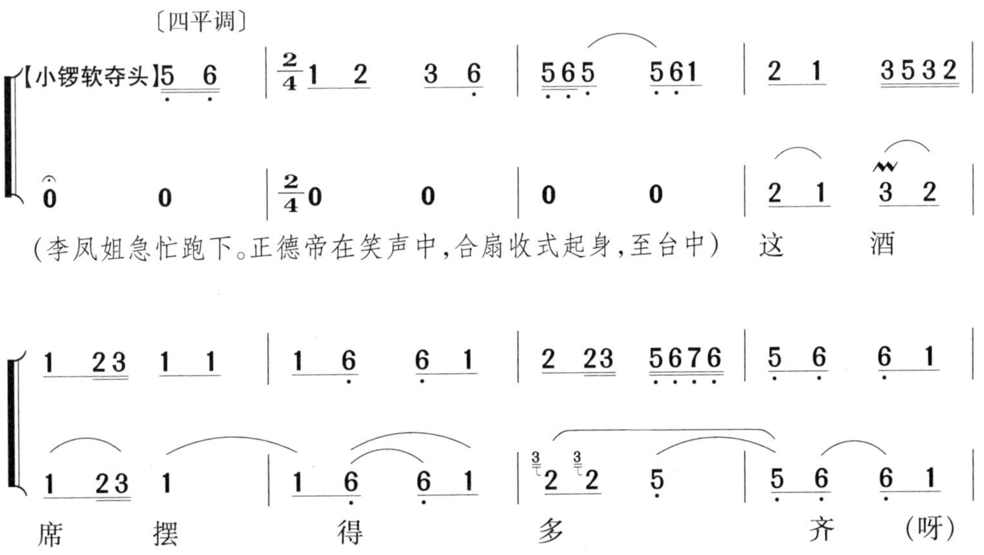

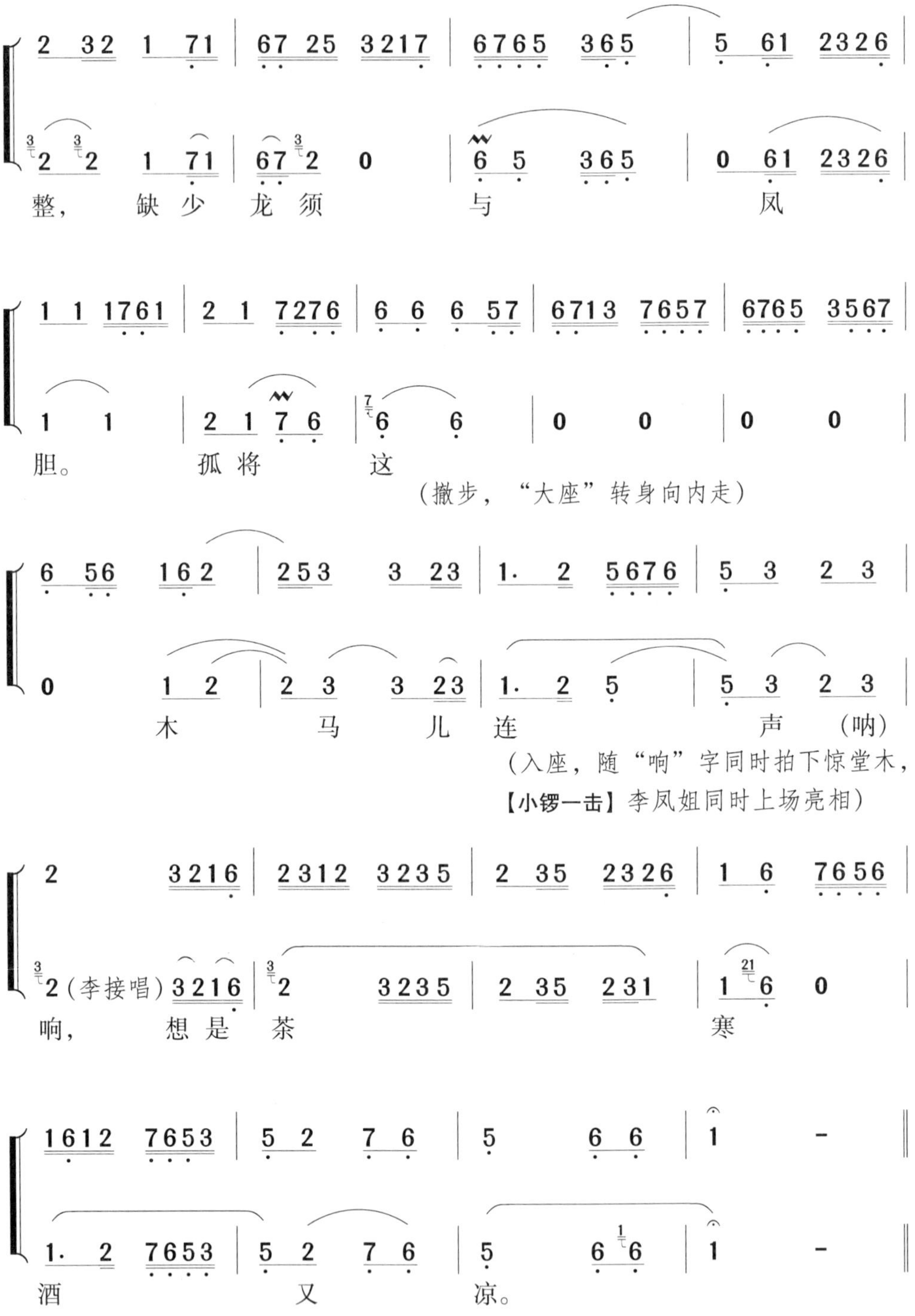

〔李凤姐撩帘进门，挖至“小边”，转身回望。

正德帝 酒保！酒保！（连续拍打木马）

李凤姐 军爷，茶寒了？

正德帝 不寒。

李凤姐 酒冷了？

正德帝 酒也不曾冷。

李凤姐 茶也不寒，酒也不冷，将我们桌儿敲敲打打的，（双手做敲打状）敲坏了是要你赔的。（左手单指）

正德帝 我呀慢说是这张桌儿，就是大姐你呀我也赔（陪）呀。

李凤姐 啊，你要陪哪个？

正德帝 赔你这张桌儿啊。

李凤姐 讲话要讲明白些。

正德帝 为军的讲话从来是明白的。

李凤姐 军爷唤我何事？

正德帝 大姐，我与你商量商量啊？

李凤姐 商量什么？

正德帝 这是为军的酒，（左手拿杯，右手用扇指）烦劳大姐的手，斟上一杯酒，吃了我就走。（缓扇向外指）

李凤姐 我们（双手自指）卖酒不管（双手由内向外翻示意）斟酒。

正德帝 啊，你斟是不斟呐？

李凤姐 不斟。

正德帝 当真不斟？

李凤姐 当真不斟。

正德帝 好。（合扇，护左袖，左手摊掌）你取银子还我，我去别处去吃呀。

李凤姐 待我取来。（边说边向门口走去）

正德帝 哦，转来转来，（用扇示意拦阻）**【小锣一击】**你这个人真是个呆傻子，你看这酒席被我吃残了，银子再被我拿去，你哥哥回来问你要钱，你拿何言答对呀？（双摊掌）

李凤姐 这……（左手托腮想）哎呀是啊，（“背供”向前走）**【小锣一击】**这酒席被他吃残了，银子再被他拿去，我哥哥（拱手式）回来问我要钱，我拿何言答对呀？（双摊掌）**【小锣一击】**（右手托腮想）有了，（笑）我再哄他一哄。（左手单指**【小锣一击】**转身向内走）啊军爷，你们那里的老鼠（双手示意老鼠大小）是什么颜色的？

正德帝 老鼠是灰色的呀。

李凤姐 我们这里不同，我们这里是白的。

正德帝 哦，白老鼠？

李凤姐 嗯。

正德帝 哎呀，这倒新奇的很呐。

李凤姐 出来了，在那里，（向“下场门”台口方向指，正德帝顺李凤姐手指方向看）在那里。

正德帝 在哪里？在哪里？（起身左出桌寻看，李凤姐趁机将酒倒入酒杯）

李凤姐 军爷在这里，请来吃酒吧。**【小锣一击】**

正德帝 这酒是何人斟的？（边说边入座）

李凤姐 是我斟的，可好哇？

正德帝 好便好，呵呵，照这样的斟法，慢说是一杯，就是十杯百杯也算不得什么。（左手端杯泼掉）**【小锣一击】**

李凤姐 要怎样的斟法？（双摊掌）

正德帝 （落座）喏，要斟上这杯酒，（用扇示意）相烦大姐你的手，（左手做酒杯状）递与我的手，我的手送与我的口，那才能算得呢。

李凤姐　我手上有糖？（右手指左手）
正德帝　无糖。
李凤姐　有蜜？（反向左手指右手）
正德帝　无有蜜呀。
李凤姐　为何要我来与你斟酒？（双摊掌）
正德帝　哦，为军就是喜爱这个调调儿。（将扇子反戳在桌子上，双手扶扇柄）
李凤姐　我们卖酒不卖手。
正德帝　你斟是不斟？
李凤姐　不斟。
正德帝　当真不斟？
李凤姐　不斟。
正德帝　果然不斟？
李凤姐　不斟。
正德帝　好，（用扇拍手，倒扇至左手，护右袖，右手摊掌）拿银子还我，我别处去吃。
李凤姐　好，我与你取来。（用左手指，二次边说边向门口走去）
正德帝　哦，转来转来。（二次示意阻拦【小锣一击】后，李凤姐退至“小边”。正德边说边起身出桌，走至“大边”）你晓得我那银子是哪里来的呀？
李凤姐　（扭头）敢是打抢来的不成？
正德帝　呵呵，（合扇）正是为军的我做强盗打抢来的，不犯事便罢，倘若犯事，我将你兄妹二人攀扯在内，我管叫你吃罪不起。这酒席不吃了，银子我也不要了，我啊，我要走了哇。（假意左手撩褶子向外走）【小锣一击】
李凤姐　（急忙上前示意拦）军爷转来商议商议。
正德帝　噢，（猛回身）怎么商议啊？
李凤姐　哎，（用右手向下掸）我自己口与心（自指口心）商议。
正德帝　你快去商议，我啊还等着吃酒呢。（用扇“打背供”）
李凤姐　哎呀且住。【小锣一击】他这银子乃是打抢来的，若是犯了事，又将我兄妹攀扯在内……哎呀哥哥啊哥哥，（向外指）你今日也卖酒，明日也卖酒，这就是你卖酒的下场头哇！（右手翻、绕、向下掸手绢）

〔四平调〕

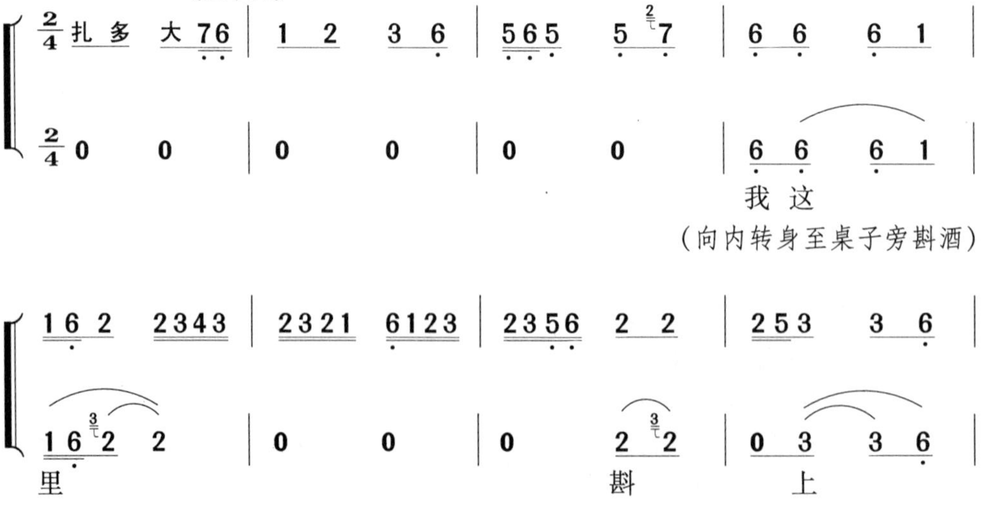

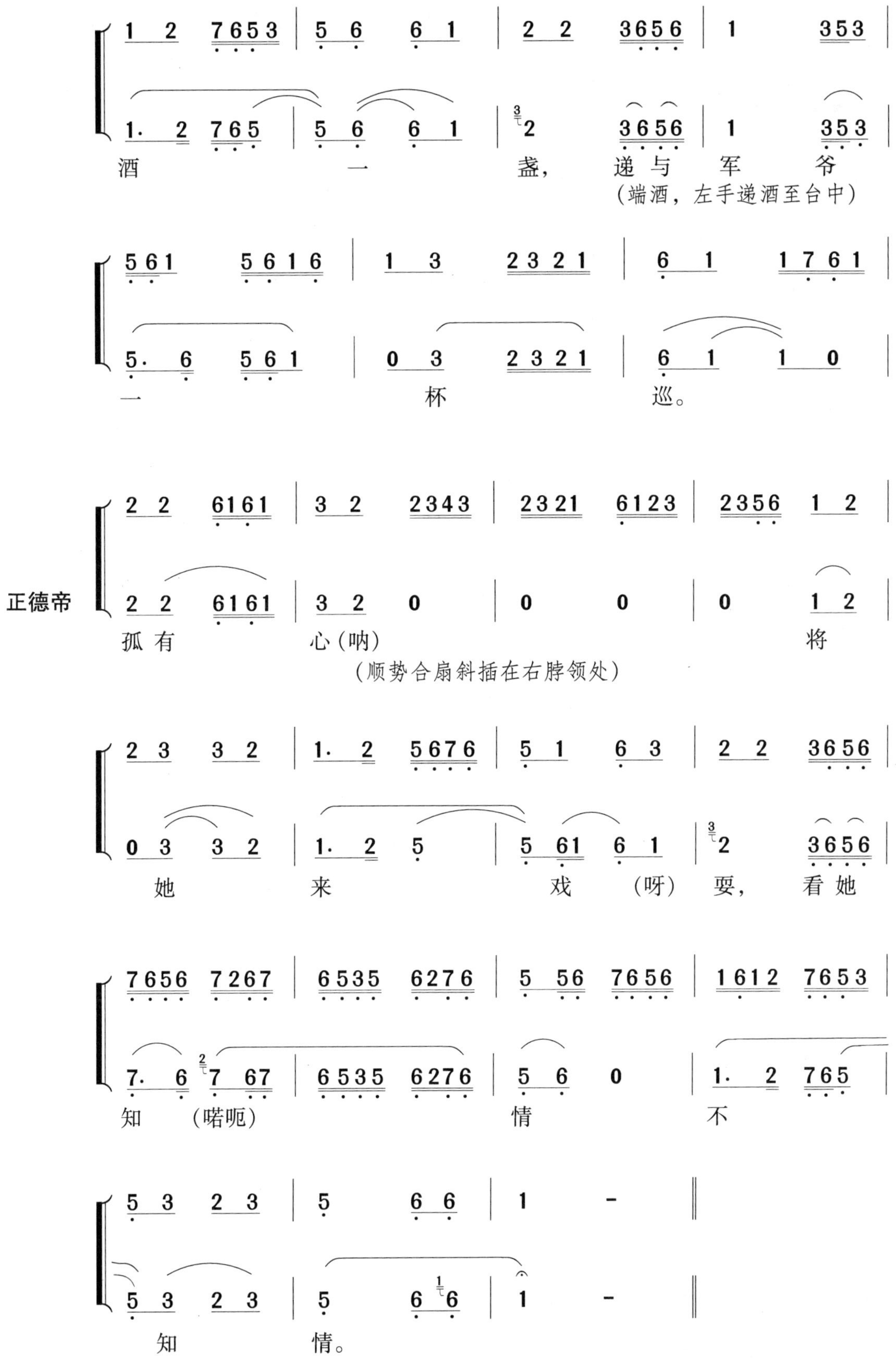
酒 一 盏，递与军 爷
（端酒，左手递酒至台中）
一 杯 巡。
正德帝
孤有 心（呐） 将
（顺势合扇斜插在右脖领处）
她 来 戏 （呀） 耍，看她
知 （喏呃） 情 不
知 情。

〔正德帝接酒杯时，有意用手触摸李凤姐手。李凤姐急忙收手。正德帝做饮酒状。

正德帝 干！

李凤姐 干你娘的心肝！（猛地拿过酒杯，将酒杯放到桌子上）

正德帝 啊，你怎么骂起为军的来了哇？

李凤姐 我与你斟酒，（边说边向台前走）你为何着了我一下。

正德帝 （假意看双手）噢是了，为军的我这几日，不曾跑马射箭，指甲长长了，着了大姐一下，这也无妨紧要啊。（双摊掌）

李凤姐 （示意指甲）我们指甲也是长的，怎么着不着你呢？（单指）

正德帝 噢，听你之言敢是爱小便宜的，也罢，为军的生就一双粗手，（双摊掌）大姐要着，着上几下这有何妨啊，来来来。（双摊掌，走上前，示意李着）

李凤姐 军爷叫我着？

正德帝 叫你着哇。

李凤姐 （高兴）好，我就……（快速绕手双指由上向下，正德帝则双摊掌手翘中指，李凤姐收回双手，向后退）**【小锣一击】**不着了，不着了。

正德帝 呵呵，为何不着哇？

李凤姐 我这里还未曾着下去，你就……（边说边重复刚才动作，而后羞涩）不着了，不着了。

正德帝 噢呵呵，好好好，来来来。（再摊双掌伸向李凤姐面前）

李凤姐 放老实些。

正德帝 放老实些。

李凤姐 如此我就着、（由上向下）着、（由下向上，正德帝掌心向下）着。

〔正德帝拽住李凤姐手，**【小锣三击】**接**【小锣凤点头】**李凤姐奋力挣脱，欲打正德帝。二人相对，凤姐羞涩地扭身。

正德帝 哈哈哈。（取扇）

〔西皮流水〕

李凤姐 **【小锣凤点头】** 1/4（7̣ | 6̣ | 5 | 5 5 | 3 6 | 5 i | 3 2 | 1 2 | 6̣ 5 | 5 5）

3 2 | 1 | 0 i | 6 5 | 5 3 | i | 6 | 0 3 |
月 儿 弯 弯 照 天 下， 问

（双绕手，向右上方指）

3 5 | i | 6 5 | 6 | 0 i | 6 5 | 5 3 | 5 |
声 军 爷 哪 里 有 家？

正德帝 1 | 2 1 | 0 6 | 6̣ 1 | 6̣ 1 | 6̣ 1 | 2 | 0 1 |
凤 姐 不 必 细 盘 查， 为

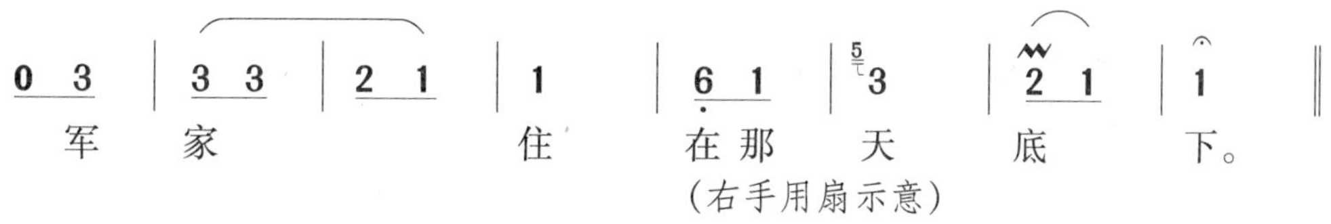

李凤姐　(左手单指)住了!一个人不住在天底下,(双翻掌)难道你还住在那天上头不成?(双缓手向右上方指)

正德帝　我这个住处啊与众大不相同。

李凤姐　怎样的不同?(双摊掌)

正德帝　喏,我住在北京城内,大圈圈里面有个小圈圈,小圈圈里面有个黄(皇)圈圈,我就住这个黄(皇)圈圈里面呐。(用扇示意)

李凤姐　如此说来我倒认识你了。

正德帝　啊,你认得我?(“背供”)哎呀呀,她怎么会认识我啊?

李凤姐　你是我哥哥的……(拱手)

正德帝　(紧上一步)什么?

李凤姐　(猛回身左手指)大舅子啊!

正德帝　(后退)哎呀胡说。

〔西皮流水〕过门同前

李凤姐　【小锣凤点头】

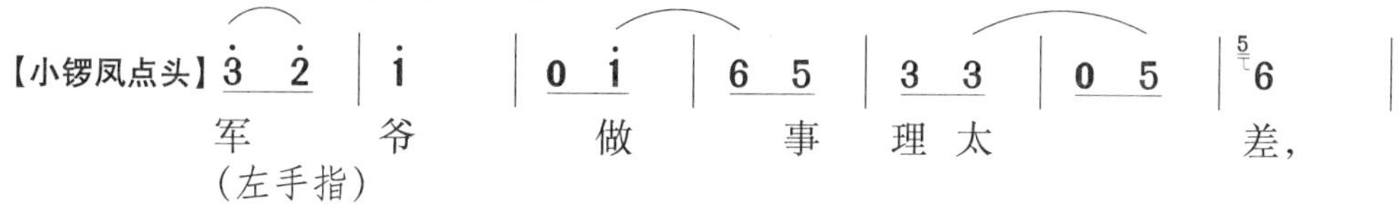

正德帝

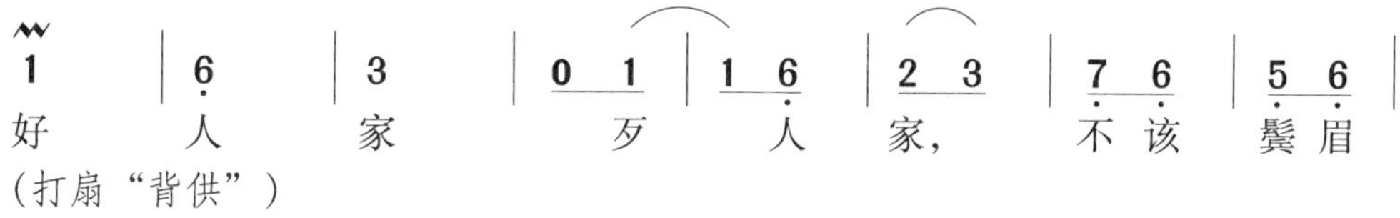

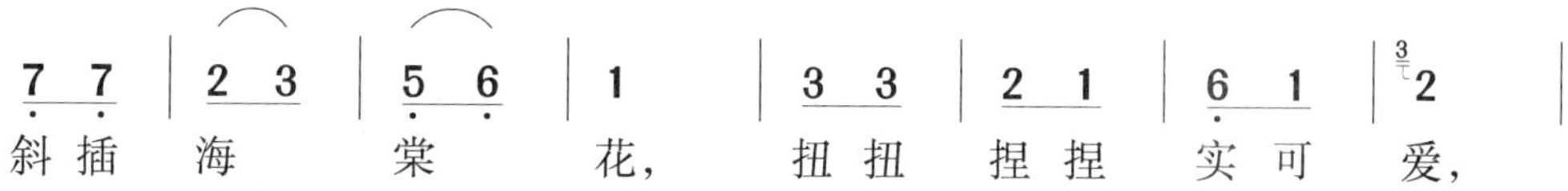

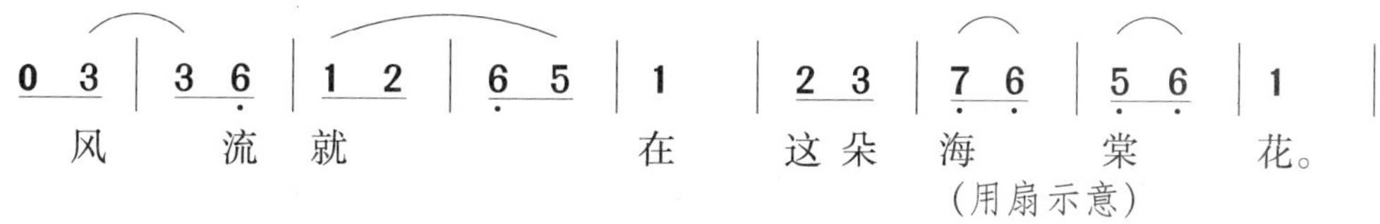

李凤姐

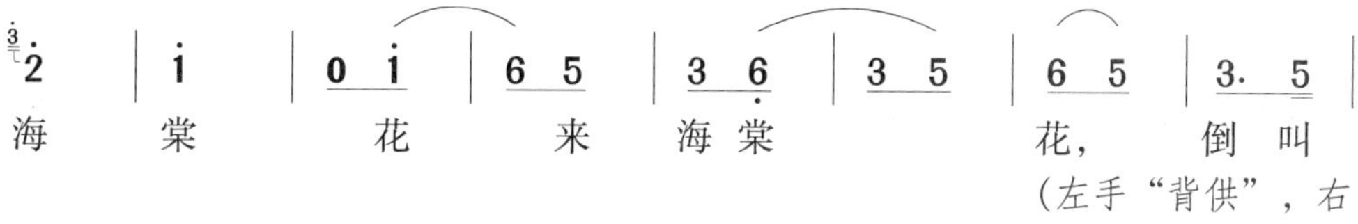

6 3 | 0 i | 5 6 | 5 | i i | 6 5 | 3 5 | 6 | 0 i |
军爷 耻 笑 咱，将花 不要 扔地 下， 从
手指） （拔右侧花，顺手抛在前方）

6 5 | 5· 6 | 3 5 | 6 | 6 i | 4 3 | 2 3 | 5 |
今后 不 戴 这 海 棠 花。
（快步向前，欲踩花，正德帝用扇拦）

正德帝 1 | 2 1 | 0 6 | 6 1 | 2 1 | 6 1 | 2 | 0 5 | 0 6 | 5 |
凤 姐 做 事理 太 差， 不 该 踏
（抛扇、接扇，顺势斜插在右领处）

6 2 | 7 6 | 5 6 | 1 | 0 1 | 0 2 | 1 2 | 3 | 6 1 |
碎这 海 棠 花。 为 军 将 花 忙
（边唱边用右手捡花）

6 1 | 2 | 0 3 | 2 1 | 6 | 6 1 | 2（大大 大大 乙大 大台）
拾 起， 我 与你 插
（正德帝向里右侧转身做插花状，亮相。李凤姐向外反方向转身摆手状亮相）【小锣一击】

6 | 6 1 | 2 | （大大 大大 乙大 大 台） 6 2 | 1 |
插 插 上
（正德帝向外左侧转身，做插花状，亮相。 【小锣一击】（正德帝与李凤姐
与此同时，李凤姐向里转身，做摆手状，亮相）

1 | 6 3 | 6 1 | 2 3 | 7 6 | 5 6 | 1 | 1 ‖
这 朵 海 棠 花。
"一挤、两挤"） （正德帝"漫李凤姐头""过合"，

手式从"花"字上齐奏，回头看，同时李凤姐滑步"屁股坐子"，【小锣一击】然后，正德帝转身将花戴在李凤姐右鬓发处，李凤姐起身）

〔亮弦〕

（大大 大大 衣大 大0 台） （2. 1 7 2 1）

李凤姐 【小锣凤点头】（过门同前）3 2 | i | 0 i | 6 5 | 3 3 | 3 5 | 6 |
凤 姐 一 见 事有 差，

0 3 | 0 5 | 5 6 | 3 5 | 6 | 6 i | 4 3 | 2 3 | 5 ‖

跑 到 后 院 我就 躲 避 他。

（李凤姐后退） （李凤姐向前小蹚步出门亮相，【小锣一击】跑下场）

〔亮弦〕

（ 2. 3 4 6 5 － ）

〔西皮摇板〕

正德帝 【小锣凤点头】（过门同前）1 2 1 2 3 2 1 6 1 2

任 你 上 天 到 地（呀）下，

（3 2 1 6 5 5 5 3 6 5 5）1 2 2 1 5 3 2 2

为 军 赶 你（呀）

（打扇）

1 2 2 （4 3 2 1 6 1 2 ）2 3 4. 6

到 （哇）天

3. 2 1 1 6 6 6 1 － ‖

涯。

〔【小锣抽头】正德帝右手背扇，左手撩褶子往“下场门”下。

第二场

〔一桌一椅，“小座”。

〔【小锣抽头】李凤姐“上场门”快步上，转身回望，至“九龙口”再走。正德帝紧随上场。

〔西皮摇板〕

李凤姐 （边走边唱）（过门同前）i 3 3 6 5 5 6 3 5 6 6

前 面 走 的 李 凤 姐，

正德帝 （6 5 3 5 6 5 3 2 1 2 6 5 5 5）6 2 1 2 1 6 1 6 1

（边走边唱） 后 面 跟 随 正 德 君。

李凤姐 （3 21 62 12 65 55）36 5 7 6 5 6 35 6 -
进 得 房 来 门 关 定，
（进门，回身关门、插门，搬椅子背靠门）

正德帝 【小锣一击】6 3 12 63 61 2 1 6 35 26 1（1 21 725 1 -）‖
叫 声 凤 姐 快 开 门（呐）。
（推门） （敲门）

正德帝 开开门呐。
李凤姐 门是不开的了。
正德帝 哎呀，为何不开门呢？
李凤姐 我哥哥回来，我才开呢。
正德帝 你哥哥今天不回来。
李凤姐 今天不开门。
正德帝 他要是一个月不回来？
李凤姐 一个月不开。
正德帝 哎呀，他要是一辈子不回来呢？
李凤姐 一辈子也是不开！
正德帝 哎呀呀，这便如何是好哇？（撤步转身，缓手用扇点头想）【小锣一击】有了，我也来哄她一哄哇。（回身假意高声）噢，李龙哥你回来了，（拱手）哎呀呀，辛苦你了叨扰你了。啊？啊？……什么？改日再见？好，改日再见。
李凤姐 哎呀，我哥哥回来了，（边说边将椅子移回“小座”）待我开门。（双手开门然后出门，先向“下场门”台口找，正德帝打扇遮挡，悄悄进屋后，“二郎腿”坐下，用扇子挡住脸）【小锣一击】啊，哥哥在哪里？【小锣一击】（再到“上场门”台口）哥哥在哪里？（回身低头进屋挖到“小边”）哥哥在哪里？
正德帝 哥哥在这里。（脸从扇子后面露出）【小锣一击】
李凤姐 好跑啊好跑。
正德帝 好赶呐好赶呐。
李凤姐 你这个人（左手单指）前厅赶到后院，后院赶到卧房，是什么道理呀？（双摊掌）
正德帝 我要你打发打发我啊。
李凤姐 呀啐！噢，原来是个要饭花子，待我取些银钱打发你出去。（向台中门口走去）
正德帝 哦，你转来转来，你偌大的丫头怎么连打发二字都不懂吗？（用扇护住左袖，左手摊掌）
李凤姐 懂倒懂，我怕呀。
正德帝 怕什么啊？
李凤姐 怕我哥哥回来。
正德帝 哦，你哥哥回来么，有我啊。
李凤姐 有你？
正德帝 有我啊。

李凤姐 有你就无有我了，你快些出去吧。
正德帝 我不出去呀。
李凤姐 你快些出去吧。
正德帝 哦，不出去！
李凤姐 你不出去我就要喊叫了。
正德帝 你喊叫什么？
李凤姐 我喊叫你杀人。
正德帝 哎呀呀，你看我手中无刀，我是怎生杀人呢？（双摊掌）
李凤姐 你的心比刀还厉害呢，快出去吧。
正德帝 我不出去。
李凤姐 当真不出去？
正德帝 当真不出去。
李凤姐 我要喊叫了……啊……（向台中做假意喊叫状）
正德帝 哦，慢来慢来，（起身，用扇“打背供”至“下场门”台口）**【小锣一击】**哎呀且住，**【小锣一击】**这个丫头若是当真的喊叫起来，惊动了乡约地保，（收扇，护左袖，左摊掌）那时节将我呈送到官，君臣见面这成何体统啊……**【小锣一击】**有了，她若有福我封她一宫，她若无福我打马走去。**【小锣一击】**（缓手扇向外指，复转身边说边落座）啊酒大姐，你来看看，你可认识我啊？
李凤姐 我认识你了。
正德帝 你认识我是哪一个啊？
李凤姐 你是大户长的兄弟，三户长的哥哥，你是那二混账！
正德帝 你这是怎样讲话呀！我乃是大明正德皇帝。
李凤姐 （猛回身向内走）走开，走开！
正德帝 啊，走开走开。（边说边起身至“大边”）
李凤姐 （快步上前坐下，双手交叉于前胸）你可认识我啊？
正德帝 哎呀我怎么会不认识你呀，你是这梅龙镇上卖酒的丫头啊。
李凤姐 呀啐！我乃当今天子（拱双手）正德皇帝他的（绕指从鼻前擦过，然后双手向下至膝）娘噢。（李凤姐快速离座）
正德帝 （紧上几步，正色）哎呀，折杀你这个丫头了。**【小锣一击】**有道是：龙行有宝。
李凤姐 有宝显宝。
正德帝 无宝呢？
李凤姐 看你的“现世宝”。
正德帝 如此大姐看宝。

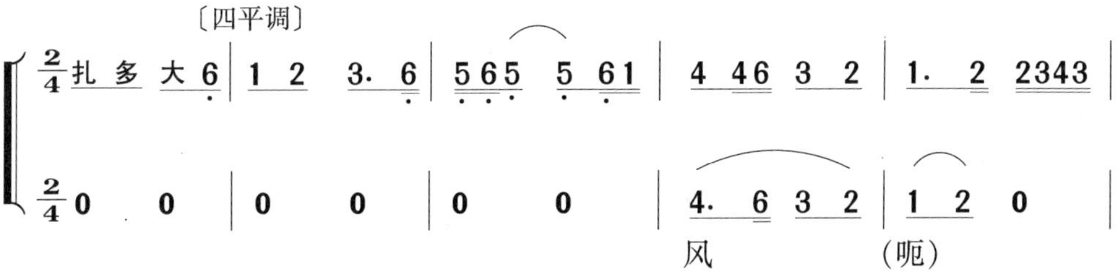

（正德帝“大座”转身，摘风帽至桌上，然后走向台中）（用扇指帽）

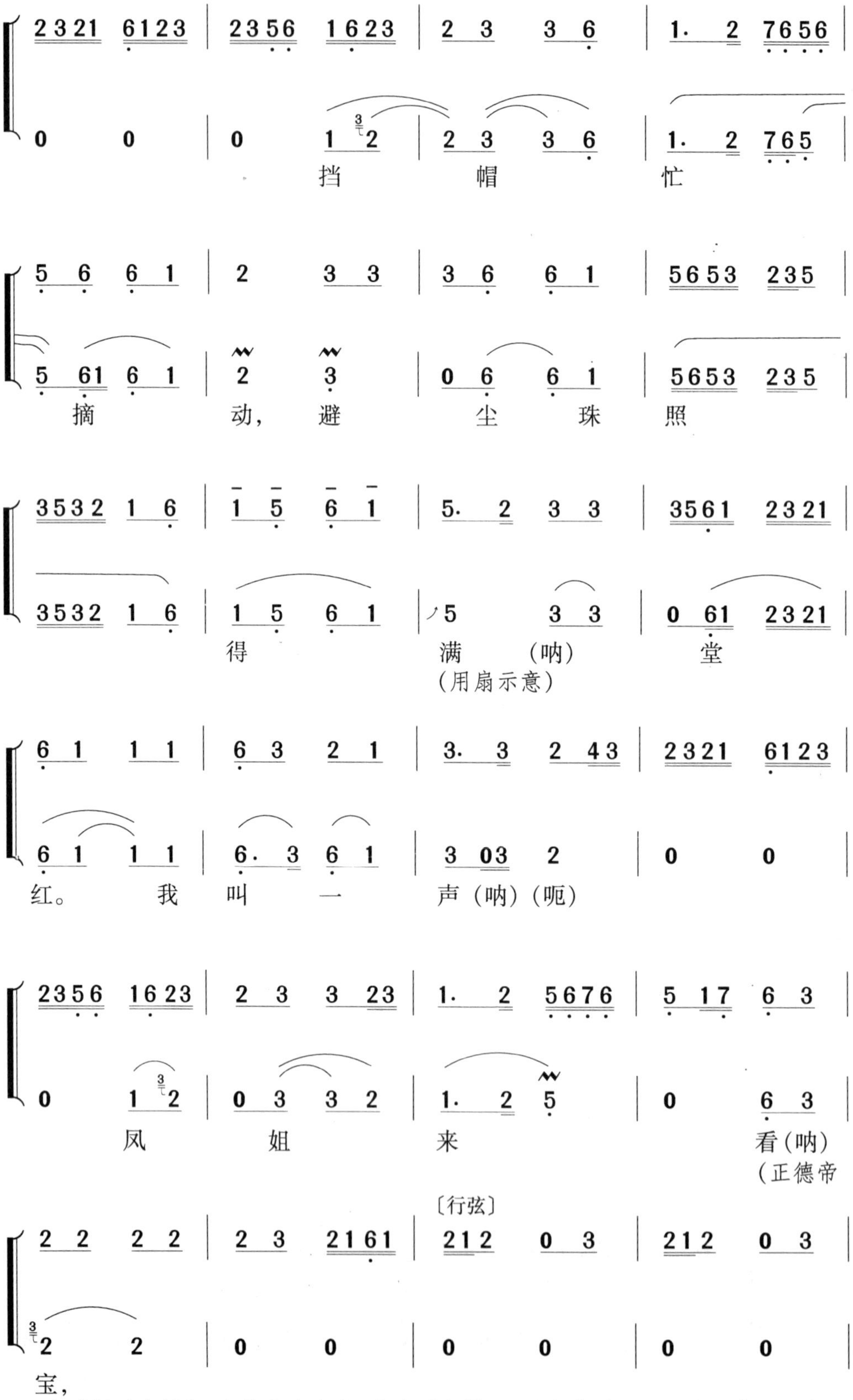

右手招呼李凤姐，右转身向内走，右脚踩住椅子，露出黄衬褶子一角。李凤姐走向

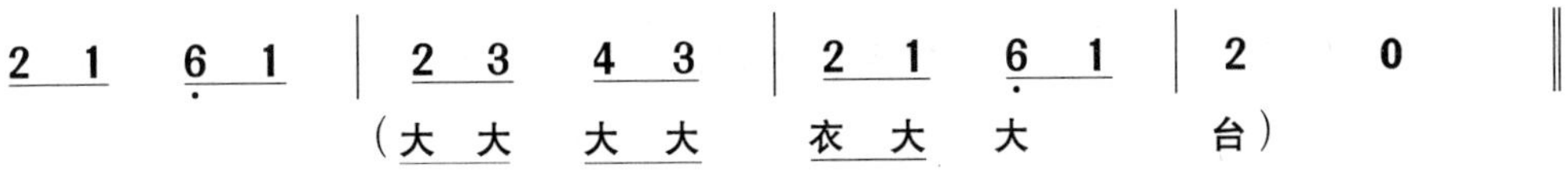

前，蹲身双手拉住黄衬褶子，仔细观看）

正德帝 你可晓得男女授受不亲呐？（李凤姐急忙松手）呵呵，哈哈哈。

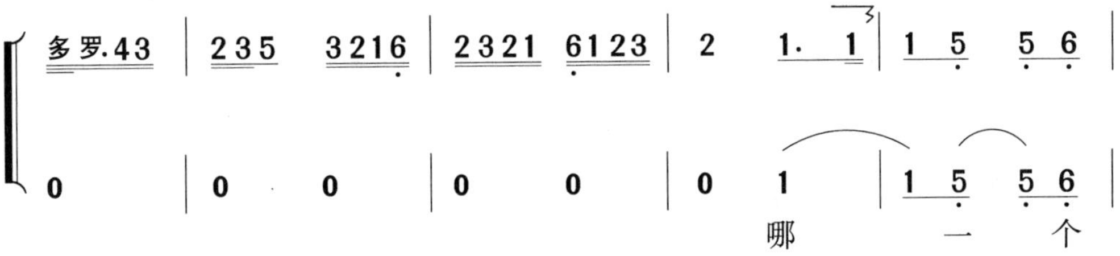

（正德帝向前走）

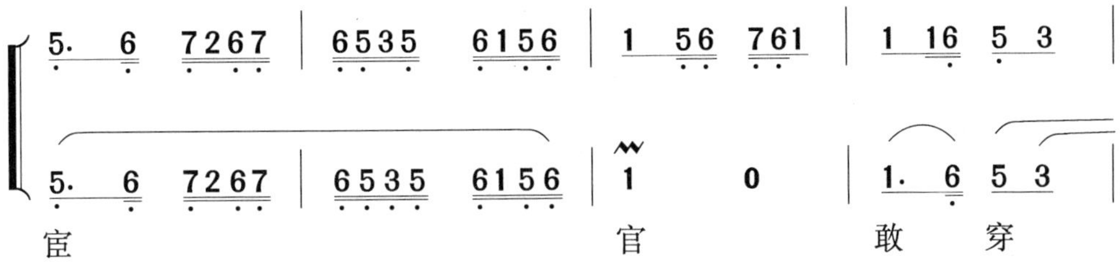

（左手撩开

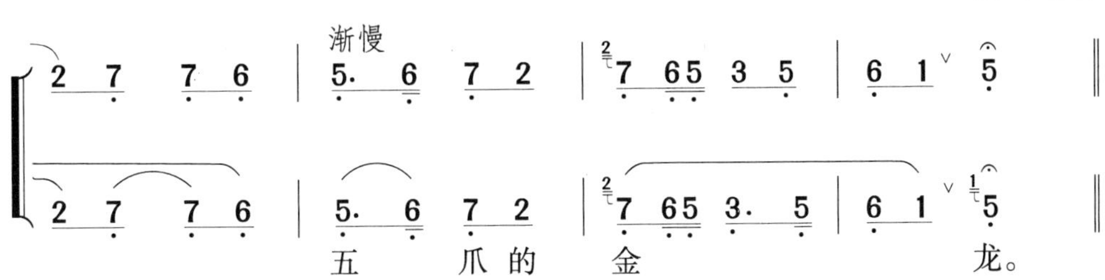

蓝褶子，大露出内黄衬褶子） （转身落座）

李凤姐

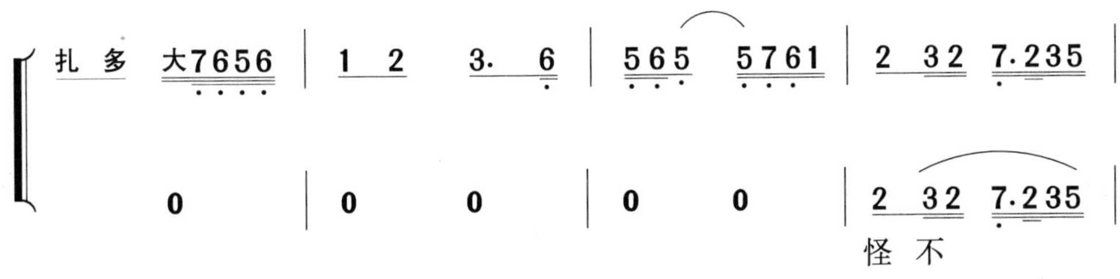

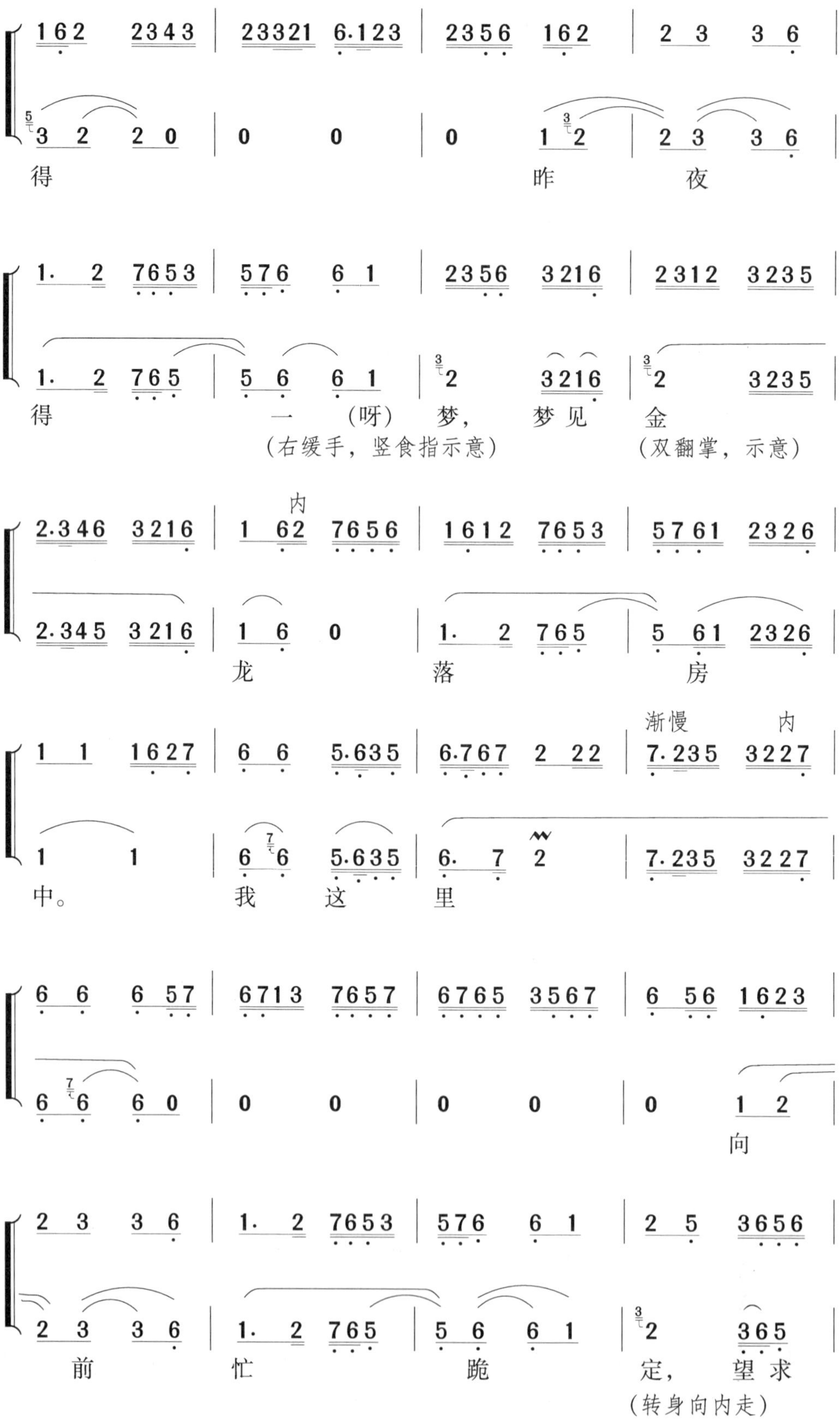

得 昨 夜
得 一 (呀) 梦, 梦见 金
(右缓手，竖食指示意)
(双翻掌，示意)
内
龙 落 房
渐慢
内
中。我 这 里
向
前 忙 跪 定， 望 求
(转身向内走)

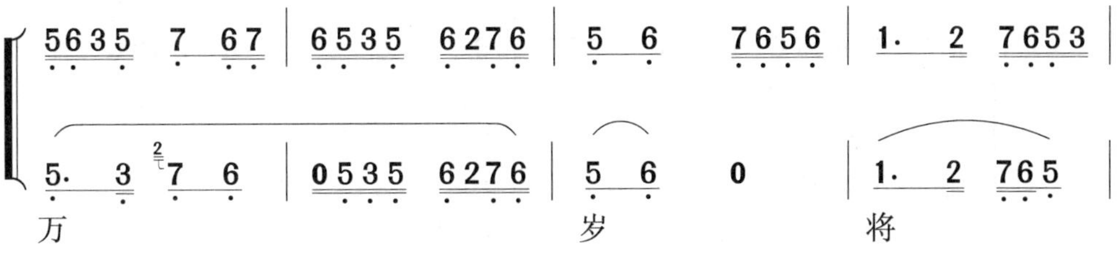

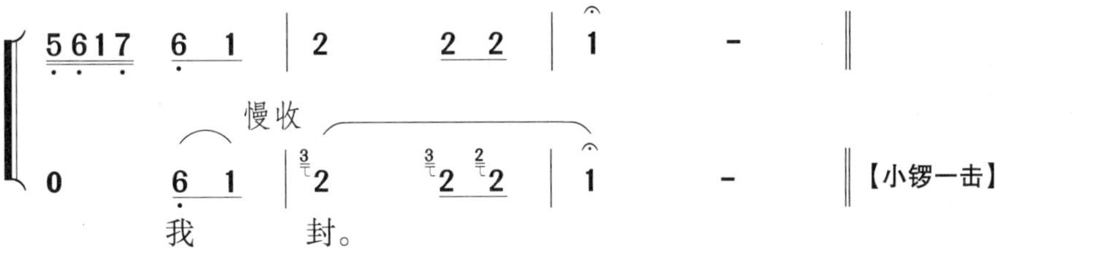

（跪至在正德帝脚前，面向外）

正德帝 下跪何人？
李凤姐 李凤姐。
正德帝 跪在我的面前做甚呢？
李凤姐 前来……讨封来了。
正德帝 方才说我是你哥哥的大舅子，嘿嘿，我怎么好封你呀？
李凤姐 哎呀呀你听错了，我是说我哥哥（拱手）他是你的大舅子呀！（左手单指）
正德帝 哈哈哈，听封。

正德帝

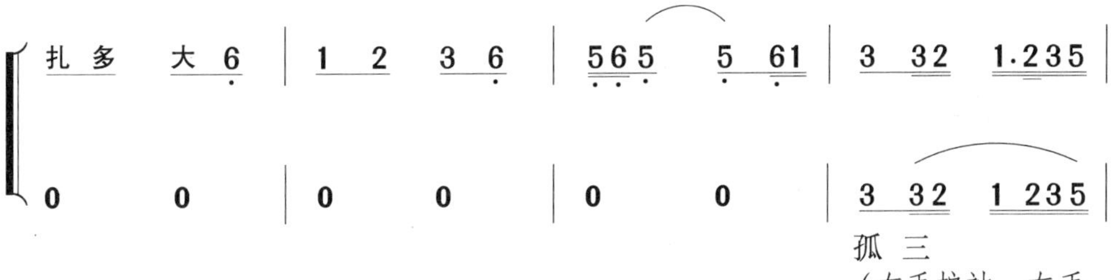

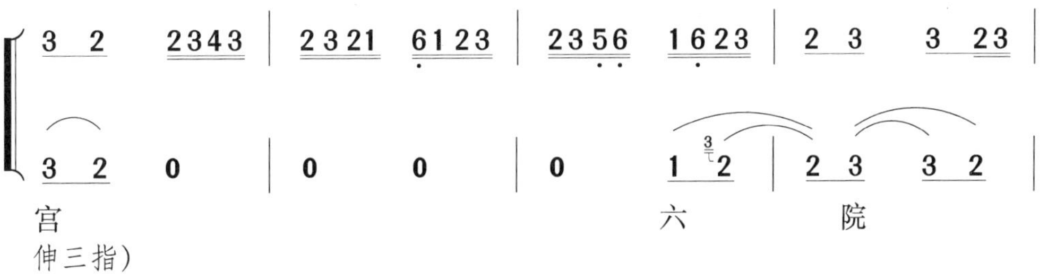

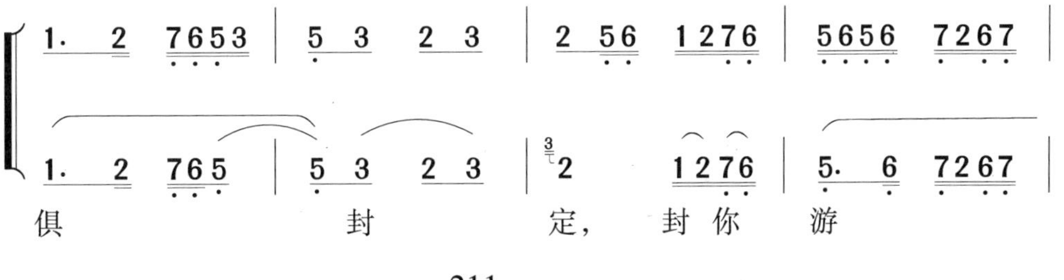

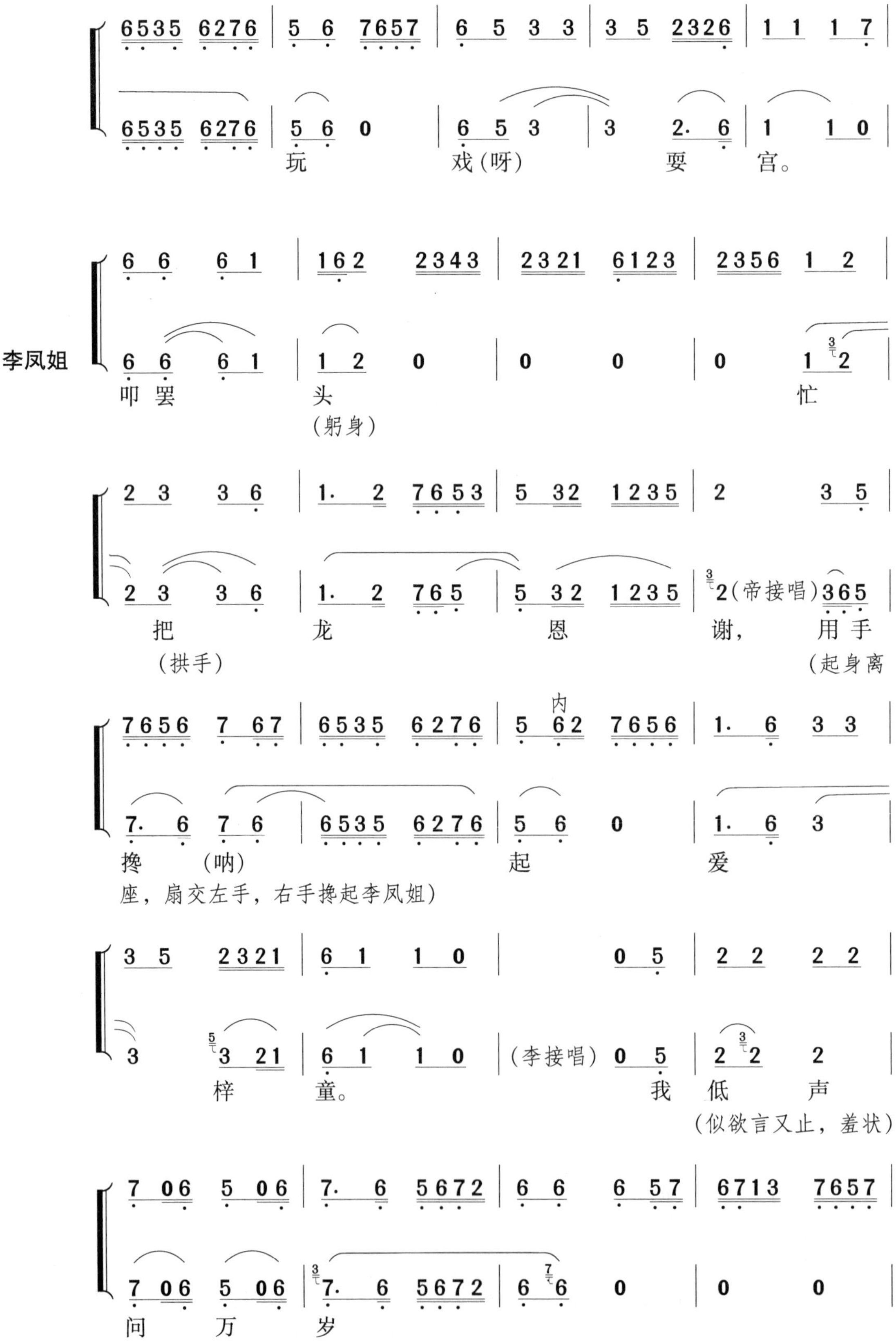
玩 戏(呀) 要 宫。
李凤姐
叩 罢 头 忙
(躬身)
把 龙 恩 谢， 用 手
(拱手)
(帝接唱)
(起身离
挽 (呐) 起 爱
座，扇交左手，右手挽起李凤姐)
内
梓 童。
(李接唱)
我 低 声
(似欲言又止，羞状)
问 万 岁

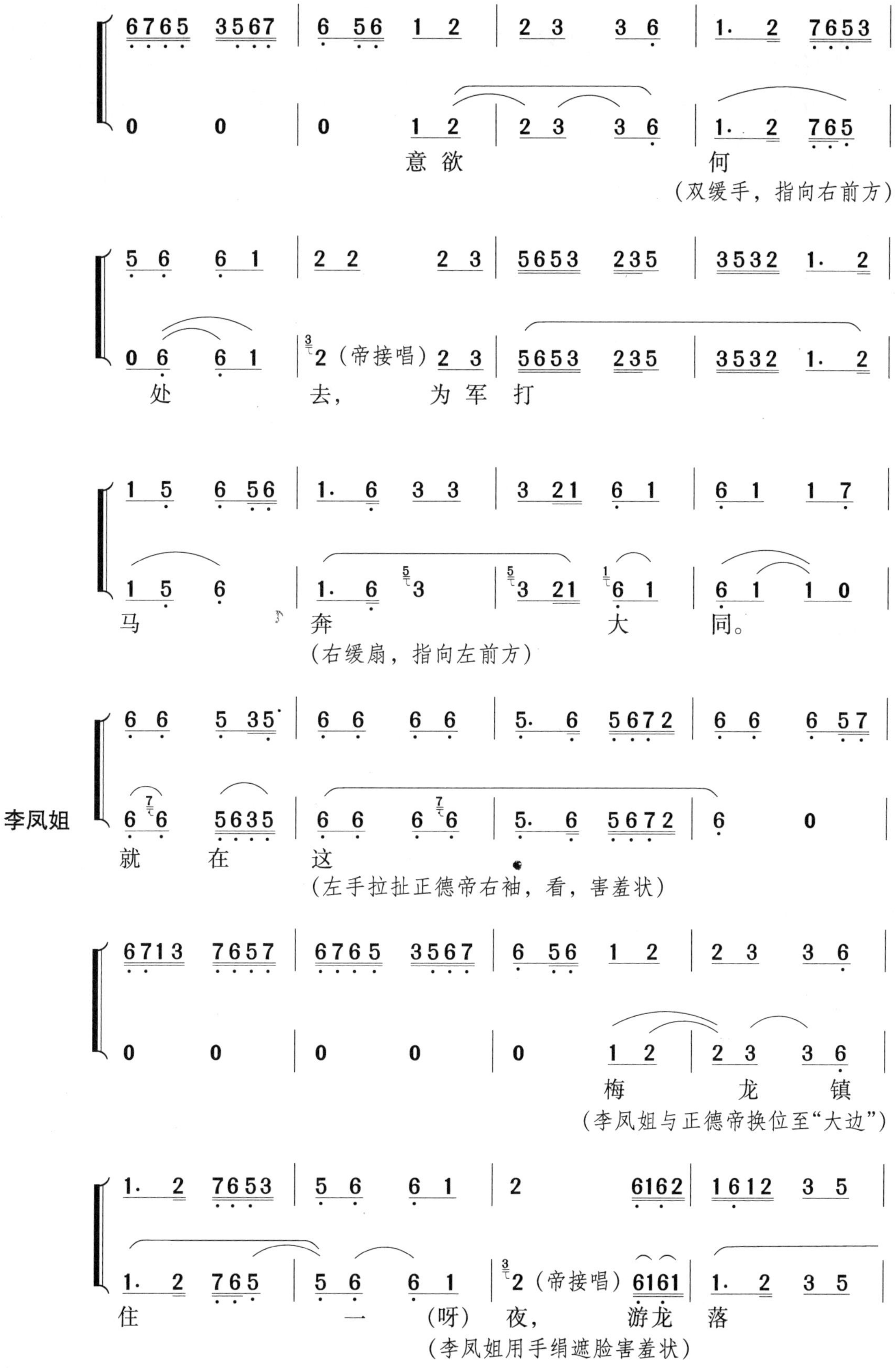
意欲 何
（双缓手，指向右前方）
处 去，（帝接唱）为军打
马 奔 大 同。
（右缓扇，指向左前方）
李凤姐
就 在 这
（左手拉扯正德帝右袖，看，害羞状）
梅 龙 镇
（李凤姐与正德帝换位至“大边”）
住 一（呀）夜，（帝接唱）游龙落
（李凤姐用手绢遮脸害羞状）

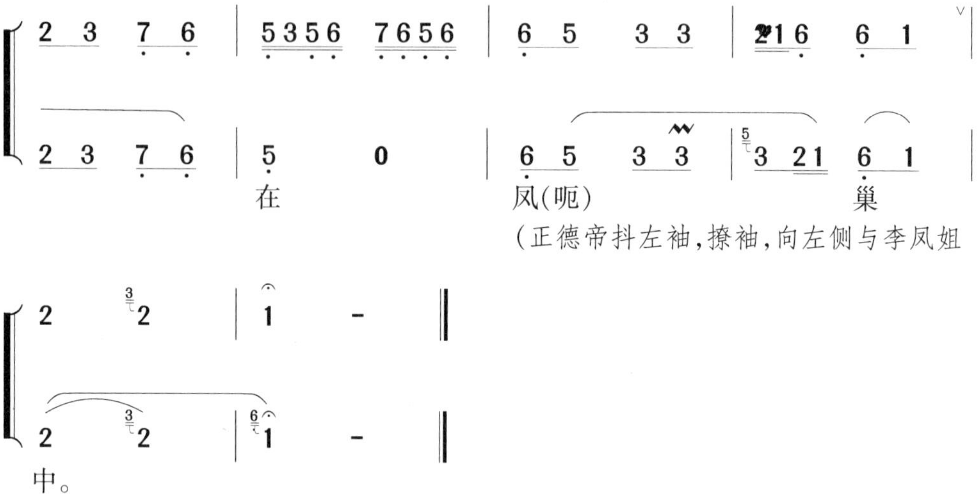

(正德帝抖左袖,撩袖,向左侧与李凤姐合扇转身，然后反搭左袖，由下搭李凤姐肩。凤姐扶正德手臂)

李凤姐 万岁请呐。

正德帝 请到哪里？

李凤姐 请到我的卧房。

正德帝 哎呀我怕呀！

李凤姐 你怕什么？

正德帝 我怕你哥哥回来呀！

李凤姐 哎，不妨事，我哥哥（拱手）回来，喏喏喏有娘娘（伸双赞美指）在此保驾呀！

正德帝 怎么，有娘娘在此保驾？

李凤姐 正是。

正德帝 好好好，如此凤姐……

李凤姐 （拱手）军爷。

正德帝 梓童！

李凤姐 （躬身下拜）万岁！（起身）

正德帝 （用扇护袖，左手摊掌）摆驾！

李凤姐 来呀！

「吹奏<尾声>，正德帝打扇，二人合身同行“下场门”下。

——剧终